ROBISON WELLS hat während seines Studiums viel lieber gelesen und geschrieben, als etwas über Finanzwirtschaft zu lernen. Dabei herausgekommen sind diese spannenden Actionthriller. Das Studium hat er dennoch beendet. Robison Wells lebt mit seiner Frau und drei Kindern in Holladay, Utah.

Weitere Informationen zum Kinder- und Jugendbuchprogramm der S. Fischer Verlage finden sich auf *www.blubberfisch.de* und *www.fischerverlage.de*

ROBISON WELLS
DU KANNST KEINEM TRAUEN

THRILLER

Aus dem Amerikanischen
von Alice Jakubeit

FISCHER Taschenbuch

Für Erin, meine beste Freundin

Erschienen bei FISCHER Kinder- und Jugendtaschenbuch
Frankfurt am Main, November 2016

Die amerikanische Originalausgabe erschien unter dem Titel
›Variant‹ im Verlag HarperTeen, New York
©2011 by Robison Wells
Für die deutschsprachige Ausgabe:
© 2014 S. Fischer Verlag GmbH, Hedderichstr. 114,
D-60596 Frankfurt am Main
Satz: Dörlemann Satz, Lemförde
Druck und Bindung: CPI books GmbH, Leck
Printed in Germany
ISBN 978-3-596-81295-0

1

»Das ist aber keine von diesen megastrengen Schulen, oder?«, fragte ich Ms Vaughn, als wir durch das schwere Maschendrahttor fuhren. Der Zaun mochte gut dreieinhalb Meter hoch sein und war oben mit Stacheldraht verstärkt, wie bei einem Gefängnis oder einem Sicherheitsdepot der Polizei. Eine Überwachungskamera an einer Stange war das einzige Anzeichen für die Gegenwart von Menschen – irgendwo beobachtete uns jemand.

Ms Vaughn tat die Frage mit einem Lachen ab. »Ich bin sicher, es wird Ihnen hier sehr gut gefallen, Mr Fisher.«

Ich lehnte den Kopf an die Fensterscheibe und sah hinaus. Der Wald war völlig anders als die Wälder, die ich kannte. In Pennsylvania waren die Parks grün. Überall, wo es Erde gab, wuchsen saftig-grüne Bäume, Sträucher und Rankengewächse. Aber dieser Wald hier war trocken und braun. Er sah aus, als könnte man ihn mit einem einzigen Streichholz abfackeln.

»Gibt's hier Kakteen?«, fragte ich, ohne den Blick

von den Bäumen abzuwenden. Auch wenn mir diese Art Wald nicht gefiel, musste ich doch zugeben, dass es hier besser war als erwartet. Als ich auf der Homepage der Schule gelesen hatte, dass Maxfield in New Mexico lag, hatte ich mir sofort kahle Sanddünen, sengende Hitze und Giftschlangen vorgestellt.

»Ich denke, nicht.« Ms Vaughn machte sich nicht einmal die Mühe, aus dem Seitenfenster zu sehen. »Kakteen findet man wohl eher im Süden New Mexicos.«

Ich gab keine Antwort, und nach einer Weile fuhr Ms Vaughn fort: »Sie wirken nicht gerade begeistert. Ich versichere Ihnen, dies ist eine großartige Chance für Sie. Maxfield arbeitet nach den neuesten Erkenntnissen der Bildungsforschung ...«

Sie redete weiter, aber ich hörte nicht mehr zu. Schon seit fast drei Stunden schwatzte sie so daher – seit sie mich am Flughafen Albuquerque abgeholt hatte. Immer wieder benutzte sie Begriffe wie *Pädagogik* oder *Erkenntnistheorie*, und das interessierte mich nicht besonders. Aber sie musste mir nicht erst sagen, was für eine tolle Chance das war – das wusste ich selbst. Schließlich war es eine Privatschule. Die musste gute Lehrer haben. Vielleicht gab es hier sogar genügend Lehrbücher für alle Schüler und im Winter eine funktionierende Heizung.

Ich hatte mich auf eigene Faust um dieses Stipendium beworben. In der Schulberatung hatten sie früher schon versucht, mich zu ähnlichen Programmen zu überreden, aber ich hatte mich immer geweigert. Bei jeder Schule, auf die ich gegangen war – und das waren Dutzende gewesen –, hatte ich versucht, mir einzureden, diesmal würde es eine gute Schule sein. Dies würde die Schule sein, auf der ich eine Weile bleiben und vielleicht im Footballteam spielen oder mich um ein Ehrenamt bewerben, vielleicht sogar eine feste Freundin haben würde. Aber dann kam ich schon nach ein paar Monaten auf eine andere Schule, und alles fing wieder von vorne an.

So war das wohl einfach, wenn man in Pflegefamilien aufwuchs. Seit dem fünften Lebensjahr hatte ich dreiunddreißig Pflegefamilien über die ganze Stadt verteilt verschlissen. Am längsten war ich bei einer Familie im Stadtteil Elliott gewesen. Bei der hatte ich viereinhalb Monate gelebt. Mein kürzester Aufenthalt bei einer Familie hatte sieben Stunden gedauert: Am selben Tag, an dem ich dort landete, wurde der Vater arbeitslos, und sie riefen beim Jugendamt an und sagten denen, sie könnten sich mich doch nicht leisten.

Die letzte Familie waren die Coles gewesen. Mr Cole gehörte eine Tankstelle, und er stellte mich gleich am ersten Tag an die Kasse. Zuerst musste ich nur spätnachmittags arbeiten, aber schon bald war ich samstags und sonntags und manchmal sogar vor der Schule da. Ich verpasste Footballprobetrainings, ich verpasste den Schulball. Nie hatte ich Zeit, zu einer Party zu gehen – nicht dass ich je auf eine eingeladen worden wäre. Als ich um eine Bezahlung für meine Arbeit bat, sagte Mr Cole mir, ich gehöre ja zur Familie und dürfe keinen Lohn erwarten, wenn ich mal aushalf. »Wir erwarten ja auch keine Bezahlung dafür, dass wir dir helfen«, sagte er.

Also bewarb ich mich um das Stipendium. Es gehörte zu irgend so einem Förderprogramm für Pflegekinder. Ich musste ein paar Fragen zu meiner Schullaufbahn beantworten – bei den Noten trug ich ziemlich dick auf – und einen Fragebogen zu meiner familiären Situation ausfüllen. Am folgenden Nachmittag bekam ich den Anruf.

An dem Abend tauchte ich gar nicht erst zur Arbeit in der Tankstelle auf. Ich blieb einfach lange weg und lief durch die Straßen, in denen ich aufgewachsen war, stand an der Birmingham Bridge und betrachtete die Stadt, die ich hoffentlich nie wiedersehen würde. Ich habe Pittsburgh nicht nur gehasst, aber wirklich gemocht habe ich die Stadt auch nie.

Ms Vaughn fuhr nun langsamer, und gleich darauf tauchte eine massive Backsteinmauer vor uns auf. Sie war mindestens so hoch wie der Maschendrahtzaun, aber während der Zaun relativ neu ausgesehen hatte, war diese Mauer alt und verwittert. Wie sie sich so in beide Richtungen erstreckte und dabei den Erhebungen des Geländes folgte, von der Farbe her dem sandigen Boden ganz ähnlich, wirkte sie wie ein natürlicher Bestandteil des Waldes.

Das Tor in der Mauer machte da allerdings einen ganz anderen Eindruck. Es sah nach dickem, solidem Stahl aus, und als es geöffnet wurde, sah ich, dass es ganz dicht über den Asphalt glitt. Ich kam mir vor, als würde ich gleich den Tresorraum einer Bank betreten.

Aber auf der anderen Seite ging nur der trockene Wald weiter.

»Wie groß ist das Schulgelände?«

»Ziemlich groß.« Sie lächelte stolz. »Die genauen Zahlen kenne ich nicht, aber es ist sehr weitläufig. Und es wird Sie sicher freuen, zu hören, dass uns das viel Raum für Aktivitäten im Freien gibt.«

Nach wenigen Minuten veränderte sich der Wald. Anstelle der Kiefern säumten jetzt Pappeln die Straße, und zwischen den dicken Stämmen hindurch erhaschte ich einen ersten Blick auf die Maxfield Academy.

Das Gebäude war vier Stockwerke hoch und bestimmt hundert Jahre alt. Es war umgeben von ordentlich gemähten Rasenflächen, ordentlich beschnittenen Bäumen und Blumenbeeten. Es sah aus wie die Schulen, die ich im Fernsehen gesehen hatte, auf die reiche Kinder gehen, die alle ihren eigenen BMW oder Mercedes haben. Hier fehlte nur der Efeu an den Außenmauern, aber der wuchs vielleicht in der Wüste nicht so.

Ich war nicht reich, also würde ich nicht sein wie die anderen. Aber ich hatte den Flug damit verbracht, mir eine gute Geschichte auszudenken. Ich hatte vor, mich hier einzufügen, nicht mehr das arme Pflegekind zu sein, über das alle sich lustig machten.

Ms Vaughn fuhr auf das Gebäude zu und hielt vor der massiven Steintreppe an, die zur Eingangstür hinaufführte.

Sie entriegelte die Autotüren, legte aber den Sicherheitsgurt nicht ab.

»Sie kommen nicht mit rein?«, fragte ich. Eigentlich hatte ich gar keine Lust, weiter mit ihr zu reden, aber irgendwie hatte ich erwartet, dass sie mich jemandem vorstellen würde.

»Ich fürchte, nicht.« Wieder lächelte sie herzlich. »Ich habe heute noch viel zu tun. Wenn ich mit hineingehe, komme ich doch wieder mit allen ins Gespräch, und dann komme ich hier nie mehr weg.« Sie nahm einen Umschlag vom Rücksitz und gab ihn mir. Vorne drauf stand in kleinen Schreibmaschinenbuchstaben mein Name – *Benson Fisher.* »Geben Sie den demjenigen, der Ihre Einführung vornimmt. Üblicherweise ist das Becky, glaube ich.«

Ich nahm den Umschlag und stieg aus. Meine Beine waren ganz steif von der langen Fahrt, und ich lockerte sie. Es war kalt, und ich war froh, dass ich mein Sweatshirt mit dem Schriftzug der Steelers, meiner Lieblings-Footballmannschaft, trug, auch wenn ich wusste, dass es nicht fein genug für diese Schule war.

»Ihre Tasche«, sagte sie.

Ich drehte mich um und sah, wie Ms Vaughn gerade meinen Rucksack aus dem Fußraum holte.

»Danke.«

»Viel Vergnügen«, sagte sie. »Ich glaube, Sie werden sich auf der Maxfield sehr gut machen.«

Ich dankte ihr noch einmal und schloss dann die Wagentür. Sie fuhr sofort los, und ich sah ihr nach. Wieder einmal würde ich eine neue Schule mutterseelenallein betreten.

Das war also meine neue Umgebung. Ich atmete tief ein. Die Luft hier roch anders – ich weiß nicht, ob das die Wüstenluft war oder die trockenen Bäume oder einfach die Tatsache, dass ich weit weg vom Gestank der Großstadt war, aber ich mochte den Geruch. Das Gebäude vor mir war majestätisch und sah vielversprechend aus. Hinter diesen Mauern lag mein neues Leben. Beim Anblick der mit Schnitzereien verzierten Eingangstür aus Hartholz hätte ich fast aufgelacht, weil ich an die städtische Schule denken musste, die ich zuletzt hinter mir gelassen hatte. Deren Eingangstür musste jede Woche frisch gestrichen werden, um die Graffiti zu übertünchen, und die kleinen Fenster darin hatte man irgendwann endgültig zugenagelt, weil sie immer wieder eingeworfen worden waren. Hier waren die Fenster groß und blitzten und …

Erst jetzt fiel mir auf, dass sich in den oberen Geschossen Gesichter an den Fenstern drängten. Manche starrten bloß, aber einige zeigten auch mit dem Finger oder gestikulierten wild; manche schienen sogar zu schreien. Ich sah mich um, aber ich hatte keine Ahnung, was sie wollten.

Ich sah wieder zu ihnen hoch und zuckte die Achseln. An einem Fenster im ersten Stock, gleich über der Eingangstür, stand ein braunhaariges Mädchen, das ein aufgeschlagenes Notizbuch hochhielt. Über eine ganze Seite hatte sie ein großes *V* geschrieben, und dazu das Wort *GUT*. Als sie sah, dass ich sie bemerkt hatte, lächelte sie, deutete auf das V und hielt den Daumen hoch.

Gleich darauf hörte ich ein lautes Summen und Klicken, und die Eingangstür öffnete sich. Ein Mädchen erschien, wurde aber sofort von zwei anderen Schülern – einem Jungen und einem Mädchen – grob zur Seite geschubst. Die beiden trugen die Schuluniform, die ich auf der Homepage der Schule gesehen hatte: einen roten Pullover über einem weißen Hemd und eine schwarze Hose beziehungsweise einen schwarzen Rock. Das Mädchen, das aussah, als wäre es so alt wie ich oder ein bisschen älter, schoss die Treppe hinab und rannte Ms Vaughns Auto hinterher. Der Junge war groß und wie ein Footballverteidiger gebaut. Er packte mich am Arm.

»Hör bloß nicht auf Isaiah oder Oakland«, sagte er nachdrücklich. »Wir können hier nicht weg.« Bevor ich auch nur den Mund öffnen konnte, lief er schon dem Mädchen hinterher.

2

Ich sah den beiden nach. Sie rannten über den Rasen, nahmen, ohne anzuhalten, eine Abkürzung durch die gepflegten Gartenanlagen und verschwanden zwischen den Bäumen. Sie konnten Ms Vaughn unmöglich einholen, falls sie das vorhatten. Ich wartete noch eine Weile und rechnete damit, dass sie gleich wieder auftauchen würden, aber das taten sie nicht.

Also wandte ich mich um und sah wieder zu den Fenstern hoch. Nicht alle trugen die Schuluniform, aber auch die Freizeitkleidung hier sah völlig anders aus als das, was die Teenager bei mir zu Hause angehabt hatten. Manches wirkte altmodisch – ordentlich zugeknöpfte Hemden, Hosenträger und Mützen –, während anderes wie übertriebene Rapper-Kostümierung aussah: jede Menge Goldkettchen und bunte Halstücher. Es war November – vielleicht waren sie ein bisschen spät dran mit Halloween. Oder sie probten für ein Theaterstück.

Ein paar von ihnen schrien noch. Ich hob die Hände und bedeutete ihnen, dass ich sie nicht hören konnte.

Dann öffnete sich die Eingangstür erneut, und ein Mädchen kam heraus – dasjenige, das zur Seite geschubst worden war. Sie grinste sorglos, als wäre nichts geschehen. Sie konnte allerhöchstens sechzehn sein.

»Du musst Benson Fisher sein.« Sie streckte mir die Hand hin.

»Ja.« Ich schüttelte sie, obwohl es mir etwas peinlich war. Teenager schütteln sich doch nicht die Hände. Vielleicht war das ja auch etwas, was an Privatschulen anders war. Bestimmt war ihr Vater so ein reicher Geschäftsmann.

»Ich bin Becky Allred. Ich mache die Einführung für die Neuankömmlinge.« Sie lächelte so breit, als sei zuvor nicht etwas Ungewöhnliches passiert. Ihre kurzen braunen Haare waren makellos frisiert, in solchen Wellen und Locken wie bei den Frisuren in diesen alten Schwarzweißfilmen.

Ich sah auf den Umschlag in meiner Hand. »Dann bist du also die Becky, der ich den hier geben soll?«

»Genau.« Sie nahm ihn mir ab. »Deine Schulunterlagen.«

Ich deutete auf die Schüler an den Fenstern, die immer noch zu uns herunterstarrten. »Was ist da oben los?«

Sie winkte den Leuten zu. »Nichts. Sie sind nur ganz aus dem Häuschen, weil jemand Neues da ist.«

Das schien mir doch leicht untertrieben. Einige hämmerten jetzt sogar gegen die Scheiben.

Ich zwang mich zu lachen, um meine Verwirrung zu überspielen. »Was ist denn mit den beiden los, die da eben weggerannt sind?« Ich deutete in Richtung Wald. Sie waren noch immer nicht wieder aufgetaucht.

Beckys Lächeln geriet zwar nicht ins Wanken, aber sie kräuselte die Nase, kniff die Augen ein bisschen zusammen und dachte kurz nach. »Ich glaube, die laufen einfach nur«, sagte sie dann. »Warum, weiß ich wirklich nicht.«

Sie hakte sich bei mir unter und führte mich die Treppe hinauf. Sie roch gut – nach irgendeinem blumigen Parfüm.

Ihre Antwort lieferte allerdings nicht die erhoffte Erklärung. Sie musste mehr über die beiden wissen, als sie zugab. Sicher war das nur irgendein Streich.

»Wer sind Isaiah und Oakland?«, fragte ich.

Sie erstarrte ganz kurz, man merkte es kaum, dann fing sie sich wieder. »Wie meinst du das?«

Ich wusste ja nicht, welches Geheimnis Becky zu hüten versuchte, aber sie stellte sich dabei nicht besonders geschickt an. Vielleicht war das so eine Art Schikane: Schockt den Neuen.

»Isaiah und Oakland«, wiederholte ich. »Der Junge eben hat gesagt, ich soll nicht auf die beiden hören.«

Becky blieb stehen, stemmte die Hände in die Hüften und drehte sich zu mir um. Ihre hochgezogenen Mundwinkel wirkten festgeklebt, und ihr Lachen klang fast so wie das eines echten Menschen. »Tja, das ist so ziemlich das, was ich von den beiden erwartet habe. Benson, ich denke, du wirst feststellen, dass diese Schule auch ihre Unruhestifter hat, genau wie jede andere Schule. Sie wollen dir nur Angst einjagen. Ich meine, was kann man schon von zwei Schülern erwarten, die so eklatant gegen die Vorschriften verstoßen?«

Ich nickte und ging eine Treppenstufe weiter hoch. Ihre Antwort klang logisch. Falls ich jemanden namens Isaiah oder Oakland traf, konnte ich mich immer noch damit befassen. Was war Oakland überhaupt für ein Name?

Moment mal.

»Gegen die Vorschriften verstoßen?«, fragte ich und sah wieder zum Wald. »Inwiefern denn?«

Becky öffnete den Mund, aber es kam nur Gestammel heraus. Ich sah ihr eine Weile zu und merkte, dass mir ganz flau im Magen wurde. Ich wusste zwar nicht, was hier lief, aber es war auf jeden Fall bescheuert. Ich mochte ja der Neue ohne reichen Daddy sein, der ihm alles kaufte, aber ich war an die Maxfield gegangen, um von dem ganzen Scheiß wegzukommen, mit dem ich mich mein bisheriges Leben lang an meinen miserablen Schulen hatte herumplagen müssen. Ich würde nicht zulassen, dass ein paar versnobte Teenies hier irgendwelche Psycho-Spielchen mit mir trieben, bloß weil ich kein Geld hatte. Ich würde zum Direktor gehen.

Seufzend stieg ich die restlichen Stufen zur Eingangstür hoch und packte den Türgriff, aber die Tür ließ sich nicht öffnen. Becky folgte mir, und als sie bei mir war, hörte ich wieder das Summen und Klicken von vorhin. Sie nahm den Griff und zog die schwere Tür auf.

»Sie sind …«, setzte sie an, brach ab und unternahm einen neuen Anlauf. »Es soll keiner mit den neuen Schülern reden, bevor sie ihre Einführung hatten«, sagte sie hastig. »Das ist nun einmal eine der Vorschriften.«

Ich stand vor der offenen Tür und starrte sie an. Sie wirkte unsicher. »Das ergibt doch keinen Sinn. Du bist gar nicht Becky, oder?«

Im Nu saß das Lächeln wieder auf ihrem Gesicht. »Doch, ich bin definitiv Becky, und ich bin definitiv hier, um dir bei der Eingewöhnung zu helfen. Das ist mein Job.«

»Dein Job?«

»Wir haben hier alle Jobs«, sagte sie. »Jeder trägt

sein Teil dazu bei, weil wir alle aufeinander angewiesen sind. Wir sind hier auf dieser Schule so weit von allen anderen Menschen weg – das ist wie eine Gesellschaft im Kleinen.«

»Ich werde also auch einen Job haben?« Davon hatte auf der Homepage nichts gestanden, und ich kam mir ein bisschen vor wie auf Coles Tankstelle.

»Natürlich«, sagte sie. »Wir haben alle Jobs.«

»Kannst du mich zum Direktor bringen? Ich möchte mit ihm sprechen.« Die Unterhaltung mit Becky war mir von Anfang an ein bisschen abgedreht vorgekommen, aber jetzt wurde mir mit einem Mal klar, wie absurd sie war. Ms Vaughn hatte irgendwas davon geschwafelt, dass die Schule den Schülern die Chance bot, Führungsaufgaben zu übernehmen, aber ich hatte es satt, mir von der Schülersprecherin – oder was Becky sonst sein mochte – Propagandasprüche anzuhören.

»Tja«, sagte sie, »gehen wir doch zuerst in mein Büro und bringen die Einführung hinter uns. Das beantwortet sicher einige deiner Fragen.«

»Lass mich mal was klarstellen. Ich hab gerade erst einen langen Flug und eine lange Autofahrt hinter mir. Ich bin ziemlich kaputt und möchte mich hinlegen. Ich will keine Einführung, ich weiß nämlich, wie eine Schule funktioniert. Ich war in meinem Leben schon auf Unmengen von Schulen, und auf jeder von denen hat mir irgendein Counselor oder Sekretär erklärt, welchen Schülervereinigungen ich beitreten könnte – das weiß ich also alles schon. Können wir einfach zum Direktor gehen und uns um das wirklich wichtige Zeug kümmern?«

»Die Einführung ist das wirklich wichtige Zeug.« Becky hakte sich wieder bei mir unter und versuchte mich mitzuziehen, aber ich blieb stehen. Ich war ihr an Muskelkraft und Größe überlegen und vermutlich zwanzig Kilo schwerer als sie, und ich rührte mich nicht vom Fleck. »Zuerst will ich zum Direktor.«

Beckys Gesicht verzog sich zu einem entzückten Lächeln, das genauso unecht wie breit war. »Du bist so entschlossen. Das finde ich toll.«

»Was?« Nicht zu fassen, wie verrückt die sich benahm. Nichts in dieser Einführung konnte so wichtig sein, wie sie mir weismachen wollte. Es kam mir vor, als wollte sie mich vom Direktor *fernhalten*.

»Ich meine nur, so jemanden wie dich können wir an dieser Schule gut brauchen.«

Ich lachte, obwohl ich nicht wusste, wieso eigentlich. Vielleicht weil das alles einfach ein Scherz sein musste. »Wie alt bist du, Becky?«

»Sechzehn, fast siebzehn«, sagte sie fröhlich. »Ende Oktober habe ich Geburtstag.«

Sie lächelte, was das Zeug hielt, so, als wäre sie eine Fremdenführerin. Genau das war sie auch: eine Fremdenführerin, nichts als Lächeln und auswendig gelernter Text.

»Nimm's mir nicht übel«, sagte ich, »aber könntest du mir zeigen, wo die echte Becky ist?«

»Wie meinst du das?« Sie ließ die Tür los, und die fiel langsam zu.

»Ich meine, dass ich dir nicht ein Wort glaube. Das ist doch nur irgend so ein bescheuertes Spielchen.«

»Ich bin die echte Becky«, betonte sie, sah aber zunehmend besorgt aus.

»Das bist du nicht, und du bist nicht mal eine gute Lügnerin. Du hast gesagt, du hast Ende Oktober Geburtstag. Wir haben aber schon den zweiten November.«

Sie machte den Mund auf, sagte aber nichts. Sie trat einen Schritt zurück und sah zum Wald, wo die beiden Schüler gerade wieder zwischen den Bäumen aufgetaucht waren. In der Nachmittagssonne leuchteten ihre Pullover kirschrot.

»Also«, fuhr ich fort, »hör auf mit dem Scheiß.« Ich packte den Griff, aber die Tür war wieder verriegelt.

»Ich bin Becky.« Sie verschränkte die Arme vor der Brust.

»Warum ist hier verriegelt?«

»Ich bin Becky«, wiederholte sie.

»Interessiert mich nicht«, sagte ich. »Wie geht die Tür auf? Ich will zum Direktor.«

Sie drehte sich wieder zu mir um, in ihren Augen ein grimmiges Funkeln. »Ich bin Becky Allred. Und ich sage die Wahrheit.«

»Interessiert mich nicht, wer du bist. Ich will zum Direktor.«

Ihr Lächeln war spurlos verschwunden, ersetzt von diesem zornigen Blick. »Wir haben keinen.«

Was?

»Wir haben keinen Direktor. Wir haben keine Lehrer, und wir haben keine Counselors. Deshalb mache ich ja die Einführungen.«

»Es gibt keine … ich meine, ihr habt keine …«

Sie setzte ihr Lächeln wieder auf, aber diesmal wirkte es matt und gezwungen. »Diese Schule ist anders als andere Schulen.«

»Und wer hält dann den Unterricht?«

»Wir selbst. Die Schüler. Wir bekommen Unterrichtspläne.«

»Das glaube ich nicht. Und das erklärt auch nicht die Sache mit deinem Geburtstag. Warum hast du gelogen?«

Ihr Lächeln schien wieder voll da zu sein. »Das war keine Lüge. Ich weiß, es klingt verrückt, aber du wirst es besser verstehen, wenn du erst die vollständige Einführung hinter dir hast. Bloß ...« Sie hielt inne und dachte nach. »Wir haben keine Kalender.«

»Du machst Witze.«

»Nein.«

»Kannst du nicht einfach in deinem Computer nachsehen? Jeder Computer hat das Datum.«

»Unsere nicht. Aber du bekommst einen eigenen Laptop. Wusstest du das?«

Ich konnte es nicht fassen – trotz allem, was sie gerade gesagt hatte, wollte sie mir die Schule immer noch als wer weiß wie toll verkaufen.

»Aber kannst du nicht einfach jemandem mailen? Ins Internet gehen?«

Wieder kräuselte sie die Nase. »Unsere Computer haben keinen Internetzugang.«

Das war doch absurd. »Hm, aber deine Familie hat dich zu deinem Geburtstag doch bestimmt angerufen.«

»Telefon gibt's auch nicht.«

»Ähm, noch mal zum Mitschreiben: Es gibt keine Erwachsenen an dieser Schule, und wir können mit niemandem außerhalb reden.«

Sie nickte verlegen.

Ich zeigte auf die beiden, die jetzt auf dem Rasen standen, Händchen hielten und zum Wald zurücksahen. Sie sprachen miteinander – ich sah ihre Atemwölkchen.

»Er hat gesagt, wir können hier nicht weg. Stimmt das auch?«

»Ja.«

Es konnte immer noch alles ein Scherz sein. Es musste ein Scherz sein.

»Ich hätte das Stipendium nicht annehmen sollen.«

»Das hängt ganz von deiner Einstellung ab.« Ihre Stimme klang warmherzig und fröhlich, aber auch unbeteiligt und distanziert, so, als wären ihre Worte gar nicht für mich bestimmt. Noch ein auswendig gelernter Text. »An dieser Schule gibt es ein paar tolle Leute. Wir lernen jede Menge interessante Sachen, und es kann wirklich richtig Spaß machen.«

Klar doch! Ich hatte eine gute Schule gewollt und das hier bekommen. In einem Punkt hatte Ms Vaughn recht gehabt – sie hatte gesagt, diese Schule wäre anders als das, was ich gewohnt sei. Ich hatte gedacht, sie meinte, dass wir hier wirklich etwas lernen und die Schüler nicht auf dem Parkplatz zusammengeschlagen würden. Aber sie hatte gemeint, dass diese Schule ein Gefängnis war.

»Und was soll das dann sein? Ist das hier so ein Heim für gestörte Teenager?«

Becky lachte. »Nein, es ist nur eine Schule. Wir gehen zum Unterricht, haben Schulbälle und machen Sport.« Verschmitzt lächelte sie mich an. »Du bist doch nicht etwa gestört, oder?«

Jetzt reichte es mir. Wütend riss ich mich von ihr los. »Wie kannst du nur so gelassen sein? Wie lange ist es her, dass hier jemand mit irgendjemand da draußen geredet hat?« Ich deutete unbestimmt in Richtung der Welt jenseits des Waldes.

Becky warf einen raschen Blick zum Horizont. Die Schule lag in einer leichten Senke im Wald, und wir konnten nicht viel sehen, außer dem runden bewaldeten Hügel und einer grauen Bergkette in der Ferne.

»Ich bin jetzt seit ungefähr eineinhalb Jahren hier«, sagte sie bloß. »Ich vermisse es nicht. Wie gesagt, es ist gut hier.«

»Machen die Leute einen Schulabschluss?«

»Bis jetzt noch nicht. Aber ich glaube nicht, dass schon jemand alt genug dafür ist.« Wieder nahm sie meinen Arm und drehte mich zur Tür um. »Wie alt bist du?«

»Fast achtzehn«, log ich, aber dann fiel mir ein, dass sie ja meine Unterlagen hatte. »Na ja, ich werde in ungefähr neun Monaten achtzehn. Übrigens herzlichen Glückwunsch zum Geburtstag nachträglich. Du bist auch siebzehn.«

Becky lachte und ging zur Tür. Ich hörte wieder dieses Summen und Klicken, mit dem die Tür entriegelt wurde, und Becky zog sie auf. »Ich mag dich, Benson. Du wirst dich hier gut machen.«

3

Die Eingangshalle der Schule sah aus wie das naturgeschichtliche Museum, das ich einmal während der Grundschule besucht hatte. Der Boden war aus Marmor und die untere Hälfte der steinernen Wände mit dunklem Holz verkleidet. Genau die Sorte Gebäude, die mein optimistisches Ich von vor zwanzig Minuten wunderbar gefunden hätte – ein schöner, ehrfurchtgebietender Hort des Lernens. Meinem jetzigen Ich erschien es als hässliches, schlecht beleuchtetes Spukhaus. Und das war nun mein Zuhause.

Aber nicht lange. Vielleicht machte es einigen der übrigen Kids ja nichts aus, hier eingesperrt zu sein. Mir schon.

Rechts führte eine massive Treppe nach oben, aber Becky ging mit mir geradeaus durch einen steinernen Torbogen in einen langen Korridor. Hinter uns fiel die Eingangstür leise wieder ins Schloss, und sofort bekam ich trotz der hohen Decken klaustrophobische Anwandlungen.

»Also, gegen welche Vorschriften haben die beiden

da draußen verstoßen? Ich meine, jetzt mal im Ernst.« Ich hatte nicht vor, mich hier an die Regeln zu halten – ich würde nicht so lange hier sein, dass das eine Rolle spielte –, aber ich wollte doch wissen, worin sie bestanden. Schon die Tatsache, dass Becky eine Autoritätsposition innezuhaben schien, machte mir Sorgen. Wenn man wie sie seit eineinhalb Jahren gegen seinen Willen irgendwo festgehalten wurde, scheinbar ohne dass es einem etwas ausmachte, dann verdiente man nicht viel Gehorsam.

Oder wurde sie womöglich gar nicht *gegen* ihren Willen hier festgehalten?

»Niemand soll mit den neuen Schülern reden. Wie gesagt, es wird verständlicher, wenn ich dir die Schule so erklären kann, wie ich es vorbereitet habe.«

Aha.

»Außerdem wollen sie nicht, dass wir dem Auto hinterherjagen. Das ist gegen die Vorschriften.«

»Wer sind ›sie‹?«

Becky drehte sich zu mir um und zwinkerte. »Ah, das ist die eigentliche Frage, nicht wahr?«

Die machte mich wahnsinnig. Oder vielleicht war sie ja wahnsinnig. »Und wie lautet die Antwort?«

Der Korridor verzweigte sich, und Becky führte mich nach links. Von außen hatte das Gebäude gar nicht so groß gewirkt.

Sie zuckte die Achseln. »Sie sind die Maxfield Academy. Die Frau, die dich hergefahren hat, und die Mitarbeiter in der Verwaltung.«

»Du weißt es nicht? Willst du es denn nicht wissen?«

Becky öffnete eine Tür und winkte mich durch. »Natürlich würde ich es gern wissen, Dummerchen. Aber ich *weiß* es eben nicht, deshalb versuche ich, das Beste draus zu machen.«

Ihr Büro war ein kleiner Raum, in dem drei der Wände von Schränken okkupiert waren. Dazwischen eingeklemmt standen ein Schreibtisch und davor ein kleines Ledersofa. Sie bedeutete mir, ich solle mich setzen, ging zum Schreibtisch, schob ein paar Unterlagen hin und her und machte sich eine Notiz. Es herrschte penible Ordnung. Die Papiere auf dem Schreibtisch lagen in ordentlichen Stapeln – da ragte nirgends ein Blatt heraus. Zwei Füller und ein Bleistift lagen exakt parallel nebeneinander.

Das Sitzen machte mich nervös. Ich musste hier raus und etwas tun, mit jemandem reden, der genauso wütend über das hier war wie ich. Ich sagte mir, dass es ja noch andere gab – die, die mich an den Fenstern beobachtet hatten. Sie hatten sich nicht wie Becky verhalten. Ich würde sie suchen.

Becky nahm einen weißen Aktenordner, auf dessen

Rücken bereits mein Name stand. Dann kam sie um den Schreibtisch herum und setzte sich neben mich aufs Sofa, schlug die Beine übereinander und strich ihren Rock glatt.

»Pass auf, Benson«, sagte sie in einem ganz neuen Tonfall: ernsthaft, aber immer noch ganz die Fremdenführerin, so, als würde sie Urlaubern den Ort eines Flugzeugabsturzes zeigen. »Es gibt ein paar Leute wie Curtis und Carrie da draußen, die dem Auto jedes Mal hinterherlaufen. Dann stehen sie an der Mauer und reden davon, dass sie versuchen wollen, drüberzuklettern und abzuhauen. Sie beklagen sich über jede Kleinigkeit.«

»Zum Beispiel darüber, dass wir hier in der Falle sitzen?«

Sogar Beckys Stirnrunzeln war ein halbes Lächeln. »Ich weiß, das ist unangenehm. Aber das ändert nichts. Und je eher du das akzeptierst, desto eher kannst du es hier genießen.«

»Was akzeptieren? Dass ich hier nicht wegkann? Dass ich mit niemandem draußen reden kann? Was ist das hier? Ein Gefängnis?«

Sie schüttelte den Kopf. »Es ist definitiv kein Gefängnis, Benson. Sieht so ein Gefängnis aus? Bekommen Gefangene phantastisches Essen und eine tolle Ausbildung? Sieh es doch so: Selbst wenn du ein

Telefon hättest, gibt es jemanden, den du anrufen würdest?«

Zuerst hielt ich das für eine rhetorische Frage, aber sie wartete auf eine Antwort.

»Ich würde die Polizei anrufen.«

»Das meine ich nicht. Wenn das hier eine normale Schule wäre, die dich das Telefon benutzen lässt, gibt es irgendjemanden, den du anrufen würdest?«

Sah man mir den Außenseiter so deutlich an? Aber sie hatte meinen Namen gewusst, bevor ich ihn ihr hatte sagen können, vielleicht hatte sie auch die Antworten in meiner Bewerbung gelesen – die Antworten, die besagten, dass ich keine Familie hatte.

Ich beschloss zu lügen. »Ich hab viele Freunde.«

»Ach ja?« Sie zog eine Augenbraue hoch. »Freunde, die du anrufen würdest, um mit ihnen zu plaudern?« Sie beugte sich näher zu mir und sah mir in die Augen.

Tja, auf meiner letzten Schule hatte ich keine gehabt – ich hatte dort niemanden kennengelernt, weil ich immer an der Tankstelle gewesen war. Und Mr Cole betrachtete ich garantiert nicht als Freund. Da war natürlich meine Sachbearbeiterin beim Jugendamt, aber die hatte sich nicht einmal meinen Namen merken können.

Ich schüttelte den Kopf. »Eigentlich nicht. Aber woher weißt du das?« Fast unmerklich verblasste

Beckys Lächeln. *Oho.* »Warte mal. Bei dir ist es genauso, ja?«

Sie senkte den Blick und trommelte geistesabwesend auf dem Aktenordner. »Ja. Das ist bei uns allen so.«

Ich konnte es nicht fassen. Eine ganze Schule voll mit Leuten wie mir – ohne Freunde, ohne Familie. Ohne jemanden, dem auffallen würde, dass sie nicht mehr da waren.

Ich schlug mit der Faust auf die Sofalehne.

»Sie nehmen nur solche, die keiner vermisst.«

Ihr Fremdenführerlächeln war wieder da. »Bei dir klingt das so unheilvoll.«

Ich sprang auf, rieb mir das Gesicht und fuhr mir durch die Haare. »Wenn das in deinen Ohren nicht unheilvoll klingt, Becky, dann bist du schon zu lange hier.« Maxfield war nicht nur ein Gefängnis. Die Schule verbarg ihre Machenschaften auch, indem sie nur Schüler auswählte, die keine Bindungen, kein Zuhause hatten.

Genau danach hatten sie auf dem Antragsformular für das Stipendium gefragt. Allerdings hatten sie es Persönlichkeitsprofil genannt. *Wie viele enge Freunde haben Sie? Wem vertrauen Sie sich an?* Ich hatte wohl genau richtig geantwortet: *keinen* und *niemandem*.

Falls die Schule sich Jugendliche herauspickte, die

von niemandem vermisst wurden, würde man uns dann je gehen lassen? Niemand würde nach uns suchen. Niemand scherte sich um uns.

Becky antwortete nicht. Als ich mich schließlich umdrehte, saß sie immer noch da und wirkte so gelassen wie sonst was. *Was stimmte mit der nicht? Kapierte sie denn nicht, was hier abging?*

»Meine offizielle Präsentation haben wir sozusagen vermasselt«, sagte sie lächelnd und seufzte theatralisch, »also lass uns gleich zu den Einzelheiten übergehen.« Sie hielt den Ordner hoch und winkte mich zu sich. Ich ging zu ihr, blieb aber stehen. »Dieses Buch ist dein Handbuch für alles, was mit der Maxfield Academy zu tun hat. Darin befinden sich alle Vorschriften, eine Karte des Geländes und eine Liste der Dienstleistungen. Alles, was du brauchst.«

Ich starrte sie an. »Ich glaube, du hast sie nicht mehr alle. Ich glaube, diese Schule hat dich bekloppt gemacht.«

Sie lächelte bloß. Was anderes konnte sie offenbar nicht. Sie musste völlig durchgeknallt sein.

»Benson, ich versuche doch nur, dir zu helfen.«

»Mir oder unseren Entführern?«

»Dir«, beharrte Becky. Sie reichte mir den Ordner und faltete die Hände im Schoß. »Jetzt hör zu. Wir müssen ein paar der wichtigeren Vorschriften durchgehen, und dann bringe ich dich rauf in den Wohnbereich für die Jungen.«

Na super. Ich wollte nicht in den Wohnbereich gehen; ich wollte, dass sie mich wieder rausbrachte. Ich würde über die bescheuerte Mauer klettern und von hier abhauen. Ich fragte mich, warum das sonst niemand getan hatte. Sie war hoch, das schon, aber es musste eine Möglichkeit geben. Die beiden, die Ms Vaughns Auto hinterhergerannt waren – vielleicht hatten die es versucht. Ich würde sie suchen und danach fragen.

»Benson?« Becky deutete auf das Handbuch.

Unwillig klappte ich den Ordner auf. Auf der ersten Seite war eine Schwarzweiß-Kopie des kunstvollen Wappens, das ich auf der Homepage der Schule gesehen hatte. In Farbe hatte das Wappen prachtvoll ausgesehen – als würde ich auf irgend so eine Eliteschule gehen, die alles, was in meinem Leben schiefgelaufen war, wieder in Ordnung bringen würde. Aber dieses Blatt wirkte nur wie die Kopie einer Kopie einer Kopie.

Seufzend setzte ich mich wieder hin, klappte den Ordner zu und sah Becky an. »Sind die Vorschriften so bescheuert wie alles andere?«

Sie lachte. »Sie sind überhaupt nicht bescheuert. Es sind sehr grundlegende Sachen.«

Ich nickte und fragte mich, wie jemand wie Becky wohl »grundlegend« definierte. Das, was sie unter »normal« verstand, war jedenfalls ziemlich gestört.

»Es gibt eine ganze Menge Vorschriften, die kannst du alle im Handbuch nachlesen. Aber vier sind besonders wichtig, denn die können dir viel Ärger einbringen. Vor allem: kein Sex.« Gekünstelt verzog sie das Gesicht. »Das ist das Erste, woran alle denken, wenn sie hören, dass es keine Erwachsenen an unserer Schule gibt. Aber auch wenn es keine Erwachsenen gibt, es gibt die da.« Sie erhob sich, ging quer durch den Raum und zeigte auf eine Überwachungskamera, die hoch oben in einer Ecke hing. Dabei wich sie meinem Blick aus, was wohl bedeutete, dass es ihr ebenso unangenehm war, mit mir darüber zu reden, wie mir, das von ihr zu hören.

»In jedem Raum, jedem Korridor«, fuhr Becky fort und sah immer noch in die Ecke hoch. »Sie wissen also genau, ob du ungezogen oder brav warst, und wenn du gegen eine der vier großen Vorschriften verstößt – wie das Sexverbot –, dann bekommst du Arrest.«

»Was bedeutet das?«

Becky sah mich an und kehrte an ihren Schreibtisch zurück. »Arrest ist so schlimm, dass du ihn unbedingt vermeiden willst.«

»Was soll das jetzt wieder heißen?« Ich legte den

Ordner beiseite und beugte mich vor. »Wie wär's mal mit ein paar vernünftigen Antworten?«

Becky stammelte irgendetwas und sah dabei überallhin, nur nicht zu mir.

»Was bedeutet Arrest?«, fragte ich noch einmal ganz langsam.

Sie atmete tief durch und sah zu Boden. »Leute, die Arrest bekommen, kehren nicht zurück.«

»Sie werden nach Hause geschickt?«

»Bestimmt nicht.«

»Was dann? Sie kommen an einen noch schlimmeren Ort?«

Beckys Fassade bekam einen Riss, ihr Gesicht verzog sich mit einem Mal zu – war das Traurigkeit? Angst?

»Ich weiß es nicht«, sagte sie entschieden und wandte sich von mir ab. »Niemand weiß das.«

Ich ließ nicht locker. »Hat denn schon mal jemand Arrest bekommen?«

»Können wir einfach sagen, es ist so schlimm, dass du es unbedingt vermeiden willst, und es dabei belassen?«

Ich gab nicht auf. »Hat schon mal jemand Arrest bekommen?«

»Ja.«

»Und ist nicht zurückgekommen?«

»Ja.«

»Super.« *Das passt doch zu dem ganzen anderen Scheiß.* Flüchtig fragte ich mich, ob ich unter diesen Umständen besser sofort gegen die Vorschriften verstoßen sollte, um mit Arrest bestraft zu werden und dadurch von hier wegzukommen. Aber das konnte nicht die Lösung sein. Arrest konnte nicht bedeuten, dass ich einfach nach Hause geschickt würde. Denn ich würde natürlich sofort zur Polizei gehen, und das würde die Schule niemals zulassen, da war ich sicher.

Ich sah wieder zu Becky. »Okay, das war eine Vorschrift. Wie lauten die anderen drei?«

»Kein Fluchtversuch.« Sie verschränkte die Arme und lehnte sich an einen Schrank an der hinteren Wand. »Kein Widerstand gegen Bestrafungen. Und kein gewalttätiges Kämpfen.«

Ich musste lachen. »Gewalttätiges Kämpfen? Gibt's denn auch friedliches Kämpfen?«

Sie grinste. »Ja, diese Regel ist komisch. Für die meisten Prügeleien bekommt man irgendeine leichte Strafe, aber wenn etwas wirklich Schlimmes passiert – zum Beispiel wenn jemand ernsthaft verletzt wird –, dann bekommt man Arrest. Den bekommt man immer dann, wenn man gegen eine der vier großen Vorschriften verstößt.«

»Und woher weiß ich, ob ich gewalttätig kämpfe

oder nicht?« Ich hatte nicht vor, mich in einen Kampf verwickeln zu lassen – ich war unter anderem deshalb hier, weil ich nicht mehr kämpfen wollte –, aber mir war nach Streiten.

»Das weiß man nicht.« Sie drehte sich um und öffnete einen Schrank, der voller kleiner Kartons war. »Deshalb ist es wahrscheinlich am besten, sich überhaupt nicht zu prügeln.« Sie holte drei Kartons heraus und hielt sie mir hin. »Möchtest du ein Armband, eine Armbanduhr oder ein Halsband?«

»Wie meinst du das?«

Sie reichte mir die Kartons. Jeder war etwa so groß wie meine Faust. Vorne drauf klebte jeweils ein schlichtes Foto auf blauem Hintergrund.

»Du kannst entweder ein Halsband, eine Armbanduhr oder ein Armband haben. Aber ich warne dich: Die gehen nicht mehr ab. Die Schule will nicht, dass du mit jemandem tauschst. Wenn du das Ding also erst einmal angelegt hast, ist das für immer.« Becky deutete auf ihren Hals. Zur Schuluniform gehörte auch eine Krawatte. »Ich habe ein Halsband genommen, und das bereue ich jetzt schon eineinhalb Jahre. Unter diesem engen Kragen scheuert es nämlich richtig eklig.«

»Wozu sind die da? Warum gehen die nicht mehr ab?«

»Oh«, sagte sie. »Entschuldige.« Sie ging zur Tür, und als sie dort ankam, hörte ich wieder dieses Summen und Klicken, wie draußen an der Eingangstür.

»Das ist der Chip.« Sie zeigte noch einmal auf ihre Halskette und ging zurück zum Schreibtisch. »Damit bekommst du Zugang zu deinem Wohnbereich und zu allen Orten, an denen du dich vertraglich verpflichtet hast zu arbeiten. Die Tür liest deinen Chip und öffnet die Verriegelung.«

Ich befand mich in einem Gefängnis und musste einen Chip tragen? Wollten die mich jederzeit aufspüren können?

»Und wenn ich mich weigere?«

Sie lächelte wieder, drehte den Kopf und sah mich kokett aus dem Augenwinkel an. »Und wenn ich bitte sage?«

»Was?«, schrie ich sie an. »Checkst du denn nicht, wie übel diese Schule hier ist? ›Willkommen auf der Maxfield Academy, hier ist Ihr persönlicher Peilsender. Wir beobachten alles, was Sie tun. Sie können niemals von hier weg.‹«

Becky ließ mich reden, sah mir schweigend zu, wie ich die drei Schritte bis zur Tür lief und den Türknauf drehte – die Tür war wieder verriegelt worden, nachdem Becky sich entfernt hatte. Sogar in diesem Raum war ich ein Gefangener.

Mit der flachen Hand schlug ich gegen die schwere Holztür. Dann drehte ich mich um und sah sie wütend an. Sie stand ganz still.

»Können wir uns wieder setzen?« Diesmal klang ihr Tonfall nicht ganz so unecht.

»Hilft mir das, hier rauszukommen?«

Sie zog die Augenbrauen hoch. »Bitte.«

Ich ging zum Sofa und ließ mich in die Polster plumpsen.

»Ich will dir schnell was sagen, hör zu.« Dabei sah sie mich aber nicht richtig an und sprach leise. Sie kam herüber zum Sofa, setzte sich dicht neben mich und sah mir in die Augen. »An dieser Schule gibt es ein paar Probleme. Du fährst am besten, wenn du dich an die Vorschriften hältst.«

Ich lehnte den Kopf an die Rückenlehne und starrte an die Decke. »Ich fahre am besten, wenn ich mich an die Vorschriften halte.«

»Ich meine es ernst. Du hast recht. An einer Schule dürfte so was nicht passieren. Uns dürfte so was nicht passieren. Aber es passiert. Und du hast nur die Wahl zwischen Arrest und ...«

»Und was?«

Sie seufzte. »Würdest du bitte einfach den Chip tragen?«

Ich packte Becky am Arm, sprang auf und riss sie

mit. Sie war zu überrumpelt, um sich zu wehren, und stolperte hinter mir her. Ich schubste sie gegen die Tür und drückte wütend ihre Arme gegen das Holz. Vor Schreck hatte sie die Augen weit aufgerissen.

Diesmal ertönten weder Summen noch Klicken. Ich starrte die immer noch verriegelte Tür an und hatte dabei das Gefühl, jemand drückte mir das Herz zusammen.

Fast unhörbar flüsterte Becky, das Gesicht ganz dicht an meinem: »Sie beobachten uns durch diese Kameras. Du kannst nur mit deinem eigenen Chip raus.«

Ich starrte sie an, geriet in Panik, wusste, dass ich auf eigene Faust niemals aus diesem Zimmer hinauskommen würde. Ich saß in der Falle. Ohnmächtig.

Sie versuchte zu lächeln. »Das ist schon okay. Das ist nicht das erste Mal. Und es …«

Beckys Stimme erstarb, aber ich wusste, was sie meinte. Ich war nichts Besonderes. Ich war nur ein Teenager unter vielen – ein Gefangener oder ein Versuchskaninchen oder wer weiß was – und ich würde auch nicht der letzte sein.

Ich ließ sie los, und Erleichterung huschte über ihr Gesicht. Sie duckte sich unter meinen immer noch ausgestreckten Armen hindurch und ging zurück zum Schreibtisch und den Kartons, die ich hatte fallen lassen. Ich drehte mich um, fassungslos und geschlagen, und sah ihr zu, wie sie ziellos mit den Kartons herumspielte, um sich wieder zu fangen.

Ich sagte: »Okay.«

»Also wirst du ihn tragen?« Becky klang erleichtert, kehrte mir aber immer noch den Rücken zu.

»Ich hab ja wohl keine andere Wahl.«

Sie drehte sich um und hielt mir mit einem Strahlen im Gesicht die Kartons hin. »Welchen möchtest du?«

»Die Armbanduhr, denke ich.«

»Die nehmen die meisten Jungs.« Im Nu war sie wieder ihr munteres altes Selbst, wenn auch noch immer ein bisschen erschüttert. Ich hatte ein schlechtes Gewissen, aber das versuchte ich zu verdrängen. Vielleicht war es falsch gewesen, was ich getan hatte, aber es war auch falsch, dass Becky den Entführern half.

Sie öffnete den Karton, holte eine schlichte graue Armbanduhr heraus, ging damit zum Schreibtisch und entfernte die Rückwand der Uhr. »Sie ist wasserdicht, du kannst sie also auch unter der Dusche tragen.«

Super. Dann war ja alles bestens. Widerwillig setzte ich mich wieder hin.

Sie steckte einen kleinen Chip in die Uhr, der am Rand ihres Schreibtischs gelegen hatte. »So, damit kommst du überallhin, wo du hinmusst – in deinen Wohnbereich, dein Klassenzimmer und überall dorthin, wofür du einen Vertrag hast.«

»Was für einen Vertrag?«

»Ach, richtig. Das ist eigentlich keine richtige Vorschrift. Hier die Kurzversion, damit du weißt, wie das mit den Verträgen funktioniert: Es gibt hier eine Menge Aufgaben, die erledigt werden müssen. Erwachsene sind ja keine da, und das heißt, es gibt keine Hausmeister oder Gärtner oder auch nur Lehrer. Deshalb werden alle paar Wochen Jobs ausgeschrieben, wir bieten darauf, und dann wird festgelegt, wer was macht.«

Becky brachte mir die Armbanduhr und legte sie mir ums Handgelenk. Der Verschluss schnappte zu – so eng, dass man es tatsächlich nicht mehr abnehmen konnte.

»Womit bieten wir denn? Geld?«

»Mit Punkten.« Sie setzte sich neben mich und schlug ein Bein unter, so dass sie mich ansehen konnte. »Wir bieten, für wie viele Punkte wir bereit sind, den Job zu übernehmen, und dann geben sie demjenigen mit dem niedrigsten Angebot den Vertrag. Mit den Punkten, die du für deine Jobs bekommst, kannst du Kleider oder Essen oder sonst was kaufen. Ich glaube, ein paar von den Jungs haben sogar Videospiele gekauft.«

»Muss jeder einen Job haben?« Ich hatte nicht die Absicht, dieser Schule zu helfen.

»So ungefähr.« Sie lächelte, und diesmal war ein bisschen deutlicher zu sehen, dass ihr Lächeln gekünstelt war. Sie berührte mich auch wieder an der Hand, was fast wie einstudiert wirkte. »Das alles läuft jetzt anders als früher. Besser – viel besser. Eine Zeitlang hat jeder nur für sich allein geboten. Aber alle haben sich geärgert, keiner war zufrieden, weil die guten Jobs bis auf einen Punkt runtergingen, und von einem Punkt kannst du dir nicht annähernd was kaufen. Also haben die Leute angefangen, sich zusammenzutun und als Gruppe zu bieten. Zum Beispiel bieten alle meine Freunde und ich auf die Verwaltungsjobs. Das hat ein bisschen besser funktioniert, weil ich nicht mehr mit meinen Freunden konkurriert habe, aber wir haben immer noch mit allen anderen konkurriert.«

»Wollten die Leute die Jobs denn so sehr?«

»Sicher«, erwiderte sie lachend. »Du kannst ein paar ziemlich lustige Sachen kaufen. Und wie du ja schon ein paarmal festgestellt hast, wir sitzen hier sozusagen fest, da hilft alles, was Spaß macht. Jedenfalls, meine Gruppe wurde größer, und wir haben nach und nach Abmachungen mit anderen Gruppen getroffen – wir bieten nicht auf die Hausmeisterjobs, wenn ihr nicht auf die Verwaltungsjobs bietet. So in der Art.«

»Wie eine Gewerkschaft also.« Mein Pflegevater in der vorvorletzten Familie – Mr Bedke – war Gewerkschafter gewesen, und er hatte ständig am Telefon gehangen und versucht, die Zustimmung der Mitglieder zu der einen oder anderen Sache zu bekommen.

»Kann sein«, sagte Becky. »Ich weiß nicht viel über Gewerkschaften. Aber seit etwa einem Jahr ist alles ziemlich eingespielt. Alle Jobs sind jetzt unter drei Gruppen aufgeteilt. Wir bieten nicht auf die Jobs der anderen, und dadurch verdienen wir alle jede Menge Punkte.«

»Dann muss ich wahrscheinlich einer dieser drei Gruppen beitreten, oder?«

»Genau. Leider gibt es da eine neue Vorschrift« – sie deutete auf die Überwachungskamera –, »und ich darf dir nicht mehr sagen, in welcher Gruppe ich bin. Aber wie gesagt, meine Gruppe hat die Verwaltungsaufträge. Du kannst ja mal rumfragen. Es wäre toll, wenn du zu uns kämst.« Sie lächelte mich herzlich an, und ich hatte fast den Eindruck, dass sie mit mir flirtete – damit ich ihrer bescheuerten Gewerkschaft beitrat. Und das nach dem, was ich gerade erst mit ihr gemacht hatte. *Wo war ich hier bloß gelandet?*

Ich lehnte mich zurück, meine Beine waren noch immer steif von der langen Reise. Ich überlegte, was ich sagen oder tun konnte, um von dieser Schule wegzukommen oder zumindest dafür zu sorgen, dass das alles ein bisschen normaler wurde, aber mir fiel nichts ein.

»Noch irgendwelche Vorschriften?«, fragte ich schließlich.

Sie zuckte die Achseln. »Sei pünktlich. Trag deine Uniform im Unterricht und zu den Mahlzeiten. Keine Drogen, kein Alkohol – allerdings bekommst du hier sowieso nichts. Keine Sachbeschädigung. Du weißt schon, lauter Selbstverständlichkeiten. In deinem Handbuch ist die vollständige Liste.«

Becky stand auf. Sie wirkte ein bisschen enttäuscht, aber ich wusste nicht, wieso. Erwartete sie von mir, dass ich versuchte, sie zu überreden, den Namen von ihrem bescheuerten Schülerjobverein doch noch auszuspucken?

»Willst du jetzt deinen Wohnbereich sehen?«

Ich seufzte. »Nein, aber ich hab ja wohl keine andere Wahl.«

Becky antwortete nicht, aber ihr Blick sprach Bände. Ich saß hier fest.

Wir verließen ihr kleines Büro, und sie vergewisserte sich, dass die Tür hinter ihr zufiel.

»Wenn du irgendwas brauchst, kannst du mich jederzeit ansprechen.« Sie deutete auf einen kleinen Klingelknopf neben der Tür. »Wenn ich nicht hier bin, kannst du mich damit anpiepsen. Das gehört zu meinem Job.«

Ich nickte, aber ich hatte nicht vor, noch einmal

hierherzukommen. Ich würde nach normalen Leuten suchen. Irgendwie hatte ich das Gefühl, dass die Hilfe, die Becky anzubieten hatte, nicht die Hilfe war, die ich wollte.

Wir gingen die Treppe hinauf, vorbei an Holzschnitzereien, riesigen alten Gemälden und zarten Zierleisten.

Mir fiel auf, dass keine Schüler zu sehen waren.

»Wo sind denn alle?«, fragte ich.

»Jetzt sind sie bestimmt in den Wohnbereichen. Es ist gegen die Vorschriften, nach unten zu gehen und dort auf Neuankömmlinge zu warten. Curtis und Carrie werden dafür bestraft werden.«

»Also sind sie jetzt alle in ihren Zimmern eingesperrt, im Haus eingesperrt, hinter den Mauern eingesperrt, hinter dem Zaun eingesperrt.«

Becky lachte. »Benson, man könnte meinen, du bist unzufrieden. Aber ja, sie sind alle im Wohnbereich. Na ja, die meisten jedenfalls. Die Gruppe, die für die Kantine zuständig ist, ist jetzt bestimmt unten und kümmert sich ums Abendessen. Da kannst du von Glück sagen.«

»Warum?«

»Wenn du in den Wohnbereich kommst, werden dich alle auffordern, ihrer Gruppe beizutreten. Der Kantinengruppe willst du nicht beitreten.«

Ich lächelte. »Dann ist das wohl nicht deine Gruppe?«

»Igitt, nein.«

Wir bogen um eine Ecke und gingen über eine weitere Treppe in den dritten Stock hinauf.

»Da sind wir.« Vor einer großen Holztür blieb Becky stehen. Ich hörte ein Summen. Sie zeigte zur Decke, und ich sah ein rundes schwarzes Gerät. »Das hat deinen Chip abgetastet. Diese Tür öffnet sich für alle Jungs, aber nicht für Mädchen. Am Summen erkennst du, dass sie jetzt offen ist. Du kommst in Zimmer vierhunderteinundzwanzig.«

Ich wollte schon den Türknauf drehen, aber sie hielt mich zurück.

»Benson«, sagte sie leise. Sie sah mir in die Augen. »Ich meine es ernst. Halt dich an die Vorschriften.«

Ich hatte den Eindruck, sie wollte noch etwas sagen, aber sie machte auf dem Absatz kehrt und eilte davon.

Ich öffnete die Tür und ging hinein.

4 Auf dem Korridor des Wohnbereichs drängten sich jede Menge Jungs – insgesamt vielleicht zwanzig. Die meisten saßen auf dem Boden. Wahrscheinlich warteten sie auf mich, denn als ich hereinkam, sprangen sie auf.

Sie lächelten, was das Zeug hielt, schüttelten mir die Hand, begrüßten mich herzlich und erinnerten mich mehr als nur ein bisschen an Becky. Ein hochgewachsener Typ, der mit seinem kurzen krausen Haar zu tief in den Geltopf gefallen war, stand ganz vorne in der Gruppe. Er trug eine Brille mit einem schmalen schwarzen Gestell und schien der größte der Jungen zu sein. Becky hatte gesagt, niemand sei alt genug, um den Abschluss zu machen, aber er musste alt genug sein.

»Benson«, sagte er und legte mir die Hand auf die Schulter. »Schön, dich endlich kennenzulernen.«

Irgendwo weiter hinten auf dem Korridor, hinter der Gruppe, ertönte Geschrei. Der große Typ führte mich in ein Zimmer.

»Hier drin ist es ruhiger«, sagte er. »Hier können wir uns unterhalten.«

Ich folgte ihm, hauptsächlich aus Neugier. Wo hätte ich auch sonst hingehen sollen?

Die Einrichtung des Zimmers bestand aus einem Etagenbett, zwei Schreibtischen, einem kleinen Waschbecken und einem Spiegel. Die Betten waren nicht bezogen – es sah aus, als würde hier gar niemand wohnen. Der Junge bot mir einen der Schreibtischstühle an und setzte sich selbst auf den anderen.

»Ich heiße Isaiah«, sagte er.

Der Junge, der Ms Vaughn hinterhergerannt war – Curtis hieß er, glaubte ich –, hatte gesagt, ich solle nicht auf Isaiah hören. Ich hatte keinen Grund, Curtis zu vertrauen, außer der Tatsache, dass er versucht hatte abzuhauen, was bedeutete, dass bei ihm die Schrauben nicht ganz so locker sitzen konnten wie bei Becky. Trotzdem, Isaiah wirkte harmlos.

»Becky hat dir von den Banden erzählt?«

Banden? Ich war nie Mitglied in einer Bande gewesen – dafür war ich nirgendwo lange genug geblieben –, aber ich hatte mein Leben in ihrem Umfeld verbracht. Ich hatte gedacht, ich hätte sie in Pittsburgh zurückgelassen. Aber wenn ich mir Isaiah so ansah, hatte der offensichtlich sowieso eine andere Vorstellung von Banden. Hier sah keiner gewalttätig oder auch nur im Geringsten unangepasst aus. Sie waren alle gründlich rasiert und trugen Nadelstreifenhosen und gestärkte Hemden. Und soweit ich das beurteilen konnte, waren das ihre Freizeitklamotten – keiner von denen hatte die Schuluniform an.

»Sie hat mir ein bisschen was über verschiedene Gruppen erzählt«, sagte ich. »Allerdings hat sie sie nicht Banden genannt.«

»Es sind Banden«, erwiderte er. »Sie sind gefährlich und verantwortungslos. Du wirst feststellen, Benson, dass es eine Menge Jugendlicher gibt, die diese Schule als Freifahrtschein betrachten. Sie finden es toll, dass es hier keine Eltern oder Lehrer gibt und sie sich benehmen können, wie sie wollen.«

»Klingt ja schrecklich«, bemerkte ich sarkastisch.

»Es ist schrecklich. Hast du mal *Herr der Fliegen* gelesen?«

Ich nickte. Lesen gehörte zum wenigen, worin ich in der Schule gut war, wahrscheinlich weil ich so viel Zeit allein verbrachte.

»Gut.« Isaiah wirkte beeindruckt. »Tja, hier auf der Maxfield haben wir die Wahl, wie wir leben wollen. Wir können entweder wie die Figuren in dem Roman sein – gewalttätige Wilde – oder wir können versuchen, uns wie zivilisierte Menschen zu benehmen. Ich bin schon lange hier, Benson, und ich kann dir versichern, dass zivilisiertes Benehmen der einzig gangbare Weg ist.«

Plötzlich ertönte irgendwo auf dem Korridor Gebrüll, und Isaiah bedeutete einem seiner Freunde, er solle die Tür schließen.

Ich betrachtete die sechs Typen im Zimmer. Sie wirkten angespannt, als würden sie auf etwas warten – vielleicht darauf, dass ich mich ihnen anschloss. Aber ich wollte eigentlich nur wieder nach draußen und mir überlegen, wie ich von dieser Schule abhauen konnte. Das Leben in Pflegefamilien war immer noch besser als das eines Gefangenen. Außerdem dauerte es nur noch neun Monate bis zu meinem achtzehnten Geburtstag, und dann würde ich unabhängig sein. Keine Schulen, keine Pflegefamilien mehr.

»Also«, sagte ich, »jetzt mal im Klartext. Ihr seid die Netten, ja? Ihr haltet euch an die Regeln, wie Becky erzählt hat? Gehört sie zu euch?«

»Ja, Becky gehört zu uns. Aber wir sind keine Bande. Darauf will ich ja hinaus. Wir sind nicht wie die anderen. Die anderen haben nichts als Kämpfen und Feiern im Sinn. Wir räumen ja ein, dass es hier Probleme gibt – glaub nicht, dass uns unsere Situation gefällt –, aber wir haben eine Entscheidung getroffen. Wir können leiden und womöglich getötet werden, oder wir können erfolgreich sein. Wir haben uns dafür entschieden, erfolgreich zu sein. Wir sind keine Bande. Wir sind die Society.«

Ich lachte, und Isaiah guckte finster. »*Die Society* – so wie Gesellschaft oder was? Ist das nicht nur ein hochtrabendes Wort für Bande?«

»Wir benehmen uns nicht wie eine Bande«, entgegnete er. »Wir behandeln einander respektvoll. Wir helfen uns gegenseitig. Wir ...«

Er brach ab, weil irgendetwas gegen die Tür krachte. Zwei seiner Freunde sprangen auf und lehnten sich von innen dagegen. Vom Korridor drangen gedämpft Stimmen herein.

»Hör zu«, sagte er, jetzt drängender. »Wenn du in Sicherheit sein willst, dann komm zu uns. Wir sind die größte Gruppe, und keiner wagt es, sich mit uns anzulegen.«

Dem Hämmern an der Tür nach hatte ich da so meine Zweifel.

»Wenn du ein gutes Leben willst, musst du auch zu uns kommen. Wir bekommen keine Strafen auferlegt wie die anderen, weil wir uns nach einem strengen Verhaltenskodex richten. Wir leben richtig, und wir handeln richtig.«

Die Tür sprang auf, aber die beiden Jungen schoben sie wieder zu. Ein dritter Junge stürzte hinzu und hielt den Türknauf fest.

»Wollt ihr denn nicht abhauen?« Mir war klar, dass uns für unsere Unterhaltung nicht mehr viel

Zeit blieb. »Haltet ihr euch immer nur an die Regeln?«

»Gegen die Vorschriften zu verstoßen hat noch nie zu etwas Gutem geführt«, erwiderte er. »Keiner entkommt von hier, und die, die es versuchen, werden bestraft.«

Jetzt standen Isaiahs fünf Getreue alle an der Tür und lehnten sich dagegen, stemmten sich gegen das, was draußen war.

»Aber schau dich doch an«, sagte ich. »Du bist ganz offensichtlich über achtzehn. Du müsstest die Highschool eigentlich schon hinter dir haben. Wie lange willst du noch hierbleiben und warten?«

»Ich bleibe so lange hier, wie es eben dauert. Ich werde mich nicht in Gefahr bringen, ich weiß, dass es nichts nutzt. Wenn man sich keinen Ärger einhandelt, kann es hier richtig gut sein. Du musst dich einfach nur an die Vorschriften halten.«

Wie auf ein Stichwort sprang die Tür etwa zwanzig Zentimeter weit auf, und es wurde laut im Zimmer. Einer von Isaiahs Wächtern trat nach jemandem, der draußen auf dem Korridor stand, und einem anderen gelang es, die Tür noch einmal zuzuschieben.

Ich drehte mich wieder zu Isaiah um. »Und was ist das da? Wenn ihr euch doch an die Vorschriften haltet?«

»Die von Havoc sind da draußen.« Isaiah nickte Richtung Tür. »Wir beschützen dich vor ihnen.«

Auf dem Korridor ertönte ein gewaltiges Krachen, und die Tür bebte. Nicht zu fassen, dass das alles nur deshalb passierte, weil ich mir eine Bande aussuchen sollte.

»*Havoc?*«

»Das ist eine der Banden.« Er sprach jetzt sehr schnell. »Ein Haufen Chaoten und Randalierer. Wenn du sie kennenlernst, wirst du verstehen, warum wir die Society gründen mussten.«

Die Tür stand jetzt einen Spaltweit offen, und die fünf Society-Jungs bekamen sie nicht mehr zu.

Isaiah packte mich an der Schulter. »Wir wollen dich bei uns haben, Benson. Wir sind die größte Gruppe und haben die meisten Verträge – die guten Jobs. Wir machen Security, Gesundheitsversorgung, Verwaltung, Lehre ...«

»Schüler sind für Security zuständig?«

»*Wir* sind dafür zuständig.« Er sah unverwandt zur Tür. »So will es die Schule.«

Ich schüttelte seine Hand ab. »Also helft ihr denen, uns hier drin festzuhalten?«

Mit einem Mal flog die Tür vollends auf, und die fünf erschöpften Türsteher wichen zurück.

Ein Junge stürmte herein, gefolgt von drei Freunden. Er war groß und mager und hatte braune Haare, die zu lang waren und ihm fast in die Augen fielen. Er trug die Uniformhose, aber statt des Hemds ein übergroßes schwarzes Kapuzenshirt, und er war über und über mit Goldketten behängt. Um sein linkes Auge herum war eine Falkenkralle tätowiert.

»Ich wette, Isaiah hat dir erzählt, du sollst brav sein und dich an die Regeln halten. Hab ich recht?«

Ich versuchte, gelassen zu bleiben, aber ich spürte, wie meine Muskeln sich anspannten. Obwohl dieser neue Junge mich ganz offensichtlich ebenfalls für seine Bande rekrutieren wollte, wirkte er, als wäre er auf einen Kampf aus. Und in Isaiahs Jungs hatte ich auch kein großes Vertrauen. Wenn sie zu fünft die Tür nicht gegen diese vier hatten halten können, wagte ich zu bezweifeln, dass man auf sie bauen konnte, wenn hier die Fäuste flogen.

»Wir sind Havoc«, sagte der Junge mit der Tätowierung und starrte mich herausfordernd an. »Wir kümmern uns um unsere Leute.« Er trat einen Schritt zurück.

Ich hatte schon mit Banden zu tun gehabt, und ich wollte ihn zwar nicht reizen, aber auch nicht schwach erscheinen, deshalb erwiderte ich so gelassen wie möglich: »Alle Banden kümmern sich um ihre Leute.«

Er zog eine Augenbraue hoch. »Ach ja?« Blitzschnell drehte er sich zu Isaiah um und verpasste ihm eine Ohrfeige. Dann stieß er ihn rückwärts zu Boden. Isaiah wehrte sich nicht, sondern kroch zur Wand und aus dem Weg.

Es war seltsam, das zu sehen. Eben noch hatte einer von Isaiahs Kumpels an der Tür gekämpft, aber jetzt rührten sie keinen Finger, um ihren Anführer zu verteidigen.

Der Typ von Havoc musste mir meine Verblüffung angesehen haben. »Die spielen dir nur was vor«, sagte er lachend. »Sie wollen dir weismachen, dass sie die Friedlichen sind, dass Isaiah so ein Scheiß-Gandhi ist oder was. Aber sie kämpfen. Wirst sehen.«

Er ging wieder zu Isaiah und tat so, als wollte er ihn treten, hielt jedoch inne und lächelte, als Isaiah zurückzuckte.

»Ich bin Oakland.« Er wandte sich wieder mir zu und streckte die Brust raus. »Ich weiß ja nicht, was das kleine Mädchen dir erzählt hat, aber die Vorschriften hier haben gar nichts zu bedeuten. Da drüben ist eine Kamera – Isaiah, willst du sie nicht küssen? Erzähl ihr, dass ich dich geschlagen habe.« Er sah wieder zu mir. »Ich kann diesen Idioten fertigmachen, ohne Arrest zu kriegen.«

Ich zögerte mit meiner Antwort und überlegte mir genau, was ich sagen wollte. »Also soll ich mich euch anschließen, weil du jemand zusammenschlagen kannst?« Oakland war größer als ich, aber ich glaubte nicht, dass er so stark war, wie er tat. Sogar mit diesem unförmigen Sweatshirt und den Goldketten sah er nicht besonders kräftig aus.

»Nein.« Er trat einen Schritt vor. »Du sollst zu uns kommen, weil jeder jeden fertigmachen kann. Du brauchst jemanden, der dir den Rücken deckt.« Er fletschte die Zähne, was wohl bedrohlich aussehen sollte. Ich war nicht beeindruckt.

Vor der Tür stand mittlerweile ein ganzer Haufen Schüler und beobachtete uns. Die meisten sahen aus, als würden sie zur Society gehören. Die Havoc-Jungs waren deutlich in der Unterzahl, und die anderen hätten sie locker aufhalten können. Also sagte Oakland die Wahrheit. Die Society spielte mir was vor. Ich fragte mich nur, wie viel von dem, was Oakland tat, echt war.

Ich taxierte seine drei Freunde, die jetzt ein paar Meter hinter ihm standen. Sie waren größer als Oakland, aber sie sahen auch dümmer aus. Natürlich würde jemand, der intelligent war, keine klobigen Goldketten um den Hals tragen, wenn er zu kämpfen vorhatte.

Oakland sprach jetzt sehr leise. »Du hast die Wahl, Alter«, sagte er. »Wir haben die Hand am Abzug. Du entscheidest, ob du davor oder dahinter stehst.«

Ich atmete tief durch. »Ich weiß nicht, für wen ihr euch haltet«, sagte ich ruhig und beobachtete Oaklands Augen, »aber ich bin schon von brutaleren Typen rumgeschubst worden – und ich habe zurückgeschubst.«

Oakland trat noch einen Schritt auf mich zu.

»Zurück«, warnte ich.

»Du willst dich unserem Isaiah hier anschließen.« Er setzte ein fieses Grinsen auf. »Ihr werdet perfekt zusammenpassen – vielleicht könnt ihr ja sogar in einem Bett schlafen.«

»Nein, ich schließe mich Isaiah nicht an. Ich weiß nicht, was es sonst noch gibt, und es ist mir auch egal. Ich hau ab von hier. Ihr Heulsusen könnt ja dableiben und weiter eure ...«

Bevor ich den Satz zu Ende bringen konnte, versetzte Oakland mir einen Stoß, und ich taumelte ein paar Schritte rückwärts gegen die Wand. Aber als er dann auf mich zukam, rammte ich ihm die Faust in den Magen. Er torkelte zurück, und ich stürzte mich auf ihn, packte seine Taille und schleuderte ihn rücklings auf einen der Schreibtische.

Einen Augenblick später waren seine Gorillas auf mir. Einer versuchte mich von Oakland wegzureißen, der andere sprang auf meinen Rücken. Ich ignorierte sie und boxte Oakland noch einmal. Diesmal streifte ich seine Wange. Ich holte wieder aus, aber da schlang mir jemand einen Arm um den Hals.

Ich versuchte, den Angreifer abzuschütteln, aber dafür musste ich Oakland loslassen. Ich richtete mich auf, der Arm des anderen Typen drückte immer fester auf meine Kehle, und so bemühte ich mich, rückwärts zu gehen, um ihn an die Wand zu quetschen. Sobald ich Oakland losgelassen hatte, stürzte er sich wieder auf mich, und seine ersten Fausthiebe landeten auf meinen Rippen. Ich versuchte, ihn mit Tritten abzuwehren, bekam aber kaum noch Luft.

Dann landete seine Faust in meinem Gesicht, und gleich darauf spürte ich, wie mir das Blut über Lippen und Kinn lief. Ich griff nach seinen Ketten, bekam eine zu fassen und riss daran. Er fiel nach vorn, und ich trat ihm ans Bein.

Aber ich konnte das nicht durchhalten. Der Arm um meinen Hals war unnachgiebig und kräftig. Meine Lunge sehnte sich nach Luft, aber es kam kaum etwas durch.

Ich konnte mich nicht mehr rühren – ich bekam den Arm nicht von meinem Hals los, und ich hatte nicht mehr die Kraft, Oakland abzuwehren. Die anderen beiden Gorillas sahen bloß zu und lachten. Oakland kam wieder auf mich zu, aber kurz bevor seine Faust ihr Ziel erreichte, sackte er gegen mich und fiel zu Boden.

Hinter ihm stand der Typ, der Ms Vaughns Auto hinterhergerannt war. Curtis.

»Er hat gesagt, er will weder zu Havoc noch zur Society«, sagte Curtis. »Das bedeutet, er gehört zu den Vs.« Er sah mich an. »Richtig?«

Ich konnte nicht sprechen. Ich versuchte, zu nicken, konnte aber den Hals nicht bewegen.

»Lass ihn los, Skiver«, fuhr Curtis den Typen an. Es wurde ganz still, und dann löste sich der Arm von meinem Hals.

Gierig holte ich Luft und taumelte nach vorn, drehte mich aber sofort zu Oakland und Skiver um.

»Du kommst zu den Vs, richtig?«, sagte Curtis. Es war eine Feststellung, keine Frage.

»Klar«, erwiderte ich und drückte die Hand auf die Nase, um die Blutung zu stoppen.

»Dann lass uns hier abhauen.«

Er ging rückwärts aus dem Zimmer, und mir fielen sechs, sieben Typen auf, die ihm folgten.

Oakland stand auf. »Du bist so gut wie tot, Fisher.«

Ich ließ mich nicht gern herumschubsen. »Versuch's doch.«

Curtis legte mir die Hand auf die Schulter und schob mich hinaus auf den Korridor.

»Ich bin Curtis. Und das da gerade war vermutlich

nicht klug«, meinte er, und ein Grinsen breitete sich auf seinem Gesicht aus.

Ich nickte. Ich wusste nichts über Curtis, außer dass er versucht hatte abzuhauen und mich vor den beiden anderen Bandenchefs gewarnt hatte. Das war vermutlich gut, aber die Vs – was ich mir darunter auch vorzustellen hatte – konnten genauso übel sein wie die anderen. Andererseits spielte das alles keine Rolle. Ich musste nur wieder nach draußen. Ich würde gar nicht so lange bleiben, dass es eine Rolle spielen konnte.

Curtis führte mich durch die Schüleransammlung und den langen Korridor entlang. Einige der Schaulustigen sahen wütend aus, aber andere klopften mir auf den Rücken und riefen mir Begrüßungen zu. Wir kamen an Zimmer vierhunderteinundzwanzig vorbei, gingen aber weiter.

»Ich glaube, da drin wohne ich«, erklärte ich.

Er schüttelte den Kopf. »Wir verlegen dich ans V-Ende.«

Wir näherten uns zwei Korridoren, die vom Hauptgang abzweigten. An der Kreuzung blieb ich stehen. Der eine Seitenkorridor war sauber und ordentlich, und an den Türen hingen Namensschildchen. Der andere war verwüstet und zugemüllt. Die Wände waren mit Graffiti beschmiert, und der Boden mit Papieren und schmutziger Kleidung übersät. Weihnachtslichterketten hingen willkürlich von der Decke, und darüber waren ein Dutzend BHs drapiert worden. Es sah aus wie eine Mischung aus Obdachlosenunterkunft und Wohnheim einer Studentenverbindung.

»Das ist der Havoc-Korridor«, sagte Curtis. »Halt dich von da fern.«

»Okay.«

Er deutete in die andere Richtung. »Und der da gehört der Society. Aber lass dich davon nicht täuschen. Die sind schlimmer. Egal. Komm weiter.«

Wir kamen an zwei anderen Nebenkorridoren vorbei, die allerdings unbewohnt aussahen, und gingen weiter bis zum drittletzten Zimmer auf dem Hauptkorridor. Curtis trat ein, blieb bei einem kleinen Waschbecken stehen und warf mir einen Waschlappen zu. Ich drückte ihn mir an die Nase.

An einem Schreibtisch saß ein jüngerer Schüler. Irgendjemand schloss die Tür hinter uns.

»Freut mich, dich an Bord zu haben.« Curtis setzte sich aufs untere Bett. Weder er noch der Junge schienen sich an die seltsame Mode zu halten, die ich bei den anderen gesehen hatte. Sie trugen einfach die Uniform, nichts Besonderes. »Das mit Oakland tut mir leid. Normalerweise sorgt die Society dafür, dass er aus dem Weg ist. Man kann Isaiah nicht davon abhalten, sich auf jeden neuen Schüler zu stürzen – es gibt einfach zu viele Society-Jungs. Aber Oakland können sie normalerweise ein paar Stunden in Schach halten.«

Ich nahm den Lappen vom Gesicht, um zu sehen, ob die Blutung schwächer wurde. Wurde sie nicht. Also legte ich ihn mir wieder auf die Nase.

»Hör zu«, sagte ich. »Danke, dass du dazwischengegangen bist, aber ich glaub nicht, dass ich sehr lange hier sein werde.«

»Genau deshalb passt du ja perfekt zu den Vs.« Curtis deutete auf den anderen Jungen im Zimmer. »Das ist übrigens Mason. Dein Zimmergenosse.«

Ich hob grüßend die Hand. Dann stand ich auf und ging vorsichtig zum Waschbecken. Von Oaklands Fausthieben tat mir der Unterleib weh. Ich sah in den Spiegel, aber mein Gesicht war nicht allzu schlimm zugerichtet. Mein Sweatshirt war voller Blut, aber ich sah keine Prellungen.

»Versuchst du, von hier abzuhauen?«, fragte ich.

»Ein paar von uns versuchen das«, erwiderte Curtis. »Wir wissen nicht, wie, aber wenigstens nehmen wir nicht alles hin.«

»Wofür steht das V?«

»Wir nennen uns die Variants. Die anderen beiden Banden spielen das Spiel mit. Havoc – also Oaklands Haufen –, die wollen einfach nur die Macht haben. So viele Punkte wie möglich absahnen, das Sagen haben,

Party machen. Die von der Society glauben, wir kommen hier nur raus, wenn wir uns an die Regeln halten, rumschleimen und alles tun, was Iceman uns sagt. Die Vs sind alle anderen. Wenn du nicht mit dem anderen Mist zu tun haben willst, nehmen wir dich.«

»Iceman?«

Curtis lachte auf. »So nennen wir den Typen, der die Ansagen macht.«

Ich wusch das Blut mit kaltem Wasser aus dem Lappen und hielt ihn mir wieder unter die Nase. »Also, was ist das hier für ein Laden?«

»Wer weiß?«, sagte Curtis. »Ich bin jetzt seit einheinhalb Jahren hier, und nichts ergibt irgendeinen Sinn.«

Mason meldete sich zu Wort. »Ich glaube, die testen uns. Wir sind Ratten in einem Labyrinth.«

Curtis nickte. »Das denken eine Menge Leute hier. Allein die ganzen Überwachungskameras. Und hin und wieder lassen sie uns verrückte Sachen machen … wie Experimente. Andere denken, sie trainieren uns für irgendwas. Und ein paar halten das hier wirklich für ein Gefängnis.«

»Habt ihr denn was angestellt, wofür man euch ins Gefängnis stecken würde?« Ich war in meinem Leben schon in viele Kämpfe verwickelt gewesen, aber ich glaubte nicht, dass irgendetwas davon für eine Gefängnisstrafe reichte.

Curtis zuckte die Achseln. »Keiner hier hat irgendwelche Bindungen nach Hause – keine Freunde, keine Familie. Bei so einem Leben hatte natürlich nicht jeder von uns eine total weiße Weste. Aber ich kenne auch keinen, der was wirklich Schlimmes angestellt hätte. Wie ist es bei dir?«

Ich schüttelte den Kopf. »Nein, bin bloß ein Pflegekind.«

»Das ist ziemlich normal hier.« Er stand auf. »Ich kümmere mich darum, dass du für dieses Zimmer eingeteilt wirst. Mason zeigt dir alles. Heute Abend brauchst du nicht in die Kantine zu gehen – wir finden was zu essen für dich. Geh erst mal nirgendwo alleine hin.« Curtis lächelte. »Du hast die Havocs verärgert – die meisten neuen Schüler ignorieren Oakland einfach oder stecken ein, zwei Schläge ein.«

»Ich dachte, kämpfen wäre gegen die Vorschriften.« Andererseits schien ziemlich wenig von dem, was ich im Wohnbereich gesehen hatte, den Vorschriften zu entsprechen.

»Die Vorschriften sind verrückt.« Curtis zuckte müde die Achseln.

»War wohl kein ›gewalttätiges Kämpfen‹.«

Er lächelte. »Genau. Jedenfalls, ich komme nachher wieder. Willkommen bei den Vs.«

Er ging hinaus und schloss die Tür hinter sich.

»Keine Sorge, Fish«, sagte Mason. »Bleib einfach dicht bei uns anderen. Die Banden haben einen Waffenstillstand geschlossen, da werden sie nichts Großes anzetteln.«

Ich nickte und trat an das kleine Fenster. Hinter der Schule sah ich einen breiten Weg und ansonsten meilenweit nur Wald.

»Ich hau von hier ab«, sagte ich.

Mason zuckte die Achseln. »Das sagen alle.«

5 An diesem Abend verließ ich das Zimmer nicht mehr und redete auch mit niemand anderem. Curtis kam mit Lasagne und Grissini zurück. Das Essen war besser, als ich erwartet hatte – es schmeckte eher, als käme es aus einem Restaurant als aus einer Kantine. Mason blieb noch wach und las. Ich glaube, er rechnete damit, dass ich ihm Fragen stellte, aber ich lag still in meinem Bett.

Ich las das Handbuch, weil ich hoffte, darin ein paar Antworten auf meine Fragen zu finden. Aber das war nicht der Fall. Es war größtenteils eine Wiederholung dessen, was ich bereits gehört hatte – tu dies, lass das. Die Gründe für diese Vorschriften wurden nirgends erklärt, und sie waren nicht einmal mit Bestrafungen verknüpft. Ich gewann den Eindruck, dass die anderen die Bestrafungen durch eigene Erfahrung herausgefunden hatten.

Noch einen Tag zuvor war ich bei meiner Pflegefamilie gewesen, hatte wach gelegen und mir vorgestellt, wie wunderbar mein neues Leben sein würde. Jetzt lag ich wieder wach und wünschte mich zurück zu meiner Pflegefamilie. Das war einfach nicht fair. Aber wann war das Leben jemals fair zu mir gewesen?

Als es dämmerte, saß ich am Fenster und suchte nach irgendeinem Fluchtweg. Was ich sah, war nicht allzu vielversprechend: bloß ein paar Geräteschuppen, einen kleinen Bereich mit unüberdachten Tribünen – ich hatte keine Ahnung, wozu die dienten, da wir ja schlecht gegen andere Schulen antreten konnten – und endlosen Kiefernwald.

Auf der Laufbahn unten joggte ein Mädchen.

»Das ist Mouse«, sagte Mason, der hinter mich getreten war. »Sie ist die weibliche Ausgabe von Oakland – die beiden sind die Anführer von Havoc.«

»Mouse?«, fragte ich mit einem halbherzigen Lachen. Die sogenannte Maus war eine große, braungebrannte Brünette in kurzen Shorts und einem Sport-BH. Sie hatte keinerlei Ähnlichkeit mit ihrem Spitznamen.

»Tja.« Mason sah ihr beim Joggen zu. »Bei Havoc haben alle so bescheuerte Namen. Wahrscheinlich gehört das zum Image. Mouse, Oakland, Skiver, Walnut.« Er wandte sich ab, um sich anzuziehen.

»Und das soll die Leute einschüchtern?«

»Täusch dich nicht. Mouse ist ein Biest.«

In schnellem regelmäßigem Tempo joggte sie über die ovale Laufbahn. Ich fragte mich, ob sie für einen

Fluchtversuch trainierte. Ich wünschte, das da unten wäre ich – ich würde direkt in den Wald laufen und von hier abhauen.

»Kann jeder auf die Laufbahn?«, fragte ich.

»Nein. Havoc hat den Vertrag für die Außenanlagen. Die können fast die ganze Zeit raus. Die Society macht die Security, deshalb können die überallhin. Aber wir nicht.«

»Ein Grund, der Society beizutreten«, sagte ich und bereute es sofort. Ich hatte nur laut gedacht, aber die Idee war so gut, dass ich wünschte, ich hätte sie für mich behalten.

»Das klappt nicht«, entgegnete Mason. »Das haben schon andere versucht – sind zur Society gegangen, um ins Security-Team zu kommen. Aber die Leute sind handverlesen, von Isaiah, du würdest da nie reinkommen.«

»Warum nicht?«

»Du hast ihn zurückgewiesen. Leute, die zu Isaiah nein sagen, können bei der Society nichts werden.«

»Was für Verträge haben wir?«

Mason grinste. »Hausmeister- und Instandhaltungsarbeiten. Macht nicht viel her, ist aber ziemlich gut bezahlt.«

Mouse bückte sich, um einen Schuh neu zu schnüren, und joggte dann weiter.

Ich hörte, wie Mason hinter mir die Schranktür öffnete. »Hey, Fish. Dein Zeug ist angekommen.«

Ich drehte mich um. Meine Schuluniformen – je sieben weiße Hemden, rote Pullover und schwarze Hosen – hingen ordentlich im Schrank. Am Boden darunter lagen Schuhe, Socken und eine Tasche mit Schulbedarf: Blöcke, Bleistifte und ein sehr kleines Notebook, etwa so groß wie ein Taschenbuch.

»Hat das heute Nacht jemand vorbeigebracht?«

»Nein.« Mason zog ein Hemd aus seiner Seite des Schranks. »So kommt das Zeug hier an, das wir mit unseren Punkten kaufen. Wie es genau funktioniert, weiß ich nicht. Abends machen wir den Schrank zu, und morgens sind die ganzen neuen Sachen drin. Das ist eine Art Aufzug.«

Ich ging zum Schrank und tastete die Ritzen ab, um herauszufinden, wie der Aufzug funktionierte. »Ich war die ganze Nacht wach, glaube ich. Ich hab nichts gehört.«

Mason zuckte die Achseln. »In den anderen Zimmern kann man ihn hören. Unserer quietscht einfach nur nicht so wie die anderen.«

Ich nahm ein Hemd vom Bügel. Ich hätte gern geduscht, wollte mich aber im Augenblick lieber nicht mit den Gemeinschaftswaschräumen auseinandersetzen.

Mason redete weiter, während er sich anzog. »So

vor einem Jahr hat ein Junge versucht, es herauszufinden, und die Nacht im Schrank verbracht. Sie müssen ihn mit den Kameras beobachtet haben, denn der Aufzug hat sich erst bewegt, als er wieder draußen war. Er hat alles Mögliche versucht – hat gewartet, bis es völlig dunkel im Zimmer war und sich dann reingeschlichen oder jemandem gesagt, er soll sich vor die Kamera stellen, während er sich versteckt hat.«

Ich zog mein T-Shirt aus und das Hemd an. Es war derart gestärkt, dass es ganz steif war.

»Sie beobachten uns ziemlich genau, was?«

»Ja. Deshalb machen wir ja so bescheuerte Sachen wie die Uniform tragen. Es ist gegen die Vorschriften, den Wohnbereich ohne Uniform zu verlassen. Nicht zum Unterricht zu gehen, ist gegen die Vorschriften. Sich nicht zu rasieren, ist gegen die Vorschriften. Alles ist gegen die Vorschriften.«

Ich musste Mason bitten, mir bei der Krawatte zu helfen – ich hatte noch nie eine Krawatte gebunden. Er meinte, das sei relativ normal bei neuen Schülern.

Mason wirkte ziemlich gelassen. Er war ein V, aber im Gegensatz zu mir schien er nicht unter allen Umständen hier rauszuwollen. Unwillkürlich fragte ich mich, ob er nur deshalb bei den Variants war, weil er nicht leidenschaftlich genug für die Society- oder Havoc-Bande war.

Auf Masons Rat gingen wir nicht zum Frühstück runter in die Kantine. Er sagte, es sei vielleicht besser, wenn wir den Wohnbereich erst zum Unterricht verließen, nur um sicherzugehen, dass Oakland bereits weg wäre. War mir recht.

Stattdessen zog er einen Karton mit Snacks hervor, die er von seinen Punkten gekauft hatte, und verdrückte rasch zwei Müsliriegel. Er bot mir auch einen an, aber ich lehnte ab. Es war bestimmt nicht leicht gewesen, die Punkte für die Riegel zu verdienen, und ich wollte hier niemandem etwas schulden.

Als die anderen Jungs um acht Uhr nach und nach aus der Kantine zurückkamen, läutete es im Korridor laut.

»Du wirst es lieben«, versprach Mason grinsend, als wir zur Tür gingen.

Ein paar Jungs hatten sich um einen Flachbildfernseher versammelt, der an einer Wand hing und einen Mann an einem Schreibtisch zeigte. Er war schon älter – vielleicht Ende fünfzig, schätzte ich –, aber sein Gesicht war hager und muskulös. Seine dunklen Augen blickten kalt, und er sah direkt in die Kamera – direkt zu mir, so kam es mir vor.

Ich spürte eine Hand auf der Schulter und drehte mich kurz um: Curtis.

»Darf ich vorstellen: Iceman.«

Der Mann zuckte kaum merklich zusammen und wandte den Blick für einen Moment von der Kamera ab. Dann sah er wieder mich an.

»Schülerinnen und Schüler«, sagte er in scharfem, nüchternem Ton. »Wieder einmal Ungehorsam an einem Ankunftstag. Es gab mehrere Vorfälle von Kämpfen im Wohnbereich der Jungen. Seien Sie versichert, dass die Bestrafungen heute im Unterricht bekanntgegeben werden. Noch beunruhigender ist jedoch das unveränderte Benehmen von Curtis Shaw und Caroline Flynn. Zwar stellen ihre Handlungen keinen regelrechten Fluchtversuch dar, und daher werden sie auch keinen Arrest erhalten, doch diese wiederholte Missachtung der Vorschriften können wir nicht dulden.«

Ich sah zu Curtis. Sein Mund war noch zu einem Grinsen verzogen, aber in seinem Blick lag keinerlei Heiterkeit mehr.

»Heute im Unterricht werden Sie Ihre Strafe erfahren, die« – Iceman hielt inne und lächelte beinahe – »Sie *ermutigen* wird, künftig gehorsamer zu sein.«

Er starrte noch eine Sekunde in die Kamera, dann wurde der Bildschirm blau, und der Stundenplan für den heutigen Tag erschien.

Kurz darauf, um fünf vor neun verließen wir den Wohnbereich und gingen zum Unterricht. Als wir die Treppe hinabgingen, staunte ich darüber, wie wenig Schülern wir begegneten. Die meisten Zimmer waren leer, und auf den breiten Korridoren hätten viel mehr Leute Platz gefunden, als ich sah.

»Dieses Gebäude ist riesig«, sagte ich zu Mason. »Wie viele Kids gibt es hier?«

»Nicht so viele. Das Gebäude ist größtenteils leer.«

»Hundert? Zweihundert?«

»Nein, nicht einmal. Ich meine, mit dir müssten wir jetzt vierundsiebzig sein.«

Ich nickte, aber ich war verblüfft. An einer Schule dieser Größe hätte ich viel mehr Schüler erwartet. Vielleicht waren wir leichter zu kontrollieren, wenn die Gruppe klein war. Oder vielleicht kamen ja auch noch mehr.

Das Klassenzimmer war ein bisschen eng für uns fünfundzwanzig, aber er sah immer noch besser aus als jeder andere Unterrichtsraum, in dem ich je gewesen war. Der Boden war aus Holz und auf Hochglanz gebohnert. Die Wände bestanden aus dunkel gebeiztem Holz, und an der vorderen Wand hing anstelle einer Tafel ein breiter Flachbildfernseher.

Mason wählte einen Platz an der Wand, und ich setzte mich neben ihn. Offensichtlich blieben die Banden auch im Unterricht unter sich. Die Society – zu erkennen an den makellosen Uniformen, ordentlichen Frisuren und gründlich rasierten Gesichtern – nahm die ersten beiden Reihen ein. Die Leute von Havoc saßen ganz hinten, die Uniformen aufgepeppt mit protzigem Schmuck und aufgemalten Tattoos. Außer Mason und mir waren bisher noch keine weiteren Vs im Raum, aber offenbar kleideten wir uns nicht wie die übrigen Banden alle gleich. Eigentlich logisch bei einer Gruppe, die die Variants hieß.

»Gehören wir beide wirklich in dieselbe Klasse?«, fragte ich. Mason musste mindestens zwei Jahre jünger als ich sein.

Er lachte und trommelte zerstreut auf dem Tisch, während die noch fehlenden Schüler nach und nach eintrafen. »Hier gibt es kein erstes, zweites oder ein Abschlussjahr. Du gehst einfach zum Unterricht. Ach, und das Beste ist, es gibt keine Noten.«

»Aber es gibt doch Tests, oder? Das hat Becky jedenfalls gesagt.«

»Klar.« Mason hob die Hand und winkte jemanden zu sich. »Aber wir bekommen die Ergebnisse nicht zu sehen. Wir bekommen keine Zeugnisse.«

»Und warum gibt sich dann überhaupt jemand Mühe?«

»Punkte«, sagte er. »Punkte und Strafen. Das hält

die Schule am Laufen. Apropos ...« Mason nickte Richtung Tür.

Ich sah auf: Gerade kamen drei Mädchen herein. Becky war die Erste, sie lachte über irgendetwas. Dann sah sie sich im Klassenraum um, und als unsere Blicke sich trafen, winkte sie knapp und lächelte.

Sie und ihre Freundinnen setzten sich in die erste Reihe, in die Nähe der Tür. Ich wollte Mason gerade nach ihr fragen, da schob sich ein halbes dutzend Leute auf einmal durch die Tür, und Mason tippte mir auf die Schulter und deutete auf die Schüler.

»Vs«, sagte er.

Zwei Mädchen setzten sich an die Tische vor Mason und mir. Sofort wandten sie sich zu uns um und fingen an zu reden.

»Hast du dich wirklich mit Oakland geprügelt?«, fragte das Mädchen, das vor mir saß. Sie hatte große grüne Augen und rote Haare, die fast genauso leuchteten wie ihr Pullover.

Ich nickte und deutete auf meine Lippe, die immer noch ein wenig geschwollen war. »Ich werde versuchen, das in Zukunft zu vermeiden.«

»Warum?«, fragte sie lachend. »Ich hoffe, du machst es noch mal. Und ich hoffe, ich bin beim nächsten Mal dabei. Ich bin Jane. Und das ist Lily.«

»Hi. Ich bin Benson.«

Jane kniff die Augen zusammen, lächelte aber immer noch. »Das ist ein komischer Name. Nach wem haben sie dich benannt?«

Ich zuckte die Achseln. »Keine Ahnung.«

»Tja, Benson, ich bin froh, dass du dich für die Vs entschieden hast. Wir sind nicht sehr viele und brauchen jeden, den wir kriegen können.«

»Ich hab nicht vor, besonders lange hier zu sein«, sagte ich, was sie erneut zum Lachen brachte.

»So was darfst du nicht sagen.« Sie tat schockiert. »Was, wenn dich jemand von der Society hört?«

Vielleicht musste ich meine Meinung über diese Schule doch noch einmal überdenken. Jane wirkte glücklich – aufrichtig glücklich. Bevor ich hier in den Klassenraum gekommen war, hatte ich aus irgendeinem Grund gar nicht in Betracht gezogen, in diesem verrückten Gefängnis von Schule Mädchen kennenzulernen.

»Woher kommst du, Jane?«

»Baltimore. Warte, der Unterricht fängt an. Haben sie dir erzählt, was dich erwartet?«

Ich schüttelte den Kopf. »Nicht so richtig.«

»Lesen und Schreiben bringen sie uns hier nicht bei.« Sie grinste und drehte sich wieder nach vorne um.

Im Nu waren alle still, es ging viel schneller als in meinen Schulen zu Hause. Ein Mädchen, das am Tisch neben Becky gesessen hatte, stellte sich vor die Klasse. Ihre blonden Haare waren zu einem straffen Knoten hochgesteckt, und ihr nüchternes Make-up ließ ihre Haut beinahe so weiß erscheinen wie ihre Zähne.

»Willkommen zum Unterricht«, sagte sie ein bisschen zu enthusiastisch. »Wir freuen uns sehr, dass wir heute Morgen einen neuen Schüler begrüßen können. Benson, würdest du bitte aufstehen und dich selbst vorstellen?«

Ich sah zu Mason, der lächelte und die Achseln zuckte.

»Ich bin Benson Fisher«, sagte ich also. »Aus Pittsburgh. Ich bin siebzehn. Und ich finde es total beschissen, dass ihr hier rumsitzt und so tut, als wäre alles in Ordnung.«

Ein paar fingen zu tuscheln an, und als ich mich wieder setzte, hörte ich hier und da auch Kichern. Jane drehte sich zu mir um und nickte anerkennend. Becky saß reglos da und sah nach vorn. Das Mädchen, das vor der Klasse stand, wirkte völlig unbeeindruckt.

»Willkommen, Benson«, sagte sie. »Ich weiß, du wirst dich schnell eingewöhnen.« Sie klappte ihren Minicomputer auf. »Ich heiße Laura und bin die Lehrassistentin in dieser Klasse. Mason, würdest du Benson heute helfen?«

Mason salutierte sarkastisch.

»Danke. Bevor wir anfangen, gebe ich nur rasch die heutigen Bestrafungen bekannt.« Laura suchte den Klassenraum ab, ihr Blick wanderte langsam zwischen ihrem Computerbildschirm und den vor ihr sitzenden Schülern hin und her. »Ah. Skiver. Kämpfen. Kein Essen heute.«

Skiver, der an der Wand saß, fluchte und schlug mit der Faust auf den Tisch. Ich sah genau in dem Moment wieder zu Laura, so dass ich nicht mitbekam, was Skiver danach tat, doch sie wurde rot und fing an zu stottern.

»Ähm, offenbar … Sonst steht keiner von hier auf der Bestrafungsliste. Fein. Mit dem heutigen Unterricht entfernen wir uns ein Stück von dem, was wir zuletzt gemacht haben, aber ihr habt euch in Werkstoffkunde alle so gut angestellt, dass sie wohl zu dem Schluss gekommen sind, wir könnten zu etwas Neuem übergehen. Heute werden wir uns mit Ästhetik beschäftigen.«

Jane und Lily sahen sich an. Lily verdrehte die Augen.

»Ästhetik«, las Laura von ihrem Bildschirm ab, »ist die Wissenschaft, die sich mit dem Studium des Schönen befasst. In diesem Lernabschnitt werden wir uns mit Fragen wie ›Was ist Kunst?‹ und ›Was ist Schönheit?‹ beschäftigen.«

Mason beugte sich zu mir und flüsterte: »Alle paar Wochen kommt was Neues. Verrückter Quatsch wie das hier. In Werkstoffkunde gab es wenigstens Explosionen.«

Der Unterricht kam mir endlos vor. Laura sprach nur wenige Minuten und teilte uns danach einen Test aus, der angeblich der Einschätzung unseres Wissens zum neuen Thema diente. Ich wusste keine einzige Antwort. Nach dem Test sahen wir uns ein Video an, das aus einer endlosen Abfolge von Bildern mit Statuen, Vasen und Gemälden bestand, während im Hintergrund eine monotone Stimme mit britischem Akzent dozierte. Eine Handvoll Schüler schien wirklich aufmerksam zuzuhören, aber die meisten versuchten einfach nur, wach zu bleiben. Sogar Laura, die sich wieder an den Tisch neben Becky gesetzt hatte, wirkte gelangweilt.

Den Großteil des Unterrichts verbrachte ich damit, Janes Hinterkopf zu betrachten, ihre roten Haare, die ihr über die Schultern fielen und meinen Tisch berührten.

Diese Schule war nicht das, was ich wollte oder erwartet hatte, doch ich musste zugeben, dass manches an ihr besser als zu Hause war. Ich hatte schon viele langweilige Unterrichtsstunden abgesessen, in schmutzigen Klassenzimmern, in denen es entweder erstickend heiß oder eiskalt gewesen war. Ich hatte beobachtet, wie die Kids Drogen herumgehen ließen, während der Lehrer ihnen den Rücken zukehrte. Und ich hatte mir an vielen Tagen gewünscht, ich könnte es mir leisten, in der Schulkantine zu essen.

Ich rückte das Notebook auf meinem Tisch zurecht und berührte dabei »versehentlich« mit den Fingerspitzen Janes Haare.

Nein. Ich konnte mich mit dieser Schule nicht arrangieren. Ich würde nicht sein wie die anderen. Becky hatte gesagt, wir säßen hier fest und könnten deshalb genauso gut das Beste daraus machen. Aber ich würde hier nicht lange festsitzen.

6 Als ich hinaus auf den Korridor trat, stellte ich fest, dass statt Mason Jane neben mir ging. Mason und Lily folgten uns, in ein Gespräch vertieft.

»Das Mädchen da, Laura, benimmt sich, als wäre sie Expertin für dieses Zeug.« Ich deutete zurück zum Klassenraum. »Als wäre sie wirklich eine Lehrerin.«

»Das ist typisch für die Society«, sagte Jane. »Sie sind die zukünftigen Führer Amerikas – gefangen in einem Monstrositätenkabinett von Schule.«

»Hat schon mal jemand versucht, hier rauszukommen?«, fragte ich hinter vorgehaltener Hand. »Ich meine, ernsthaft versucht?«

Jane lächelte. »Außer den Kameras gibt es auch Mikrophone.«

Ich nickte und fragte mich, ob das hieß, dass sie mir wirklich etwas zu sagen hatte, oder sie nur nicht wollte, dass ich in Schwierigkeiten geriet. Ich bezweifelte, dass ich noch Schlimmeres sagen konnte als das vorhin bei meiner Vorstellung vor der Klasse.

Jane führte mich zur Kantine, die unten im Erdgeschoss im hinteren Teil der Schule lag. Unterwegs behielt ich die Decke im Auge und zählte mindestens zweiunddreißig Kameras in den vier Minuten, die wir für den Weg benötigten. Die Mikrophone, von denen sie gesprochen hatte, sah ich nicht, aber glaubte ihr trotzdem.

Die anderen Schüler, die wir auf dem Korridor trafen, zeigten nichts mehr von der Wut, die ich bei meiner Ankunft bei ihnen gesehen hatte. Keiner beschwerte sich über unsere Lage. Keiner versuchte zu fliehen. Es sah beinahe aus wie in jeder anderen Schule, auf der ich je gewesen war – manche unterhielten sich, manche lachten, ein paar flirteten. Ich fragte mich, wie lange es gedauert hatte, bis sie aufgegeben hatten. Einen Monat? Ein Jahr?

Die Schlange vor der Essensausgabe erstreckte sich bis auf den Korridor. Jane und ich stellten uns an.

»Das Essen hier ist nicht schlecht«, sagte sie. »Havoc hat den Vertrag, weil der Essensdienst Unmengen von Punkten bringt. Aber ein Teil der Punkte hängt davon ab, wie wir sie bewerten. Deshalb müssen sie sich Mühe geben.«

»Wie lange bist du schon hier?« Ich lehnte mich an die Wand und betrachtete sie. Jane hatte sehr helle Sommersprossen auf der Nase und den Wangen.

»Ach, ich war eine der Ersten.« Sie verschränkte die Arme vor der Brust.

»Wie lange ist das her?«

»Zweieinhalb Jahre, glaube ich. Ich verfolge das nicht mehr so genau.«

»Wie viele Schüler waren damals hier?«

Sie schüttelte den Kopf, und ihr Lächeln erlosch. »Nicht viele. Fünfzehn. Sie sind alle nicht mehr hier.«

Die Schlange rückte ein Stück vor.

»Wo sind sie hin?«

Geistesabwesend fuhr sie mit dem Finger über die Holztäfelung an der Wand und antwortete mit gedämpfter Stimme: »Die meisten haben Arrest bekommen. Keiner ist da wieder rausgekommen, falls du das wissen wolltest. Damals haben die Leute ernsthafter versucht zu fliehen.«

Ein Mädchen mit schwarzen Haaren und einem runden Gesicht rannte auf Jane zu, schenkte mir einen kurzen Blick und fragte dann hastig mit gedämpfter Stimme: »Hast du schon von den Bestrafungen gehört?«

Ehe Jane antworten konnte, fuhr das Mädchen fort: »Curtis und Carrie haben einen Tag ohne Essen und dazu Schwerarbeit bekommen.«

»Was?« Jane wirkte wie betäubt. »Das machen sie sonst nie. Nicht beides auf einmal.«

»Eben«, sagte das Mädchen. »Ich weiß nicht, was es genau ist, aber Dylan ist mit ihnen nach draußen gegangen.«

Jane schüttelte den Kopf, und das Mädchen mit dem runden Gesicht lief weiter, um die Neuigkeit zu verbreiten.

»Ist das dafür, dass sie dem Auto hinterhergelaufen sind?«

Jane nickte. »Die Bestrafungen werden jedes Mal schlimmer. Ich sage Carrie immer wieder, sie soll damit aufhören.«

Ich wollte sie nach weiteren Einzelheiten fragen, aber sie wandte sich ein wenig von mir ab und sah mich nicht mehr an.

Nach einer Weile bogen wir um die Ecke und betraten die Kantine. Ich hatte die übliche Anordnung erwartet: matschiges Essen in riesigen Töpfen unter Hustenschutzscheiben, das von gelangweilten Leuten mit großen Schöpfkellen ausgeteilt wird. Stattdessen erblickte ich eine Wand mit Hunderten von Türchen. Es sah beinahe so aus wie Postfächer in einem Postamt, nur dass diese Fächer kleine Fensterscheiben hatten und beleuchtet waren.

Jane reichte mir ein Tablett. »Du bekommst ein Hauptgericht, eine Beilage und ein Getränk. Dabei wird der Chip in deiner Armbanduhr gescannt.«

Sie lächelte, doch sie wirkte müde und gedankenverloren.

Ich spähte durch die kleinen Fenster und sah tolle Speisen: Enchiladas, gebratenes Hähnchen, Lasagne und ein halbes Dutzend weiterer Sachen. Wenn jemand ein Fensterchen öffnete, drang Essensgeruch heraus.

Ich versuchte, durch die Fächer hindurch in die Küche dahinter zu schauen, konnte aber nichts erkennen.

Jane öffnete ein Fensterchen und nahm einen Salat mit viel Hähnchen und Blauschimmelkäse heraus.

»Nicht übel, was? Und es schmeckt so gut, wie es aussieht.«

Schließlich entschied ich mich für einen Teller Fettuccine Alfredo. Die kannte ich bisher nur als Tiefkühlkost, aber sogar so waren sie lecker gewesen. Als ich das Fach öffnete, leuchtete ein winziges Display über dem Fensterchen auf und die Worte *BENSON FISHER, 1 HAUPTGERICHT* liefen darüber.

Ich stellte den Teller auf mein Tablett und folgte Jane zu den Beilagen.

»Als ich gehört habe, dass Havoc die Kantine betreibt, dachte ich, sie würden mir in mein Essen spucken oder so.«

»Das würden sie wahrscheinlich auch, wenn sie

wüssten, wer was nimmt.« Jane stellte sich auf Zehenspitzen, um in ein Fach weiter oben zu sehen.

Ich öffnete ein Türchen und nahm einen kleinen Teller mit zwei Grissini heraus. »Sie wirken nicht, als hätten sie Angst, gegen die Vorschriften zu verstoßen.«

»Eine Menge Leute verstoßen gegen die Vorschriften«, erwiderte Jane. »Aber manche der Vorschriften sind wichtiger als andere. Wenn du versuchst zu fliehen, bekommst du Arrest. Aber wenn du deine Uniform nicht trägst, bekommt deine Bande nur Punkte abgezogen.«

Sie wählte eine Schale mit Obst, stellte sie auf ihr Tablett und bedeutete mir mit einem Nicken, ihr zu folgen. Hinter der nächsten Ecke stand eine Reihe Getränkeautomaten.

»Die Bande bekommt Punkte abgezogen?«

»Jep«, sagte sie. »Das machen sie, damit die Banden ihre Mitglieder bei der Stange halten. Wenn einer der V-Jungs sich nicht rasieren würde, würden die anderen ihm sagen, dass er es tun muss. Im Ernst, die Schule hat das genau ausgeklügelt. Sie sorgen dafür, dass wir gehorchen.« Sie steckte sich einen Croûton in den Mund.

»Die Rasiervorschrift habe ich gesehen.« Ich zwang mich zu lachen. »Gilt die auch für Mädchen?«

»Das ist schlimmer als eine Vorschrift.« Grinsend deutete Jane auf ihre Beine. »Wir müssen Röcke tragen. Jeden Tag.«

Bei den Getränken gab es nicht viel Auswahl – nur Saft und Milch. Dennoch würde ich mich über das Essen nicht beklagen. Wenn es auch nur halb so gut schmeckte, wie es roch, dann würde es die beste Mahlzeit sein, die ich seit zwei Pflegefamilien gegessen hatte.

Ich wählte eine Flasche Orangensaft, doch als wir uns zum Gehen wandten, fiel mir eine Reihe dunkler Fenster an der hinteren Wand auf. Auf einem Schild darüber stand *Bestrafung*.

»Was ist das da?«

»Noch so ein Spaß«, erwiderte Jane. »Manchmal besteht die Strafe in dem, was Curtis und Carrie heute bekommen haben – gar kein Essen. Manchmal bekommt man aber auch nur anderes Essen. Das setzen sie aber nicht oft ein.«

»Bist du schon mal bestraft worden?«

Jane lachte. »Jeder wird mal bestraft.«

Ich folgte ihr nach draußen. Die hintere Wand der Kantine bestand aus deckenhohen Fenstern, und eine Tür stand offen, um die frische Herbstluft hereinzulassen. Jane erklärte mir, die Vs äßen immer auf den Tribünen, es sei denn, das Wetter sei zu schlecht. Ich hätte gern geglaubt, dass sie das taten, weil sie dadurch der Freiheit ein paar Schritte näherkamen und das Gebäude deshalb verließen, sooft sie konnten. Aber wahrscheinlich wollten sie nur an die frische Luft und weg von den Society- und Havoc-Leuten. Trotzdem, ich war gerne draußen, und meine Gedanken wandten sich sofort der Mauer zu.

Ein Wurfanker könnte funktionieren. Irgendwo musste es doch Seile geben.

Aber zuerst würde ich etwas essen.

Ich ging neben Jane her, der die kühle Novemberluft trotz ihres Rocks nichts auszumachen schien. Sie war schon seit zweieinhalb Jahren hier – wie alt mochte sie bei ihrer Ankunft hier gewesen sein? Vierzehn? Fünfzehn? Ich dachte an Mason. Auch er war noch sehr jung. Für mich war das schon schlimm genug – für die Jüngeren musste es viel schlimmer gewesen sein.

Wir waren die letzten Vs, die bei den Tribünen ankamen. Das Mädchen, das ich am Fenster gesehen hatte, war auch dort; ihre braunen Haare trug sie in kurzen Zöpfen. Sie winkte mir zu, während sie kaute.

Ich zählte sechzehn Vs – achtzehn, wenn ich Curtis und Carrie mitzählte, die noch immer irgendwo arbeiteten. Mason erzählte mir, dass wir die kleinste der drei Banden waren; die Society war bei weitem die größte Bande – etwa doppelt so groß wie wir –, und der Rest war bei Havoc. Jane sagte, manchmal gebe es ein paar Verweigerer, die sich keiner Bande anschlossen, aber sie hielten nie lange durch. Die Leute brauchten eine Bande.

Eine Zeitlang stand ich im Mittelpunkt der Aufmerksamkeit und musste erzählen, woher ich kam und wie mein Leben vor der Maxfield ausgesehen hatte, doch ansonsten unterhielten sich die Leute über die üblichen Themen – einige beklagten sich über den Unterricht, ein Mädchen erklärte, sie liebe den Winter, ein anderes fragte sich, wann wieder einmal ein Schulball veranstaltet würde. Von Flucht sprach niemand. Einmal versuchte ich, das Thema anzuschneiden, aber ich kam nicht weit damit.

Die ganze Zeit über behielt ich die Bäume im Auge. Ich sah ein paar Kids von der Society. Einer patrouillierte auf einem Quad am Waldrand entlang. Ich hörte noch ein zweites Quad, konnte es aber nicht sehen.

Was mochte sie dazu bringen, sich zu so verhalten? Warum versuchten sie nicht einfach abzuhauen?

Während ich sie beobachtete, überlegte ich, was man alles brauchte, um die Quads am Laufen zu halten: Benzin, Öl, Werkzeug. Das alles konnte mir bei der Flucht helfen.

Nach dem Mittagessen ließen wir eine weitere Unterrichtseinheit Ästhetik über uns ergehen, und dann gab es eine Pause. Im Stundenplan auf dem Fernsehschirm hieß das Stillarbeit, aber Mason erklärte mir, keiner hätte jemals mehr Hausaufgaben auf, als die Lehrbücher zu lesen – und das wurde zudem niemals abgefragt –, deshalb hingen die meisten Leute einfach im Wohnbereich ab oder hielten ein Nickerchen.

Ich erkundete meine neue Umgebung. Außer den Wohnbereichen gab es im dritten Stock einen langgezogenen Gemeinschaftsraum mit schweren Holztischen und Ledersofas. Er roch staubig und war völlig verlassen.

Der zweite Stock bestand nur aus Klassenräumen – es mussten ungefähr dreißig sein, alle beinahe identisch. Ich stellte ein paar Berechnungen an. Es gab vierundsiebzig Schüler in der Schule, und in meinen Klassenraum passten ungefähr fünfundzwanzig. Also wurden nur drei oder vier Räume benutzt. Bedeutete das, dass noch mehr Schüler hierher unterwegs waren? Platz gab es jedenfalls reichlich.

Von Mason hatte ich erfahren, dass vor etwa einem Jahr eine Zeitlang jede Woche neue Schüler eingetroffen seien, manchmal zwei oder drei auf einmal. Doch dann war der Zustrom versiegt. Ich war seit vier Monaten der erste Neue; Lily war die letzte vor mir gewesen.

Das erste Stockwerk und das Erdgeschoss waren interessanter: die Bibliothek (in der anscheinend nicht ein einziges Buch stand, das in den letzten hundert Jahren geschrieben worden war), die Kantine, der Trophäenraum, einige große Mehrzweckräume, ein winziges Theater und ein Dutzend kleiner unmöblierter Räume. Die Ausstattung jedes einzelnen Raums war erstaunlich: gebeiztes Holz, bemalter Stuck, Steinmetzarbeiten. Aber warum gab es hier so viel Platz, es sei denn, es wäre vorgesehen, dass noch mehr Schüler kamen? Oder waren hier mehr gewesen, die nun fort waren?

Waren sie alle getötet worden?

Ich rüttelte an jeder Außentür und jedem Fenster, aber sie waren alle abgeschlossen. Die Sensoren gaben kein Geräusch von sich. Wir Vs hatten keinen Vertrag, für den wir nach draußen mussten.

Ich wollte auch in den Keller sehen, aber gleich würde die letzte Unterrichtseinheit des Tages beginnen – Sport –, und ich musste nach oben laufen, um mich umzuziehen. Als ich den Wohnbereich der Jungen betrat und auf mein Zimmer zusteuerte, zählte ich die Türen: vierundsechzig allein auf dem Hauptkorridor. Wie viele Zimmer auf den Korridoren lagen, die von diesem abzweigten, wusste ich nicht. Und ich war nicht begierig, Isaiah oder Oakland in die Arme zu laufen, aber ich vermutete, dass es noch einmal mindestens genauso viele waren. Also hundertachtundzwanzig, und in jedes Zimmer passten zwei Jungen ... rund zweihundertfünfzig Jungen? Und im Mädchenwohnbereich sah es vermutlich genauso aus.

Würden die Zimmer noch alle belegt werden?

Mason war bereits umgekleidet, als ich in unser Zimmer kam. Er sah auf die Uhr und grinste. »Ich dachte schon, du bist abgehauen.«

Ich holte meine Sportsachen aus dem Schrank – ein weißes T-Shirt und rote Shorts. »Das wäre ich vielleicht, wenn die Türen nicht abgeschlossen wären.«

Wolken waren aufgezogen, aber es sah nicht so aus, als würden die irgendetwas tun. Ein schwacher Wind wehte, und allen war kalt.

Für den Sport gab es keinen festen Lehrplan – im Grunde war es freie Übungszeit. Die meisten Leute waren auf der Laufbahn und joggten oder gingen spazieren. Ein paar Society-Kids hatten einen Fußball. Ich hatte eigentlich keine Lust auf Sport, aber es schien die beste Art zu sein, sich warm zu halten. Die Vs verfügten nicht über irgendwelche Sportgeräte, also waren die meisten von uns auf der Laufbahn. Mason und ich gingen eine Weile nebeneinanderher, während eine Gruppe V-Mädchen joggte. Nach etwa zwanzig Minuten verließ Lily die Gruppe und gesellte sich zu uns.

Im Geiste erstellte ich eine Karte des Geländes: die Anlage der Laufbahn, die Entfernung zum Waldrand, die Geräteschuppen. Ich versuchte, es mit dem in Übereinstimmung zu bringen, was ich von meinem Fenster aus gesehen hatte – Hügel im Wald und Felsen, die ich nun von hier aus nicht sehen konnte. Wenn ich fliehen wollte, musste ich das Gelände genauestens kennen.

Ich beobachtete die Havoc-Leute. Sie hatten sich in einer Art Skulpturengarten versammelt – dort gab es Baumstämme, die zu Gesichtern und anderen Formen geschnitzt waren, Steinhaufen, in Mustern gepflanzte Blumen. Ab und zu sah Skiver zu mir herüber, deutete auf mich und sagte etwas zu einem anderen Typen, aber sie standen nicht auf.

Eine kühle Windböe trug Waldgerüche herbei, die verschwommene Erinnerungen weckten. War ich schon einmal zelten gewesen? Ich konnte mich nicht erinnern.

»Eigentlich müsste es mir hier gefallen«, sagte ich, mehr an mich selbst als an Mason gewandt. »Schau es dir doch an. Hier ist es schöner als an jeder anderen Schule, an der ich je war. Und es gibt keine Hausaufgaben.«

»Und keinen, der dir sagt, was du tun sollst«, fügte Mason hinzu.

Lily schnaubte. »Na ja, keinen außer denen, die diese Schule betreiben. *Irgendjemand* befiehlt uns, draußen in der Kälte rumzulaufen.«

»Du weißt, was ich meine«, sagte Mason. »Wenn wir in den Wohnbereich gehen, können wir tun und lassen, was wir wollen.«

»Außer den Wohnbereich zu verlassen«, entgegnete sie.

Ich sah auf die Uhr. Es war siebzehn Uhr durch und wurde allmählich kälter. »Sollten wir nicht langsam wieder reingehen?«

»Wenn der Sport vorbei ist, klingelt eine Glocke«, erklärte Lily. »So lange müssen wir warten. Erst dann werden die Türen entriegelt.«

»Warum gibt es keinen festen Stundenplan?«, fragte ich. »Warum wissen wir nicht einfach, wann der Sport jeden Tag zu Ende ist?«

Mason antwortete: »Erinnerst du dich an den Stundenplan, der heute Morgen auf dem Bildschirm erschienen ist? Der ändert sich täglich, und er folgt keinem Muster. Manchmal beginnt der Unterricht um neun, manchmal auch um sieben. Manchmal gibt es überhaupt keinen Unterricht, und manchmal sitzen wir bis zehn Uhr abends da.«

»Warum?«

»Warum passiert hier überhaupt irgendwas?«, fragte Lily zurück. »Das ist alles willkürlich und bescheuert.«

Ich musste einfach grinsen. Wenigstens einer hier war genauso sauer wie ich.

Wir drehten noch ein paar Runden auf der Laufbahn. Der Wind frischte auf, und an der Tür drängte sich bereits ein Grüppchen und wartete auf Einlass. Curtis und Carrie bogen um die Ecke des Schulgebäudes. Sie setzten sich an die Tür. Jane und ein paar andere Vs trennten sich von den Joggern und liefen zu den Wartenden.

Als wir uns der Stelle näherten, an der die Havoc-Leute sich versammelt hatten, versuchte ich, sie zu zählen. Sogar in ihren Sportsachen sahen sie aus wie Schlägertypen. Eines der Mädchen saß auf einem dicken Baumstumpf und zeichnete einem anderen Mädchen mit einem Stift ein kunstvolles Tattoo aufs Bein. Oakland lehnte an einem langen dünnen Stein, der aussah, als wäre er senkrecht in den Boden gerammt worden, und vier seiner Freunde saßen um ihn herum. Im Gegensatz zu uns anderen hatten die Havocs die Vorschriften ignoriert und trugen Jacken.

»Sind die nicht gegen die Kleidervorschriften?«, fragte ich und deutete auf zwei Kapuzensweatshirts.

»Jep«, erwiderte Mason. »Vielleicht kriegen sie dafür einen drüber, aber das sind dann nur Punkte.«

»Warum sind Punkte so eine große Sache?«

»Punkte sind alles«, erklärte Lily. Ich wusste nicht, ob sie das sarkastisch meinte oder nicht.

Mouse joggte an uns vorbei und blieb im Skulpturengarten stehen. Trotz der Kälte hatte sie ihr T-Shirt zusammengeknotet, um ihren Bauch zur Schau zu stellen, und ich hätte schwören können, dass sie ihre ohnehin knappen Shorts an der Taille runtergerollt hatte. Ich weiß, dass ich nicht der einzige Typ war, dem das auffiel.

Wir liefen an den Havoc-Leuten vorbei und wieder auf den ausgedehnten Kiefernwald zu. Ein Windstoß, der Blätter und kleine Zweige mit sich trug, blies uns entgegen, und ich zitterte. Die einzigen Laubbäume in der Nähe waren die Pappeln an der Zufahrtsstraße, doch die hatten bereits einen Großteil ihres Laubs verloren. Der Herbst hier war nicht schön.

»Also«, sagte ich und vergewisserte mich, dass niemand in der Nähe war. »Keiner hat bisher auf meine Frage geantwortet. Hat es jemals einen ernsthaften Fluchtversuch gegeben?«

Mason zögerte, daher antwortete Lily. »Das hängt davon ab, was du unter ernsthaft verstehst. Leute haben es versucht. Nach allem, was ich gehört habe, haben es früher eine Menge Leute versucht.«

»Aber niemand hat es geschafft?«

»Nicht so weit wir wissen. Die meisten werden auf frischer Tat ertappt. Von anderen hören wir nur.«

»Was hält sie auf?«, wollte ich wissen. »Warum können sie nicht einfach über die Mauer klettern und abhauen?«

»Es ist nicht so einfach, über die Mauer zu kommen«, sagte Mason bloß. »Und dann musst du ja noch über den Zaun. Und da sind die Überwachungskameras. Und wer weiß, was sonst noch alles.«

»Ich haue eines Tages ab«, verkündete Lily. »Bald.«

Ich sah sie an. Sie war jung und klein, aber irgendetwas an ihrem Blick ließ mich glauben, dass es ihr vielleicht gelingen könnte. »Worauf wartest du?«

Sie dachte kurz nach, das Kinn vorgeschoben und die Stirn gerunzelt. »Es hat sich noch nie eine gute Gelegenheit ergeben. Da waren immer zu viele Freaks von der Society in der Nähe.«

»Und wenn du jetzt sofort gehst?«, fragte ich. »In den Wald rennst und abhaust?«

»So schnell bin ich nicht.« Sie sah zum Waldrand, und ihre Stimme klang, als dächte sie womöglich tatsächlich darüber nach. Dann drehte sie sich um und schaute zu dem Quad, das in der Nähe der Society-

Kids an der Eingangstür stand. »Ich weiß nicht. Was meinst du, Mason? Würde die Society uns auch hinter der Mauer jagen? Würden sie es wagen, drüberzuklettern?«

Er zuckte die Achseln. »Ich würde es nicht darauf ankommen lassen.«

Eine Weile gingen wir schweigend weiter. Ich fragte mich, worin die tatsächlichen Gefahren bestanden. Ich war ziemlich schnell – würde es ihnen gelingen, mich einzuholen, wenn ich in den Wald rannte? Ich könnte in eine Richtung rennen, mich verstecken und dann warten, bis die anderen an mir vorbei waren. So schwer sollte das doch nicht sein, oder? Eigentlich hätte es überhaupt nicht schwer sein dürfen. Jeder in dieser Schule sollte da mit mir einer Meinung sein. Wenn die Society sich einfach weigerte, die Vorschriften durchzusetzen, wäre alles in Ordnung.

Der Wind frischte auf, und ich musste die Augen zusammenkneifen, weil mir Sand und Blätter ins Gesicht flogen. Schneidend kalt blies er gegen Arme und Beine, und ich blieb stehen und kehrte ihm den Rücken zu.

»Ich gehe zurück und schaue mal, ob die Türen schon aufgehen«, sagte ich, als die Böe nachließ.

Ich joggte querfeldein und ließ Mason und Lily auf der Laufbahn zurück.

Es war dämlich, uns auszusperren. Ich nahm mir vor, beim nächsten Mal eine Tür offen zu halten. Aber das war bestimmt auch wieder gegen irgendeine bescheuerte Vorschrift. Ich lief an den wartenden Schülern vorbei und sprang die Eingangstreppe hinauf.

»Sie ist noch verriegelt«, sagte jemand. Ich drehte mich um und erblickte Becky, die sich die Arme rieb, um sich warm zu halten. Ihre nackten Beine hatten eine Gänsehaut, genau wie meine.

»Hey«, sagte ich. »Du gehörst doch zur Verwaltung. Kannst du sie nicht öffnen?«

»Schön wär's«, erwiderte sie in strahlender Reiseführermanier. »Ich sollte wirklich lieber zurück und weiterjoggen.«

»Ich auch.«

Sie trat einen Schritt näher zu mir und musterte mein Gesicht. »Ich habe das von gestern Abend gehört. Das mit deiner Nase tut mir leid.«

Ich zuckte die Achseln. »Kommt vor.«

Becky beugte sich zu mir und flüsterte: »Ich darf dir das eigentlich nicht sagen, aber Oakland war heute Morgen auf der Krankenstation. Kann sein, dass du ihm eine Rippe angebrochen hast.«

Ich konnte nicht verhindern, dass mein Gesicht sich zu einem breiten Lächeln verzog, mit dem ich sie ansteckte. »Komme ich nun in Schwierigkeiten?«

Sie schüttelte den Kopf. »Wahrscheinlich nicht. Die Vs bekommen vielleicht ein paar Punkte abgezogen, aber wenn es etwas Ernstes wäre, hätten sie es heute Morgen verkündet. Allerdings würde ich Oakland im Auge behalten.«

»Okay.« Ich sah mich nach Mason und Lily um, die auf der Laufbahn warteten. »Tja, vielleicht bin ich morgen auch auf der Krankenstation, wenn die Tür nicht bald aufgeht.«

Sie nickte und rieb sich über die verschränkten Arme. »Ich auch.«

Becky ging zurück zu ihren Freunden, und ich trabte über den Rasen zur Laufbahn. Mason und Lily liefen weiter, ehe ich sie erreicht hatte.

»Versucht sie immer noch, dich anzuwerben?«, fragte Lily, als ich sie erreicht hatte.

»Becky? Nein, wir haben uns nur unterhalten.«

»Die sind alle so, weißt du«, fuhr Lily fort. »Becky, Laura, die ganzen Mädchen bei der Society. Zuckersüß und so falsch wie die Titten von Mouse.«

Mason wieherte.

»Becky kommt mir ganz nett vor«, wandte ich ein.

Lily zog die Arme ins T-Shirt. »Klar, Becky ist nett. Und sie würde dich an den Galgen liefern, wenn die Schule es ihr befiehlt.«

Mason lachte. »Das ist jetzt aber übertrieben.«

»Sagst du. Und die Jungs von der Society sind noch schlimmer – arrogant und aufgeblasen. Die haben Gehorsam zu einem sportlichen Wettbewerb gemacht.«

In diesem Augenblick läutete eine Klingel, und wir drehten sofort um und rannten zurück zum Schulgebäude. Aber als wir näher kamen, wurde deutlich, dass es irgendein Problem gab. Niemand ging hinein. Die Türen waren noch immer verriegelt.

Lily fluchte und wandte sich zum Wald um.

»Auch so was machen die.« Mason klang ernster als sonst. »Die Schule meine ich. Manchmal bleiben die Türen verriegelt. Manchmal fällt der Strom aus. Manchmal gibt es nichts zu essen.«

Eine Stimme erhob sich über die Menge. Ich drehte mich um und sah Isaiah auf der Treppe stehen. Er versuchte die Aufmerksamkeit aller auf sich zu ziehen. »Die Türen scheinen verschlossen zu sein. Ich bin sicher, das ist nur irgendeine Störung im Mechanismus.«

Die anderen Banden buhten ihn aus. Die Society-Kids waren größtenteils still, aber auch sie waren ganz offensichtlich nicht glücklich.

Ich wandte mich an Mason. »Ist das wirklich eine Störung? Vielleicht ist ja der Strom ausgefallen oder so was, und die Tür kann unsere Chips nicht lesen.«

»Glaub ich nicht. Ich schwöre dir, das ist einer ihrer bescheuerten Tests.«

»Könnte es eine Bestrafung sein?« Ich drehte mich um und suchte nach Curtis und Carrie. Sie saßen immer noch auf dem Rasen, ihre T-Shirts waren voller Schmutz- und Schweißflecken.

»Vielleicht«, wiederholte Mason. »Aber ich wette, das ist bloß wieder irgend so ein Psychospielchen.«

Ich sah zum westlichen Horizont. In der Ferne versank die Sonne gerade hinter einem Berg. »Weißt du noch, wie ich gesagt hab, eigentlich müsste es mir hier gefallen?«

Er stieß ein kurzes freudloses Lachen aus. »Ja.«

»Ich will nicht den nächsten Monat oder das nächste Jahr oder weiß der Geier wie lange in irgendeinem Scheißexperiment verbringen.«

Er nickte und beobachtete die Tür. »Draußen gibt es nicht mal Überwachungskameras. Wenn das ein Experiment ist, was beobachten sie dann gerade?«

»Gibt es nicht?« *Warum hatte mir das noch niemand gesagt?* »Vielleicht sind sie bloß versteckt.«

»Kann sein. Die Leute benehmen sich jedenfalls auch hier draußen so, als gäbe es Kameras. Die Society würde uns natürlich verpfeifen, Kameras hin oder her.«

Ich nickte und dachte schon nicht mehr an die Tür. »Wir reden später weiter, Mason.«

Ich joggte zurück zur Laufbahn, wo immer noch ein paar Schüler versuchten, sich warm zu halten. Während ich lief, beobachtete ich den Waldrand und merkte mir die Stellen, an denen die Bäume besonders dicht standen.

Ich drehte zwei weitere Runden und schöpfte neue Energie, während ich mich innerlich aufpeitschte. Ich beobachtete die Schüler an der Tür – die meisten drängten sich aus Schutz vor der Kälte zusammen, und keiner schien zu mir herzusehen. Zu Beginn der dritten Runde scherte ich aus und rannte zum Wald.

Im Wald wurde mir sofort wärmer, weil es windgeschützt war, aber ich wurde nicht langsamer. Ich rannte über den unebenen steinigen Boden und wich dabei Bäumen und umgefallenen Baumstämmen aus. Es wurde dunkler, und ich wurde so weit langsamer, dass ich den Hindernissen ausweichen konnte. Ich wollte nicht stürzen und meine Fluchtchance selbst vereiteln.

Meine Lunge brannte, während ich mich weiter vorantrieb. Von der Anfahrt her schätzte ich, dass es etwa eine Meile vom Schulgebäude zur Mauer und dann noch einmal eine halbe Meile bis zum Zaun war. Andererseits wusste ich nicht, ob die Mauer die Schule in einem gleichmäßigen Kreis umgab. Vielleicht umschloss sie ja auch noch anderes.

Irgendwo hinter mir hörte ich einen Quadmotor aufheulen. Das war es. Ein Fluchtversuch war ein

Verstoß gegen eine der großen Vorschriften. Das bedeutete Arrest.

Völlig außer Atem erreichte ich die Mauer. Aber es war unmöglich, da hinaufzukommen. Gut dreieinhalb Meter solide Ziegelsteine.

Ich suchte nach Halt für Hände und Füße, aber die Mauer war sehr ebenmäßig gebaut und sorgfältig verfugt. Es gab keine Vertiefungen, wo ich mich mit den Fingern oder den Schuhen hätte festhalten können.

Das Motorengeräusch kam näher. Und ich meinte, noch einen zweiten Motor zu hören – oder waren es sogar drei?

Ich sah mich um, stumm und verzweifelt. Nicht weit von mir, zu meiner Linken saß ein fetter Waschbär im Dämmerlicht auf der Mauer und beäugte mich nervös.

Wie bist du da hochgekommen?

Ich wandte meine Aufmerksamkeit den Bäumen zu und suchte nach einem, auf den ich klettern konnte. Vielleicht käme ich ja so hinüber. Doch irgendjemand hatte das vorhergesehen: Zwischen der Mauer und den nächsten Bäumen hatte man einen viereinhalb Meter breiten Streifen gerodet und von jeglicher Vegetation und allen Felsen geräumt. Die schmalen Reifenspuren der Quads hatten Spurrillen in den kargen Boden gegraben.

Es musste eine Möglichkeit geben. Ich kletterte auf die nächste Kiefer. Auf den klebrigen, harzgesprenkelten Ästen kam ich nur langsam voran, und das Dämmerlicht machte es mir auch nicht leichter, doch nach ein paar Minuten war ich so hoch geklettert, dass ich über die Mauer sehen konnte. Auf der anderen Seite war nichts außer noch mehr Bäumen.

Jetzt hörte ich den Motor unter mir – nicht nur den Motor, sondern auch das Geräusch der Reifen, wenn sie über Felsen und trockene Zweige fuhren. Ich vergeudete keine Zeit damit, nach unten zu sehen.

Ich kletterte noch weiter hinauf, bis ich rund neun Meter hoch war. Einfach zu springen war unmöglich. Selbst wenn es mir durch ein Wunder gelänge, über die Mauer zu springen, würde ich mir dabei die Beine oder Knöchel brechen. Und dann wartete auf der anderen Seite noch der Maschendrahtzaun auf mich.

Plötzlich wurde das Motorengeräusch leiser, der Motor war in den Leerlauf geschaltet worden.

»Benson!« Die Stimme klang barsch und wütend. Ich erkannte sie nicht wieder.

Ich rutschte ab, fing mich wieder und spürte, dass der Baum schwankte. Nur einen Moment später wurde mir klar, wie ich mir das zunutze machen konnte.

Als ich mein Gewicht nach vorne und dann wieder nach hinten verlagerte, bewegte die Kiefer sich mit.

Ich sah nach unten und wünschte, ich hätte mir einen dünneren Baumstamm ausgesucht – eine biegsameren –, aber dafür war es jetzt zu spät. Schon hörte ich eine weitere Stimme am Waldboden unter mir.

Der Baum schwang ein Stück Richtung Mauer und dann wieder zurück. Ich warf mich mit ganzer Kraft in jede Bewegung, und bald schaukelte der Baum knarrend vor und zurück. Es ging alles so schnell, dass ich mir keinen durchdachten Plan zurechtlegen konnte – würde der Baum sich über die Mauer beugen, so dass ich springen konnte? Was, wenn er dabei durchbrach und umstürzte? Falls er gegen die Mauer fiel, konnte ich wie auf einer Leiter daran hochklettern – falls es mir gelang, mich festzuhalten. So oder so, mir stand ein Sturz bevor.

Die Stimmen unter mir brüllten jetzt. »Benson, komm da runter!« »Du bekommst Arrest!« »Du verstößt gegen die Vorschriften!« Ich ignorierte sie.

Das Knarren wurde immer lauter, und jedes langsame Hin-und-her-Schwanken schien das Holz des Stammes stärker zu beanspruchen. Jetzt war es zu spät, um aufzugeben. Ich war bereits auf dem Baum, ich versuchte bereits, über die Mauer zu gelangen. Wenn ich wieder hinunterkletterte, würde ich Arrest bekommen, was das auch bedeuten mochte. Ich musste weitermachen.

Als ich auf die Mauer zuschwang, suchte ich nach etwas, was meinen Sturz abbremsen könnte, doch die andere Seite der Mauer sah genauso aus wie diese: nackte Erde und Felsen.

Ich musste springen. Die Society-Wache stand unter mir. Ich hatte bereits gegen die Vorschrift verstoßen.

Als die Kiefer bis kurz vor die Mauer schwang, umschlossen meine Finger den Ast unwillkürlich fester, als würde mein eigener Körper sich unbewusst weigern, einen solchen selbstmörderischen Sprung zu unternehmen.

Und plötzlich wurde mir klar, dass da doch etwas auf der anderen Seite war: Rauch.

Der Baum schwang zurück, und ich legte mein ganzes Gewicht in die Bewegung.

Das dort drüben konnte kein Nebel sein. Dafür war es zu trocken und zu windig. Aber der dunkle Dunst hing über dem Wald, tief in den Bäumen. Ich konnte nicht sehen, woher er kam.

Unter mir ertönte eine Hupe. Sie riefen nach Verstärkung.

Die Baum schwang auf die Mauer zu und wieder zurück. Ich wappnete mich für den Sprung. *Beim nächsten Mal.*

Ich spürte, wie das Holz unter meinen Füßen vibrierte, als der Baum den weitesten Punkt erreichte, langsamer wurde und allmählich wieder zurückschwang. Mein Blick war auf den Boden auf der anderen Seite der Mauer geheftet. Er sah steinig und hart aus. Ich musste genau richtig aufkommen. Knie auseinander. Abrollen. Vielleicht konnte ich ...

PENG!

Ich hörte einen scharfen Knall, wie ein Gewehrschuss. Der Ast unter mir war abgebrochen. Ich stürzte.

Verzweifelt griff ich nach Zweigen und Ästen, doch es war zu spät. Ich stürzte durchs Geäst der Kiefer nach unten, prallte von allerlei Ästen ab und knallte schmerzhaft auf den Boden. Ich landete auf den Knien und fiel dann nach vorn aufs Gesicht.

Ich schnappte nach Luft, und als ich versuchte, mich aufzurichten, schossen mir Schmerzen durch die Beine.

Jemand trat mich in den Rücken und warf mich wieder zu Boden.

»Der Versuch, die Mauer zu überqueren, ist ein Verstoß, der mit Arrest geahndet wird«, sagte eine männliche Stimme. Ich versuchte, mich auf den Rücken zu drehen, doch er nahm seinen Fuß nicht weg. Ich hatte nicht genug Kraft und war zu sehr außer Atem, um mich zu wehren.

»Nehmt seine Hände«, befahl jemand anderes – ein Mädchen –, und ich spürte, wie jemand meine Handgelenke packte. Ich schüttelte denjenigen ab und bekam einen Tritt in die Rippen. Es tat höllisch weh.

Ich rollte mich auf die linke Seite. Sie waren zu dritt, alle in Sportkleidung. Zwei Jungen und ein Mädchen. Die Jungen kannte ich nicht, aber das Mädchen war Laura, meine sogenannte Lehrerin.

»Hallo, Benson«, schnaubte Laura. Sie hielt einen schwarzen Stock – möglicherweise aus Metall – in der Hand, der etwa sechzig Zentimeter lang war. »Es ist verboten, die Mauer zu überqueren. Das hat man dir bei deiner Einführung erklärt.«

Ich konnte mich nicht dazu überwinden, ihr zu antworten. Mir tat alles weh, und ich hatte das Gefühl, durch ein dickes Tuch zu atmen – ich bekam nicht genügend Luft.

»Jetzt gib Dylan bitte deine Hände, damit er dich fesseln kann«, sagte Laura streng, als zitierte sie direkt aus dem Regelbuch. »Du wirst für den Arrest zur Schule zurückgebracht.«

Dylan versuchte meine Hände zu packen, doch ich wehrte mich, und nach kurzer Zeit wich er zurück. Er zog etwas aus seinem Gürtel, schirmte es aber mit der Hand ab. Pfefferspray?

»Auf Widerstand gegen die Sicherheitskräfte«, fuhr Laura mit rotem, grimmigem Gesicht fort, »steht ebenfalls eine Strafe.«

»Was ist mit euch los?« Ich rang nach Luft.

»Wir befolgen die Vorschriften, Benson«, erwiderte Laura.

»Wollt ihr denn nicht hier weg?«, fragte ich, bei jedem Wort nach Atem ringend. »Wir ... wir vier ... könnten einen Baum fällen und abhauen.«

»Das ist nicht wahr«, erwiderte sie. »Jetzt, Dylan.«

Dylan machte wieder einen Schritt auf mich zu, und diesmal trat der andere Junge hinter mich. Dylan hob die Dose in seiner Hand.

Eine weitere Stimme ertönte. »Halt.«

Dylan riss den Kopf hoch.

»Er hat zu fliehen versucht«, erklärte Laura aufgebracht.

Ich drehte mich um. Fünf weitere Schüler standen dort im Wald: Curtis, Mason, Jane, Lily und Carrie.

»Er hat nicht versucht zu fliehen«, sagte Curtis. »Er ist nur gejoggt, um sich warm zu halten.« Sein schmutziges Gesicht war gerötet und sah müde aus, und er keuchte heftig.

Dylan schnaubte verächtlich, und Laura sagte: »Er hat versucht, von dem Baum hier abzuspringen. Er hat versucht, über die Mauer zu gelangen.«

Curtis gab Mason ein Zeichen, der zu mir eilte und mir aufhalf. Dylan und der andere Society-Junge schienen unsicher zu sein, wie sie reagieren sollten. Sie wollten kämpfen – da war ich mir sicher –, aber sie waren in der Unterzahl.

»Benson war joggen«, wiederholte Curtis.

»Er wollte sich hier draußen mit mir treffen«, sagte Jane. »Das hatten wir verabredet. Er war auf dem Baum, um nach mir Ausschau zu halten.«

Ich legte den Arm um Masons Schulter und humpelte langsam zu den Vs hinüber.

»Tatsache ist«, sagte Curtis, »dass wir das erzählen werden, wenn wir seinen Arrest anfechten. Und ihr kennt die Regeln, Laura – was ist die Strafe für das Erheben einer falschen Anschuldigung, die zum Arrest führen kann?«

»Er wollte fliehen«, beharrte Laura. Ihre Stimme klang schrill und wütend. »Jeder hier weiß das.«

Curtis ging auf Laura zu und senkte die Stimme. Er sprach so leise, dass ich ihn kaum hören konnte. »Und jeder hier weiß auch, was Arrest bedeutet. Willst du das wirklich?«

Im Dämmerlicht sahen Lauras Augen schwarz aus. Sie umklammerte den metallenen Schlagstock mit beiden Händen. »Wenn wir zulassen, dass er gegen die Vorschriften verstößt, dann ist jeder hier in Gefahr. Willst du, dass es hier wieder so wird wie vor dem Waffenstillstand?«

»Du willst ihn also töten, um den Frieden zu erhalten?« Curtis wandte sich um und ging zurück zu den Vs. Laura schäumte vor Wut, aber sie konnte nichts tun. Sie waren zu dritt und wir zu sechst. Trotz Pfefferspray und Schlagstock waren wir im Vorteil.

Eine Weile gingen wir schweigend hintereinander, suchten im rasch schwindenden Tageslicht einen Weg auf dem unebenen Waldboden. Mir tat alles weh, aber ich versuchte es mir nicht anmerken zu lassen.

Curtis schloss zu mir auf. Den Blick geradeaus auf den Wald gerichtet, flüsterte er: »Das war das letzte Mal. Stell nicht noch mal so was Bescheuertes an.«

Ich erwiderte nichts.

Jetzt wusste ich Bescheid. Ich wusste, dass die Wachleute der Society bewaffnet waren und wie schnell sie reagieren konnten. Der nächste Fluchtversuch würde funktionieren.

7

In dieser Nacht wurde die Eingangstür nicht entriegelt. Wir mussten draußen schlafen.

Es war ein Experiment, genau wie Mason gesagt hatte. Während ich an der Mauer gewesen war, waren zehn Schlafsäcke aus den Fenstern geworfen worden. Irgendjemand war dort drin gewesen – musste mit einem Aufzug hochgekommen sein, genau wie unsere Kleidung –, aber keiner hatte jemanden gesehen. Nur die Schlafsäcke. Zehn Schlafsäcke für über siebzig Leute.

Da Curtis bei mir im Wald gewesen war, hatten die Vs natürlich keinen einzigen Schlafsack abbekommen. Genauer gesagt, hatte die Society sie alle für sich beansprucht, und aus irgendeinem Grund hatten die Havoc-Leute sie ihnen nicht streitig gemacht. Stattdessen versuchten sie, alle in den beiden kleinen Geräteschuppen unterzukommen.

Die Vs kletterten in einen der Fensterschächte an der Seite des Schulgebäudes, durch deren große, bodentiefe Fenster Licht in die dahinterliegenden Kellerräume fiel. Der Schacht war viereinhalb Meter breit und vielleicht zweieinhalb Meter tief; wir brauchten Hilfe, um hinein- und hinauszugelangen. Jemand schlug scherzhaft vor, wir könnten ja einfach das Fenster einschlagen, aber niemand schien das ernsthaft in Erwägung zu ziehen. Mir war nicht klar, wovor sie Angst hatten. Sachbeschädigung gehörte nicht zu den vier großen Vorschriften, und die Strafe dafür konnte nicht schlimmer sein, als die ganze Nacht im Freien verbringen zu müssen.

Wo die Society sich sammelte, wusste ich nicht. Sobald wir unten im Fensterschacht waren, konnte ich nichts mehr sehen. Die Motoren der Quads liefen jedoch die ganze Nacht, und bevor wir alle hinuntergeklettert waren, hatte ich Isaiah mit Curtis streiten sehen. Garantiert war es um mich gegangen.

Keiner der Vs sagte etwas zu meinem Fluchtversuch. Sie mussten alle davon wissen – sie hatten uns aus dem Wald kommen sehen, und sie sahen meine blutigen Knie und zerkratzten Arme und Ellbogen. Vielleicht unternahmen alle Schüler einen Fluchtversuch, wenn sie hier ankamen. Sogar Becky und Isaiah – vielleicht sogar Laura. Vielleicht waren ihre Vorschriftenhörigkeit und die Loyalität gegenüber der Society ja das Ergebnis monate- oder jahrelanger vergeblicher Fluchtversuche.

Ich ließ den Blick über die übrigen Vs wandern, die

eng aneinandergedrängt an der Wand saßen. Curtis und Carrie waren wach und unterhielten sich leise, obwohl Curtis beinahe die Augen zufielen. Mason schlief, der Kopf war ihm auf die Brust gesunken. Neben ihm schnarchte Lily gerade so laut, dass ich es über die Entfernung hin noch hören konnte. Jane war neben mir und hatte die Augen geschlossen. Bei jedem ihrer flachen Atemzüge spürte ich, wie ihr Körper sich bewegte.

In dem rechteckigen Himmelsausschnitt über uns funkelten Hunderte von Sternen. Vielleicht Tausende. Ich betrachtete sie. Davon hatte ich früher immer reden gehört: dass man jede Menge Sterne sehen könne, wenn man einmal aus der Großstadt heraus sei, mehr als bloß die paar Dutzend hellsten, die heller als die Lichter der Stadt strahlten. Es kam mir so vor, als hätte ich so etwas vielleicht schon ein-, zweimal gesehen, aber ich konnte mich nicht recht erinnern, wo. Vielleicht war es auch nur im Fernsehen gewesen.

Während ich nach oben blickte, überkam mich überraschend ein erregendes Gefühl von Freiheit. Hier sah ich einen Himmel, wie ich ihn zu Hause niemals gesehen hatte – von dem ich bisher nur gehört hatte. Wenn ich nicht im Schacht säße, sondern bessere Sicht hätte, würde ich vermutlich die Milchstraße sehen. Vielleicht ein oder zwei Planeten.

»Sie sind wunderschön, nicht wahr?«

Janes Stimme war sehr leise, kaum mehr als ein Flüstern.

»Ja.«

»Wie geht's dir?«

»Überall wund. Glaubst du, ich bekomme Arrest?«

Sie wandte den Blick kurz vom Himmel ab und sah mich an. »Ich weiß nicht. Das hängt davon ab, ob die Schule Laura und Dylan glaubt.«

Ich hätte mich gerne zu ihr umgedreht, aber wir saßen so eng beieinander, dass unsere Nasen sich vermutlich berührt hätten, daher sah ich weiter zum Himmel hinauf. Ich wollte ihr auch noch mehr Fragen stellen. Waren andere über die Mauer gelangt? Hatten sie sich vorher einen Plan zurechtgelegt? Vorräte mitgenommen? Aber ich hatte ein schlechtes Gewissen. Jane und die anderen waren in den Wald gekommen, um mich zu retten. Ich wusste nicht, ob sie damit ein Risiko eingegangen waren – vielleicht würden sie dafür bestraft werden. Ihr jetzt noch mehr Fragen zum Thema Flucht zu stellen, erschien mir undankbar.

»Es ist kalt.« Sie streckte die Hände aus und ballte ein paarmal die Fäuste, dann verschränkte sie die Arme wieder.

»Wir könnten ein Feuer machen. Wäre das gegen die Vorschriften?«

Sie lächelte. »Wir haben keine Streichhölzer.«

»Die brauchen wir nicht.«

Skeptisch zog Jane eine Augenbraue hoch. »Warst du bei den Pfadfindern?«

»Nein.« Ich lachte leise. »Aber ich habe eine Menge Filme gesehen.«

»Es gibt Filme, aus denen man lernt, ein Feuer zu machen?«

»Klar. Hast du *Cast Away* nicht gesehen?«

Jane schüttelte den Kopf.

»Echt nicht? Was ist mit dem Discovery Channel? *Abenteuer Survival? Survival Man?* Verdammt, ich glaube, sogar bei *Lost* mussten sie Feuer machen.«

»Ich glaube, ich habe nichts davon gesehen.«

»Was?«

»Ich bin seit zweieinhalb Jahren hier.«

»Die sind alle älter als zweieinhalb Jahre. *Cast Away* ist viel älter.«

Jane zuckte die Achseln und legte zu meiner Überraschung den Kopf an meine Schulter. Ihre Haare rochen gut – ein bisschen nach Honig. Ich dachte, vielleicht wollte sie, dass ich den Arm um sie legte, aber ich tat es nicht.

Im Fenster vor uns sah ich ganz schwach mein Spiegelbild. Ich sah aus wie alle anderen. Im Dämmerlicht konnte ich keine Gesichtszüge erkennen, ich war nur ein weißes T-Shirt unter vielen.

»Warum schlagen wir nicht einfach das Fenster ein?«, fragte ich leise. »Um ins Warme zu kommen. Was für eine Strafe steht darauf?«

Ihre Antwort klang schläfrig, ihre Stimme gedämpft. »Du kannst es nicht einschlagen. Andere haben es schon versucht, aber es ist kugelsicher oder so was. Hält uns drinnen fest.«

Ich nickte. Das bruchsichere Glas machte das Gebäude zu einem Gefängnis – in das wir jetzt gerne zurückgekehrt wären.

Kurz bevor Jane einschlief, berührte sie mich am Arm. »Geh heute Nacht nirgendwohin, okay? Die von der Society sind nicht die Einzigen, die die Mauer bewachen.«

»Da draußen sind Wachen?«

»Ich weiß es nicht. Irgendwas muss da sein.«

Kurz vor Tagesanbruch wurde die Tür entriegelt. In der morgendlichen Stille hörten wir das Summen und Klicken sogar dort, wo wir uns verkrochen hatten. Die Society musste die Nacht ganz in der Nähe des Eingangs verbracht haben – wir hörten ihre erschöpften, erleichterten Rufe und das Geräusch der aufgehenden Tür, noch bevor die meisten von uns sich auch nur aufgerappelt hatten. Schlaftrunken folgten wir ihnen, ein paar Jungs machten Räuberleitern, damit die anderen aus dem Fensterschacht klettern konnten. Ich kam als Letzter nach oben und musste mich von Curtis und einem anderen V hochziehen lassen – und hatte dabei höllische Schmerzen in der Seite. Alle waren ziemlich wortkarg.

Obwohl die anderen die Aussperrung als normal abtaten, rechnete ich damit, dass sich im Inneren der Schule etwas verändert hatte. Vielleicht hatten sie es getan, um drinnen in Ruhe arbeiten zu können – die Wände streichen oder neue Überwachungskameras oder Eisenstangen an den Türen anbringen. Aber es hatte sich nichts verändert. Das passierte andauernd, sagten die anderen. Bloß ein bescheuerter Test.

Geben wir ihnen zehn Schlafsäcke, mal sehen, wie sie die aufteilen.

Als wir zurück in den Wohnbereich kamen, ging ich unter die Dusche und stellte das Wasser so heiß ein, wie ich es gerade noch ertragen konnte. Ich wusch mir den Schmutz und die Steinchen aus den Wunden an den Knien und untersuchte meine Schnittwunden. Nichts davon war ernst. An meiner linken Seite hatte sich ein violetter Bluterguss gebildet, aber selbst der war nicht so groß wie erwartet. Ich fühlte mich viel schlimmer, als es aussah.

Als ich fertig war und zurück aufs Zimmer kam, zog Mason gerade Tarnkleidung an.

»Was soll das denn?«, fragte ich.

Mason verzog das Gesicht und deutete auf die Uhr. »Kein Unterricht heute. Wir haben Paintball.«

»Du machst Witze.«

Er seufzte und zog eine Jacke in Tarnfarben über ein olivgrünes T-Shirt. Die Farben der Jacke waren größtenteils hell: Beige- und Brauntöne. »Das ist unsere Version vom Highschoolsport. Paintball, Kriegsspiele, Debattieren, Schach.« Er hielt inne und grinste. »Sozusagen Nerd trifft auf Militär.«

Ich betastete die einfache beigefarbene Trainingshose, die neben meiner Uniform hing, und sah Mason an.

»Warum hast du bessere Klamotten als ich?«

»Ich habe ein paar meiner Punkte dafür ausgegeben. Und das machst du besser auch, sobald du welche hast.« Dann verzog sich sein ernstes Gesicht zu einem Lächeln. »Die werden dich da draußen abschlachten.«

Ich nahm das Gewehr, den sogenannten Markierer, in die Hand. Er wurde von einer Hochdruckpressluftflasche angetrieben, und ein großer nierenförmiger Hopper oben auf der Waffe enthielt die Paintballs. »Das ist doch verrückt.«

»Ich weiß«, sagte Mason. »Ein paar Leute denken, die trainieren uns. Als wäre die Schule eine Art Brutstätte für Supersoldaten oder so was.«

»Du denkst das nicht?«

»Nein.« Er setzte sich hin, um sich die Stiefel zuzuschnüren. »Weil sie uns nämlich *nicht* trainieren. Wenn die Regierung dahinterstecken würde und wollte, dass wir was über Strategie lernen oder so, dann würden sie uns doch wohl was darüber beibringen, oder?«

»Vermutlich.«

»Ratten in einem Käfig, Fish. Ratten in einem Käfig.«

Um zehn vor zehn verließen wir das Gebäude und steuerten auf den Wald zu. Es sah total lächerlich aus – über siebzig Jugendliche, die in verschiedenen Abstufungen von Tarnkleidung aus einer Schule getrabt kamen. Einige waren genauso einfach ausgestattet wie ich, aber manche trugen ausgeklügelte Tarnanzüge, an denen sie überdies unechte Zweige und Blätter angebracht hatten. Manche waren sogar von oben bis unten mit langen Grasbüscheln behängt und sahen fast aus wie Bigfoot.

»Ich spare schon auf einen von denen«, sagte Mason und bewunderte einen Society-Jungen. »Das ist ein sogenannter Ghillie-Anzug. Scharfschützen benutzen die. Wenn du den trägst und dich im Gras versteckst, bist du unsichtbar.«

In gewisser Weise war es ein belebender Spaziergang. Ich hatte eigentlich nie richtig Schulsport gemacht. Und obwohl das alles ziemlich eigenartig war und damit zu dem ganzen anderen willkürlichen Scheiß auf der Maxfield Academy passte, klang es nach Spaß.

Ich spürte eine Hand auf der Schulter und drehte mich um: Curtis.

»Willkommen beim Paintball«, sagte er vergnügt, als wäre gestern nichts passiert – weder mir *noch* ihm. »Wir sind das kleinste Team, deshalb spielen bei uns alle.«

»Die Teams werden nach Banden eingeteilt?«

»Jep. Na ja, genaugenommen sollen wir einfach nur Teams bilden. Aber wir waren uns schon vor einer ganzen Weile einig, dass es so am besten ist. Wir haben der Schule unsere Mannschaftsaufstellungen vorgelegt, und sie war einverstanden.«

Ich musste lachen. »Die Schule billigt die Banden.«

»Du hättest den Laden mal erleben sollen, bevor es die Banden gab.« Curtis schüttelte den Kopf. »Jedenfalls, wir dürfen nur so viele Spieler einsetzen, wie die kleinste Bande Mitglieder hat, das heißt, jetzt wo du hier bist, hat jedes Team achtzehn Spieler.«

»Ich habe das noch nie gespielt«, sagte ich. Ich hielt den Kolben meiner Waffe fest umklammert, und mein Finger ruhte nervös auf dem Abzug.

Wir waren etwa hundert Meter tief in den Wald hineingegangen, als wir auf den Rest der Schüler stießen, die sich dort versammelt hatten. Mir fiel ein leuchtend pinkfarbenes Band auf, das von Baum zu Baum gespannt war und sich etwa hundert Meter in beide Richtungen zog.

»Ich mache einen neuen Trupp auf«, sagte Curtis, nahm mich am Arm und führte mich zu einer Gruppe Vs. »Du, Mason und Lily.« Curtis winkte Lily zu sich. Mason folgte uns bereits. Lily trug mehr Tarnung als die meisten anderen, ähnlich den Ghillie-Anzügen, die ich vorhin gesehen hatte, nur dass die Tarnung wie ein Poncho bloß ihren Oberkörper bedeckte. Die Maske, die sie in der Hand hielt, war mit Gras und Zweigen besetzt, und ihre nackten Beine hatte sie grün und schwarz angemalt. Obwohl sie so alt wie ich schien, war sie klein und mager und sah grotesk aus in ihrem Aufzug – wie ein Kind, das sich zu Halloween verkleidet hat.

»Neuer Trupp«, fuhr Curtis fort, als sie zu uns stieß. »Lily ist Frontplayer. Mason, du bist Backman, und

Benson packen wir in die Mitte. Lily ist der Boss.« Er wandte sich an mich. »Sie ist die Beste. Sie wird dir beibringen, was du zu tun hast.«

Er ging weiter, um den Rest der Bande zu organisieren, und ich fragte mich, wie es gekommen war, dass er die Vs anführte. Später würde ich Mason danach fragen.

Ich drehte mich wieder zu Lily um, die auf einem Stein saß und ihre Schnürsenkel fester band. *Sie* war die Beste? Vielleicht lag es ja an ihren Zöpfen oder den nackten Beinen unter dem unförmigen Tarnponcho, aber ich konnte sie mir besser auf einer Teegesellschaft mit ihren Püppchen als in einem Paintballspiel vorstellen.

»Schon mal gespielt?«, fragte sie.

»Noch nie.«

Sie deutete auf meine Maske, die ein breites Sichtfenster aus Kunststoff zum Schutz meiner Augen und einen gitterförmigen Mundschutz aufwies. »Behalt die immer auf. Paintballtreffer tun weh, sogar durch die Kleider. Du könntest sonst ein Auge oder einen Zahn verlieren.«

Dann erklärte sie mir, wie die Waffe funktionierte, und zeigte mir, wo man die Farbkugeln lud und wie man die HP-Flasche austauschte.

»Normalerweise ist das Spiel irgendeine Art von

›Capture the Flag‹«, fuhr sie fort, »aber sie werfen gerne mal alles über den Haufen.« Sie runzelte die Stirn. »Wie bei dem Scheiß mit der Tür gestern Abend.«

»Okay.«

»Gleich wird einer von der Society uns die Spielregeln vorlesen, und dann gehen wir an unsere Ausgangspositionen. Vielleicht spielen heute nicht mal alle Teams – nur zwei, und eins macht dann den Schiedsrichter.«

»Die lassen Havoc Schiedsrichter sein?«

Sie verdrehte die Augen. »Die Typen von Havoc wissen genau, dass wir irgendwann auch mal Schiedsrichter sind, also bleiben alle fair. Normalerweise.«

Ich nickte. Hier draußen waren keine Kameras, und mich würde nichts überraschen, was die Leute von Havoc taten. Oder die Society.

»Was hat Curtis damit gemeint, du bist Frontplayer und ich in der Mitte?«

»Das sind unsere Positionen im Trupp. Derjenige, der vorne ist, rückt schnell vor und erkundet für die anderen beiden das Gelände. Mason spielt hinten; er wird wahrscheinlich am meisten schießen. Wenn wir vor ihm sind, du und ich, ziehen wir den Großteil des Feuers auf uns, und das verschafft ihm ein bisschen Bewegungsspielraum und die Möglichkeit zu schießen.« Lilys Augen leuchteten, während sie mir das erklärte – es war das erste Mal, dass ich sie ansatzweise glücklich sah.

»Du bist in der Mitte«, erklärte sie weiter, »das heißt, du machst ein bisschen von beidem. Außerdem gibst du mir Deckung. Weißt du, wie man jemanden deckt?«

Ich zuckte die Achseln und lächelte über diese seltsame Frage. »Denke schon. Ich hab's in Filmen gesehen.«

»Wir arbeiten mal beim Sport daran«, sagte Lily. »Wenn ich das gestern nur schon gewusst hätte. Wir hätten die ganze Nacht üben können.«

Ein Megaphon ertönte: Isaiah rief alle zusammen.

»Tut mir leid, dass ich keine Zeit habe, dir alles zu erklären«, sagte Lily noch, als wir den Hang hinauf zu der Stelle gingen, an der die Teams sich sammelten. »Falls wir heute spielen, halt dich an Mason und mich. Versuch, nicht getroffen zu werden.«

»Hey, es ist doch nur ein Spiel, oder?«, witzelte ich.

»Nicht ganz.« Sie deutete nach vorn.

Es war mir bisher nicht aufgefallen, aber alle Schüler hatten sich locker um einen großen Felsblock geschart, auf den Isaiah jetzt kletterte.

Die Havoc-Leute standen ganz hinten. Auch in ihrer Paintballausstattung waren sie unverwechselbar.

Viele hatten neue Tattoos im Gesicht, beinahe wie Kriegsbemalung. Mouse stand vor der Gruppe, sie trug einen schwarzen Anzug, der mich an die Spezialeinheiten in Spielfilmen erinnerte. Der Stoff war dünn und schmiegte sich eng an ihren Körper, und ihr Gesicht war dunkel und ernst – als würde sie wirklich in den Krieg ziehen. Oakland stand neben ihr, und als er meinen Blick auffing, zielte er mit der Waffe auf mich und lachte.

Isaiah hielt seinen Minicomputer hoch und bedeutete uns, leise zu sein. Als sich Stille über den Wald herabsenkte, klappte er den Computer auf und tippte etwas ein. »›Search and Rescue‹«, las er vor. »Havoc verteidigt, und die Variants greifen an. Society ist Schiedsrichter. Das siegreiche Team wird heute Abend zu einer Party im Trophäenraum eingeladen. Das Team, das verliert, bekommt zwei Tage lang kein Essen.«

Lautes Stöhnen ertönte, und höhnische Bemerkungen flogen zwischen den Teams hin und her.

»Das ist gut«, flüsterte Lily mir zu. »Sie bekommen einen von unseren Leuten, und einer von uns muss da hoch und ihn berühren. Und auf die Geisel darf nicht geschossen werden.«

»Warum wollen sie uns hungern lassen? Was sollen wir daraus lernen?«

»Sag du's mir. So was machen sie oft.«

Ich sah Mason an, aber der verdrehte nur die Augen.

Lilys Mund verzog sich zu einem bitteren Lächeln. »Aber darum müssen wir uns keine Sorgen machen, weil wir nämlich gewinnen.«

Curtis beriet sich kurz mit den übrigen Vs und rief dann: »Rosa ist die Geisel.« Eines der älteren Mädchen nickte; sie wirkte ein wenig enttäuscht, aber nicht überrascht. Sie steckte von Kopf bis Fuß in dunkler, schwerer Tarnkleidung, auf die Hunderte von Stoffblättern genäht waren. Sie sah aus wie eine Kreuzung zwischen Ninja und Sumpfmonster.

»Rosa hat Asthma«, wisperte Lily. »Sie hat die beste Ausrüstung und die beste Waffe von uns allen, aber sie hält auf dem Spielfeld einfach nicht lange durch.«

Mason beugte sich zu mir. »Und diese verdammte Schule gibt ihr einfach keine Medikamente.«

Isaiah winkte Rosa nach vorn. Sie reichte ihre teure Waffe einem anderen Mädchen.

Isaiah winkte, um unsere Aufmerksamkeit zu erregen. »Und jedes Team bekommt einen Sanitäter«, las er weiter von seinem Minicomputer ab. Jane meldete sich sofort.

»Was tut der Sanitäter?«, fragte ich Lily.

»Wenn es einen Sanitäter im Spiel gibt, bleibst du

einfach, wo du bist, wenn du getroffen wirst, bis er – in diesem Fall Jane – dich berührt und damit heilt. Wird sie jedoch getroffen, ist sie aus dem Spiel. Und ein Sanitäter kann auch keinen Kopftreffer heilen. Wenn du am Kopf getroffen wirst, verlässt du einfach das Spielfeld.«

Isaiah verteilte weiße Armbänder mit einem roten Kreuz darauf an Jane und den anderen Sanitäter und schickte die Havoc-Leute dann mit Rosa hinauf in den Wald. Mehrere der Schiedsrichter von der Society schwärmten in den Wald aus.

Curtis schickte unseren Trupp ganz nach links, und wir warteten außerhalb des Absperrungsbandes auf den Pfiff der Schiedsrichter. Obwohl es nachts so kalt gewesen war, war die Sonne jetzt schon richtig warm, sogar hier unter den Bäumen. Lily hatte ihre Maske in die Stirn geschoben, während sie auf den Anpfiff wartete, und der Schweiß lief ihr bereits über die Schläfen.

Ich betrachtete den Wald jenseits des Bandes. Mehrere Kiefern und Felsen waren von früheren Spielen her farbgesprenkelt.

»Wie groß ist das Spielfeld?«

»Acht bis zwölf Hektar, hab ich mal gehört«, erwiderte Mason. »Aber ich habe keine Ahnung, woher diese Zahl stammt. Wir haben jedenfalls nicht nachgemessen. Achte einfach darauf, dass du innerhalb des Bandes bleibst – die Bänder sind die Grenzen.«

»Ich werde gleich losrennen«, kündigte Lily an, den Blick auf das unebene Terrain gerichtet. »Bleib etwa fünfzehn Meter hinter mir; wenn ich stehen bleibe, bleibst du auch stehen.«

Ich nickte, war aber mit den Gedanken gar nicht beim Paintball. Ich dachte wieder an den Vorabend, als ich auf den Baum geklettert war. Ob ich die Möglichkeit haben würde, mich jetzt einfach vom Spielfeld zu schleichen? Wie nahe kam das Paintballspielfeld der Mauer? Wie wachsam waren die Schiedsrichter? *Und was, wenn unser Team einmal Schiedsrichter war?*

Nein, dachte ich dann. Es gab nur so viele Paintballspieler, wie die kleinste Bande Mitglieder hatte, und da die Society die größte Bande war, würden sie immer Leute haben, die nicht mitspielten. Selbst wenn wir als Schiedsrichter fungierten, wäre immer jemand von ihnen in der Nähe, vielleicht würden sie sogar auf ihren Quads patrouillieren.

Ich warf einen Blick zu Lily. Unglaublich, dass wir dieses Zeug mit Punkten kaufen konnten. Es war, als *wollten* sie, dass wir zu fliehen versuchten.

Der Pfiff ertönte, und Lily schoss unter dem Band hindurch und sprintete los. Ich rannte hinter ihr her, doch sie war trotz ihres schweren Ponchos schneller. Wir rannten weiter und schneller, als ich gedacht hätte. Ich hatte keine Ahnung, wie groß acht Hektar waren, aber wir rannten mehrere Minuten lang, bis Lily endlich langsamer wurde und nach Verteidigern Ausschau hielt.

Es war völlig still im Wald, bis auf das Knacken unter meinen Füßen. Lily ging wie die Soldaten in den Filmen – gebückt, die Waffe im Anschlag. Ich versuchte es ihr nachzumachen.

Irgendwo zu unserer Rechten hörte ich ein Mädchen rufen: »Sanitäter!«, und gleich darauf rief ein Junge das Gleiche. Ich erkannte die Stimmen nicht und drehte mich zu Mason um, weil ich herausfinden wollte, ob er wusste, wer sie waren. Es dauerte einen Augenblick, bis ich ihn entdeckte: Er lehnte an einem Baum und signalisierte mir, nach vorn zu schauen.

Lily erstarrte, sie beobachtete irgendetwas, und dann bedeutete sie mir, zu Boden zu gehen. Ich kniete mich neben einen trockenen Dornenbusch und sah, wie Lily sich hinhockte. Am Boden war sie in ihrem zotteligen Ghillie-Anzug beinahe nicht zu sehen.

Hinter mir hörte ich Schüsse in rascher Folge und wirbelte herum: Mason feuerte Paintballs in den Wald. Ich suchte nach seinem Ziel, konnte aber nichts erkennen. Kurz darauf stellte er das Feuer ein.

Ich ging ein wenig in die Höhe und blickte mich nach dem Gegner um, und augenblicklich explodierte

Farbe auf meinem Strauch. Ich ließ mich auf den Bauch fallen und hörte, wie Mason das Feuer erwiderte.

Als das Schießen aufhörte, ertönte ein Pfiff, und ein Schiedsrichter lief zu mir und forderte mich auf aufzustehen. Er untersuchte meine Kleidung, ließ mich umdrehen und erklärte dann: »Du bist nicht getroffen.« Die Kugeln waren auf der anderen Seite des Buschs geplatzt, und offenbar hatte ich so wenig Farbe abbekommen, dass es nicht zählte.

Ich hockte mich wieder hin und sah nach vorn zu Lily. Sie lief bereits weiter, steuerte nach rechts, bedeutete mir aber, ich solle bleiben, wo ich war.

Hätte ich sie nicht schon gekannt, ich wäre nie darauf gekommen, dass die professionelle, befehlsgewohnte Spielerin vor mir ein zierliches siebzehnjähriges Mädchen war. Alles an ihr hatte sich verändert: die Art, wie sie sich bewegte, die unablässige Wachsamkeit. Unter der Farbe auf ihren Beinen konnte ich wohldefinierte Muskeln erkennen. Ich war froh, dass sie in unserem Team war. Hoffentlich würden nicht wir diejenigen sein, die zwei Tage ohne Essen auskommen mussten.

Ich blieb also unten, und als Lily über eine Anhöhe und in ein Wacholdergebüsch lief, verlor ich sie aus den Augen. Plötzlich pfiffen Schüsse durch die Luft, und ich hörte eine männliche Stimme fluchen und nach dem Sanitäter rufen.

Grinsend blickte ich zurück zu Mason, und er hielt mir den erhobenen Daumen hin.

Lily kam wieder über die Anhöhe gepresct und winkte Mason und mir energisch zu, ihr zu folgen. Ich sprang auf und rannte los. Meine Prellung pochte schmerzhaft und erinnerte mich an meinen letzten Aufenthalt im Wald, doch das ignorierte ich.

Beinahe wäre ich an Lily vorbeigerannt, erst in letzter Sekunde entdeckte ich sie hinter einem Baumstamm. Ich ließ mich neben ihr fallen. Etwa neun Meter vor uns war der Junge, den sie getroffen hatte – vermutlich derselbe, der auf mich geschossen hatte.

»Wir locken den Sanitäter in einen Hinterhalt«, sagte sie atemlos. Sie blickte nach vorn, deutete aber auf einen Felsen einige Meter links von uns. »Du gehst dahinter. Wenn sie hier ankommen, warte, bis sie ganz nahe sind, und schieß. Dann geh wieder runter. Mason, da rüber in das Dickicht. Sie sollen glauben, dass Benson allein ist und nicht weiß, was er tut.«

»Das wird nicht schwer sein«, witzelte ich, aber Lily ignorierte es.

»Los«, flüsterte sie mir zu.

Der getroffene Junge rief erneut nach dem Sanitäter. Lily hatte mir zuvor erzählt, dass er sonst nichts sagen durfte – er würde seine Mitspieler nicht warnen können.

Also wartete ich und stützte mich so weit oben auf dem Felsen ab, dass man mich sehen konnte. Ich beobachtete den Wald vor mir, der reichlich Deckung bot. Ein schmaler Bach plätscherte auf der anderen Seite des Dickichts dahin, und am Ufer wuchsen Sträucher stellenweise einen Meter fünfzig hoch.

Der getroffene Junge rollte sich zur Seite und zog einen Kiefernzapfen unter sich hervor. Ich fragte mich, welcher der Havoc-Jungs er war. Für Oakland sah er zu klein aus.

Ich hörte den Schuss – das scharfe Zischen komprimierter Luft –, sah den Schützen aber erst, als der Paintball mich an der Schulter traf. Ein zweiter traf mich in die Rippen, gleich oberhalb der Prellung. Ich keuchte vor Schmerz, dann hob ich die Arme und ergab mich. Ich war aus dem Spiel.

»Sanitäter!«, schrie ich und hielt mir die Seite. Diese Paintballs waren wirklich schmerzhaft.

Jenseits der Grasfläche hörte ich gedämpftes Gelächter, dann kamen zwei Masken zum Vorschein. Die beiden Kids identifizierten den am Boden liegenden Jungen. Einer machte eine Handbewegung, und der andere lief, tief gebückt, über die Lichtung auf mich zu, offenbar ohne etwas von Lily und Mason zu ahnen. Vorsichtig überprüfte er das Gelände, dann gab er dem anderen ein Signal.

Jemand rannte direkt auf den Getroffenen zu – der Junge mit dem Sanitäterabzeichen. Er hatte gerade den ersten Jungen geheilt, da eröffneten Lily und Mason das Feuer und bespritzten den, der das Gelände überprüft hatte, den Sanitäter und den gerade erst wieder ins Spiel zurückgekehrten Jungen mit Farbe. Der erste Typ fluchte, und der Sanitäter rief irgendetwas, riss sich das Armband ab und warf es zu Boden. Jetzt fiel mir auf, dass der Junge, der zurückgeblieben war – die Maske schaute aus dem Gras hervor – aufstand: Ein Paintball war auf seiner Schutzmaske zerplatzt. Vier Getroffene.

Ich hielt Lily den erhobenen Daumen hin, und sie erwiderte die Geste.

Kurz darauf ertönte Isaiahs Stimme über Megaphon. »Der Sanitäter des verteidigenden Teams wurde getroffen. Havoc-Teammitglieder können nicht mehr geheilt werden. Wenn ihr getroffen seid, verlasst bitte das Spielfeld.«

Lily und Mason wechselten die Stellung und legten einen neuen Hinterhalt um mich herum, um zu verhindern, dass die anderen das Gleiche taten wie wir. Dann warteten wir auf unsere Sanitäterin.

Ein paar Minuten später tauchte Jane auf. Sie war

nicht mit einem Trupp unterwegs wie der Sanitäter des Havoc-Teams, sondern allein. Sobald ich sie sah, rief ich »Sanitäter«, damit sie mich schneller fand, und sie sprintete leichtfüßig auf mich zu. Ohne langsamer zu werden, senkte sie den Arm so weit, dass sie mit den Fingerspitzen über meine Schulter streichen konnte, und lief weiter in den Wald. Ich stand auf und wischte mit dem Handrücken über die feuchten Farbflecken.

Obwohl ich Lilys Mund hinter der Maske nicht sehen konnte, erkannte ich an ihren Augen, dass sie lächelte. »Als ich dir gesagt habe, du sollst so tun, als wüsstest du nicht, was du tust, hab ich nicht gedacht, dass du es so wörtlich nehmen würdest.«

»Ich bin eben ein richtiger Streber.«

»Wie niedlich«, flüsterte Lily. »Okay. Weiter wie bisher. Wir rücken nach oben vor, immer am Band entlang.«

Mason und ich nickten, und sie rannte los. Ich gab ihr etwa fünfzehn Meter Vorsprung und folgte ihr dann, wobei ich sogar noch tiefer gebückt lief als bisher.

Vor Spielbeginn hatte Lily mir unser Ziel beschrieben. Rosa würde wahrscheinlich in einer Gruppe kleiner Verteidigungsbefestigungen gefangen gehalten werden – nichts Ausgefallenes, bloß kleine Holzkonstruktionen mit Gucklöchern und Platz zum Schießen. Irgendwo am anderen Ende des Spielfelds sollten fünf oder sechs davon stehen.

Der Hang wurde steiler, und wir liefen nun langsamer und vorsichtiger. Immer wieder blieb Lily irgendwo, wo es Deckung gab, stehen – an Büschen, Bäumen oder Felsen – und lief erst weiter zur nächsten Deckung, wenn sie sich sicher fühlte. Mason und ich folgten ihr.

An einem hochaufragenden Felsen entschied sie, sich vom Band zu entfernen und ins Spielfeldinnere vorzudringen. Wir mussten jetzt ganz in der Nähe der Bunker sein. Bald würden wir auf Schwierigkeiten stoßen.

Lily lief zu einem Grüppchen Wacholdersträucher und blieb dort, wie mir schien, eine halbe Ewigkeit, aber in Wirklichkeit war es sicher gar nicht sehr lange. Endlich schlich sie weiter den Hang hinauf. Ich beobachtete sie und ließ ihr ein wenig Vorsprung, ehe ich es wagte, ihr zu folgen. Ich hatte keinen Tarnanzug und konnte nicht so langsam vorrücken wie sie, denn sobald ich die Deckung meines Felsens verließ, würde ich im Nu entdeckt werden.

Hinter mir ertönte ein Stakkato von Schüssen, und ich duckte mich, wirbelte herum und zielte mit der Waffe dorthin, woher die Schüsse kamen. Jemand schoss auf Mason, aber ich konnte weder ihn noch den Schützen sehen.

Ich spähte über den Felsen in Lilys Richtung, doch auch sie war nirgends zu sehen.

Das Schießen hörte auf. Mason hatte nicht nach dem Sanitäter gerufen, was ein gutes Zeichen war.

Mir standen nicht viele Möglichkeiten offen. Der Hang war größtenteils dicht mit Büschen und Sträuchern bewachsen, da konnte sich leicht jemand versteckt haben. Wo Mason war, wusste ich nicht, daher konnte ich ihm schlecht zu Hilfe eilen.

Plötzlich flogen Schüsse durch die Luft, Farbe spritzte über Bäume und Büsche. Mason brüllte »Getroffen!« und stand auf. Farbe lief ihm über die Maske.

Einen Kopftreffer konnte Jane nicht heilen. Ich atmete tief durch und beobachtete, wie er die Waffe über den Kopf hielt, in Richtung Band lief und das Spielfeld verließ. Nun hatte ich niemanden mehr hinter mir, und im Gebüsch versteckte sich jemand.

Ich sah wieder nach vorn, entdeckte aber immer noch keine Spur von Lily.

Ich wartete weitere fünf Minuten und hoffte auf Schüsse, die mir anzeigen würden, dass Lily in einem großen Bogen zurückgekommen war und Masons Angreifer attackierte, aber das geschah nicht.

Das einzige Lebenszeichen kam von einem Schiedsrichter etwa vierzig Meter von mir entfernt. Ich überlegte, ob ich einen Vorstoß in Richtung Mauer unternehmen sollte, aber ich wusste, das konnte ich nicht. Die Schiedsrichter hatten allesamt Pfeifen, und mein beigefarbener Trainingsanzug leuchtete im Dämmerlicht des Waldes so hell, als wäre er weiß.

Wenn ich nicht fliehen konnte, konnte ich auch mitspielen. Ich wollte nicht zwei Tage ohne Essen sein.

Ich packte meine Waffe, sprang auf und rannte zu der Gruppe Wacholdersträucher, in der Lily sich zuvor versteckt hatte. Hinter einem knorrigen Stamm schlitterte ich zu Boden und wappnete mich für einen Angriff. Aber es war nichts zu hören.

Ich flüsterte ihren Namen. In ihrem perfekten Ghillie-Anzug hätte sie nur drei Meter von mir entfernt hocken können, ohne dass ich sie sah. Keine Antwort.

Mist.

Ich wartete noch einige Minuten und hoffte, es würde sich irgendetwas bewegen oder ich würde etwas hören, aber da war nichts.

Ich hatte noch keinen einzigen Schuss abgegeben.

In der Hoffnung, dass ich nicht Lilys Taktik zunichtemachte – ich nahm an, sie war noch im Spiel, da ich sie nicht nach dem Sanitäter hatte rufen hören –, ging ich in die Hocke und machte mich bereit, weiter vorzurücken. Niemand schoss auf mich.

Ich bewegte mich langsam, tief gebückt, bereit, notfalls zu schießen. Meine Schritte klangen laut auf dem felsigen Boden, obwohl ich mich bemühte, trockenen Zweigen und sprödem Gras auszuweichen. Ich schlich den Hang dort hinauf, wo ich Lily zuletzt gesehen hatte. Keine Spur war von ihr zu sehen – keine Fußabdrücke, keine frischen Farbflecken.

Hier gab es mehr Bäume, sie waren niedriger, standen aber dichter. Ich lief von Stamm zu Stamm und beobachtete nervös meine Umgebung. Ich hatte schon lange niemanden mehr gesehen oder gehört, und allmählich fragte ich mich, ob das Spiel womöglich vorbei war und ich nur das Megaphon nicht gehört hatte.

Bald darauf kam der erste Bunker in Sicht. Ich ließ mich zu Boden fallen. Hier gab es keine gute Deckung, deshalb legte ich mich flach auf den Bauch, die Waffe auf die hölzerne Befestigung gerichtet. Die Vorderseite war in den unterschiedlichsten Farben bespritzt, aber natürlich wusste ich nicht, ob bei diesem oder einem früheren Spiel.

Wo ist Lily?

Ich ging wieder in die Hocke und hielt dann auf die nächste Deckung, einen großen Baumstumpf, zu. Niemand schoss.

Scheiß drauf!

Ich sprang hinter dem Stumpf hervor, rannte auf

den Bunker zu und hielt erst direkt unterhalb an. Ich atmete tief durch, dann sprang ich auf und zielte mit der Waffe hinein.

Er war leer.

Durch die Hintertür des Bunkers sah ich eine Lichtung und am anderen Ende die Rückseite eines weiteren Bunkers. Ich duckte mich erneut und lief um den Bunker herum, bemüht, keine Geräusche zu verursachen, woran ich kläglich scheiterte.

Die Lichtung war von fünf Bunkern umgeben, die in einem Kreis angeordnet waren und alle nach außen blickten. Rosa saß etwa zwölf Meter von mir entfernt im Schneidersitz in der Mitte und wirkte gelangweilt.

Das muss eine Falle sein.

Eine Weile beobachtete ich die übrigen vier Bunker, konnte aber niemanden entdecken. Rosa ihrerseits hatte mich noch nicht gesehen.

Wenn ich die Regeln richtig in Erinnerung hatte, musste ich sie nur berühren. Ich musste lediglich bei ihr sein, ehe ich getroffen wurde.

Wenn sie mich nicht gesehen hatte, dann vielleicht auch niemand anderes. Falls ich es versuchte, würden sie ein paar Sekunden brauchen, um zu reagieren. Sogar wenn dies eine Falle war, musste ich ein paar Sekunden Zeit haben.

Wie lange brauche ich für zwölf Meter?

Ich legte die Waffe im Dreck ab. Ich würde sie nicht brauchen. Entweder erreichte ich Rosa und wir gewannen, oder ich erreichte sie nicht und war tot.

Ich hielt ein letztes Mal nach Lily Ausschau, sah sie aber nirgends.

Ehe ich es realisierte, war ich schon aufgesprungen und rannte mit Vollgas auf Rosa zu. Ihre Augen konnte ich nicht sehen, weil das Licht sich auf ihrem Gesichtsschutz spiegelte, aber als ich näher kam, schirmte sie ihren Körper mit den Armen ab.

Jetzt wurde aus sämtlichen Richtungen das Feuer eröffnet, und ich spürte den Aufprall von Dutzenden von Kugeln an der Brust, an den Armen, am Kopf. Ich versuchte, stehen zu bleiben, stolperte und stürzte zu Boden.

»Netter Versuch, Fisher«, sagte eine Stimme, die ich kannte. »Hast du wirklich geglaubt, wir haben dich vor zehn Minuten nicht gehört?«

Ich drehte mich um und sah Oakland an der Tür eines der Bunker stehen, die Waffe noch immer auf mich gerichtet. An zwei weiteren Türen standen ebenfalls Leute, und im hohen Gras am Rand der Lichtung stand jemand in einem Ghillie-Anzug. Keinen von ihnen hatte ich vorhin entdeckt.

Unbeholfen stand ich wieder auf, hob die Hände über den Kopf und rief: »Getroffen!«

Ein weiterer Schuss klatschte an meinen Hinterkopf, und die herabtropfende Farbe fühlte sich an wie Blut. Ich wirbelte herum und erblickte Mouse.

»Getroffen!«, brüllte ich noch einmal.

Eine weitere Kugel traf mich am Rücken, gleich oberhalb des Schulterblatts, und ich wandte mich wieder zu Oakland um. Wo war der Schiedsrichter?

»Du hältst dich für ganz toll, was?«, schrie Oakland, und schoss noch fünfmal. Er hätte mich in der Leiste getroffen, wenn ich nicht unmittelbar vorher ausgewichen wäre. Ich war froh, dass er mein Gesicht nicht sehen konnte, denn es fiel mir schwer, mir nicht anmerken zu lassen, wie weh es tat.

Unmittelbar darauf erschien eine Schiedsrichterin auf der Lichtung, blies in ihre Pfeife und musterte mich von Kopf bis Fuß.

»Sieht nach Overkill aus«, sagte sie und betrachtete stirnrunzelnd die Farbflecken auf meinem Körper. »Haben sie auf dich geschossen, nachdem du ›getroffen‹ gerufen hast?«

Ich warf einen Blick zu Oakland. Vielleicht konnte ich ihn ja dazu bringen, mich eine Weile in Ruhe zu lassen. »Nein.«

Argwöhnisch musterte die Schiedsrichterin die anwesenden Havocs, dann sah sie wieder zu mir. »Verlass das Spielfeld.« Sie pfiff, um das Spiel wieder freizugeben.

Hinter mir ertönte das Zischen einer Waffe, es knallte zweimal, und dann hörte ich Lilys Stimme: »Gewonnen.«

Ich drehte mich um und sah ihre Hand auf Rosas Arm liegen.

Farbe tropfte von Mouses Maske, und Oakland war am Nacken getroffen.

8 »Hey, Benson«, rief Jane, holte uns ein und stieß mich mit der Schulter an. Einer nach dem anderen kamen die Spieler aus dem Wald, und die Banden fanden sich wieder zusammen.

»Danke fürs Heilen.«

»Kein Problem«, sagte sie, trat einen Schritt zurück und musterte meinen beigefarbenen Trainingsanzug, der nun rot-blau gesprenkelt war. Sie grinste. »Wozu habe ich mir die Mühe eigentlich gemacht?«

Ich versuchte nicht zu lächeln. »Ich habe mich heroisch geopfert.«

Jane sah zu Lily und Mason.

»Sieh mich nicht so an.« Mason hob die Hände. »Ich war nicht dabei.«

Lily lächelte, den Blick vor sich auf den Waldboden gerichtet. »Das war ganz ordentlich.«

Jane lachte und stieß mich nochmals an. »Ich hab dir doch gesagt, es macht Spaß hier.«

»Ja.« Ich warf einen Blick zu Lily. Ich fragte mich, ob sie auch nur zum Spaß spielte. So wie sie sich auf dem Spielfeld verhielt, hätte ich darauf getippt, dass es ums Überleben ging.

Bald gesellten sich Curtis und Carrie händchenhaltend zu uns, und in wenigen Minuten waren alle Vs wieder zusammen, witzelten herum und jubelten. Lily erklärte mehrfach, was sie getan hatte, und auch die anderen gaben ihre jeweiligen Geschichten zum Besten. Wir waren vermutlich schon zehn Minuten unterwegs, bis ich merkte, dass ich tatsächlich Spaß hatte. Ich hatte das Gefühl, unter Freunden zu sein, und das fühlte sich gut an.

Jane erzählte mir von der Party, die uns erwartete – sie war die übliche Belohnung für einen Sieg beim Paintball. Die Schule schickte über einen der Aufzüge Essen, und es war immer irgendetwas Tolles. Die Leute von Havoc leisteten wirklich gute Arbeit beim Kantinenessen, aber das Essen auf einer Party war dagegen wie das in einem Sterne-Restaurant. Die Schule schickte sogar Getränke und Speisen, die wir in der Kantine niemals bekamen: Limonaden, Süßigkeiten, Kuchen, Brownies und alle möglichen Snacks. Üblicherweise dauerten die Partys bis tief in die Nacht, und die Schule setzte dafür die Regeln betreffend Nachtruhe und Uniform außer Kraft. Es klang toll.

Wir verließen den Wald und liefen über den Rasen an der Laufbahn. Meine Beine fühlten sich wund an –

ich spürte noch immer jeden einzelnen Paintballtreffer, und ich wusste, morgen würde es noch schlimmer sein –, aber das ignorierte ich. Ich hatte einfach zu viel Spaß.

»Also, Benson«, sagte Jane so laut, dass alle sie hören konnten. »Lily hat ihre Version des Siegs erzählt. Was ist mit deiner?«

»Es war wie bei *Der Soldat James Ryan*«, sagte ich. »Das Massaker am Omaha Beach.«

Als sich unsere Blicke trafen, grinste Jane verschmitzt, und nun wurden auch die anderen nach und nach still und sahen mich an. Wir waren gerade in den Skulpturengarten am Rand der Laufbahn getreten, und ich sprang auf den geschnitzten Baumstumpf.

»Habt ihr mal das Ende von *Zwei Banditen* gesehen?«, fragte ich, drehte mich zu den Vs um und wollte ihnen meine peinliche Geschichte erzählen.

An ihren Mienen erkannte ich sofort, dass etwas nicht stimmte. Sie lächelten nicht mehr, sondern blickten verlegen oder düster. Jane hielt den Atem an, und Lily biss sich auf die Lippe. Mason drängte sich nach vorne durch, packte mich am Arm und zog mich vom Baumstumpf herunter.

»Was ist?«

Anstelle einer Antwort deutete er auf die Schnitzereien.

HEATHER LYON
IM KRIEG GESTORBEN
WIR WERDEN DICH VERMISSEN

An der Seite, nicht so tief und kunstfertig, hatte jemand eingeritzt: *Ich liebe dich.*

Sprachlos vor Entsetzen, starrte ich Mason an, dann betrachtete ich eine andere der vermeintlichen Skulpturen – einen Haufen basketballgroßer Steine. Der oberste Stein war flach, und jemand hatte etwas daraufgemalt.

JEFF »L.A.« HOLMES
SOMMER '09

Curtis legte mir die Hand auf die Schulter. »Das ist der Friedhof. Tut mir leid. Jemand hätte es dir sagen sollen.«

»Wie meinst du das?« Hektisch ging ich von Grab zu Grab. »Wieso sterben hier Leute?«

Mason antwortete. »Was habe ich dir gesagt? Diese Schule ist gefährlich.«

Curtis nickte und folgte mir, während ich von einem Baumstamm zu einer kleinen Holzplakette und weiter zu einem großen glatten Stein ging. Auf dem Stein lagen frische Blumen, die nicht älter als ein paar Tage sein konnten. Ich las den Namen – irgendein Jugendlicher, genau wie ich.

»Früher war es schlimmer«, sagte Curtis. »Vor dem Waffenstillstand.«

»Was war das für ein Krieg?«

»Das war, als die Banden sich gebildet haben. Es wurde ziemlich übel.«

Ich starrte ihn an, dann betrachtete ich die Gesichter der übrigen Vs. Auf ein paar Wangen sah ich Tränen. Jane hatte sich abgewandt. Meine Brust fühlte sich ganz eng an, und ich merkte, dass meine Hände sich zu Fäusten ballten. Diese Leute waren nicht von der Schule getötet worden, sondern von anderen Schülern. Da waren mindestens ein dutzend Gräber.

»Kommt«, sagte Curtis. »Gehen wir rein.«

Ich weigerte mich, zur Krankenstation zu gehen, obwohl Mason mir den restlichen Tag damit auf die Nerven ging. Als wir zurück in den Wohnbereich gekommen waren und ich mein T-Shirt ausgezogen hatte, hatte sich die eine Prellung von meinem gescheiterten Fluchtversuch zu mindestens fünfzehn Flecken auf Brust und Rücken vervielfacht, dazu kamen acht weitere an den Armen. Am Hinterkopf hatte ich unter den Haaren zwei Beulen, und jemand hatte mich am Knöchel getroffen – dort war die Haut aufgeplatzt.

Nachdem ich geduscht hatte, verbrachte ich den Abend auf meinem Zimmer. Ich wollte mit niemandem reden, und ich wollte garantiert nicht auf die Party gehen. Auf dem Rückweg hatte ich das Gefühl gehabt, vielleicht doch dazuzugehören, und das war mir gut erschienen. Vielleicht, hatte ich gedacht, war diese Schule trotz all dem verrückten Zeug besser als jede Alternative. Das Essen war gut, Paintball machte Spaß, und ich schloss Freundschaften – echte Freundschaften. Aber der Friedhof hatte das geändert. Ich wollte keine Freunde, und ich wollte kein Essen. Ich wollte hier raus.

Als die Sonne gerade unterging, kam Curtis vorbei und versuchte, mich zu überreden, doch auf die Party zu gehen, aber ich sagte ihm, mir täte alles weh und ich sei zu erschöpft von der letzten Nacht im Fensterschacht. Es war eine lausige Ausrede – er hatte gestern Schlimmeres durchgemacht und sicher nicht mehr Schlaf bekommen als ich –, aber vermutlich wusste er sowieso den wahren Grund, warum ich nicht kommen wollte. Trotzdem, er spielte mit.

»Unten auf der Krankenstation kannst du Ibuprofen bekommen.«

»Da hätte ich es mit irgend so einem Idioten von der Society zu tun.«

»Du würdest das Mädchen mögen, das da unten arbeitet«, erwiderte er. »Blond, niedlich.«

Ich lag auf dem Rücken, fand aber keine schmerzfreie Position. »Laura ist auch blond und niedlich. Und sie wollte mich zum Arrest schicken.«

»Das ist eben Laura. Dieses Mädchen ist cool. Anna.«

»Nein, danke.« Ich hatte schon von Mason genug über die Krankenstation gehört. Außer Anna arbeitete dort auch Dylan. Den wollte ich nicht wiedersehen, geschweige denn, ihn um Hilfe bitten.

Curtis nickte und beugte sich zu Masons Schreibtisch, über dem ein Foto der Brooklyn Bridge hing. »Du verpasst was. Es sind eine Menge süßer Mädels hier.«

Ich seufzte und starrte auf das Bett über mir. »Ich weiß.« Ich drehte mich auf die Seite, aber das war genauso schmerzhaft wie auf dem Rücken. Curtis war immer noch da, als warte er auf etwas. »Okay, eins muss ich Maxfield lassen: Die Uniformen hier haben eine Menge für sich. Die Mädchen an meinen Schulen haben nie Röcke getragen.«

Er lachte. »Jemand Bestimmtes?«

Ich schüttelte den Kopf; sogar dabei hatte ich üble Schmerzen im Nacken.

»Ich glaube, Jane mag dich«, nervte er. »Die Vs haben die besten Mädchen. Jane, Gabby, Rosa, Lily. Carrie natürlich, aber die ist vergeben.«

»Ich haue ab.« Ich schloss die Augen. »Ich fange hier nichts mit Mädchen an.«

»Wie du willst.« An seinen Schritten auf dem harten Holzboden hörte ich, dass er aus dem Zimmer ging.

Das war alles so bescheuert, so unecht. Die Leute hier wussten nur über das Bescheid, was innerhalb der Schule vorging, und sie hatten sich eingeredet, dass alles in Ordnung sei. Sie gingen miteinander. Sie lernten. Lily hatte mir erzählt, dass sie sich in ihrer Freizeit neue Paintballtaktiken ausdachte. Und jetzt waren sie da unten und feierten, dass sie ein Spiel gewonnen hatten.

In den letzten drei Tagen war ich entführt worden, hatte zwei Kämpfe verloren, war bei einem Fluchtversuch von einem Baum gestürzt und wiederholt beschossen worden. Und heute Nachmittag auf dem Friedhof war mir klargeworden, dass meine Probleme gerade erst begonnen hatten. Es konnte noch viel schlimmer werden.

Kurz darauf kam Mason vom Duschen zurück. Ich lag mit geschlossenen Augen da. Mir war zum Heulen zumute, aber ich wollte nicht, dass die Überwachungskameras mich weinen sahen.

»Für wen bist du?«, fragte ich. Ich musste über etwas reden, was außerhalb der Mauern der Maxfield

Academy lag. Ich öffnete ein Auge. »Welche Sportmannschaft, meine ich.«

Mason guckte verdutzt. »Für niemanden, denke ich. Nicht mehr, jedenfalls.« Er wühlte in seinem Schrank nach Freizeitkleidung. »Ich interessiere mich für Paintball.«

Ich starrte an den Lattenrost über mir. »Für welchen Sport hast du dich interessiert, bevor es dich hierher verschlagen hat.«

»Hab früher ein bisschen Baseball gespielt.«

»Die Giants haben letztes Jahr die World Series gewonnen. Wo kommst du eigentlich her?«

Er tippte auf das Foto über seinem Schreibtisch. »New York. Das habe ich vor ein paar Monaten aus einem Lehrbuch gerissen. Verrat mich nicht.«

»Es ist ein gutes Jahr für die Yankees. Für die Mets auch. Mit den Knicks ist nichts los. Wie immer.«

Mason zog einen Pulli an und machte sich für die Party fertig. »Ich kann mich kaum an die Mannschaften erinnern. Ist zu lange her, schätze ich.«

Ich drehte mich auf die Seite. *Ich brauche Schmerztabletten.*

»Ich werde nicht so lange hier sein, dass ich das vergesse«, sagte ich, mehr an mich selbst als an Mason gerichtet.

Ich versuchte zu schlafen, aber es gelang mir einfach nicht. Ich hatte zu starke Schmerzen, um bequem zu liegen, in meinem Kopf lief immer wieder mein Fluchtversuch ab, und ich grübelte über eine neue Strategie, wie ich über die Mauer kommen könnte. Ich könnte ein Seil herstellen. Es würde nicht schwer sein, eines aus den Betttüchern anzufertigen. Jetzt war mir zum ersten Mal klar, wie es zu diesem Spielfilmklischee gekommen war: Es war der bei weitem einfachste Ersatz für ein Seil, der mir einfiel. Aber was würde ich dann damit anfangen? Die Ziegelmauer war ziemlich glatt – da war nichts, wo ein Wurfanker sich verfangen würde, selbst wenn ich einen herstellen könnte.

Vielleicht könnte ich einen Baum fällen. Ihn an die Mauer lehnen und wie auf einer Leiter hinaufklettern. Mit mehreren Leuten wäre das leichter, aber niemand schien sich überwinden zu können, mir zu helfen, nicht einmal die Vs.

Vielleicht könnte ich einen Tunnel unter der Mauer durchgraben. In den Geräteschuppen musste es Spaten geben. Aber dann müsste ich die Havoc-Leute überreden, mir zu helfen. Oder einbrechen.

Ich stand auf. Es hatte keinen Sinn, ich konnte nicht einschlafen. Ich ging ans Fenster und sah im bleichen Mondschein auf die Uhr. Es war kurz nach drei.

Draußen im Wald war es ein wenig neblig, so dass die Bäume und Hügel verschwammen. Ich wünschte mir, es wäre Rauch. Wo Rauch ist, ist auch ein Feuer, und wo Feuer ist, sind Menschen. Als ich auf dem Baum gewesen war, hatte ich gemeint, Rauch zu sehen – vielleicht war da draußen ja wirklich jemand.

Aber heute Nacht war das unmöglich zu sagen. Vielleicht war es gar nichts, nur die Dunkelheit und ein schmutziges Fenster.

Mason schlief tief und fest im oberen Bett und schnarchte laut. Ich war sicher, er hatte nicht mitbekommen, dass ich aufgestanden war. Er war erst vor einer Stunde zurückgekommen. Ich hatte alle Vs von der Party zurückkommen hören, lachend und glücklich, aber seit einer halben Stunde war alles still.

Ich überprüfte die Schränke, ob irgendetwas geliefert worden war, aber alles war unverändert. Mein farbbekleckster Trainingsanzug lag immer noch am Boden, und auf den Bügeln hingen meine zerknitterten Hemden.

Mit dem Finger fuhr ich die Ecken des Schranks nach und versuchte zu ertasten, wo die feste Wand endete und der Aufzug begann. Ich fand einen kleinen Spalt und glaubte beinahe, einen Lufthauch zu spüren. Aber vielleicht bildete ich mir das auch nur ein.

Eines hatte ich bisher nicht versucht: den Wohnbereich nachts zu verlassen. Ich hatte im Handbuch nachgesehen, und dort stand nirgends, dass es nicht erlaubt sei, aber ich fragte mich, ob die Tür sich für mich überhaupt öffnen würde. Wie alle anderen Türen, verfügte auch jede Zimmertür über einen Sensor und ein Bolzenschloss.

Meine Zimmertür muss unverriegelt sein, sagte ich mir. *Für den Fall, dass wir auf die Toilette müssen.*

Tatsächlich ließ sich der Türknauf drehen, und als ich den Kopf hinausstreckte, drang vom Korridor her kühlere Luft ins Zimmer. Das einzige Licht, das ich außer dem Fenster am Ende des Korridors sah, war der schmale Streifen unter der Tür zum Bad.

Nur mit Turnhose und T-Shirt bekleidet, trat ich auf den Gang. Der Dielenboden fühlte sich eisig an unter meinen Füßen, aber meine vorsichtigen Schritte waren geräuschlos – das Holz knarrte und ächzte nicht unter meinem Gewicht.

Außer dem Zischen des Heizkörpers und einem gelegentlichen Schnarchen, so laut, dass man es sogar noch hier draußen hören konnte, war es völlig still.

An der Stelle, wo die Havoc- und Society-Korridore abzweigten, blieb ich stehen und lauschte, ob irgendjemand sonst noch wach war. Aber ich hörte nichts. Im Dunkeln konnte ich das Wirrwarr, das im

Korridor der Havocs von der Decke hing, kaum erkennen.

Ich sollte nicht allein hier draußen sein. Dieser Gedanke nagte an mir, aber ich verdrängte ihn. Die anderen Banden mochten mich nicht, aber sie schliefen alle.

Im Korridor der Society hörte ich etwas – nichts Lautes, nur ein Klicken. Unter den Türen sah ich kein Licht.

Ich ging weiter den Korridor entlang, vorbei an dutzenden leerer Zimmer. Die Türen waren geschlossen, aber nicht verriegelt. Ich betrat eines der Zimmer und ging ans Fenster, um nachzuschauen, was man von hier aus sah. Das Fenster befand sich an der Vorderseite des Gebäudes. Die schmale Straße durch den Wald sah schwarz aus neben dem Gras zu beiden Seiten. Den Mond konnte ich von hier aus nicht sehen, aber die Sterne strahlten hell, genau wie in der Nacht davor.

Ein schöner Himmel hilft mir auch nicht weiter.

Ich wandte mich vom Fenster ab und ging zurück auf den Korridor.

Irgendwie fühlte es sich gut an, nachts außerhalb meines Zimmers zu sein. Das hatte ich früher oft getan – rausgehen, durch die Straßen laufen, allein sein. Ich wünschte, ich könnte jetzt nach draußen gehen. Aber ich konnte nicht einmal ein Fenster öffnen.

Ich war beinahe an der Tür, die aus dem Wohnbereich hinausführte, da hörte ich das vertraute Summen und Klicken. Doch der Ton kam nicht nur von dieser Tür – er war laut und schien von *allen* Türen zugleich zu kommen. Ich packte den nächsten Türknauf. Verriegelt.

Hinter mir auf dem Korridor näherten sich Stimmen – wütende Stimmen, die vergeblich versuchten, leise zu sein.

Ich rannte die letzten Schritte bis zur Ausgangstür, doch sie öffnete sich nicht für mich. Ich saß in der Falle, alle Türen um mich herum waren verriegelt. *Außer...*

Das Zimmer, in dem ich gerade gewesen war, war noch offen – ich hatte die Tür nicht hinter mir geschlossen, also konnte sie auch nicht verriegelt sein. Ich lief zurück, stürzte hinein – hielt aber die Tür einen Spaltweit auf, damit man mich nicht einschließen konnte. Dann lauschte ich.

»Komm raus, komm raus, wo du auch bist!«, rief jemand, spielerisch und böse.

Die Stimme klang noch weit weg. Jemand musste mich gehört haben. Oakland wollte Rache, und er wusste, ich war allein.

Jetzt hörte ich weitere Stimmen, gedämpfte Rufe. Leute hämmerten an ihre Zimmerwände. Oakland konnte nicht alle Türen verriegelt haben. Niemand konnte das.

Niemand außer der Schule.

Die Stimmen kamen nicht mehr näher. Ich schob die Tür ein Stückchen weiter auf und spähte hinaus.

An der Verzweigung der Korridore sah ich dunkle Umrisse.

»Liebes, gutes kleines Schwein, lass mich doch zu dir hinein!« Ich kannte die Stimme. Ich hatte sie schon einmal gehört. War das Skiver? Oakland?

Die Schatten kamen aus dem Korridor der Society und gingen hinüber auf die Havoc-Seite.

»Mach auf, Walnut«, sagte die Stimme. Das war Dylan. Society fiel mitten in der Nacht über Havoc her. Und die Schule hatte sämtliche Türen verriegelt.

Ich wäre am liebsten näher rangegangen, um zu beobachten, was da passierte, aber ich wagte es nicht.

Das Hämmern hörte sich jetzt an wie ein Erdbeben – die Leute von Havoc wollten unbedingt aus ihren Zimmern.

»Wallace Jackson«, sagte eine andere Stimme. Isaiah. Er sprach laut und emotionslos. »Du hast gegen die Vorschriften verstoßen, und wir sind hier, um dich zum Arrest abzuholen. Wir haben Anweisungen von der Schule.«

Jemand schrie irgendetwas, aber ich konnte es nicht

verstehen – vermutlich war es Walnut hinter seiner Tür.

»Wir erfüllen nur unseren Auftrag«, fuhr Isaiah fort. »Du kanntest die Vorschriften, du kanntest die Konsequenzen, und du hast dich dafür entschieden, ungehorsam zu sein. Das ist nichts Persönliches.«

»Darauf kannst du wetten«, gackerte Dylan schadenfroh. »Ich werde es überhaupt nicht genießen.«

Ein halbes Dutzend Schüler lachte und freute sich offenbar diebisch über das, was Walnut bevorstand.

Wieder ertönte gedämpftes Geschrei, und jetzt konnte ich sogar Isaiah kaum noch verstehen, so laut wurde das Hämmern.

Mit zitternden Fingern untersuchte ich die Tür, hinter der ich mich versteckte. Sie war aus schwerem dickem Holz mit Stahlbolzen und großen Messingtürangeln. Diese Türen waren wie Zellentüren – sie sollten die Leute in ihren Zimmern gefangen halten. Walnut war auf sich allein gestellt, seine Tür war vermutlich die einzig unverriegelte.

Mir war danach, auf den Korridor zu stürmen und sie aufzuhalten, Dylan das Lachen aus dem Gesicht zu schlagen und Isaiahs Kopf gegen die Wand zu schmettern. Wir waren hier doch alle zusammen gefangen – warum kapierten die das nicht?

Unmöglich zu sagen, was dann geschah. Es war zu

laut, da war zu viel Geschrei, zu viel Gehämmer. Ich lauschte und spähte auf den Korridor, aber ich sah nichts.

Dann hörte ich ein Krachen, und Walnuts Stimme klang plötzlich laut und wütend. Er fluchte und kreischte. Jemand war bei ihm – sein Zimmergenosse, wer das auch sein mochte –, und auch er kreischte. Aber sie waren nur zu zweit, und ich hatte mindestens ein Dutzend Schatten auf dem Korridor gesehen. Die Society hatte über dreißig Mitglieder, und ich hätte gewettet, dass jetzt alle Jungen da waren und halfen, Walnut zu überwältigen.

Trotz der Kälte lief mir der Schweiß übers Gesicht. Ich konnte nichts tun, um ihm zu helfen. Sie waren zu viele.

Einen Moment später trat ein Schatten aus dem Havoc-Korridor, und ich zog mich hastig in das leere Zimmer zurück. Ich lehnte die Tür an, so dass nur ein zwei Zentimeter breiter Spalt blieb, und spähte hindurch.

Triumphierend marschierten die Society-Kids an mir vorbei, sie lachten und waren völlig aus dem Häuschen. Isaiah ging an der Spitze, still, aber stolz. Den schreienden Walnut zerrten sie hinter sich her. Sie hatten ihm Hände und Füße gefesselt, und er trug kein Hemd – nur Boxershorts.

»Was habe ich denn getan?«, heulte er verzweifelt. »Was habe ich denn getan?«

Ich wäre am liebsten auf den Korridor gesprungen. Ein paar von denen hätte ich aufhalten können.

Nein. Es würde nicht genügen.

Bald konnte ich sie nicht mehr sehen, dann hörte ich das Summen und Klicken, mit dem die Wohnbereichstür sich öffnete. Licht fiel von draußen in den Korridor, und die Meute verließ den Wohnbereich. Für einen Augenblick wurde ihr Gelächter leiser, Walnut stöhnte.

Isaiah sagte etwas, das ich nicht verstand. Ich öffnete meine Tür wieder, nur so weit, dass ich hinausspähen konnte. Draußen vor dem Wohnbereich wartete Laura auf die Jungen.

Isaiah sagte noch etwas, aber es ging im Geheul ihres Gefangenen unter.

»Sie ist unten«, sagte Laura zwischen zwei von Walnuts Schreien.

Der letzte Society-Junge ließ die schwere Holztür hinter sich zufallen, und erneut umfing mich Dunkelheit.

Ich merkte, dass ich die Luft angehalten hatte, und atmete tief durch. Immer noch hörte ich das Hämmern und die ohnmächtigen Schreie aus dem Havoc-Korridor, aber die von der Society waren nun fort. Auf unsicheren, zitternden Beinen ging ich hinaus auf den Korridor.

Halb wollte ich ihnen folgen, herausfinden, was Arrest wirklich bedeutete und was mit Walnut geschehen würde. Ich wollte wissen, wer »sie« war. Wurde noch jemand zum Arrest gebracht?

Aber ich tat es nicht. Seit meiner Ankunft war ich zu großspurig gewesen, zu zuversichtlich, dass nichts wirklich Schlimmes geschehen würde. Ein paar Faustkämpfe vielleicht, und eine Menge Gebrüll. Aber das alles hatte sich heute Nachmittag auf dem Friedhof geändert, und Walnuts Arrest war der letzte Tropfen. Die Society verschleppte jemanden, und dabei lachten sie auch noch schadenfroh.

Ich wusste nicht, was ich empfinden sollte. Mehr denn je wollte ich fliehen, aber es schien unmöglich zu sein. Als ich vom Baum gestürzt war, war es nicht einfach nur darum gegangen, Laura und Dylan eine Bestrafung auszureden – ich hatte großes Glück gehabt, dass die Vs mich unterstützt hatten. So viel Glück würde ich nicht immer haben.

Allein bei der Vorstellung, zur Zielscheibe der Society zu werden, schlug mein Herz wie wild. Ich wollte nicht so enden wie Walnut.

Als die Panik nachließ, fiel mir wieder ein, dass er einen Zimmergenossen hatte. Ich lief zurück über den verlassenen Korridor aufs Territorium von Havoc. Die Türen dort waren noch immer verriegelt, doch das Gehämmer hatte aufgehört. Sie wussten sicher, dass es keinen Sinn mehr hatte.

Walnuts Tür stand offen, durchs Fenster fiel bleiches graues Licht bis auf den Korridor.

Ich ging hinein.

Auf dem Boden an der Wand lag jemand, ohne sich zu rühren. Ich ging zu ihm. Es war einer der dickeren Jugendlichen, sein Kopf war rasiert und mit gezackten Tattoos verziert. Er war bei mir in der Klasse, und ich meinte mich zu erinnern, dass sein Spitzname Mash-irgendwas lautete. Irgendwas mit Stampfen oder Brei – Masher oder Mashed Potato oder so. Abgesehen davon wusste ich nichts über ihn.

Er atmete, allerdings rasselnd und flach. An Händen und Füßen war er mit Kabelbindern gefesselt.

»Bist du okay?«, fragte ich.

Er zuckte zusammen, ein Auge öffnete sich. »Wer ist da?«, fauchte er.

»Benson. Alle anderen sind eingeschlossen.«

»Warum du nicht?«

»Ich war nicht auf meinem Zimmer, als sie alles verriegelt haben.«

»Na, dann mach mir diese verdammten Fesseln ab. Auf dem Schreibtisch liegt ein Messer.«

Ich brauchte nur eine Minute, um das Messer in dem Chaos auf seinem Schreibtisch zu finden. Es war ein kurzes Steakmesser, das garantiert aus der Kantinenküche stammte. Vielleicht war Havoc deshalb so scharf auf die Küchenverträge. Ich kniete mich hinter Mash und sägte rasch die Kabelbinder durch.

»Warum haben sie ihn geholt?«, fragte ich.

Er fluchte und rieb sich die Handgelenke. »Was glaubst du denn? Weil die Schule es ihnen gesagt hat. Das ist der einzige Grund.«

»Du weißt nicht, gegen welche Vorschrift er verstoßen hat?«

Mash stand auf, und ich sah, dass er über dem rechten Auge ein wenig blutete. »Scheiße, warum sollte ich mit dir reden? Du bist ein V.« Er ging an mir vorbei auf den Korridor, und ich folgte ihm zu Oaklands Tür, die noch immer verriegelt war. Er humpelte, versuchte aber, es sich nicht anmerken zu lassen.

»Hey«, schrie er.

Im Zimmer antwortete jemand, aber ich konnte es nicht verstehen.

»Sie haben ihn«, sagte Mash. »Er ist weg, Mann.«

Ich wusste nicht, was ich tun sollte. Ich fühlte mich schwach, gefangen und nutzlos.

Ich ging zurück zu meinem Zimmer. Die Tür war verriegelt, also setzte ich mich auf den Boden und lehnte mich mit dem Rücken an die Wand. Mir war schwindelig, und ich hatte das Gefühl, ich müsste mich gleich übergeben. Etwa eine Stunde später kehrten die Society-Jungs zurück, aber sie sahen mich nicht, und ich sagte nichts.

Das hätte auch ich sein können. Wenn die Vs mir an der Mauer nicht zu Hilfe gekommen wären, wäre ich derjenige gewesen, den sie zum Arrest abgeholt hätten.

Ich schloss die Augen und lehnte den Kopf an die Wand, aber ich konnte nicht einschlafen.

Die Türen blieben noch lange verriegelt. Kurz nach Tagesanbruch leuchtete der Bildschirm an der Korridorwand auf und verkündete: *UNTERRICHTSBEGINN UM ZEHN UHR*.

Ich nickte gerade ein, da hörte ich das Summen und Klicken, mit dem die Türen entriegelt wurden. Ich rappelte mich hoch, so schnell mein wunder Körper es zuließ, und öffnete die Tür zu meinem Zimmer. Mason stand direkt vor mir.

»Wo warst du?« Seine blutunterlaufenen Augen waren weit aufgerissen.

»Bin ausgesperrt worden.« Ich ging an ihm vorbei zum Schrank und begann mich anzukleiden. Ich wollte raus aus dem Wohnbereich.

»Ich dachte schon, sie hätten dich weggeschleppt oder so. Ich war die ganze Nacht wach.«

»Nicht mich. Walnut.«

Mason verließ das Zimmer. Ich hörte jede Menge Stimmen auf dem Korridor, auch die anderen hatten gemerkt, dass sie endlich aus ihren Gefängniszellen hinauskonnten, und versuchten in Erfahrung zu bringen, was geschehen war. Als ich mir gerade die Schuhe zuschnürte, kam Mason zurück.

»Warst du da draußen, als es passiert ist?«

»Ja.«

»Sie haben dich nicht gesehen, oder?«

Ehe ich antworten konnte, läutete es auf dem Korridor, und wir rannten beide zum Fernsehschirm. Als wir dort ankamen, versammelten die anderen V-Jungen sich schon um Iceman.

Iceman starrte haarscharf an uns vorbei, als würde er etwas ansehen, das sich hinter der Kamera befand. Seine Miene war grimmig, seine Augen kalt und grau.

Einer der Vs – ein Typ namens Hector – packte mich am Arm. »Mason hat gesagt, du warst dabei.«

Ich nickte, sah aber auf den Bildschirm. »Es war Walnut.«

»Sie haben ihn zum Arrest abgeholt?«

Iceman blickte in die Kamera. Ich hatte den Eindruck, er würde mich direkt anstarren.

»Wallace Jackson«, sagte er leise und gelassen, »und Maria Nobles wurden heute Nacht zum Arrest gebracht.«

Ein V keuchte, und ein anderer fluchte. Auf dem Korridor waren wütende Schreie und Flüche zu hören.

Im Flüsterton fragte ich Mason: »Wer ist Maria?«

»Jelly.«

Jelly – Gelee. Den Spitznamen hatte ich schon einmal gehört, aber ich hatte kein Bild dazu.

Iceman beugte sich kaum merklich vor, und mir schien fast, als würden seine Augen dunkler. »Lassen Sie mich eines absolut klarstellen. Nicht wir entscheiden, dass jemand Arrest bekommt. Diese Entscheidung treffen Sie ganz allein. Treffen Sie bessere Entscheidungen.«

»Schaltet den ab«, sagte Curtis und ging kopfschüttelnd davon.

Iceman fuhr fort: »Die übrigen Strafen des Tages werden im Unterricht bekanntgegeben. Und Havoc – glauben Sie nicht, dass die Bestrafung der gestrigen Nacht Ihre Strafe für das verlorene Spiel mindert.«

Ich machte mich auf den Weg zum Ausgang. Als ich an der Abzweigung zur Society vorbeikam, sah ich, dass die Türen dort noch geschlossen waren. Würden die Leute von Havoc irgendetwas vom Zaun brechen? Die Society war größer als Havoc – fast doppelt so groß –, doch die Leute von Havoc waren stinksauer. Und sie hatten Messer.

Die Schulkorridore waren verlassen und kalt. Offenbar war es hier immer kalt. Heizungen waren offensichtlich nur in den Schlafzimmern und Klassenräumen an.

Ich rannte die Treppe hinab, nahm dabei immer zwei oder drei Stufen auf einmal und stand in weniger als einer Minute vor Beckys Büro. Es war niemand da, daher drückte ich auf die Klingel am Türpfosten und wartete.

Drei Minuten später eilte Becky durch den Korridor auf mich zu, die Haare noch nass und ein Handtuch um die Schultern. Ohne ihre perfekte Dreißiger-Jahre-Frisur und das übliche makellose Make-up sah sie tatsächlich normal aus. Andererseits lächelte sie fröhlich, trotz alledem, was heute Nacht geschehen war. Das war eindeutig das Gegenteil von normal.

»Hey, Bense! Was gibt's?«

»Kann ich dich kurz sprechen?«

»Kein Problem.« Sie trat an die Tür, und das Schloss wurde entriegelt. Sie drehte den Knauf und öffnete die Tür. »Komm rein. Was kann ich für dich tun?«

»Was ist heute Nacht passiert?«

Sie drehte sich nicht zu mir um, sondern ging zum Schreibtisch und schob einige Papiere zurecht.

»Wie meinst du das?«

Ich verdrehte die Augen. »Du weißt, was ich meine. Wallace und Maria.«

»Setz dich doch.«

»Ich will mich nicht setzen. Ich habe die ganze Nacht nicht geschlafen, ich bin wund vom Paintball, und ich habe mit angesehen, wie jemand rücklings zum Arrest geschleift wurde.«

Becky drehte sich um, hielt aber inne, ehe unsere Blicke sich treffen konnten. Sie nestelte an ihrem Ärmelaufschlag und wich meinem Blick aus.

»Ich weiß nicht mehr als du«, sagte sie nur.

»Komm schon. Du hast den Vertrag.«

»Nein.« Jetzt sah Becky mich an, aber nur ganz kurz. Sie setzte sich aufs Sofa und schlug die Beine übereinander. Anstelle der vorgeschriebenen Schuhe und Socken trug sie Flipflops.

»Ich meinte, die Society hat den Vertrag.« Ich lehnte mich an einen der Schränke an der gegenüberliegenden Wand.

»Für die Security bin ich nicht zuständig.« Nun sah sie mir doch in die Augen. »Ich schwöre. Ich habe eine Abmachung mit Isaiah. Ich mache die Einführungen für die Neuen, aber das andere mache ich nicht.«

»Dylan macht beides. Krankenstation und Security.«

Sie sah wieder auf ihren Ärmelaufschlag. »Ich bin nicht Dylan.«

Ich rieb mir die Augen. Ich war übermüdet und hatte nicht die Energie, mit Becky zu streiten.

»Aber die anderen reden mit dir, oder nicht? Du musst doch gehört haben, was passiert ist.«

»Wir haben die Nachricht gestern Abend auf unseren Computern erhalten.« Ihr Blick war vom Ärmelaufschlag zu ihrem Rock gewandert, von dem sie einen unsichtbaren Fussel zupfte. »Darin stand, um wie viel Uhr wir die beiden Schüler nach unten bringen sollten.«

»Gegen welche Vorschrift haben sie verstoßen?«

»Davon stand da nichts.«

»Was?« Aufgewühlt stieß ich mich von der Wand ab, doch der Raum war klein, und ich konnte nirgendwo anders hin, deshalb blieb ich einfach stehen und verschränkte die Arme. »Da stand also bloß, ihr sollt sie zum Arrest schleppen, und bitte keine dummen Fragen?«

»So läuft das.«

Ich musste an das schadenfrohe Geheul denken, mit dem die Society-Kids Walnut durch den Korridor gezerrt hatten. Sie wussten nicht einmal, gegen welche Vorschrift er verstoßen hatte. Natürlich war das nicht schwer zu erraten. Es gab nur die paar Vorschriften, die einem Arrest eintragen konnten. Dennoch: Dass sie es so sehr genossen, obwohl sie keine Ahnung hatten, welche Vorschrift sie hier durchsetzten, widerte mich an.

Schließlich setzte ich mich neben Becky aufs Sofa und sackte in mich zusammen. »Das ist absurd.«

»Ich mag es nicht, dass wir diesen Vertrag haben.«

Schweigend saßen wir da. Becky tat nicht mehr so, als würde sie sich einen Fussel vom Rock zupfen, und ich starrte einfach an die Wand.

»Du hast nicht zufällig Ibuprofen?«, fragte ich schließlich. »Ich will nicht auf die Krankenstation gehen.«

Sie lächelte, runzelte aber zugleich die Stirn. »Nein. Da musst du zu Anna oder Dylan gehen.«

Ich legte die Hand auf die Prellung an meiner Seite. »Sie tun wirklich so, als würde Dylan Leute heilen?«

Becky wirkte unbehaglich. »Wenn du willst, kann ich nachsehen, wann Anna Dienst hat. Du könntest dann hingehen.«

»Ja«, sagte ich. »Okay.«

Sie nahm ihren Minicomputer vom Schreibtisch.

»Ich muss hier raus.« Ich starrte vor mich hin. »Diese Schule ist verrückt. Eine verrückte Schule voller verrückter Leute.«

Beckys Reiseführerlächeln leuchtete auf, und sie legte den Kopf schräg. »Das meinst du nicht ernst.«

»Doch, das tue ich«, sagte ich. »Hier ergibt nichts einen Sinn, und der Laden wird von Schlägertypen geleitet und von ... weiß der Geier, was Laura ist.«

Becky verschränkte die Arme. »Laura ist meine Zimmergenossin.«

»Sie wollte mich in Arrest schicken.«

»Weil du zu fliehen versucht hast«, fauchte Becky und sah dann befangen zu den Kameras hoch.

»Schau dich doch an.« Ich wurde lauter. »Du hast Angst vor Leuten, die du noch nie gesehen hast. Glaubst du, diese Schule würde ohne deine Mithilfe funktionieren? Was wäre passiert, wenn die Society sich einfach geweigert hätte, Wallace und Maria abzuholen?«

Becky öffnete den Mund, aber ich war noch nicht fertig. »Was, wenn wir alle versuchen würden, abzuhauen – alle vierundsiebzig? Wir bauen einfach ein paar Leitern und hauen ab. Keiner außer uns selbst hält uns hier fest.«

Becky setzte sich an den Schreibtisch. »So einfach ist das nicht.«

»Es *ist* so einfach«, beharrte ich. »Mehr ist nicht dabei. Vielleicht ist der einzige echte Mensch hinter diesen Kameras die Frau, die mich hier abgesetzt hat. Sie ist einfach so eine reiche Spinnerin, ganz allein, und treibt irgendwelche Psychospielchen mit uns.«

»Nein.« Beckys Stimme klang fest. Lange starrte sie mich an, ohne etwas zu sagen. Ich wusste nicht, was sie dachte, aber ihre Augen bohrten sich in meine, und ich konnte ihren Gesichtsausdruck nicht deuten.

»Was ist los?«, drängte ich. »Was hält uns auf?«

Eine Träne trat in Beckys Auge, doch sie lief ihr nicht übers Gesicht. Als sie mir antwortete, war sie kaum zu hören, und sie hielt dabei das Gesicht von den Kameras abgewandt. »Ich weiß es nicht. Etwas. Im Frühling haben vier Schüler von der Society versucht zu fliehen. Sie arbeiteten zusammen, hatten Wachdienst. Sie haben es nicht geschafft.«

»Was hat sie aufgehalten?«

Sie wischte sich die Träne mit der Rückseite des Daumens ab und drehte dann das Gesicht weg. »Komm, ich bringe dich zur Krankenstation«, sagte sie schließlich. Mit dem Fingernagel tippte sie auf den Computerbildschirm. »Dem Plan nach hat Anna Dienst.«

Becky öffnete die Tür. Sie war durch und durch Society. Gerieten Logik und Vernunft in Konflikt mit dem Gehorsam, ignorierte sie diese einfach.

Ich folgte ihr durch den Korridor. An der Kellertreppe ging sie achtlos vorüber. Ich hatte gedacht, das wäre der Weg zur Krankenstation.

»Ich denke, du wirst Anna mögen«, sagte Becky. »Sie ist auch aus Pennsylvania. Vielleicht habt ihr zwei ja gemeinsame Freunde.«

Klar. Weil der Bundesstaat ja so klein ist.

Sie bog um die Ecke und öffnete eine kleine Tür, die zu einer weiteren alten und schmalen Treppe führte. Becky hielt mir die Tür auf und schloss sie hinter sich, als auch sie hindurchgetreten war. Sobald die Tür zu war, legte sie mir die Hand auf den Arm.

»Hier drin gibt es keine Kameras«, flüsterte sie.

Ich wartete darauf, dass sie fortfuhr – sie wollte mir etwas sagen, aber sie sah verängstigt aus.

»Was?«

»Ich … ich wünschte, du würdest aufhören. Ich weiß nicht viel über das, was hier vorgeht. Aber es gibt zwei Dinge, von denen ich mir wünsche, dass du sie begreifst.«

Sie atmete tief durch. »Erstens: Arrest bedeutet Tod. Wir wissen nicht viel darüber. Unten gibt es einen Raum für den Arrest. Du wirst über Nacht in den Raum gesteckt. Am Morgen ist niemand mehr drin.«

Ich unterbrach sie. »Woher willst du dann wissen, dass sie einen umbringen? Was, wenn der Raum so ist wie die Schränke in den Schlafzimmern – ein Geheimaufzug oder so was?«

Becky zitterte jetzt, und sie verschränkte die Arme,

um das Zittern zu unterdrücken. »Ich habe das nie gesehen. Aber manchmal ist da Blut.« Ihre Stimme bebte. »Am Boden.«

Ich öffnete den Mund, doch es hatte mir die Sprache verschlagen. Sie beobachtete meine Augen.

»Was ist die andere Sache?«

Becky schüttelte den Kopf, als wollte sie einen Gedanken verscheuchen. »Niemand entkommt jemals. Manchmal schafft es jemand über die Mauer – die Security-Leute haben ein paar dabei gesehen. Aber sie werden trotzdem eingefangen. Wie die, von denen ich dir erzählt habe. Ich glaube, wir sind nicht die Einzigen, die die Mauer bewachen.« Sie sah mir in die Augen. »Deshalb bin ich bei der Society. Ich will die Leute davor bewahren, Arrest zu bekommen, ich will sie davon abhalten, zu fliehen. So übel ist es hier nicht. Warum riskieren, dass ...« Ihre Stimme erstarb.

»Was?«

»Nein.« Sie hob die Hand. »Das reicht. Die werden es merken, wenn wir zu lange hier drin außer Sicht der Kameras sind.« Sie schob sich an mir vorbei und eilte die Treppe hinab.

»Irgendwann müssen wir hier raus«, rief ich ihr hinterher. »Wir werden nicht unser ganzes Leben in dieser Schule verbringen.«

Sie weigerte sich, sich zu mir umzudrehen. Als sie die letzte Treppenstufe erreicht hatte, stieß sie die Tür auf und wirkte beinahe erleichtert, wieder im Blickfeld der Kameras zu sein. Ich musste joggen, um sie einzuholen, als sie zur Krankenstation eilte.

»Da sind wir«, sagte sie mit fröhlicher Stimme, doch ihre Augen hatten sich noch nicht wieder erholt.

»Becky«, setzte ich an, aber sie legte den Finger an die Lippen.

»Ich muss mich für den Unterricht fertigmachen«, sagte sie. Sie wandte sich an das Mädchen, das am Schreibtisch saß. »Anna, das ist Benson.« Ehe ich noch etwas sagen konnte, war Becky zur Tür hinaus.

Anna machte sich nicht einmal die Mühe, meine Prellungen zu untersuchen. Sie blickte kaum auf, sondern deutete bloß auf einen Korb mit einzeln abgepackten Medikamenten, der auf dem Schreibtisch stand. Sie sagte, am Tag nach dem Paintball hätte sie immer einen stetigen Zulauf von Leuten mit Prellungen und Schmerzen.

Ich nahm die Tabletten und schluckte sie mit Wasser aus dem Trinkbrunnen der Krankenstation hinunter. Als ich wieder auf den schmalen Kellerkorridor hinaustrat, war Becky nirgends zu sehen.

Ich ging zurück zur alten Treppe und stapfte die unebenen Betonstufen hinauf, wobei ich es ein wenig genoss, ein paar Minuten lang nicht im Blickfeld der Kameras zu sein. Als ich zur Tür kam, zögerte ich: Ich wollte nicht wieder unter Beobachtung sein.

Was ich Becky vorhin gesagt hatte, war falsch gewesen. Wir waren nicht mehr vierundsiebzig. Wir waren zweiundsiebzig.

Langsam ging ich in den zweiten Stock zum Unterricht. Wenigstens würde es mir diesmal nicht so schwerfallen, wach zu bleiben: Ich hatte etwas, worüber ich nachdenken konnte. Warum brachten sie die Leute im Arrest um? Es war keine Warnung für die anderen – falls das der Zweck des Ganzen wäre, würden sie dann nicht die Leichen zur Schau stellen? Würden sie es nicht anders als Arrest nennen?

Oder vielleicht gefiel es der Schule ja auch, dass es darüber nur Gerüchte und ängstliches Geflüster gab. Vielleicht versetzte das die Leute mehr in Angst, als eine Leiche es je könnte. Eine Leiche würde die Leute vielleicht wütend machen, sie rebellieren lassen.

In Pittsburgh war ich immer von Banden umgeben gewesen. Echten Banden, nicht solchen großspurigen Möchtegerns. Ständig hatte es Kämpfe gegeben, überall war Gewalt gewesen. Aber erst als an einem Samstagnachmittag ein Jugendlicher auf dem Parkplatz eines Lebensmittelladens erschossen worden war, hatte das die Einwohner aufgerüttelt. Seit Jahren starben Menschen, aber immer in dunklen Gassen und Hinterhöfen, mitten in der Nacht. Erst als die Leute es tatsächlich mit eigenen Augen sahen, da wollten sie endlich, dass es aufhörte.

Die Maxfield Academy wollte, dass wir Angst hatten. Sie wollte nicht, dass wir je erfuhren, warum wir hier waren. *Ich werde es herausfinden.*

Ich war schon beinahe an der Klassenzimmertür, da hörte ich meinen Namen.

»Benson!«

Ich drehte mich um. Jane stand direkt vor mir. Sie warf die Arme um mich.

»O Mann!«, sagte sie. »Bist du okay?«

Verwirrt erwiderte ich die Umarmung. Ich wollte ihr nicht sagen, dass ihre Umarmung im Moment das Einzige war, was mir wehtat.

»Mir geht's gut.«

Sie trat ein Stück zurück und sah mir ins Gesicht. Sie lächelte, doch ihre Augen waren gerötet, als hätte sie geweint. »Ich habe gehört, was passiert ist. Was wolltest du denn außerhalb deines Zimmers?«

»Hab mich bloß umgesehen.«

Es dauerte ein Weilchen, ehe mir klar wurde, dass wir uns mitten auf dem Korridor in den Armen hielten, und hastig ließ ich sie los.

»Mach das nicht noch einmal.« Sie schüttelte den Kopf und lachte nervös. Ihre Stimme klang gedämpft. »Was, wenn Isaiah dich erwischt hätte?«

Wir drehten uns zur Klassenzimmertür um.

»In den Vorschriften steht nicht, dass man nachts nicht rausdarf«, sagte ich.

»Es sei denn, er glaubt, du willst flüchten.«

Ich nickte. Sie nahm meinen Arm und drückte ihn. »Sei einfach vorsichtig, okay?«

»Okay.«

Laura gab wieder den Unterricht; sie lächelte so strahlend wie eh und je, doch sie sah mir nicht ein einziges Mal in die Augen. Halbherzig diskutierten wir über das Ästhetiklehrbuch, das wir gelesen haben sollten, aber niemand – nicht mal die Society-Schüler – war mit ganzem Herzen dabei. Ich hatte überhaupt nicht mehr an das Lehrbuch gedacht, seit ich es erhalten hatte.

Als es zum Mittagessen läutete, las Laura eine Notiz von ihrem Computer ab.

»Wir haben eine Bekanntmachung von der Schule«, verkündete sie fröhlich. »In zehn Tagen gibt es einen Ball. Wenn die Verträge nächste Woche erneuert und die Punkte zugeteilt werden, denkt bitte daran, dass Tanzkleidung erworben werden kann. Ihr werdet auch Musik kaufen können, die beim Ball gespielt werden soll. Diejenigen, die diesen Monat den Hausmeistervertrag bekommen, werden für Aufbau und Dekoration zuständig sein.«

Lily sackte auf ihrem Stuhl in sich zusammen. »Das bedeutet mehr Arbeit für die Vs.«

»Die Verträge werden geändert?«, fragte ich.

»Sie werden erneuert«, berichtigte mich Jane und wandte sich zu mir um. »Niemand verhandelt mehr. Wir haben Waffenstillstand.«

Ich nickte und hörte den anderen Schülern zu, die über den Ball redeten. Nach meiner Unterhaltung mit Becky fühlte sich das alles grundfalsch an. Ich verstand, was sie gemeint hatte – es war sicherer, die Vorschriften zu befolgen –, aber konnte ich wirklich auf einen Ball gehen nach allem, was ich jetzt über die Schule wusste? Jetzt, wo ich wusste, dass dieselben Leute, die uns Musik und Smokings kaufen ließen, zugleich im Keller Jugendliche ermordeten?

»Alles in Ordnung?«, fragte Jane. Erschüttert von meinem Gedankengang, merkte ich erst jetzt, dass die meisten Schüler aufgestanden waren und zur Tür strebten. Jane saß noch vor mir.

»Ja«, sagte ich, »denke schon.«

»Die erste Woche ist immer die schwerste. Jeder hat da Probleme.« Jane stützte die Ellbogen auf meinen Tisch und das Kinn in die Hände und grinste schelmisch. »Du bist ein bisschen lauter als manche anderen, aber am Anfang denken alle wie du.«

Ich betrachtete die Leute, die nach und nach den Raum verließen und sich noch immer aufgeregt über den bevorstehenden Ball unterhielten. »Wie lange dauert es, bis die Gehirnwäsche greift?«

»Hör zu«, flüsterte sie. »Du bist bei den Vs, und wir sind mit dir einer Meinung. Hier passiert eine Menge Schreckliches.« In ihrem Blick lag irgendein Schmerz, den ich nicht deuten konnte. »Aber hast du mal darüber nachgedacht, wohin du gehen würdest, wenn du hier rauskämst? Du hast keine Familie. Wie wir alle.«

»Ich hätte meine Freiheit.«

»Freiheit, um was zu tun? Dir einen Mindestlohnjob zu suchen und in einem heruntergekommenen Apartment zu wohnen – wenn du Glück hast?«

Ich schnappte mir mein Lehrbuch. »Du bist also hier, weil es dir gefällt.«

»So habe ich das nicht gemeint.«

»Wie meinst du es dann?«

Jane nahm die Ellbogen von meinem Tisch und atmete tief durch. Müde fuhr sie sich mit den Fingern durch die Haare. Schließlich stand sie auf und reichte mir die Hand. »Besorgen wir uns was zum Mittagessen.«

9

An diesem Nachmittag hatten wir keinen Unterricht. Stattdessen kündigte Iceman an, wir hätten eine letzte Gelegenheit, unsere Verträge zu erfüllen, ehe sie erneuert wurden. Die Vs trafen sich im Hausmeisterraum, und Curtis und Carrie verteilten die Arbeiten.

Außer den Staubsaugern und Mopps beherbergte der Hausmeisterraum ein breites Spektrum an Handwerkszeugen – Hämmer, Schraubenschlüssel, Sägen –, und ich überlegte sofort, wie ich die für meine Flucht nutzen konnte. Ich suchte das Werkzeugbrett nach einem Drahtschneider ab, sah aber keinen und auch sonst nichts allzu Vielversprechendes. Da war eine Zange, mit der es vielleicht gehen würde, aber es wäre Selbstmord, einen Fluchtversuch zu unternehmen und dann am Zaun festzustellen, dass es nicht funktionierte.

Verlängerungskabel hingegen waren so gut wie Seile, und davon gab es mindestens drei. Ich konnte mir ein Lächeln nicht verkneifen, als ich mich zu Curtis umwandte und meinen Arbeitsauftrag entgegennahm.

Er stellte sich als Mülldienst heraus.

Es war interessant, in aller Ruhe durch die Schulkorridore zu laufen und alle Ecken und Winkel durchstöbern zu können. Ich begann im obersten Stockwerk, schob eine große Mülltonne auf Rädern durch die Korridore des Jungenwohnbereichs – ein Mädchen von den Vs tat das Gleiche auf ihrer Seite – und entleerte die kleinen Papierkörbe. Ich sah mich in einigen der anderen Schlafräume um, fand aber nichts Aufsehenerregendes. Einige Jungen besaßen ein paar Bücher, einer hatte eine Gitarre, und in drei Zimmern gab es Fernseher und Videospiele. Mason hatte mir gesagt, dass man dafür beinahe sechs Monate lang Punkte sammeln musste.

Was ich mir von Oaklands Zimmer versprochen hatte, weiß ich nicht – eine Waffensammlung? Eine Liste mit Leuten, die er zusammenschlagen wollte? Doch ich fand nur ein ungemachtes Bett und stinkende Socken, nichts Ungewöhnliches.

Ich ging von Etage zu Etage, von Zimmer zu Zimmer, aber das Gebäude war so groß, und wir waren so wenige, dass die meisten Papierkörbe unbenutzt waren.

Auf dem Weg nach unten leerte ich auch den Mülleimer in Beckys Büro, doch Isaiah sprach gerade mit ihr, und da ging ich lieber sofort wieder.

Im Keller angekommen, suchte ich nach dem Arrestzimmer. Hier unten befanden sich die Krankenstation sowie ein Dutzend kleinerer Lagerräume und ein Heizkesselraum. Ich überprüfte jeden Raum – da wir den Hausmeistervertrag hatten, öffnete der Chip in meiner Armbanduhr mir alle Türen –, aber keiner sah so aus, wie ich mir den Arrestraum vorstellte. Der Keller wirkte wie jeder andere Keller in einem alten Gebäude: vollgestopft, dunkel und gewöhnlich.

Als ich schon aufgeben wollte, fand ich ihn endlich. Zunächst schien es nur irgendein weiterer Lagerraum zu sein: Betonwände, schlecht beleuchtet. Doch schon als ich die Tür geöffnet hatte, war mir aufgefallen, dass sie sehr schwer war. Dann, als ich genauer hinsah, stellte sich heraus, dass sie aus Metall bestand und nur so angestrichen war, dass sie wie Holz aussah. Und der Boden klang irgendwie hohl, als liefe man nicht mehr auf dem Betonfundament: Ich stand in einem Aufzug.

Hastig ging ich wieder hinaus, plötzlich besorgt, der Boden könnte sich unter mir öffnen.

An der Innenseite der Tür entdeckte ich Kratzer im Anstrich. Zum Tode verurteilte Schüler, die versucht hatten hinauszukommen, ehe der Boden absackte?

Ich erstarrte, am liebsten wäre ich weggerannt, aber aus irgendeinem Grund tat ich es nicht. Ich atmete tief durch, sah zur Überwachungskamera hoch – das gläserne, leblose Auge starrte zurück –, und spuckte in den Arrestraum. Dann ging ich wieder nach oben.

Als alle Müllsäcke an der Schultür standen, sah ich aus dem Fenster. Ich entdeckte ein paar Havoc-Mitglieder – in der Ferne fuhr einer einen großen Rasenmäher, und ganz in der Nähe beschnitten zwei weitere die Büsche und die Rasenränder. Curtis hatte gesagt, die Vorschriften würden mir zwar erlauben, den Müll hinaus zum Verbrennungsofen zu bringen, aber die Schultür würde sich für mich nicht öffnen. Ich würde einen von ihnen bitten müssen, sie mir zu öffnen.

Ich hob die Hand, um ans Fenster zu klopfen, doch da rief hinter mir jemand meinen Namen: Jane.

»Hey«, sagte sie und lief über den Korridor auf mich zu. Sie hielt einen Besen in der Hand, den sie an die Wand lehnte, als sie bei mir war. »Komm, wir gehen zusammen. Die Vs arbeiten immer zu zweit.«

Sie strich sich ein paar rote Haarsträhnen aus dem Gesicht und zog das Gummiband um ihren Pferdeschwanz fest. Ihre Augen funkelten fröhlich, als wäre das Hinausbringen des Mülls ihre liebste Freizeitbeschäftigung.

Ich drehte mich wieder zum Fenster um, um sie nicht anzustarren.

»Und? Wie gefällt es dir, Hausmeister zu sein?«, fragte sie grinsend und klopfte ans Fenster.

Zwei Leute kamen auf uns zu. Einer war Skiver, das Mädchen bei ihm kannte ich nicht.

»Eindrucksvoll«, meinte ich. »Genau deshalb habe ich mich hier beworben.«

In Janes Begleitung fühlte ich mich zwar nicht sicherer, aber das würde ich ihr nicht sagen. Außerdem machten mich die Havocs auch nicht mehr so nervös wie noch am Vortag. Ich hatte Oakland und Mouse bei den Paintballschiedsrichtern wegen des Overkills nicht verpfiffen und Mash von seinen Handfesseln befreit. Ich nahm an, das würde mir ein wenig Ruhe verschaffen.

Ich versuchte, alle Mülltüten auf einmal zu tragen, aber Jane sah mich tadelnd an und nahm ebenfalls zwei.

»Also, wer ist der Soldat James Ryan?«

»Häh?«

»Du hast gestern angefangen, von ihm zu erzählen. Der Soldat James Ryan am Omaha Beach. War er ein Verwandter von dir?«

»Was? Nein. Das ist ein Film. Hast du den auch noch nie gesehen?«

Jane wurde rot. »Ich bin seit zweieinhalb Jahren hier.«

»Der ist sogar noch älter als *Cast Away*.«

»Ich habe nicht viele Filme gesehen, bevor ich hierherkam.«

Ich fragte mich, wie alt sie war, wie alt sie vor zweieinhalb Jahren gewesen war. Doch ehe ich sie danach fragen konnte, öffnete sich die Tür.

»Na, wenn das nicht unser Neuer und seine Freundin sind«, sagte Skiver. Ich ignorierte ihn und drängte an ihm vorbei nach draußen. Dann drehte ich mich um, um mich zu vergewissern, dass sie Jane nicht aufhielten.

»Wir wollen nur zur Müllverbrennung«, sagte ich. Jane schien sich an den Havoc-Leuten nicht zu stören, aber sie sah den beiden nicht ins Gesicht. Als auch sie an ihnen vorbei war, gingen wir zur Rückseite des Schulgebäudes.

In der Ferne, näher am Waldrand, entdeckte ich einen der Wachleute von der Society auf einem Quad.

»Braucht ihr ein bisschen Zeit für euch allein?«, schrie Skiver. Er und das Mädchen folgten uns langsam.

»Wie alt bist du?«, fragte ich Jane und versuchte, Skiver nicht zu beachten.

Lächelnd sah sie zu mir hoch. »Wie alt sehe ich denn aus?«

»Ich weiß nicht. Siebzehn?« Ich dachte, es sei am sichersten, sie älter zu schätzen.

»Sechzehn. Im Juni werde ich siebzehn.«

Skiver war nicht weit hinter uns, aber ich hatte nicht den Eindruck, dass er mehr wollte, als uns einzuschüchtern.

»Also warst du, als du hier ankamst …«, sagte ich und versuchte, es im Kopf auszurechnen. Sie kam mir zuvor.

»Dreizehn. Tolle Sache, was?«

Ich konnte mir nicht vorstellen, wie es sein musste, so jung an einen solchen Ort zu kommen. Im Moment waren die Jüngsten vierzehn, und davon gab es nicht viele. Ich sah sie an. Ich wollte irgendetwas dazu sagen – ich fand die Vorstellung so schlimm –, aber mir fiel nichts ein.

»Schon okay«, sagte sie. »Im Ernst. Ich sag dir doch: Es ist gar nicht übel hier, wenn man sich erst mal dran gewöhnt hat.«

»Du kennst ja nichts anderes.«

Sie verdrehte die Augen und grinste. »Das ist jetzt ein bisschen melodramatisch.«

Der Müllverbrennungsofen war eine große rechteckige Maschine, die knapp zweieinhalb Meter hoch war und grauenvoll stank. Curtis hatte mir erzählt, ich müsse ihn nicht irgendwie einschalten – es lief alles automatisch. Ein kleines Schild wies darauf hin, wo man den Müll einfüllen musste, und ich warf den ersten Sack hinein.

Skiver brüllte: »Nette Vorstellung gestern beim Paintball.«

Ich warf den nächsten Sack hinein, und dann den dritten.

Nun versuchte Skiver, Jane zu ärgern. »Weißt du eigentlich, dass der kleine Benson heute Nacht nicht auf seinem Zimmer war? Ich glaube ja, er betrügt dich. Aber aus irgendeinem Grund ist er im Jungenwohnbereich geblieben. Was das wohl zu bedeuten hat?«

Ich warf die letzten beiden Müllsäcke in den Verbrennungsofen und drehte mich zu Skiver um. Er lächelte gehässig. Das Mädchen hinter ihm war fort.

Ich hätte ihm gerne die Zähne eingeschlagen. Nicht wegen irgendetwas, was er gesagt oder mir angetan hätte. Mir war einfach danach, ihn zu schlagen.

Jane nahm meine Hand. »Komm.«

Ich nickte und atmete tief durch. Ihre Hand zu halten war tröstlich, aber ich wusste, ich drückte sie zu fest – aus Wut auf Skiver.

Wir waren erst ein paar Schritte weit gekommen, da fiel mir eine kleine Tür an der Seite des Gebäudes auf. Da der Boden dort abfiel, nahm ich an, dass sie in den Keller führte, aber ich konnte mich nicht daran erinnern, da unten Türen nach draußen gesehen zu haben.

»Weißt du, wo die hinführt?«, fragte ich Jane. Das Bild des Arrestraums stand mir klar und deutlich vor Augen: Ich wusste nun, dass der Keller größer war, als er aussah – tiefer.

Jane zuckte die Achseln.

Wir gingen zur Tür, doch ich hörte kein Summen, und der Knauf ließ sich nicht drehen.

»Was macht ihr da?«, rief Skiver.

Ich drehte mich zu ihm um. »Weißt du, wo die Tür hinführt?«

»Sehe ich aus wie ein Architekt oder was?«

»Nein, eindeutig nicht.«

Er knurrte und kam auf mich zu. Ich lauschte auf das charakteristische Summen, doch auch für ihn öffnete die Tür sich nicht. Also wurde diese Tür weder für die Hausmeister noch für die Gärtner entriegelt.

»Solltet ihr nicht wieder reingehen und Toiletten schrubben oder so was?«

Janes Finger schlossen sich fest um meine.

Ich atmete tief und langsam durch. »Sollten wir wohl.«

Am Abend ging ich zu Curtis. Er lag auf dem Bett und arbeitete an seinem Computer.

Ich klopfte an die offene Tür. »Was läuft?«

Er setzte sich auf. »Oh, hey, Benson. Ich gebe gerade unser Angebot ein.«

Er drückte ein paar Tasten, dann klappte er den kleinen Laptop zu. »Apropos, morgen werden wir bezahlt – du bekommst auch ein paar Punkte.«

»Nett«, sagte ich und lehnte mich an die Wand. »Zu schade, dass ich mir kein tolles neues Ballkleid für den Ball leisten kann.«

Er lachte. »Keine Sorge. Die meisten Jungs tragen die Uniform. Die Mädchen können sich Kleider kaufen, wenn sie wollen, aber ich glaube nicht, dass viele von den Jungs ihre Punkte dafür ausgeben.«

»Sag mal, kann ich dich was fragen?« Ich sah zu seinem Fenster. Draußen war es jetzt dunkel, und der Mond war gerade über dem Horizont aufgegangen. Heute war es nicht neblig.

»Klar. Was gibt's?«

»Wie lange bist du schon hier?«

»Nicht so lange, wie manche anderen, denke ich. Vielleicht eineinhalb Jahre. Ich achte nicht mehr so darauf.«

»Waren jemals mehr Schüler hier als jetzt?«

Er nickte, als würden meine Fragen ihn nicht überraschen, verschränkte die Arme und sah zu Boden. »Willst du Gesamtzahlen? Oder willst du wissen, ob Leute je wieder weg sind?«

»Gesamtzahlen. Ich weiß, dass Leute weg sind. Gestorben sind.«

Er blickte zu mir hoch. »Ich habe nie eine Leiche gesehen, weißt du? Ich meine, außer im Krieg.«

»Häh?«

»Ich habe nie die Leiche von jemandem gesehen, der Arrest bekommen hat. Ich gebe die Hoffnung nicht auf. Vielleicht leben sie ja noch.«

»Aber ich hab gehört, was passiert, wenn jemand Arrest bekommt«, wandte ich ein. »Ich hab von dem Blut gehört.«

Mit einem grimmigen Lächeln stand er auf und ging ans Fenster. »Wow. Du bist wirklich neugieriger als die meisten von uns. Ich war schon viel länger hier als du, als ich das erfahren habe.«

Curtis war mir ein Rätsel. Er rannte hinter Ms Vaughns Wagen her. Ich dachte, das bedeutete, dass er zu fliehen versuchte, wie ich, aber meistens zeigte er überhaupt kein Interesse daran.

»Was ist mit den Gesamtzahlen?«

»Die waren nie besonders hoch.« Er warf mir einen Blick über die Schulter zu. »Du fragst dich, warum die Schule so groß ist.«

»Klar.«

»Ich weiß es nicht. Das fragen wir uns alle.«

An einer Pinnwand über seinem Schreibtisch hingen ein Dutzend Bleistiftzeichnungen – das Schulgebäude, Stillleben, Gesichter, die ich nicht kannte.

»Sind die von dir?« Ich beugte mich über den Schreibtisch, um sie mir genauer anzusehen.

»Nein. Von Carrie.«

»Die sind gut.«

»Ich richte es ihr aus.«

Ich trat zurück und wandte mich zu ihm um. »Wer ist der Älteste hier? Ich meine, wer ist am längsten hier?«

»Das ist einfach. Jane.«

»Echt? Aber sie hat gesagt, vor ihr waren schon Leute hier.«

»Das ist das große Rätsel.« Er zuckte die Achseln. »Sie hat es Carrie einmal erklärt. Als Jane kam, waren schon fünfzehn hier. Eines Morgens waren sie dann weg. Vermutlich so eine Art Massenflucht.«

»Sind sie denn entkommen?«

Curtis schüttelte den Kopf und legte sich wieder hin. »Niemand entkommt. Falls einer von uns je von hier fliehen könnte, würde er zur Polizei gehen, und die würde den Laden dichtmachen. Jedenfalls, diese fünfzehn waren die einzige Verbindung zur Vergangenheit, und keiner von denen hat sich ihr anvertraut. Sie war dann ganz allein, bis neue Schüler hergebracht wurden.«

Ich nickte, aber Jane tat mir unendlich leid. Sie war so jung gewesen – dreizehn –, als sie all das durchgemacht hatte, was ich jetzt durchmache, und obendrein völlig allein. Sie musste die ganze Zeit Angst gehabt haben. Kein Wunder, dass sie immer wieder sagte, es sei gar nicht so übel. Es war ja schon so viel schlimmer gewesen.

Ich sah wieder zu Curtis und versuchte, die Gedanken an Jane zu verdrängen. »Also ist diese Schule nach allem, was wir wissen, seit Jahren – oder Jahrzehnten – so, wie sie jetzt ist.«

»Vielleicht. Deshalb bin ich nicht bei der Society.«

»Wie meinst du das?«

»Manche Leute sagen, wir müssen einfach durchhalten. Uns an die Vorschriften halten und unauffällig bleiben. Ich denke, das sehe ich auch ein bisschen so.« Er lächelte. »Ich meine, ich glaube nicht, dass wir kopflose Fluchtversuche unternehmen und von Bäumen fallen müssen. Aber ich glaube, dass wir früher oder später *irgendwas* versuchen müssen.«

»Stimmt«, sagte ich. »Sie werden uns niemals einfach so gehen lassen, weil wir zur Polizei gehen würden. Was sagen die von der Society dazu?«

»Ich glaube, die haben Angst. Ich weiß, so sieht es nicht aus, aber ich glaube, die haben einfach zu viel Angst vor der Bestrafung. Wahrscheinlich weil sie besser wissen als wir alle, wie die Bestrafungen aussehen.«

Curtis hatte recht – man sah es ihnen nicht an. Becky hatte vielleicht Angst, aber Dylan? Isaiah? Die konnten doch die Vorschriften nicht einfach nur deshalb durchsetzen, weil sie zu viel Angst hatten, dagegen zu verstoßen?

Ich sah aus dem Fenster und überlegte, wo die Mauer sein mochte, sah jedoch nur Bäume.

»Eins noch.« Ich legte meine Handflächen auf die Scheibe und sah ins Dunkle hinaus. »Hast du schon mal Rauch im Wald gesehen?«

»Du meinst die Lagerfeuer?«

Ich drehte den Kopf so weit, dass ich ihn aus dem Augenwinkel sehen konnte.

Er nickte. »Vom Mädchenwohnbereich aus kann man sie besser sehen als von hier. Nur kleine Rauchfahnen – manchmal eine, manchmal auch acht oder zehn. Wir glauben, dass das vielleicht Wachen sind.«

»Oder ein Campingplatz«, schlug ich vor. Konnte Hilfe so nahe sein?

Curtis lachte. »Campingplatz. Du Optimist.«

Ich ging zurück in mein Zimmer und blieb noch

lange wach. Auf meinem kleinen Computer sah ich mir Katalogseiten mit Kleidung, Paintballausrüstung, Schmuck und Spielen an. Nichts, was dort zum Verkauf angeboten wurde, sagte etwas über die Außenwelt aus. Keine Bücher, keine Zeitschriften. Sogar die Musik, die wir für den Ball kaufen konnten, war fünfzig oder sechzig Jahre alt.

»Kennst du dich mit Computern aus?«, fragte ich Mason kurz vor Mitternacht.

»Ein bisschen, aber nicht so richtig.«

»Gibt's hier einen Hacker?«

Er lachte müde. »Das versuchen die Leute schon, seit ich hier bin. Oakland hat es sich angesehen. Er kennt sich mit Computern aus. Er hat gesagt, es gibt keine dauerhafte Verbindung. Das Netzwerk funktioniert immer nur ein paar Sekunden pro Tag – und zwar dann, wenn die Schule unsere Käufe herunterlädt und unsere Angebote entgegennimmt. Er sagt, die Zeit reicht einfach nicht, um es zu hacken.«

»Oakland?«

»Er ist nicht so dumm, wie er aussieht.«

Ich nickte. »Okay.«

Dann sah ich mir die Verträge an. In jedem Vertrag war aufgelistet, welche Aufgaben zu erledigen und welche Anforderungen zu erfüllen waren, und jeder wies das aktuelle Angebot auf. Wie üblich gab es keine

Konkurrenz unter den Banden. Alle Angebote lagen an der Punkteobergrenze. Wenn ich gewollt hätte, hätte ich auch ein Angebot abgeben können, wie es früher alle getan hatten. Ich überlegte, ob ich es tun sollte, um Havoc zu ärgern, aber dann würde die zusätzliche Arbeit an allen Vs hängenbleiben.

Ich klickte mich zurück zum Warenkatalog. Auf der Hauptseite gab es ein breites Spektrum an Kleidern sowie ein paar Anzüge.

Wer war verrückter? Die Schule, die uns das alles zumutete, oder die Schüler, die ihre sauer verdienten Punkte für Seidenkleider, Kummerbunde, Fliegen und Blumen ausgaben?

10

Sosehr ich auch dagegen ankämpfte, ich gewöhnte mich mehr und mehr an die Schule. Jeden Morgen stand ich auf, hörte Iceman zu, duschte und kleidete mich an. Dieser Bildschirm beherrschte unser Leben – er sagte uns, wo wir hinmussten, wann wir dort sein mussten und welche Kleidung wir zu tragen hatten. Neuerdings zeigte er auch einen Countdown bis zum Ball an, was ich völlig lächerlich fand.

Im Unterricht beendeten wir das Thema Ästhetik – es hatte nur eine Woche gedauert –, und Laura ging mit uns zu einem fesselnden Kurs über Vermessungstechniken über. Derjenige, der die Unterrichtsthemen aussuchte, schien das völlig willkürlich zu tun. Früher, an den echten Schulen, hatte ich genügend Biologie- und Chemieunterricht gehabt, um zu wissen, wie man wissenschaftlich arbeitete und Hypothesen überprüfte. Falls uns wirklich jemand über diese Überwachungskameras beobachtete und Experimente mit uns durchführte, als wären wir Laborratten, war die Studie völlig verkorkst. Nichts, was sie taten, war auch nur ansatzweise wissenschaftlich. Es gab zu viele Variablen.

Als wir aus dem Unterricht entlassen waren, drehte Jane sich zu mir um. Die letzte Stunde hatten wir damit verbracht, eine Detaildarstellung eines Theodoliten mit optischer Abtastung zu betrachten, und Jane konnte kaum noch die Augen aufhalten. »Da würde ich fast lieber wieder über die Definition von Schönheit diskutieren.«

Sie stand auf, und ich folgte ihr zur Tür. »Mir ist das allemal lieber als Philosophie.« Ich gab Laura mein Ästhetiklehrbuch zurück und nahm mir das neue Lehrbuch *Angewandte Vermessungskunde*. »Das ist wenigstens was Praktisches.«

Auf dem Korridor ging Jane neben mir. »Es gibt eine Menge praktischer Kenntnisse, die ich niemals anwenden werde. Hast du wirklich vor, etwas mit Vermessungstechnik zu machen?«

»Wenn ich hier rauskomme, eröffne ich ein Vermessungsbüro«, erwiderte ich grinsend.

Jane hakte sich bei mir unter. »Wir könnten zusammen etwas eröffnen – halb Vermessungstechnik, halb Ästhetik.«

»Wir werden eine Milliarde Dollar verdienen.«

Ich lachte. Ich wurde noch nicht recht schlau aus Jane. Wir verbrachten die meiste Zeit zusammen, und es war nicht ungewöhnlich, dass sie sich bei mir unterhakte oder meine Hand nahm. Darüber wollte ich mich auch bestimmt nicht beschweren, aber ich hatte keine Ahnung, ob das mehr als nur freundschaftlich war.

Sämtliche kulturellen Regeln des Flirtens waren mir fremd – wann hielt man Händchen? Wann küsste man sich? Wann war man offiziell zusammen? Aber ihr mussten diese Regeln noch fremder sein als mir, schließlich hatte sie beinahe ihr gesamtes Teenagerleben in dieser Schule verbracht.

Der Ball war morgen Abend. Vielleicht würde das ein wenig Licht ins Dunkel bringen.

Als wir in der Kantine ankamen, stand Mouse an der Spitze der Schlange und ordnete auf einem Tisch Pappkartons und braune Tüten an.

Ich versuchte, einen Blick auf das handgeschriebene Schildchen an einem der Kartons zu erhaschen. »Was ist das?«

Mouse nahm den Karton, den ich mir angesehen hatte, und schob ihn mir zu. »Planänderung. Iss das auf deinem Zimmer.«

Jane nahm sich eine Tüte. »Und wie lautet der neue Stundenplan?«

»Paintball«, sagte Mouse. Sie zwinkerte mir zu. »Vielleicht treffen wir uns da draußen wieder, Fisher.«

»Das will ich hoffen.«

Wir verließen die Kantine wieder. Auf dem Korridor verkündete ein Bildschirm, der hoch oben an der Wand über einem Trinkbrunnen hing, die Stundenplanänderung. Kein Nachmittagsunterricht, nur Paintball. Uns blieb nur eine Dreiviertelstunde zum Essen, Umkleiden und für den Weg zum Spielfeld.

Jane seufzte. »Ich hatte heute sowieso schon nicht genug Zeit.« Sie und Carrie hatten sich freiwillig für die Balldekoration gemeldet.

»Wir werden genug Zeit haben«, sagte ich. »Ich kann aufbleiben und helfen.«

Sie verzog das Gesicht und sah zurück zum Fernseher. »Das wird ein langer Abend.«

»Ich muss morgen früh nirgendwohin. Ich kann in Vermessungskunde schlafen.«

Jane lachte. »Ich wäre heute schon fast eingeschlafen.«

Wir steuerten auf die Treppe zu.

Sie hielt mir ihre Finger vor die Nase wie eine Pistole. »Versuch, heute nicht hundertmal getroffen zu werden. Ich will dich nicht den ganzen Abend wimmern hören.«

»Ich lasse mich nur treffen, damit du mich heilen kannst.«

Ich aß mein Mittagessen – ein Hühnchensandwich und Krautsalat – am Schreibtisch, während Mason sich bereits umzog. Ich hatte immer noch nur meinen armseligen Trainingsanzug, aber ich war entschlossen, mich dadurch nicht davon abhalten zu lassen, besser zu spielen. Lily und Mason hatten mir ein bisschen über Taktik beigebracht, und ich hoffte, ich würde in der Lage sein, das auszuprobieren.

»Guck mal.« Mason warf mir ein schweres Plastikröhrchen zu. Es war schätzungsweise siebeneinhalb Zentimeter lang, und als ich genauer hinsah, entdeckte ich, dass es in Wirklichkeit zwei zusammengeklebte Patronen waren, die in einem größeren Zylinder steckten. »Nach dem letzten Spiel habe ich zwei von denen gekauft«, sagte er. »Hab sie heute Morgen bekommen. Farbgranaten.«

»Du wirfst sie einfach, und sie explodieren?«

»Nein, die funktionieren mit Druck. In einer Patrone ist Pressluft und in der anderen Farbe. Man zieht den Sicherungsstift, wirft sie, und sie fliegt durch die Luft und versprüht Farbe. Radiert in einem Bunker alle aus.«

Ich lächelte und warf sie ihm zurück. »Dann hoffe ich, wir greifen Bunker an.«

»Sie sind erst seit diesem Monat zu kaufen. Ich wette, die anderen Banden haben auch welche.«

»Kann man die nur einmal verwenden? Das muss teuer sein.«

»Du kannst die Farbe nachfüllen und neue Pressluftkartuschen kaufen.« Mason ging zur Tür. »Ich muss Lily finden, bevor das Spiel anfängt. Meinst du, du findest allein zum Spielfeld?«

»Ist es dasselbe wie neulich?«

»Nein, auf der anderen Seite der Schule. Wenn du dich beeilst, kannst du irgendjemandem hinterherlaufen.«

Rasch kleidete ich mich um und dachte dabei über das Spiel nach. Vielleicht versuchte die Schule, uns zu Soldaten auszubilden, vielleicht auch nicht, aber es war mir egal – ich hatte das Gefühl, Paintball half mir, mich auf die Flucht vorzubereiten. Ich lernte, mich geräuschlos im Wald zu bewegen, mich zu verstecken, nach Angreifern Ausschau zu halten. Vielleicht würde sich das bald als nützlich erweisen. Ich hoffte es sehr.

Ich war nur vier oder fünf Minuten später als Mason dran, aber die Schule war bereits größtenteils leer. Auf dem Korridor der Society hörte ich noch ein paar Stimmen, aber ich sah niemanden, bis ich ins Erdgeschoss kam.

»Hey, Bense!« Becky kam gerade aus ihrem Büro, als ich dort vorbeiging. Auch sie war fürs Spiel umgekleidet, allerdings wirkte sie nicht so enthusiastisch wie manche anderen. Sie trug Tarnkleidung, aber nur ganz schlichte – billiges Zeug, das man fertig kaufen konnte –, und sie hatte auch ihre Waffe nicht aufgerüstet, was alle anderen als Erstes taten. Ihre Haare waren noch immer perfekt gestylt, und ihre Maske hielt sie in der Hand.

»Hi«, sagte ich. »Bist du auf dem Weg nach draußen?«

»Jetzt ja.« Sie lächelte strahlend. Strahlendes Lächeln war Standard bei Becky. »Musste nur schnell ein paar Sachen fertig machen.«

Wir gingen nach draußen und die Treppe hinab. Am Waldrand waren noch ein paar Leute, aber nicht viele. Ich sah auf die Uhr und vergewisserte mich, dass wir nicht zu spät dran waren. Wir hatten noch zehn Minuten Zeit.

»Es ist kalt heute«, sagte Becky.

»Wenn ich zu Hause wäre, würde es jetzt schneien.«

»Vermisst du den Schnee?«

Ich zuckte die Achseln. »Es ist besser, als es hier ist. Aber ich wette, ihr habt hier höllisch heiße Sommer.«

Becky hängte sich die Waffe über die Schulter. Sie hatte den Tragriemen nicht entfernt – sogar ich hatte das getan.

»Es ist nicht allzu schlimm, wirklich. Wir sind schließlich in den Bergen.«

Ich hatte nichts gegen Becky, aber es fühlte sich seltsam an, anderswo als in ihrem Büro mit ihr zu reden. Die Society mochte mich nicht, und Isaiah sah es bestimmt nicht gern, wenn wir uns unterhielten. Andererseits versuchte Becky vielleicht immer noch, mich anzuwerben. Vielleicht war es ihre Aufgabe, mit mir zu reden?

»Freust du dich auf den Ball?«, fragte sie nun.

»Denke schon. Kommt mir allerdings schon ein bisschen absurd vor. Findest du nicht?«

Sie runzelte die Stirn. »Ich finde es nett. Wir sitzen hier fest. Sie könnten uns auch überhaupt keinen Spaß haben lassen.«

»Mag sein. Aber wenn es schlimmer wäre, würden vielleicht mehr Leute versuchen zu fliehen.«

Darauf erwiderte Becky nichts. Wir ließen den Rasen hinter uns und betraten den Wald. Hundert Meter hinter dem Waldrand sah ich die anderen Schüler zusammenstehen.

»Dann bin ich erst recht froh über den Ball«, sagte Becky schließlich.

Ich begann zu lachen, doch sie ging schneller und gesellte sich hastig zur Society-Gruppe.

Als ich bei den anderen ankam, stand Isaiah bereits auf einem Felsen. Er riss einen Umschlag auf.

»Das Szenario heißt ›Fly the Flag‹«, las er vor. »Jedes Team hat seine eigene Fahne. Sie muss zum Mast in der Mitte des Spielfelds gebracht und dort für fünf Minuten verteidigt werden.«

»Da kommen diese Granaten gerade recht«, flüsterte ich Mason zu. »Lass sie zuerst da hin, dann puste sie weg.«

»Ich weiß nicht, Mann. Das Spielfeld ist schwierig. Der Fahnenmast steht auf einem kleinen Hügel, und auf dem Weg nach oben gibt es keine gute Deckung.«

»Die Variants gegen die Society«, fuhr Isaiah fort. »Havoc ist Schiedsrichter. Jedes Team bekommt einen Sanitäter.«

Jane hob die Hand und erhielt wieder das Sanitäterabzeichen. Dylan bekam das für die Society. Ich hoffte, ich würde Gelegenheit haben, auf ihn zu schießen. Andererseits schien die Liste derjenigen, die ich *nicht* am liebsten abgeschossen hätte, immer kürzer zu werden.

Isaiah fuhr fort: »Die Sieger des heutigen Spiels bekommen diese Woche die doppelte Punktezahl für ihre Verträge. Die Verlierer bekommen gar keine Punkte, müssen ihre Verträge aber dennoch erfüllen.« Stöhnen erhob sich auf beiden Seiten, das rasch in gegenseitiges Verhöhnen überging.

»Das Spiel startet in fünfzehn Minuten«, sagte

Isaiah, kletterte vom Felsen herunter und reichte Oakland das Megaphon. Mir gefiel die Vorstellung von Havoc als Schiedsrichter nicht. Ich wäre nicht überrascht, wenn sie selbst auf mich schießen würden.

Curtis sammelte uns um sich, und wir beobachteten, wie das Society-Team zum anderen Ende des Spielfelds zog.

»Okay«, sagte er leise. »Wir haben uns für dieses Szenario etwas ausgedacht, was mir gut gefällt. Sobald der Pfiff ertönt, werden die von der Society mit ihrer Flagge vorpreschen. Das machen alle immer. Also werden wir das diesmal auch tun – bloß dass es ein Täuschungsmanöver ist.« Er deutete auf Joel, einen der jüngeren Truppführer. »Joel, dein Trupp ist schnell. Du, Gabby und Tapti, ihr stürmt auf den Hügel, sobald ihr den Pfiff hört. Ich meine, reißt euch richtig den Arsch auf. Wir anderen machen uns gleich auf zu den Bändern ums Spielfeld – alle – und rennen dann, so schnell wir können, bis zu deren Ende. Joels Trupp hält die Society davon ab, auf den Hügel zu gelangen, und dann schlagen wir anderen von hinten zu.«

Joel nickte. »Wir bleiben also da oben, bis wir tot sind?«

»Ja.« Dann lachte Curtis. »Aber es wird ein nobler Tod sein.«

»Und wenn es nicht funktioniert?«, fragte Joel. »Was, wenn wir vertrieben werden und sie hochkommen?«

»Dann versuchen wir, von drei Seiten anzugreifen – Lily von rechts, ich von hinten und Hector von links. Verstanden?« Er sah auf die Uhr. »Jane, du kommst mit uns.«

Sie nickte, und wir trennten uns und eilten auf das abgesperrte Gebiet zu. Lily, Mason und ich gingen bis zum äußersten rechten Rand des Bandes und warteten.

Lily zog sich die Maske ins Gesicht; die Haare trug sie in einem Pferdeschwanz. Sie wandte sich mir zu. »Du bist ziemlich schnell, oder?«

»Nicht schnell genug, um nicht getroffen zu werden.« Ich setzte ebenfalls die Maske auf.

Sie kniete nieder und griff nach einer Handvoll feuchter Erde unter einer Kiefer. »Du hast deine Klamotten in die Wäsche gegeben«, sagte sie nur und begann, die Erde auf meinen Armen zu verreiben.

Ich bückte mich ebenfalls nach Erde und folgte ihrem Beispiel. »Ich dachte immer, Waschen wäre gut. Außerdem waren sie voller roter und blauer Farbe. Nicht unbedingt Tarnfarben.« Während ich Schmutz auf meinem Trainingsanzug verrieb, fragte ich mich, ob das wirklich etwas nützen würde. Das Beige war so hell, dass es beinahe leuchtete.

»Immer noch besser als hell und sauber«, sagte sie. »Wie spät ist es?«

Ich sah auf die Uhr. »Noch zwei Minuten.«

»Wenn wir losrennen, mach so schnell du kannst, aber bleib mindestens sechs Meter hinter mir. Wenn der Abstand zu groß wird, versuch aufzuholen, wenn ich stehen bleibe.«

»Okay.«

Der Pfiff ertönte, und Lily rannte los. Wie ein Hase schoss sie zwischen Bäumen und Büschen hindurch. Sie trug irgendein Bündel unter ihrem Ghillie-Anzug –, aber das machte sie nicht langsamer. Ich fragte mich, ob auch sie ein paar von diesen Granaten gekauft hatte. Ich stürmte hinter ihr her, aber sie war deutlich schneller als Mason oder ich.

Links von mir sah ich Joel, Gabby und Tapti direkt durch die Mitte des Spielfelds rennen. Die Flagge flatterte in Gabbys Hand. Keiner von ihnen hatte die Waffe erhoben – sie rannten mit Volldampf.

Dieses Feld war nicht so groß wie das andere, und es dauerte nicht lange, bis ich den Hügel sah. Ich hätte gerne zugesehen, ob unser Trupp es bis nach oben schaffte, aber der Weg wurde steiniger, und ich hatte Schwierigkeiten, Lily nicht aus den Augen zu verlieren. Plötzlich ging sie zu Boden. Ich duckte mich tief und lief weiter, die Waffe im Anschlag.

Als ich hinter ihr in Position ging, sah ich niemanden. Mason kniete keuchend neben mir.

»Mann, ist die schnell«, sagte ich und versuchte selbst, wieder zu Atem zu kommen.

»Die beste Spielerin bei den Vs.« Er deutete mit dem Markierer auf sie. »Vermutlich die beste an der ganzen Schule.«

»Macht sie das schon lange? Oder ist sie einfach ein Naturtalent?«

Er lachte leise, ohne den Blick vom Wald vor uns abzuwenden. »Sie arbeitet ständig daran. Trainiert immerzu. Ich wette, der heutige Plan stammt von ihr.«

»Sie will wirklich die Supersoldatin sein, hm?«

Mason schnaubte. »So in der Art.«

Irgendwo knallten Schüsse.

Das Megaphon ertönte. »Die Vs haben ihre Flagge gehisst. Die Uhr läuft.«

Lily drehte mir den Kopf zu und bedeutete mir, ihr zu folgen. Sie erhob sich und schlich tief gebückt nach links. Ich tat es ihr nach. Gleich darauf ließ sie sich auf die Knie fallen und duckte sich hinter einen Baum. Schüsse zischten durch die Luft, überall um sie herum platzten Kugeln auf dem Boden. Mason hinter mir schoss, aber ich wusste nicht, auf wen.

Lily saß fest. Ich fing ihren Blick auf, und sie deutete auf ihre Angreifer, aber ich verstand ihre Signale nicht.

Ich beobachtete Masons Schüsse und hoffte, dadurch den Society-Schützen zu entdecken, kam aber zu dem Schluss, dass er aufs Geratewohl schoss.

Dann wurde es still. Lily spähte um den Baum herum, aber sofort spritzte Farbe auf den Stamm, und sie musste wieder in Deckung gehen.

Ich erregte Lilys Aufmerksamkeit, hob die Hand, und wünschte, ich würde die Zeichensprache beherrschen. Fünf Finger, vier, drei, zwei ...

Ich sprang auf, rannte nach links und hechtete auf einen hohen Strauch zu. Die Farbkugeln des Heckenschützen folgten mir, die Geschosse zischten durchs Geäst, doch er traf mich nicht. Ich konnte nicht genau verfolgen, was Lily tat – ich versuchte einfach nur, schnell zu sein –, aber aus dem Augenwinkel sah ich, dass sie sich umdrehte und schoss.

»Getroffen!«, rief jemand. »Sanitäter!«

Das Ablenkungsmanöver hatte funktioniert. Lily hatte ihn erwischt.

Ich erwartete, dass Lily nun wieder einen Hinterhalt um den getroffenen Heckenschützen legen würde – ich hätte gerne auf Dylan gewartet –, doch sie hatte es eilig. Sie hielt mir den erhobenen Daumen hin und bedeutete dann Mason und mir, ihr zu folgen.

Langsam und vorsichtig bewegten wir uns auf den

Hügel zu. Ich versuchte, so zu gehen, wie Lily es mir gezeigt hatte – mit der Seite des Fußes und der Ferse aufzutreten und dann auf den ganzen Fuß abzurollen. So ging ich viel leiser.

Die Schüsse oben bei der Flagge kamen dicht hintereinander und unaufhörlich, und ich fragte mich, wie lange es dauern würde, bis Joels Trupp die Farbe ausging. Wir hatten alle Ersatzpackungen dabei, aber da oben wurden Hunderte von Kugeln abgeschossen.

Lily lief von Baum zu Baum, und ich versuchte, sie im Auge zu behalten und zugleich nach bösen Jungs auszuschauen. Die meisten von ihnen würden sicher den Hügel angreifen. Die fünf Minuten mussten bald vorbei sein, und wenn niemand unsere Flagge herunterholte, wäre das Spiel zu Ende.

Sie verließ ihre Deckung hinter einer Kiefer und sauste zu einer anderen. Sobald sie wieder in Deckung war, lief ich hinter meinem Felsen hervor und …

Den Society-Jungen, der in einem Ghillie-Anzug im hohen Gras verborgen hockte, sah ich erst, als er schoss. Ich musste direkt auf ihn zugerannt sein.

»Sanitäter!«, brüllte ich und setzte mich auf einen Baumstamm. Gleich darauf rief derjenige, der mich getroffen hatte, ebenfalls nach dem Sanitäter. Er hatte zwei blaue Farbkleckse auf der Schulter.

Mason rannte zu mir und hockte sich kurz neben

mich. »Du hast immer noch nicht ein einziges Mal geschossen, Fish«, sagte er lachend.

»Die Vs haben den Hügel verloren, ihre Flagge ist gerissen worden«, ertönte es über Megaphon. »Die Uhr ist angehalten.«

Lily winkte Mason zu sich. »Sorry, Benson. Wir können nicht warten.«

Ich sah ihnen nach. Mason schien zu wissen, was er tat – viel besser als ich. Aber Lily war ein Profi, sie bewegte sich so rasch und gewandt wie ein Reh durch den Wald.

Als sie so weit fort waren, dass ich ihre Position nicht verraten konnte, brüllte ich erneut: »Sanitäter!«

Einen Augenblick lang herrschte Stille, nur das Brummen eines Quads war in der Ferne zu hören. Dann sprach der Typ im Ghillie-Anzug.

»Also, Benson.« Er rekelte sich und lehnte sich an einen Baumstumpf. »Bist du immer noch zufrieden mit deiner Wahl?«

Ich sah zu ihm hinüber und versuchte, unter der Tarnung sein Gesicht zu erkennen. Isaiah.

»Von was für einer Wahl redest du?«

Er zog ein Röhrchen mit Paintballs aus dem Gürtel und begann, seine Waffe nachzuladen. »Die Wahl deiner Bande. Sind die Vs das, was du willst?«

Ich beobachtete den Wald um mich herum und wartete darauf, dass Jane auftauchte. »Sie sind besser als die anderen.«

Er verschloss das Röhrchen wieder und sah zu mir herüber. Ich wich seinem Blick aus.

Das Megaphon ertönte. »Die Society hat ihre Flagge gehisst!«

Isaiah schien das Spiel zu ignorieren. »Warum sind die Vs besser?«

»Weil ihr verrückt seid. Reicht das nicht?« Ich wölbte die Hände um den Mund und brüllte nochmals. »Sanitäter!«

»Ich meinte nicht die Society. Aber glaubst du nicht, du würdest ein bisschen besser zu Havoc passen?«

»Was soll das heißen?« Ich warf einen Blick auf seine Augen, die noch immer ausdruckslos waren.

»Du scheinst mir gut zu ihnen zu passen«, sagte er nur. »Du bist aggressiv, es geht dir mehr um dich selbst als um andere, du bist ...«

»Es geht mir mehr um mich selbst als um andere?« Ich spürte, wie meine Finger beinahe unbewusst zum Abzug meines Markierers rutschten.

Seine Stimme war ruhig und gelassen. »Das ist doch wahr, oder?«

»Wenn man hier irgendjemandem vorwerfen kann, egoistisch zu sein, dann dir und deinen Pfadfindern. Wenn du wirklich jemandem helfen wolltest, würdest du einfach die Security zurückpfeifen, und wir könnten alle über diese Mauer klettern.«

Das ließ Isaiah offenbar kalt – ihm war überhaupt keine Reaktion anzumerken. »Dann wären wir also alle über die Mauer. Und dann? Über die Mauer zu klettern hat bisher noch niemandem genutzt. Mittlerweile hast du bestimmt gehört, dass niemand jemals entkommt.«

»Hat es denn schon mal jemand mit einer großen Gruppe versucht? Alle zweiundsiebzig? Die Wachen können nicht alle töten.«

Isaiah schwieg einen Moment. »Wie viele von uns müssen entkommen, damit der Tod der anderen es wert ist?«

»Was?«

Er beugte sich vor und legte seinen Markierer neben sich auf den Boden. »Sagen wir, alle zweiundsiebzig versuchen zu fliehen. Was wären akzeptable Verluste? Zehn? Zwanzig? Wenn es darum geht, dass du frei und in Sicherheit bist – wie viele Tote wären zu viele?«

Ich schüttelte den Kopf und wandte mich von ihm ab. In der Ferne waren noch immer Schüsse und hin und wieder ein Schrei zu hören, aber die einzige Bewegung, die ich sah, war ein Eichhörnchen, das auf einem Baum saß und an irgendetwas knabberte.

»Du bist Teil der Gemeinschaft«, fuhr Isaiah fort, »ob du willst oder nicht. Diese Schule ist eine Gemeinschaft, und wir haben alle unsere Rollen. Es gibt die, die die Leute am Leben halten wollen, und die, die wollen, dass Leute sterben.«

Ich warf ihm einen wütenden Blick zu. »Wollte Walnut sterben?«

»Er kannte die Regeln. Er kannte die Konsequenzen.«

Ich wölbte die Hände um den Mund. »Sanitäter!«

Keine Spur von Jane.

Ohne Isaiah anzusehen, sagte ich: »Und wann hört das auf? Wie lange willst du die Leute hier drin fest- und am Leben halten?«

»Bis die Umstände es erfordern, dass wir gehen. Ich weiß wirklich nicht, wogegen du kämpfst, Benson. Du hast hier alles, was du dir von einer Schule wünschen kannst. Essen, Bildung, Freizeit. Ich habe sogar gehört, dass da vielleicht etwas läuft zwischen dir und Jane. Und trotzdem würdest du dein Leben riskieren – und das Leben derer um dich herum –, bloß weil es dir nicht gefällt, von einer Mauer umgeben zu sein? Und du sagst, *ich* sei verrückt?«

Plötzlich ertönten Schritte, und als ich mich umdrehte, sah ich Dylan mit deutlich erkennbarem Sanitäterabzeichen auf uns zurennen.

»Jeder ist wütend, wenn er hier ankommt.« Isaiah hob die Hand, damit der Sanitäter ihn sehen konnte. »Tu nichts, was du hinterher bereuen würdest.«

Dylan berührte Isaiah mit der Hand an der Schulter, und die beiden rannten davon.

Ich sah ihnen nach, wie sie von einem Baum zum nächsten huschten und auf die Flagge zuhielten. Ich hasste ihn. Und ich hasste es, dass ich ihm nicht mehr hatte antworten können. Er hatte unrecht – ich wusste, dass er unrecht hatte. In einer gewissen verdrehten Weise ergaben seine Worte einen Sinn, aber ich wusste, dass er sich irrte.

Jemand ging durch den Wald, aber mit erhobener Waffe. Als die Person näher kam, erkannte ich Lily. Sie hatte zwei helle Klecks auf der Schulter, aber ihr Kopf schien nicht getroffen zu sein. Ich fragte mich, warum sie nicht auf unsere Sanitäterin wartete.

»Ist Jane ausgeschieden?«, fragte ich, als sie bei mir war. Das würde erklären, warum sie nicht gekommen war, um mich zu heilen.

»Ich weiß nicht«, sagte Lily. »Ich bin getroffen.«

Ohne mich anzusehen, ging sie auf das Band zu. Ich blickte ihr hinterher.

Als sie außer Sicht war, hörte ich erneut Schritte im stillen Wald. Jane rannte auf mich zu. Sie sah sich unaufhörlich um und suchte die Bäume ab. Dann entdeckte sie mich, änderte die Richtung, lief wie beim letzten Mal an mir vorbei und strich dabei mit den Fingern über meinen Rücken.

»Beeil dich«, rief sie. »Lauf zum Hügel.«

Ich sprang auf und machte mich auf den Weg, tief geduckt, den Markierer nach vorn gerichtet, von einem Wacholdergebüsch zu einem Felsblock, dann zu einem Flecken mit hohem Gras. Ich war wütend und spürte einen Adrenalinschub. Ich hoffte, Isaiah würde bei der Flagge sein.

Das Schießen auf dem Hügel hörte auf, und ich hörte alle möglichen Leute nach dem Sanitäter brüllen.

»Eine Minute!«, tönte es aus dem Megaphon.

Ich war in der gleichen Situation wie beim ersten Mal, ganz allein, ohne auch nur einen einzigen Schuss abgefeuert zu haben, und nun musste ich den Hügel angreifen.

Ich atmete tief durch und rannte los, ohne auf Deckung zu achten. Der Hügel war gleich vor mir, aber ich sah niemanden, und niemand schoss auf mich. Auf dem Gipfel rief jemand: »Sanitäter!«

Ich stürmte weiter und erklomm den Gipfel des steilen Hügels. Zwei Leute wandten sich um und schauten verdutzt. Einer war Dylan. Ich traf sie beide – ich war so wütend, ich schoss und schrie dabei.

Dylan fluchte. Er konnte es unter meiner Maske nicht sehen, aber ich grinste von einem Ohr zum anderen.

Ich ließ mich auf die Knie fallen und wartete darauf, dass jemand auf mich schoss, aber das tat niemand.

Dann streckte ich die Hand nach der Fahnenstange aus und wickelte mir das Seil um die linke Hand.

»Spielende«, kam es über Megaphon. »Die Society gewinnt.«

»Was?« Ich sprang auf und suchte nach dem Schiedsrichter mit dem Megaphon. Oakland stand unter einer Kiefer am Fuß des Hügels und hielt eine Stoppuhr in der Hand. Ich kletterte über den felsigen Abhang zu ihm hinunter. Curtis war ein Stück vor mir.

»Er hat die letzten beiden getroffen, oder etwa nicht?«, sagte er. »Alle Society-Leute sind aus dem Spiel.«

Oakland zuckte selbstgefällig die Achseln. »So gewinnt man aber nicht. Bei Ablauf der fünf Minuten war die Flagge der Society noch oben.«

»Das ist …« Curtis unterbrach sich, wandte sich ab und ballte die Fäuste.

Mason tauchte neben mir auf. Sein Tarnanzug war voller weißer Farbkleckse.

»Nette Schüsse.« Er schob sich die Maske aus dem Gesicht und grinste. »Wir müssen aber noch an deiner

Herangehensweise arbeiten. Die Selbstmordattacke ist nicht immer die beste Taktik.«

»Hat doch funktioniert, oder nicht?«

Mason nickte und lachte. »Jep. Nur schade, dass du nicht zehn Sekunden schneller warst.«

Abends versammelten wir Vs uns in der Kantine und versuchten nach Kräften, sie in einen Ballsaal zu verwandeln. Rosa hatte Lampen aus diversen Schlafzimmern geholt, und sie und ein paar andere bastelten neue Lampenschirme aus Transparentpapier. Ein paar von den Jungen schnitten lange Pergamentpapierbögen in Streifen für Papierschlangen, und Jane und ich arbeiteten an einem Spruchband. Es sah aus, als würde ein Haufen kleiner Kinder sein Schlafzimmer dekorieren.

»Warum bist du eigentlich immer die Sanitäterin?«, fragte ich, während ich dort malte, wo sie es mir gezeigt hatte.

Sie lächelte. »Weil ich nicht gerne im Dreck liege.«

»Echt?«

»Nein, stimmt nicht.« Sie lachte. »Ich bin nicht gern im Trupp unterwegs.«

»Kann ich verstehen.« Ich lehnte mich zurück und streckte mich. »Meine Anfälle von Heldenmut kommen auch immer dann, wenn ich alleine bin.«

Jane lachte. »Ich wünschte, ich hätte das gesehen.«

»Es war wirklich sehr beeindruckend.«

»Wir haben trotzdem verloren.«

»Dadurch wird es noch besser.« Ich tauchte den Pinsel wieder in die Farbe. »Wenn man gewinnt, ist es nicht annähernd so heldenhaft. Ich war Bruce Willis, der den Asteroiden in die Luft jagt, oder Slim Pickens, der auf der Bombe reitet.«

Sie schob sich die roten Haare hinters Ohr, damit sie besser sehen konnte. »Ich habe keine Ahnung, wovon du redest.«

»Hier drin gibt es nicht viele Filme«, räumte ich ein.

»Das muss ziemlich hart für dich sein«, sagte sie lachend. »Du zitierst ständig irgendwelche Filme.«

Ich zuckte die Achseln. »Wenn man viel allein ist, sieht man viel fern.«

»Du darfst nicht vergessen«, sagte Jane und brachte das Gespräch wieder auf unser ursprüngliches Thema, »dass die Banden sich erst vor nicht mal einem Jahr gebildet haben. Davor hat hier wirklich das Chaos geherrscht. In unseren alten Paintballteams gab es keine Trupps. Das waren einfach nur wir. Ich habe mich daran gewöhnt, allein zu sein.«

Ich nickte und stellte meinen Pinsel in eine Tasse mit Wasser.

»Jane, was hast du gerne getan, bevor du hierhergekommen bist?«

Aus dem Augenwinkel sah sie zu mir hoch und konzentrierte sich dann wieder auf das Spruchband. »Warum willst du das wissen?«

»Reine Neugier. Ich finde dich interessant.«

Das stimmte zwar – genaugenommen fand ich Jane faszinierend –, aber seit dem Paintballspiel dachte ich über das nach, was Isaiah gesagt hatte. Vielleicht hatte er ja recht. Vielleicht *ging* es mir nur um mich selbst. Ich wusste nicht, wie ich das ändern konnte, aber ich dachte, ich könnte bei Jane anfangen.

»Was hast du früher getan?«, fragte sie zurück.

»Ich bin viel umgezogen. War in Pflegefamilien. Keine Ahnung, wer mein Dad war. Meine Mom ist abgehauen, als ich fünf war, glaube ich. Hat mich beim Babysitter gelassen. Ist einfach nicht mehr wiedergekommen.«

Sie legte den Pinsel ab. »Das tut mir leid.«

»Schon gut.« Jane sollte nicht denken, dass ich Mitleid von ihr wollte. »Ich kann mich kaum noch an sie erinnern. Jedenfalls, seitdem hat's mich von hier nach da verschlagen. Bluff, Elliott, South Side. Nicht gerade die heißen Touristenecken von Pittsburgh.«

Jane streckte die Hand über das Spruchband und legte sie auf meine. »Ist es dann hier nicht ein bisschen besser?«

Und einen Moment lang wollte mir nicht ein einziger Grund einfallen, warum ich von hier fortwollen sollte.

»Was ist mit dir?«

Sie runzelte die Stirn. Ich dachte schon, sie würde ihre Hand wegziehen, doch das tat sie nicht.

»Baltimore.« Die grünen Augen sahen mich nicht mehr an.

»So weit waren wir schon mal«, stichelte ich.

»Ich war obdachlos.«

Ein langes Schweigen trat ein. Ich wollte etwas Tröstliches sagen, aber mir fiel nichts ein. Obdachlos. Von da aus hierher zu kommen. Kein Wunder, dass sie immer wieder sagte, die Schule sei gar nicht so übel.

Schließlich sah sie mich wieder an.

Da fragte ich sie: »Gehst du morgen mit mir zum Ball?«

Jane lächelte: Die Mundwinkel zogen sich in die Breite, bis ich ihre weißen Zähne sehen konnte. Sie strahlte regelrecht.

Ihre Finger schlossen sich um meine Hand, und ich erwiderte den Druck.

11

Leises Klopfen.

Ich schlug die Augen auf. Es war stockfinster im Zimmer, ich konnte kaum Masons Bett über mir erkennen. Durch die Vorhänge drang kein Licht, und auch der Spalt unter der Zimmertür war dunkel.

Da war es wieder. Leises Klopfen, weit entfernt. Ich setzte mich auf und lauschte. Es war beharrlich, kam von irgendwo auf dem Korridor.

Ich stand auf und sah nach Mason. Er schlief tief und fest. Es war kühl, daher zog ich mein Steelers-Sweatshirt über und öffnete die Tür.

Obwohl es auf dem Korridor ziemlich dunkel war, konnte ich sehen, dass dort niemand war. Ich hatte gedacht, jemand versuche, ins Zimmer eines anderen Schülers zu gelangen, aber der Korridor war verlassen. Ich sah auf die Uhr: 3.34 Uhr.

Das Klopfen kam vom anderen Ende, und ich eilte darauf zu, obwohl ich wusste, dass es unklug war, nachts allein irgendwohin zu gehen. Mir war sehr wohl bewusst, dass ich mir Feinde gemacht hatte.

Als ich mich der Geräuschquelle näherte, erkannte ich, dass sie außerhalb des Jungenwohnbereichs lag. Irgendjemand klopfte an die Wohnbereichstür. Ich ging schneller, und als ich die Tür erreichte, summte es, und sie öffnete sich.

Carrie stand vor der Tür, allein.

Sie packte mich am Arm. »Benson.«

»Was ist los?«

»Lily ist weg. Hol Curtis.«

Ich nickte und rannte zurück durch den Korridor. Ob sie versucht hatte zu fliehen? Oder war es Arrest? Carrie hatte nicht gesagt, dass Lily abgeholt worden sei, nur dass sie fort sei. Aber vielleicht hatte sie es nur nicht mitbekommen? Während ich rannte, stellte ich mir vor, wie Laura und die anderen Mädchen von der Society Lily wegschleppten, genau wie die Jungen es mit Walnut getan hatten.

Curtis musste irgendetwas gehört haben, denn er öffnete die Tür sofort, nachdem ich geklopft hatte. Gleich darauf waren wir wieder bei Carrie.

»Sie ist nirgendwo im Wohnbereich«, sagte sie. »Wir haben alle Zimmer durchsucht, sogar die der anderen Banden.«

Im Dämmerlicht wirkte Curtis' Gesicht grimmig. »Wann wurde sie zuletzt gesehen?«

»Wir waren heute Abend alle unten in der Kantine,

um zu dekorieren«, erwiderte Carrie. »Aber niemand kann sich erinnern, sie gesehen zu haben.«

Das letzte Mal, dass ich mir sicher war, Lily gesehen zu haben, war beim Paintball gewesen, als sie mit den beiden Farbklecksen auf der Schulter das Spielfeld verlassen hatte. War sie in der Kantine gewesen? Ich konnte mich nicht erinnern.

»Was ist mit ihrer Mitbewohnerin?«, fragte ich.

»Tapti ist erst nach Mitternacht wieder auf ihr Zimmer gekommen, da war das Licht aus. Sie hat gesagt, sie hätte angenommen, dass Lily schon schlief. Lily hat das obere Bett.«

Warum hatte Lily nicht auf die Sanitäterin gewartet? Hatte sie das Spielfeld verlassen wollen?

Curtis legte den Arm um Carries bebende Schultern. »Lily ist clever. Wahrscheinlich hat sie nur ... Ich wecke die anderen. Wir durchsuchen die Schule.«

»Okay.«

Da mischte ich mich ein: »Ich glaube, sie hat versucht zu fliehen.«

Carrie schnappte nach Luft. »Was?«

»Hast du davon gewusst?«, fuhr Curtis mich an.

»Nein.« Abwehrend hob ich die Hände. »Ich habe nichts davon gewusst. Aber Lily ist eine der wenigen hier, die ich tatsächlich sagen gehört habe, dass sie fliehen will. Sie sagt es ständig.«

Curtis seufzte und rieb sich das Gesicht. »Andere sagen das auch.«

Sie wollten es ganz offensichtlich nicht hören, wenn ich über Fluchtversuche redete, aber in meinem Gehirn fügte sich eins zum anderen. »Sie ist während des Paintballspiels gegangen. Hört mal, ich war getroffen und saß da und hab auf Jane gewartet, und Lily ist an mir vorbeigegangen. Sie war an der Schulter getroffen, nicht am Kopf, aber sie hat nicht auf Jane gewartet.«

Weder Curtis noch Carrie sagten etwas dazu, aber sie wechselten einen Blick.

»Ich weiß nicht«, sagte ich schließlich. »Vielleicht hat sie's getan, vielleicht auch nicht. Lasst uns nach ihr suchen.«

Zwanzig Minuten später waren alle Vs aus den Betten und hatten sich im Erdgeschoss versammelt. Jane stand an der Tür und sah aus dem Fenster. Ich wollte sie gerade ansprechen, da sagte Curtis zu uns allen: »Der Einfachheit halber teilen wir uns in unsere Paintball-Trupps auf. Ich will nicht, dass jemand allein loszieht.«

»Was ist mit dem Licht?«, fragte ich. Ich hatte die Lichtschalter betätigt, doch sie funktionierten nicht.

Wütend schüttelte Curtis den Kopf. »Ich weiß nicht. Es geht nicht an.«

Mason flüsterte: »Ratten in einem Käfig, Mann.«

»Joel, ihr nehmt den zweiten Stock«, verteilte Curtis die Aufgaben. »Hector, erster Stock. John, Erdgeschoss.« Er hielt inne und sah zu mir und Mason. In unserem Trupp fehlte ein Mitglied. »Mason, Benson, ihr übernehmt den Keller. Wenn ihr irgendetwas findet, treffen wir uns wieder hier. Ich frage Oakland und Isaiah, ob sie etwas wissen.«

»Das war bestimmt Isaiah«, grollte Hector. »Hat sie zum Arrest gebracht oder so.«

»Sag das nicht«, bat eines der Mädchen. »Es geht ihr bestimmt gut.«

Curtis klatschte in die Hände, genau wie vor jedem Paintballspiel, und wir trennten uns. Mason und ich gingen schweigend zur Haupttreppe und hinab in den pechschwarzen Keller. Ich drückte auf den Lichtschalter am Fuß der Treppe, aber auch der funktionierte nicht.

»Warte mal, Fish«, sagte Mason leise. Im Dunkeln konnte ich kaum seine Umrisse erkennen, aber er hantierte mit irgendetwas. Gleich darauf leuchtete ein kleines rundes Licht auf.

»Leselicht«, erklärte er. Der blaue Lichtschein beleuchtete sein Gesicht. Er sah aus wie ein Gespenst. »Hab ich vor ein paar Monaten gekauft, aber dann ist mir der Lesestoff ausgegangen.«

Ich rief nach Lily und lauschte. Die eng zusammenstehenden Betonmauern dämpften alle Geräusche, und es gab kaum ein Echo. Wir standen da, warteten, doch es kam keine Antwort.

Wortlos steuerte Mason auf die erste Tür zu. Mit einem Summen wurde das Schloss entriegelt. Er leuchtete in den Raum. Er war klein und leer. Es gab dort eines dieser tiefen Kellerfenster, und ein wenig Mondschein fiel auf den Boden.

Ich ging zur nächsten Tür, und wir wiederholten die Prozedur. So gingen wir den gesamten Korridor hinauf und wieder hinunter. In manchen Räumen wurde etwas aufbewahrt – meist alte Schreibtische oder Lehrbücher oder Holzreste und Rohrschrott –, aber viele Räume waren einfach leer, genau wie an dem Tag, als ich hier den Müll eingesammelt hatte. Mit unseren Hausmeister- und Instandhaltungsverträgen kamen wir beinahe überallhin – wir durchsuchten auch die Krankenstation, einschließlich sämtlicher Schränke, in die Lily hineinpassen würde –, doch nirgends fanden wir eine Spur von ihr.

Ich setzte große Hoffnungen in die Hintertreppe, die Becky mir gezeigt hatte. Falls Lily sich verstecken wollte, wäre das eine gute Stelle. Aber die Treppe war wie der gesamte Keller verlassen. Außerdem: Warum sollte sie sich verstecken wollen?

»Hast du sie noch mal auf dem Spielfeld gesehen,

nachdem sie getroffen worden war?« Ich öffnete eine weitere Tür. In diesem Raum stapelten sich Kartons in mehreren Reihen bis zur Decke, und Mason leuchtete mit seinem Lämpchen in die Zwischenräume.

»Nein. Wir haben dich zurückgelassen. Dann wurde auch ich getroffen, und Lily hat weitergemacht.« Das sagte er ganz sachlich und klang müde.

»Sie ist an mir vorbeigekommen«, erzählte ich. »Sie war getroffen, aber sie hätte auf Jane warten können.«

»Du meinst, sie ist über die Mauer?«

»Vielleicht. Ich weiß nicht.«

Er wandte sich wieder den Kartons zu und öffnete einen. Der Inhalt sah nach Laborzubehör aus – Gummischläuche, Bunsenbrenner und alle möglichen Flaschen und Gläser.

»Chemie hab ich gehasst. Sei froh, dass du das verpasst hast«, sagte Mason geistesabwesend, als hätte er das Gefühl, er müsse einen Witz machen, hätte aber gar keine Lust zu lachen.

»Meinst du, sie hat das ernst gemeint, dass sie fliehen will?«, fragte ich, als wir weiter zum nächsten Raum gingen. »Ich meine, hat sie *wirklich* darüber nachgedacht? Sie hat ständig davon geredet.«

Er deutete als Antwort bloß auf eine Überwachungskamera.

»Vor ungefähr einem Jahr habe ich in einem Krankenhaus gearbeitet«, erzählte ich. »Ich war da nur Pförtner, und ich war auch nur einen Monat da, aber ich kannte die Wachleute und hab manchmal bei ihnen im Büro abgehangen. Sie hatten nicht mal Bildschirme, auf denen sie beobachten konnten, was die Kameras aufnahmen. Sie waren nur für den Fall da, dass ein Verbrechen passiert. Dann haben sie sich die Bänder angesehen.«

Mason seufzte. »Na, und?«

»Ich glaube, wir haben alle zu viel Angst vor diesen Kameras. Es muss Tausende davon geben. Sie können sie nicht alle die ganze Zeit über verfolgen.«

»Aber jeden Tag werden Leute bestraft. Irgendjemand muss uns beobachten.«

Ich nickte, aber ich war nicht überzeugt. Sahen sie wirklich alles? Normalerweise waren die Schüler alle am selben Ort, oder? Alle im Klassenraum oder alle beim Mittagessen oder alle in den Wohnbereichen. Die Schule musste gar nicht sämtliche Kameras verfolgen.

Und natürlich bestrafte die Schule manchmal jemanden völlig grundlos, Kameras hin oder her.

Ich wechselte das Thema. »Ich frage mich, ob wir nicht etwas mit diesem Chemiezubehör anfangen könnten. Vielleicht ist da eine Säure, mit der man den Zaun durchätzen könnte.«

Mason wirbelte herum und sah mich wütend an. »Was ist eigentlich mit dir los, Mann?«

»Was?«

»Lily ist vielleicht tot, und dich kümmert das nicht mal. Du tust nichts anderes, als von Flucht zu reden und bescheuerte Fragen zu stellen!«

Bestürzt zögerte ich einen Moment. »Na ja, willst du das nicht auch wissen?«

»Nicht wenn wir nach Lily suchen.« Er wandte sich ab und öffnete eine weitere Tür.

Zehn Minuten später trafen wir Tapti, Gabby und Joel. An ihren ernsten Mienen sah ich, dass sie nicht mehr Glück gehabt hatten als wir. Wir gingen zurück ins Erdgeschoss zu den anderen. Mutlosigkeit hing wie eine düstere Wolke über den Leuten. Curtis saß auf einer Bank, die Ellbogen auf die Knie gestützt. Ich setzte mich neben ihn.

Masons Worte gingen mir nicht mehr aus dem Kopf. Er hatte recht: Meine Flucht konnte warten.

Ich hatte die Vs nicht wie Freunde behandelt. Sie waren einfach irgendwelche Leute, gehörten nun einmal zu der Schule, die ich hasste. Mir wurde ganz schwer ums Herz. Jetzt wünschte ich, ich hätte etwas zu Lily gesagt, hätte vielleicht … Ich wusste es nicht.

»Und draußen?«, fragte ich Curtis leise. Vielleicht war Lily genau wie ich nicht über die Mauer gekommen. Vielleicht war sie verletzt und lag jetzt irgendwo da draußen.

Curtis schüttelte den Kopf. »Ich habe Isaiah und Oakland geweckt. Isaiah behauptet steif und fest, sie hätten sie nicht zum Arrest abgeholt – und du weißt, er wäre stolz darauf, wenn es so wäre. Er würde etwas sagen. Oakland hat sogar angeboten, die Schultür zu öffnen, damit wir rauskönnen.«

»Echt?«

»Jep. Ich glaube, das hat er nur getan, um Isaiah zu ärgern.«

»Dann gehen wir doch«, sagte ich. »Selbst wenn sie nicht versucht hat zu fliehen, vielleicht hat sie sich ja im Wald den Knöchel verstaucht oder so was.«

»Nein.« Sein Gesicht war aschgrau. »Oakland ist mit mir runtergekommen, aber die Tür hat sich für ihn nicht geöffnet. Er hat gesagt, normalerweise können sie erst ab Tagesanbruch raus.«

Da wir nichts tun konnten, verteilten wir uns wieder auf unsere Zimmer. Auf dem Bildschirm stand bereits der Tagesplan. Der Unterricht heute begann früh: um 7.00 Uhr. Unwillkürlich fragte ich mich, ob das eine Strafe war – sie gaben uns nicht die Möglichkeit, noch ein wenig zu schlafen.

Als wir in unser Zimmer kamen, öffnete Mason den Schrank und begann, sich anzukleiden.

»Alles in Ordnung?«, fragte ich.

Er zuckte die Achseln.

»Es ist bloß ... ich dachte, ihr zwei, du und Lily, vielleicht seid ihr ...«

Er schüttelte den Kopf. »Nein.«

Das musste gelogen sein. Sie waren immer zusammen.

»Oh.« Ich setzte mich aufs Bett. Mir tat der Kopf weh vor Anspannung und Schlafmangel.

Mason drehte sich zu mir um, während er sein Hemd zuknöpfte. Seine Miene war angespannt und eisig. »Ich habe ganz früh beschlossen, dass ich das nicht mache – mit jemandem zusammen sein, meine ich. So wie Curtis und Carrie – ich glaube, die sind verrückt.«

»Aber hilft das nicht dabei, das alles hier zu überstehen?« Ich dachte an Jane. »Wir sitzen hier fest, also lass uns das Beste draus machen.«

»Wenn du meinst.« Sein Gesicht war wie versteinert und zeigte keine Gefühle. »Aber was, wenn es einen von ihnen erwischt? Was, wenn die Schule eines Tages beschließt, dass Curtis zu viel Ärger macht, und sie ihn zum Arrest bringen? Wie geht es Carrie dann wohl?«

Ich schwieg. Ich sah Jane vor mir – ihre Haare, ihre Augen, ihr Lächeln, ihre Hand auf meiner.

»Du kennst doch bestimmt den Spruch: Eine Liebe zu verlieren ist besser, als niemals geliebt zu haben.«

Ich nickte.

»Totaler Quatsch. Besonders hier drinnen.« Er legte sich die Krawatte um den Hals. »Eines Tages erwischt es dich. Du weißt das, und ich weiß das. Eines Tages tust du was Unkluges und wirst erwischt.«

Er schien zu erwarten, dass ich etwas dazu sagte, aber das konnte ich nicht. Hatte er recht?

»Ich verhalte mich still.« Er band sich die Krawatte um. »Ich halte mich aus allem raus.«

Mir war danach, ihn zu schlagen, aber ich versuchte, es mir nicht anmerken zu lassen. »Warum bist du dann nicht bei der Society?«

»Mir ist es egal, was die anderen tun«, erwiderte er. »Wenn andere versuchen wollen, von hier abzuhauen – von mir aus. Wenn du mit Jane zum Ball gehen und dir dein Leben vermasseln willst – und ihres auch –, dann tu's. Ich werde dich nicht aufhalten.«

Er und Lily *waren* zusammen gewesen. Er erzählte mir hier nicht, was passieren könnte; er erzählte mir, was ihm gerade passiert war.

Ich legte mich zurück aufs Bett und starrte nach oben.

»Ein einziger Ball wird also mein Leben vermasseln?« Ich lachte leise, um die Situation zu entschärfen.

Mason klang ernst. »Becky hatte mal einen Typen. Sie war nicht immer so verkorkst. Sie war mal eine V. Hat sogar geholfen, die Vs zu gründen.«

»Du machst Witze.« Ich rollte mich auf die Seite und sah ihn an.

Er zog seinen roten Pullover an, und unsere Blicke trafen sich. »Tu, was du willst, Mann. Aber wenn du nächste Woche über die Mauer klettern und sterben willst, dann lass die Finger von Jane. Sie hat das nicht verdient.«

12

Um sieben Uhr marschierten wir hintereinander in die Klasse. Die Schüler der Society und von Havoc unterhielten sich im Flüsterton und deuteten auf Lilys leeren Platz. Einige wirkten besorgt, andere selbstgerecht; Letztere warfen einander wissende Blicke zu nach dem Motto: Ich hab's euch ja gesagt. Ich versuchte, sie zu ignorieren und sah stur geradeaus.

Alles an dieser Schule war falsch. Lily wurde vermisst, war womöglich tot, und trotzdem saßen wir hier und warteten darauf, dass wir Unterricht in Vermessungskunde bekamen, und später würden wir dann zum Ball gehen. Ich musste hier raus, ich musste wegrennen, Hilfe holen, jemandem von der Schule erzählen und die Polizei alarmieren.

Aber trotzdem, in gewisser Weise fühlte auch der Gedanke an Flucht sich falsch an. Ja, ich musste all das tun, aber sollte ich es allein tun? Konnte ich die anderen wirklich zurücklassen und einfach hoffen, dass sie zurechtkamen und ich sie später würde holen können? Konnte ich Jane das antun?

Sie saß jetzt vor mir, die Schultern nach vorn gezogen, die Arme auf den Schreibtisch gestützt. Ihre leuchtend roten Haare waren wirklich wunderschön. Sie waren nicht direkt kupferrot, sondern hatten eher die Farbe von Herbstlaub. Dagegen wirkte ihr roter Uniformpullover grell und billig.

Vielleicht hatte Mason ja recht. Ich musste mich darauf konzentrieren, von hier wegzukommen, nicht auf Mädchen. Jane sollte meine letzte Sorge sein.

Geräuschlos kam Laura ins Klassenzimmer und machte sich einige Minuten an ihrem Computer zu schaffen.

»Willkommen zum Unterricht«, sagte sie schließlich. Ihre Miene war ernst, aber ihre Augen glänzten irgendwie komisch, so als hätte sie ein Geheimnis. »Bevor wir anfangen, habe ich eine Bekanntmachung für euch, die mit dem heutigen Lehrplan kam.« Sie tippte auf der Tastatur ihres Notebooks, und die Klasse wurde augenblicklich still.

Ohne den Blick vom Bildschirm abzuwenden, las Laura vor: »*Wir bedauern, Ihnen mitteilen zu müssen, dass Lillian Paterson gestern Nacht getötet wurde. Sie wurde auf dem Highway von einem Auto überfahren.*«

»Scheißmörder«, flüsterte Mason. Jane ließ den Kopf hängen und vergrub das Gesicht in den Händen. Ich versteifte mich und ballte unter dem Tisch die Fäuste.

Laura fuhr fort. »Bitte denken Sie daran, dass das Überqueren der Mauer ein Grund zum Arrest ist.«

Ich hob die Hand. »Ich habe eine Frage.«

Sie wirkte überrascht und unsicher, wie sie reagieren sollte, also fuhr ich einfach fort.

»Wir sind alle mit dem Auto hergekommen, und ich habe nur eine einzige Straße innerhalb von fünfzig Meilen gesehen, und die führt nur hierher. Wie kommt es dann, dass sie von einem Auto überfahren wurde?«

Laura runzelte die Stirn. »Die Umstände kennen wir nicht, aber ...«

Ich unterbrach sie, Wut stieg in mir auf. »Es gibt nur zwei Möglichkeiten: Sie wurde von einem Auto auf unserer Straße überfahren – aber das ergibt keinen Sinn, denn es ist kein Auto hergekommen –, oder sie ist in einer Nacht bis zum nächstgrößeren Highway gelaufen. Also, welche Möglichkeit ist realistischer?«

Um mich herum wurde getuschelt, aber ich starrte Laura an und wartete auf eine Antwort.

»Wir kennen die Umstände nicht«, wiederholte sie.

»Doch, das tun wir«, fuhr ich sie an. »In der Bekanntmachung steht, sie wurde von einem Auto überfahren. Also, Laura, erklär mir das. Gib einen Tipp ab.«

Sie kochte vor Wut und presste die Lippen fest aufeinander. »Vielleicht gibt es noch mehr Straßen im Wald.«

Unwillkürlich stand ich auf und schrie: »Weißt du, was mich an der Sache am meisten ankotzt? Wenn ihr sie geschnappt hättet, *bevor* sie über die Mauer geklettert wäre, Laura, dann wäre sie jetzt genauso tot!«

Ich hatte noch nicht zu Ende gesprochen, da brach bereits Chaos aus. Ein paar Leute schrien Laura an, aber die meisten mich. Die Havocs waren auf meiner Seite und blafften die Society an. Ich warf einen Blick auf die Überwachungskamera, und diesmal hoffte ich tatsächlich, jemand sähe zu.

»Setz dich, Benson!«, brüllte Laura, um den Tumult zu übertönen.

Ich berührte Jane am Rücken und zog sie dann zu mir hoch. Als sie stand, sah ich, dass ihre Augen feucht und gerötet waren.

»Setzt euch!«, schrie Laura.

»Nein.« Ich nahm Jane an der Hand und ging mit ihr hinaus auf den Korridor. Sobald wir draußen waren, blieb sie stehen und legte die Arme um mich. Sie schluchzte so heftig, dass ihr ganzer Körper bebte.

Die Tür zum Klassenraum war zugefallen, aber ich hörte immer noch gedämpftes Geschrei auf der anderen Seite. Niemand kam uns hinterher.

Ich hielt Jane umarmt, meine linke Hand lag auf

ihrem Rücken, und meine rechte umfing ihren Kopf, während sie an meiner Brust weinte.

Ich hätte ihr so gerne gesagt, dass alles gut werden würde, dass ich uns beide von der Maxfield Academy fortbringen würde, aber ich konnte mich nicht dazu überwinden. Und sie würde es auch gar nicht hören wollen. Es stimmte einfach nicht.

Niemand kam lebend von hier weg.

Sie versuchte, sich wieder zu beruhigen, und atmete mehrfach tief durch. »Ich habe das so satt, Benson.«

»Ich weiß.«

»Zweieinhalb Jahre.«

»Ich weiß.«

13

Lange standen wir so auf dem Korridor. Der Tumult im Klassenraum hatte sich gelegt, und ich lauschte Janes Atem und spürte, wie sie wieder ruhiger wurde. Ich machte mir keine Sorgen wegen der Bestrafung für das Verlassen des Klassenraums. Wir würden Punkte abgezogen bekommen, aber das war mir im Augenblick völlig gleichgültig.

Schließlich sah Jane zu mir hoch. Ihre Augen waren blutunterlaufen, und die Wimperntusche lief ihr über die Wangen. »Komm.«

Sie nahm meine Hand, und wir gingen schweigend die große Treppe ins Erdgeschoss hinunter. Auf dem Korridor war es still, alle Schüler waren noch in ihren Klassenräumen. Sie führte mich in die Kantine, wo es dunkel und leer war.

Wieder einmal wünschte ich, wir hätten den Gärtnervertrag. Dann könnten wir hinaus und wegrennen. Ich war überrascht, dass die Havoc-Kids das nicht schon versucht hatten. Da die Society den Security-Vertrag hatten, konnten genaugenommen nur wir Vs nicht das Gebäude verlassen. Vielleicht wurde es Zeit, dass die Vs auf einen der anderen Verträge boten.

Der Raum war zwar schon dekoriert, doch ohne Licht wirkte die Dekoration fremd und schäbig. Die Esstische standen so da wie immer. Wir hatten geplant, sie später umzustellen, vor dem Ball.

»Wir sollten den Ball absagen«, sagte ich. »Ich weiß, sie wollen, dass wir einen Ball haben, aber wie können wir?«

Mit starrer Miene schüttelte Jane den Kopf. »Nein. Wir werden den Ball nicht absagen. Hier, hilf mir.« Sie kletterte auf einen Stuhl, um an eine Seite des Spruchbands zu gelangen, das wir gestern Abend gemalt und aufgehängt hatten. Ich ging zur anderen Seite und half ihr, es abzunehmen.

Wir hatten lange über einen guten Spruch für das Transparent nachgedacht. Dies war keine normale Highschool, deshalb war es auch kein normaler Ball. Es gab kein Motto. Der Ball hatte keinen Namen – es war kein Ehemaligen- oder Abschlussball –, deshalb stand auf unserem Schild einfach nur: *MAXFIELD-ACADEMY-BALL*.

Ich legte das Spruchband auf einen Tisch, während Jane die Dekorationsmaterialien durchwühlte. Sie kam mit einem kleineren Bogen Pergamentpapier, Klebstoff, Farbe und zwei Pinseln zurück.

Unter ihrer Anleitung schnitt ich das Papier zu und klebte es auf das Spruchband, so dass *MAXFIELD-ACADEMY* abgedeckt war. Jane zeichnete mit dem Bleistift die neuen Wörter vor, und wir malten sie mit Farbe aus. Zehn Minuten später traten wir zurück und begutachteten unser Werk.

»*LILY-PATERSON-GEDENKBALL*«, las ich vor. »Die Society wird stinkwütend sein.«

Jane lächelte und nahm meine Hand. »Das hoffe ich.«

14 Ich wartete im dritten Stock am unbenutzten Gemeinschaftsraum und starrte geistesabwesend aus dem Fenster, während der Abend hereinbrach. Die Fenster hier gingen nach Osten, und der Kiefernwald unter mir war in Orange getaucht, er reflektierte einen vermutlich prachtvollen Sonnenuntergang im Westen.

Nach dem Unterricht hatte nichts mehr auf dem Tagesplan gestanden, und das Abendessen war auf den Ball verschoben worden. Wir hatten nichts zu tun gehabt, als in unseren Zimmern zu sitzen. Glücklicherweise schien die Vorfreude die Unruhe erstickt zu haben. Ich hatte Isaiah den ganzen Tag nicht gesehen, und sogar die Leute von Havoc waren ruhig.

Beinahe alle V-Jungen trugen zum Ball ihre Uniformen, allerdings hatten die meisten sich ein wenig sorgfältiger zurechtgemacht als üblich. Curtis hatte ein Sakko gekauft und trug es über dem Uniformhemd und der Krawatte.

Ich hatte meine wenigen Punkte nicht für Kleidung ausgeben wollen, aber immerhin meine Krawatte so gerade gebunden wie möglich. Zudem hatte ich mir Curtis' Schuhputzzeug ausgeborgt und meine Schuhe auf Hochglanz poliert. Doch als ich jetzt hier stand und auf Jane wartete, wünschte ich, ich hätte mehr tun können.

Hinter mir hörte ich das klappernde Geräusch von Fußschritten.

Es war Jane, und sie sah phantastisch aus. Ihr Kleid war braun und glänzte wie geschmolzene Schokolade, es verlieh ihrer Haut einen goldenen Schimmer. Ihre roten Haare hatte sie aufgesteckt, und sie trug Absätze, was ihre schlanken Beine betonte. Neben ihr verblasste der Sonnenuntergang.

»Hi«, sagte ich.

»Hi.«

»Du siehst gut aus.«

»Du auch.«

Ich atmete aus und sah an meiner Uniform hinab. »Na ja. Entschuldige. Ich hatte nichts anderes.«

Jane trat zu mir, und ich erhaschte einen Hauch ihres Parfüms. Es war süßlich, aber unaufdringlich, beinahe wie Vanille oder Honig, nur blumiger. Sie benutzte es nicht immer, aber ich mochte es sehr, wenn sie es tat. »Ich finde, du siehst toll aus.«

»Danke.«

Sie küsste mich auf die Wange und hakte sich bei

mir unter. »Darf ich mich an dir festhalten?« Sie kicherte. »Ich habe noch nie hohe Absätze getragen.«

Ich lachte. »Klar kannst du dich an mir festhalten. Und du solltest die öfter tragen.«

Langsam gingen wir die Treppe hinab. Jane an meinem Arm zu spüren ließ mich alle meine Probleme vergessen.

Dieses Gefühl verschwand jäh, als wir die Kantine erreichten. Wie erwartet, bot das Spruchband reichlich Anlass zu Auseinandersetzungen, und in dem Moment, in dem wir durch die Tür traten, stand Isaiah auf einem Stuhl, um es abzureißen. Natürlich kam er zu spät – es waren schon fast alle da und hatten es gelesen. Jane und ich lächelten und gingen in den Raum hinein.

Es lief Musik, so laut, dass es nicht ganz einfach war, einander zu verstehen. Die meisten Songs kannte ich nicht, doch das war mir egal. Jane und ich hatten die Tanzfläche erreicht, und sie legte mir die Arme um den Hals.

»In der richtigen Welt war ich nie auf einem Ball«, sagte sie. Damit ich sie hören konnte, musste ich meine Wange dicht an ihre halten. »Ist das hier so ähnlich wie draußen?«

»Ich weiß nicht«, sagte ich. »Ich war auf ein paar Tanzpartys, aber nie bei so etwas Förmlichem wie einem Abschlussball.«

»Wie kommt das?«

Ich zuckte die Achseln. »Ich hatte nie eine Freundin.«

Unwillkürlich fragte ich mich, was sie aus diesem Satz folgerte. Wenn ich früher nie zu einem Ball gegangen war, weil ich keine Freundin gehabt hatte, jetzt aber auf diesen Ball ging ...

Plötzlich wurde mir klar, dass die Überwachungsmikrophone uns jetzt nicht hören konnten. Wir konnten über alles sprechen. Wir konnten unsere Flucht planen oder darüber reden, was der Arrest wirklich war. Sie konnte mir von den fünfzehn Schülern erzählen, die vor ihr hier gewesen waren – ich hatte sie noch gar nicht nach ihnen gefragt.

Es konnte warten. Ich zog sie ein wenig enger an mich.

Selbst auf der Tanzfläche blieben die Banden unter sich. Die Vs hielten sich im hinteren Teil des Raums an den Türen nach draußen auf – irgendjemand hatte sie geöffnet, um die kühle Abendluft hereinzulassen. Die Mädchen hatten allesamt Punkte für Kleider ausgegeben und sahen völlig anders aus als in Uniform. Gabby trug etwas Blaues, Schimmerndes, das ihre Beine zur Geltung brachte. Taptis Kleider waren irgendetwas Traditionelles und stammten wohl aus ihrer Heimat; wo die allerdings war, wusste ich nicht.

Carrie sah einfach nur toll aus, sie strahlte übers ganze Gesicht. Niemand wäre darauf gekommen, dass wir alle Gefangene waren.

Auch die anderen Banden hatten sich feingemacht. Die Society-Kids, die es sowieso immer ein wenig übertrieben, sahen jetzt aus wie Figuren aus einem alten Schwarzweiß-Gangsterfilm. Die Mädchen trugen lange elegante Kleider und kunstvolle Frisuren, und die Jungen waren alle im Smoking. Das musste eine Menge Punkte gekostet haben.

Die Havoc-Leute waren vom Kleidungsstil her nicht so einheitlich, doch die meisten hatten neue kunstvolle Tattoos und trugen zu viel Schmuck.

Aber je länger wir tanzten, desto weniger interessierte mich das. Ich sah mich nicht mehr im Raum um, hielt nicht mehr Ausschau nach Oakland oder Skiver, versuchte nicht mehr, Isaiahs Wachleute zu zählen. Das alles kam mir jetzt nicht mehr so wichtig vor. Ich hatte die Arme um Jane gelegt, meine Hände lagen auf ihrem weichen warmen Rücken. Ich spürte ihren Atem an meinem Hals, und ihre Wange streifte meine.

Als das Licht ein wenig heller und das Abendessen angekündigt wurde, rührten wir uns nicht. Auch als die Musik ausgeschaltet wurde, blieben Jane und ich noch auf der Tanzfläche; wir wollten nicht, dass es aufhörte.

Jane seufzte, und ich drückte sie fest an mich.

»Zeit zum Essen«, sagte ich schließlich.

»Müssen wir?«

»Ich glaube, die warten auf uns.«

Das Abendessen wurde auf einem langen Tisch an der Seite der Kantine serviert. Verständlicherweise hatten die Havoc-Leute jetzt keine Zeit in der Küche verbringen wollen, daher waren die meisten Speisen vorab zubereitet worden und wurden kalt serviert – diverse Salate, Minisandwiches, frisches Obst, Käseplatten. Es war kein typisches festliches Abendessen, aber wir würden uns nicht beschweren. Als ich den Blick über den Tisch wandern ließ, wurde mir klar, dass ich noch nie so viele Maxfield-Schüler so glücklich gesehen hatte.

Nachdem der Nachtisch serviert worden war, stand Curtis auf und bat laut um Ruhe.

Er hob sein Glas. Wir tranken alle Limonade, was ein Luxus war. »Ich möchte einen Toast ausbringen«, sagte er, als alle still waren. Ich sah zu Isaiah, der ein ganzes Stück entfernt saß. Er blickte – wen wunderte es? – misstrauisch drein.

»Auf Havoc, für dieses beeindruckende Abendessen«, begann Curtis. Alle stutzten, doch dann brach am ganzen Tisch Jubel los.

»Auf die Society, die die Verwaltung für das alles erledigt hat«, fuhr er fort. Ich hatte keine Ahnung, was er damit meinte, und ich glaube, die anderen ebenso wenig, aber die Leute jubelten. Vielleicht war es das beste Kompliment, das er ihnen machen konnte – irgendetwas Vages.

»Und auf Carrie«, sagte Curtis. Es gab Jubel und Gelächter, und Skiver gab einen Würgelaut von sich.

Mouse stand auf und hob ihr Glas. Ihr Tanzoutfit war eine Mischung aus Kleid und Unterwäsche. Ich hatte es definitiv nicht im Katalog gesehen – sie musste es selbst genäht haben. »Und auf die Vs für die Dekoration.« Mehr Applaus.

Ehe ich's mich versah, war Jane aufgestanden. »Und auf Lily Paterson.«

Der Tisch explodierte förmlich, viele standen auf und jubelten, andere buhten und brüllten. Ich stand ebenfalls auf, legte Jane den Arm um die Taille und schloss mich ihrem Trinkspruch an. Es war alles zu chaotisch, als dass wir alle hätten gemeinsam trinken können – viele der Society-Mitglieder hatten ihre Gläser wieder abgestellt –, doch Jane und ich stießen miteinander an. Kurz darauf wurde der Tisch zurück an die Seitenwand geschoben und die Musik wieder eingeschaltet. Mit der relativen Ruhe des Abendessens war es ohnehin vorbei.

Ich half, Stühle wegzurücken, da berührte mich jemand am Arm. Ich drehte mich um, und Becky stand vor mir. Sie trug ein bodenlanges schwarzes Kleid, ihre gelockten Haare sahen aus wie Sprungfedern.

»Hi, Becky«, sagte ich und rückte weiter Stühle beiseite.

»Hi, Bense.« Sie packte mich am Arm, damit ich aufhörte.

Ich sah sie an und wartete darauf, dass sie etwas sagte, aber sie zögerte.

»Was gibt's?« Ich musste ein bisschen schreien, damit sie mich hören konnte.

Sie beugte sich zu mir. »Ich wollte dir nur sagen, dass ich mit dir und Jane übereinstimme. Manche Leute finden, dass Lily es verdient hat, aber ich nicht.«

Ich sah ihr in die Augen, und sie hielt meinem Blick stand.

Sie stammelte: »Ich ... ich wollte nur, dass du das weißt.«

Ehe ich etwas antworten konnte, hatte sie sich umgedreht und drängelte sich durch die Menge.

Ich sah ihr kurz nach. Sie war eine V gewesen, hatte Mason gesagt. Sie war bei der Gründung der Vs dabei gewesen. Und jetzt war sie so ... gebrochen. Einsam. Plötzlich wäre ich ihr gerne hinterhergegangen und hätte ihr irgendetwas gesagt. Sie in die Arme genommen.

Ich würde sie morgen aufsuchen. Es konnte warten, bis wir nicht von anderen Schülern umgeben waren. Ich war mir sicher, dass es der Society nicht gefiel, wenn ich mit ihr redete.

Als ich mit den Stühlen fertig war, lief ich zurück über die Tanzfläche zu Jane, die mit zwei anderen V-Mädchen zusammenstand und lachte. Sie sah mich kommen und entschuldigte sich.

»Hey.« Sie nahm meine Hand. »Lust auf einen Spaziergang?« Sie deutete zur Tür.

»Wird dir nicht kalt werden?« Ich musterte ihre nackten Arme und ihren Hals.

»Du musst natürlich den Arm um mich legen.«

»Wie könnte ich da nein sagen?«

Wir gingen hinaus, wo wir von einer kühlen Brise empfangen wurden. Ich legte den Arm um sie und zog sie eng an mich.

»Warte mal«, sagte sie und bückte sich. Gleich darauf richtete sie sich wieder auf und hielt die Schuhe in der Hand. »Ich hasse diese Dinger.«

»Aber sie sehen so gut aus«, sagte ich lachend.

»Ich gebe sie dir, dann kannst du sie ansehen, sooft du willst.«

Der Mond war aufgegangen, und wir konnten schwach den Weg, den Wald und die Geräteschuppen erkennen. Einige andere Paare schlenderten ebenfalls über den Rasen und unterhielten sich. Jenseits des Weges stand ein Reh und beobachtete uns aus sicherer Entfernung.

»Was würdest du tun, wenn du hier rauskämst«, fragte Jane. Wir gingen dicht am Gebäude entlang – ich hoffte, dass es hier windgeschützter und nicht so kalt für sie war.

Ich wollte schon antworten, doch sie fuhr fort: »Ich weiß, was du sagen willst, aber das ist nicht die Antwort, die ich will. Lass den ganzen Kram von wegen die Polizei rufen und alle aus der Schule befreien weg. Danach.«

»So weit habe ich eigentlich noch nicht gedacht«, erwiderte ich lächelnd.

»Was ist mit einem Job?«

»Hab ich dir doch gesagt. Ich werde Vermessungsingenieur.«

Jane lachte. »Im Ernst.«

»Ich weiß es nicht, ehrlich. Ich habe immer gedacht, ich würde mich gerne selbständig machen, mein eigener Chef sein. Aber womit, weiß ich nicht.«

Wir bogen um die Ecke zur Vorderseite der Schule.

»Ich glaube, ich würde gerne Ärztin werden«, sagte Jane.

»Was für eine Ärztin?«

»Keine Ahnung.«

Eine Weile spazierten wir schweigend weiter, und sie schob meinen Arm von ihrer Taille hoch zu ihrer Schulter, damit ich sie besser wärmte. Ich bot ihr meinen Pullover an, doch sie sagte, sie wolle ihr Kleid nicht verdecken.

In meinem Kopf bildete sich eine Frage heraus, und ich überlegte mir verschiedene Formulierungen dafür. *Ich weiß, du magst es nicht, wenn ich davon anfange ... Lass mich nur eins fragen, dann bin ich sofort still ... Ich frage nur deshalb, weil ich dich wirklich mag ...*

Was hältst du davon, wenn wir abhauen?

Aber ich konnte mich nicht dazu überwinden, die Frage auszusprechen. In diesem Augenblick fühlte sich das einfach falsch an. Ich wollte nicht daran denken, über Mauern zu klettern, Stacheldraht durchzuschneiden und Waldbrände zu legen. Selbst wenn Jane wirklich dazu bereit wäre. Es war gefährlich. Lily war gestorben.

Wenn wir uns an die Vorschriften hielten, würde niemand sterben. Jane und ich könnten ständig so spazieren gehen, jeden Tag. Natürlich würde irgendwann einmal jemand etwas unternehmen müssen. Aber darüber konnte ich mir später Gedanken machen. Dieser Abend war einfach zu schön.

Sie wandte sich dem Schulgebäude zu und führte mich zu einer kleinen Nische in der Wand, die hinter einer kleinen, ordentlich beschnittenen Kiefer und neben einem Fensterschacht verborgen lag. Ich fühlte, wie mein Blutdruck stieg, als sie sich zu mir umdrehte. Sie schlang mir die Arme um den Hals, genauso, wie sie es auf der Tanzfläche getan hatte.

Mit ihren grünen Augen sah sie mich unverwandt an.

»Danke, dass du mich zum Ball eingeladen hast.« Ihre Stimme war kaum mehr als ein Flüstern, ihre Lippen kräuselten sich zu einem feinen, unsicheren Lächeln.

»Danke, dass du ja gesagt hast.«

Ich spürte ihren Atem auf meinem Gesicht.

»Ich bin froh, dass du auf die Maxfield gekommen bist«, sagte sie.

Mein Herz schlug wie wild. Sie roch so gut, wie frische Rosen. »Ich auch.«

Sie rückte noch näher, und ich legte die Arme enger um sie.

Ihre Lippen waren kühl und weich, und jeder andere Gedanke verflüchtigte sich. Da war nur noch Jane.

Ich ließ sie nicht los, wollte sie nie mehr loslassen. Ich wollte nicht zum normalen Leben zurückkehren.

Warum konnte das nicht das normale Leben sein?

Schließlich löste sie sich von mir. Sie strahlte, ihre Augen funkelten im Sternenlicht.

Wir sahen einander an. Der Duft ihres Parfüms hing noch an meinen Lippen, und ich hätte sie gern noch einmal geküsst. Doch an ihrem Lächeln erkannte ich, dass sie etwas sagen wollte.

»Was?«, fragte ich, unfähig, mein Grinsen zu unterdrücken.

Jane trat wieder an mich heran, ihr Gesicht war ganz dicht vor meinem. Ich konnte ihre Lippen beinahe auf meinem Mund spüren, doch anstatt mich zu küssen, sagte sie: »Du willst nicht immer noch abhauen, oder?«

Ich lächelte. »Na ja, nicht heute Nacht.«

Ihre Augen wurden schmal, und sie wich ein Stück zurück. Ihre Arme lagen schlaff auf meinen Schultern. »Aber du hast es immer noch vor.«

»Natürlich«, erwiderte ich verwirrt. »Wir gehen zusammen fort, du und ich.«

»Aber ...« Ihre Stimme erstarb, und sie sah hoch zu den Sternen.

»Ich kann nicht hier bleiben.«

Nun fielen ihre Arme herab. »Aber es ist gut hier. Siehst du das denn nicht? Wir können hier glücklich sein.«

»Wenn wir hier bleiben, werden wir sterben.«

»Wenn wir hier bleiben, werden wir viele Abende wie diesen haben«, beharrte sie, Verzweiflung im

Blick. »Wir können zusammen sein. Wir können glücklich sein.«

Ich atmete tief durch und wünschte, wir könnten unsere Unterhaltung zurückspulen bis zu dem Punkt, an dem wir vor einer Minute gewesen waren.

»Ich sage ja nicht, dass wir gleich morgen fliehen müssen.«

Sie packte mich am Arm und kam mir mit dem Gesicht wieder ganz nahe. »Dann lass uns einfach nicht davon reden. Lass uns abwarten. Lass uns einfach so sein wie jetzt, du und ich. Denk darüber nach.«

»Denk darüber nach?« Ich wurde laut. »Nein, denk du darüber nach. Was, glaubst du, passiert in einem Jahr, oder in zwei Jahren? Das ist hier irgendein abartiges Gefängnis – keine Ferienanlage. Hier wird niemand alt.«

Mit blitzenden Augen trat sie zurück und verschränkte die Arme. »Erzähl mir nicht, wie diese Schule ist. Ich kenne sie besser als du.«

Ich brüllte: »Was glaubst du denn, was hier passieren wird?«

Jane fuhr herum, so dass sie mit dem Gesicht zum kalten rauen Stein der Schulmauer stand.

Ich spürte einen Adrenalinschub und versuchte, mich wieder zu beruhigen. Ich hatte sie nicht anschreien wollen, schon gar nicht heute Abend. Aber ausgerechnet Jane hätte doch begreifen müssen, dass diese Schule eine tödliche Falle war. Jeder Tag, den wir hier blieben, war ein Tag näher am Arrest oder an Schlimmerem.

Ich streckte die Hand aus und berührte sie an der Schulter.

Sie schüttelte mich ab. »Nicht.«

»Jane ...«

Ich merkte, dass sie jetzt weinte. So musste es nicht enden. Aber vielleicht war es besser so. Masons Worte gingen mir durch den Kopf. *Wenn du nächste Woche über die Mauer klettern und sterben willst, dann lass die Finger von Jane.*

Erneut berührte ich sie an der Schulter. »Es tut mir leid.« Diesmal schüttelte sie mich nicht ab, sondern legte ihre Hand auf meine. Ihre Hand war eiskalt. Dann drehte sie sich wieder zu mir um.

Plötzlich sah sie über meine Schulter und riss die Augen auf. Sie öffnete den Mund, doch sie kam nicht dazu zu schreien – etwas traf mich in den Rücken, und ich wurde gegen Jane geschleudert und stieß sie gegen die Wand.

Ich stolperte und drehte mich gerade rechtzeitig um, um zu sehen, wie Dylan ein Rohr schwang. Ich wollte mich ducken, drehte ihm aber stattdessen den Rücken zu, um Jane abzuschirmen. Der Schlag tat irrsinnig weh, und ich sackte zu Boden. Über mir hörte ich Jane schreien, dann jaulte sie auf, und ich spürte, wie sie neben mich stürzte.

Meine Lunge funktionierte nicht richtig. Verzweifelt schnappte ich nach Luft.

»Du kannst einfach keine Ruhe geben!«, kreischte eine weibliche Stimme. Ich drehte den Kopf so weit, dass ich Laura sehen konnte, die hinter Dylan stand. Dylan hielt das Rohr wie einen Schlagstock.

Ich bekam keine Luft.

Ich sah nach Jane. Sie war benommen, aber bei Bewusstsein. Sie lag an der Mauer, Hals und Brust waren blutbespritzt.

»Du, Benson«, fauchte Laura, »hältst dich für den Größten, weil dir die Vorschriften egal sind. Meinst du, Lily hätte versucht zu fliehen, wenn du sie nicht dazu aufgestachelt hättest?«

Ich machte mir nicht die Mühe zu widersprechen. Ich wollte nur Jane schützen. Trotz schmerzender Lunge zwang ich mich, »Aufhören!« zu flüstern.

»Aufhören?«, höhnte Dylan. »Ich hätte schon beim letzten Mal nicht aufhören sollen. Ich hätte dich an der Mauer fertigmachen sollen.« Er hob das Rohr, und ich konnte nichts dagegen tun. Er schwang es wie eine Axt, schmetterte meinen erhobenen Arm beiseite und traf Janes Bein mit voller Wucht. Sie stöhnte ganz leise.

Ich konnte mich kaum bewegen, aber sie wollten uns töten, und das konnte ich nicht zulassen. Dylan trat einen Schritt zurück und holte erneut mit dem schweren Rohr aus. Ich versuchte aufzustehen und kam auf ein Knie hoch, doch da traf Dylan mich in den Bauch. Ich suchte nach einem Halt, tastete blind umher, meine Finger strichen über Janes blutendes Bein, aber ich konnte mich nicht aufrecht halten.

Dann stürzte ich seitlich in den tiefen Fensterschacht.

Um mich herum war Dunkelheit. Vor dem Himmel über mir zeichnete sich Dylan ab, der das Rohr hob und es auf Jane niederfahren ließ.

Dann schlug er nochmals zu. Und noch einmal.

15

Ich erwachte.

Stille. Pechschwarze Finsternis.

Ich versuchte mich zu bewegen und hatte sofort mörderische stechende Schmerzen überall im Körper.

Über mir war ein Stückchen grauer Himmel. Als ich länger nach oben starrte, entdeckte ich Lichtfleckchen. Sterne.

Der Himmelsausschnitt war beinahe rechteckig, bis auf eine kleine schwarze Einbuchtung am Rand. Ich versuchte mich darauf zu konzentrieren, zu erkennen, was das war.

Es war eine Hand. Eine Hand, die über den Rand des Schachts gestreckt wurde. Nein – die über den Rand hing.

Jane.

Zitternd vor Schmerzen stemmte ich mich hoch. Jetzt fiel mir wieder ein, was geschehen war. Lauras groteskes Geschrei. Der rohrschwingende Dylan. Janes Schweigen.

Ich griff nach ihrer Hand und schnappte nach Luft.

Meine Rippen standen in Flammen. Tränen liefen mir übers Gesicht, als ich ihre Finger berührte. Sie waren kalt. Sie bewegten sich nicht.

»Jane!«, schrie ich und sah mich verzweifelt nach einer Möglichkeit um, wie ich hier herausklettern konnte. Egal wo ich versuchte, Halt für meinen Fuß zu finden, ich rutschte wieder ab.

»Jane!«, brüllte ich erneut. Meine Stimme klang heiser, meine Kehle war völlig ausgedörrt. »Jane, wach auf!«

Ich streckte die Arme nach dem oberen Rand aus und merkte, dass die Finger meiner linken Hand mir nicht gehorchten. Sie reagierten überhaupt nicht. Ich sackte wieder auf dem Boden des Fensterschachts zusammen, meine gesamte linke Seite brannte höllisch.

»Jane! Du musst aufwachen!« Ich stolperte ans hintere Ende des Schachts, versuchte Anlauf zu nehmen, um hochzuspringen, doch die plötzliche Bewegung schien mich regelrecht zu lähmen. Ich konnte meinen Körper nicht dazu zwingen, abzuspringen.

»Komm schon, Jane.« Ich drehte mich um mich selbst, suchte nach irgendetwas, was ich benutzen konnte. Der Boden war dick mit trockenem Laub bedeckt. Ich durchstöberte es mit dem Fuß, stieß gegen irgendetwas und holte es heraus: Es war ein kurzes Brett.

»Ich komme, Jane«, sagte ich schluchzend. Ich rammte das Brett mit einem Ende in den Dreck am Boden und lehnte es an die Mauer. »Ich komme. Keine Angst.« Ich trat auf das obere Ende und konnte über den Rand sehen.

Jane lag reglos da. Sie war tot.

Mit der unversehrten Hand griff ich ins Gras und krabbelte nach oben auf den Rasen. Keuchend lag ich da und kämpfte gegen die Schmerzen an.

Dann kroch ich zu Jane und strich ihr die Haare aus dem Gesicht. Sie blutete.

Nein, das Blut war bereits getrocknet.

»Jane!«, brüllte ich. »Nein!« Ich fasste ihr an den Hals, drückte die Finger auf die Schlagader und suchte nach einem Puls. Da war nichts.

Jetzt heulte ich. Ich kniete mich über sie, legte das Gesicht an ihre Lippen und hoffte, ihren Atem auf meiner Wange zu spüren. Nichts.

Überall war Blut – im Gesicht, am Hals, auf den Armen, den Beinen.

Mit der rechten Hand packte ich meine nutzlose Linke und drückte beide Hände auf ihre Brust, wieder und wieder. Ich beugte mich über ihr lebloses Gesicht und atmete ihr in den Mund.

Keine Reaktion.

Was konnte ich tun? Wohin sollte ich mich wenden? Wir hatten keinen Notruf. Keinen Krankenwagen.

Ich sah Jane an und berührte ihr Gesicht. Ich berührte ihre Hand und ihr Kleid, das an der Taille, wo das Rohr sie getroffen hatte, zerrissen war.

Sie zuckte.

»Jane?« Ich starrte auf ihren Arm und fragte mich, ob ich das wirklich gesehen hatte.

Sie zuckte erneut.

»Komm schon!«, schrie ich und tastete nochmals an ihrem Hals nach einem Puls, aber in meinen Fingern pochte es so heftig, dass ich es nicht beurteilen konnte.

Ihr Kopf bewegte sich.

»Jane, kannst du mich hören?«

Ihre Hand hob sich und fiel wieder zu Boden.

»Bleib hier.« Ich rappelte mich hoch, schwankte. »Ich hole ein paar Jungs.«

Wieder bewegte sie sich, und diesmal stemmte sie sich hoch.

»Bist du okay? Kannst du mich hören?«

Sie antwortete nicht, verharrte kurz auf den Knien. Ich streckte ihr die Hand hin, doch sie kam ohne meine Hilfe auf die Beine.

Ich legte ihr den Arm um die Taille, um ihr zu helfen. »Komm. Kannst du gehen? Lass uns reingehen.«

Ich hätte vor Schmerzen brüllen können. Wahrscheinlich hielt mich nur das Adrenalin aufrecht.

Nun sah sie mich an, aber sie schielte ein wenig.

»Du stehst unter Schock.« Ich versuchte, ganz ruhig zu bleiben. »Leg dich hin. Ich hole Hilfe.«

Doch sie hörte nicht zu. Unsicher tat sie einen Schritt, dann zwei weitere. Mit dem rechten Bein hinkte sie stark.

»Was ist los, Jane?« Ich versuchte nach Kräften, sie zu stützen. »Rede mit mir.«

Sie ging weiter.

Ich stellte mich vor sie, um sie aufzuhalten. Sie war völlig abwesend. Ich nahm sie in die Arme, aber sie reagierte nicht.

Trotz meiner Umarmung tat sie einen weiteren Schritt, und ich stolperte und stürzte. Als ich auf dem Boden aufkam, schossen mir die Schmerzen wie Pfeilspitzen in die Rippen, die Hüfte, den Arm und die Brust. Ich keuchte. Jane ging weiter.

»Bleib stehen!«, schrie ich und versuchte, wieder auf die Beine zu kommen. »Jane, setz dich einfach hin!«

Doch sie ging weiter, humpelte langsam, aber zielstrebig zur Rückseite des Schulgebäudes.

Ich stemmte mich hoch und biss die Zähne zusammen. Als ich endlich wieder stand und ihr hinterherhumpelte, war sie schon beinahe um die Ecke verschwunden. Immer wieder rief ich nach ihr.

In meiner Nähe war nirgends Licht. Ich wusste nicht, wie viel Zeit vergangen war, aber der Ball musste schon lange zu Ende sein. Als ich mich umdrehte, sah ich hoch über mir einen schwachen Lichtschein, der aus dem Fenster eines der Mädchenzimmer fiel. Flüchtig dachte ich daran, hinzulaufen und einen Stein ans Fenster zu werfen, doch Jane war schon um die Ecke gebogen und außer Sicht, und ich durfte sie nicht allein lassen. Sie konnte jeden Augenblick stürzen – auf den scharfkantigen Steinstufen oder in einen der Fensterschächte. Sie konnte sterben. *Womöglich starb sie sowieso.*

Ohne auf den pochenden Schmerz zu achten, lief ich los, belastete das eine Bein und versuchte, mit dem anderen möglichst nicht zu stürzen. Als ich um die Ecke bog, sah ich sie gerade an der Rückseite des Gebäudes verschwinden. Das war gut – sie näherte sich den Türen der Kantine. Vielleicht standen sie noch offen.

»Jane, warte!«

Als ich sie wieder sehen konnte, hatte sie die Kantine beinahe erreicht. Der Raum lag im Dunkeln, und die Türen waren geschlossen.

Der Mond war auf dieser Seite des Gebäudes, so dass ich ein wenig Licht hatte. Jane bewegte sich unbeholfen; nun sah ich, dass vermutlich beide Beine verletzt waren, nicht nur eines. Angesichts meiner eigenen Schmerzen war mir schleierhaft, wie sie sich aufrecht halten konnte.

Jetzt fiel mir auch auf, dass meine linke Hand – die, die mir nicht gehorchte – schwarz von getrocknetem Blut war.

Jane bewegte sich nun ruckartig, wurde langsamer, blieb stehen, ging unvermittelt ein paar Schritte, blieb wieder stehen. Ich holte zu ihr auf.

Sie ignorierte die Kantine und humpelte jetzt am Verbrennungsofen für den Müll vorbei. Ich war zwanzig Schritt hinter ihr. Wieder rief ich nach ihr, aber es war, als könnte sie mich nicht hören.

Dylan musste sie auf den Kopf geschlagen haben. Sie hatte eine Gehirnerschütterung – oder Schlimmeres. Ich würde keinen einzigen Tag mehr in dieser Schule verbringen – sonst würde ich Arrest bekommen, weil ich Dylan umbrachte. Und Laura. Und es wäre mir egal.

Hinter dem Verbrennungsofen bog Jane ab. Ich folgte ihr.

Sie steuerte auf die Tür zu. Die Tür, die niemand öffnen konnte.

Ich holte sie ein und packte sie am Arm, aber sie schüttelte mich ab.

»Jane, was tust du?«, flehte ich sie an. »Du musst dich hinlegen.«

Sie ignorierte mich und stellte sich vor die Tür.

Ein Summen ertönte, dann ein Klicken.

Mit ihrer verletzten, blutbeschmierten Hand drehte sie den Knauf und öffnete die Tür. Ich packte die Tür, damit sie nicht hinter ihr zufallen konnte.

Sie humpelte durch einen Korridor mit Betonwänden, der wie die anderen Korridore im Keller aussah, nur dass dieser hier sauberer roch – irgendwie nach Ammoniak. An der Decke hing eine Glühbirne, die ein trübes bläuliches Licht gab, und als Jane darunter hindurchging, sah ihre Haut bleich und tot aus.

Der Korridor mündete in einen langen schmalen Raum, der mich an ein altes Krankenhaus erinnerte. An einer Wand standen Schränke, und darüber waren leere Regale angebracht. Auf der rechten Seite standen deckenhohe Stahlschränke, auf der linken ein Stahltisch und ein Computer.

Jane ging auf den Stahltisch zu. Ich hatte ihr die Hand auf die Taille gelegt, folgte ihr hilflos und versuchte, ihr zu helfen, als sie auf den Tisch kletterte, aber sie ignorierte mich. Schlimmer noch – sie verhielt sich, als wäre ich gar nicht da.

Mein Gesicht war nass, doch ich wusste nicht, ob von Tränen oder Blut. Vermutlich von beidem.

»Jane«, flüsterte ich. »Was ist los? Bist du okay?«

Sie saß auf dem Tisch und hatte die Beine vor sich ausgestreckt. An ihrem rechten Bein gleich oberhalb des Knies fiel mir eine riesige schwarze Beule auf. Der Knochen war gebrochen, doch sie war darauf gelaufen. Mit der verletzten Hand zupfte sie an ihrem Ohr, und ihre Augen starrten blicklos geradeaus.

Ich hielt ihre Hand, doch sie nahm es nicht zur Kenntnis.

»Was ist mit dir los?«, schrie ich. »Ich will dir helfen!«

Erneute zupfte sie an ihrem Ohr, und diesmal löste es sich vom Kopf. Dahinter waren Lämpchen und Metall.

Wo ihr Schädel sein sollte. Metall und Lämpchen.

Jane zog ein Kabel aus dem Computer und steckte es in ihren Kopf.

Ich stolperte rückwärts.

Nein. Nein, nein, nein!

Der Computerbildschirm leuchtete auf, und dann erschienen unaufhörlich Zeilen, die von oben nach unten über den Monitor liefen.

NOTFALLSCHADENSBERICHT
AUTOMATISCHER ABRUF
MODELL: JANE 117C
SUCHE NACH BESCHÄDIGUNGEN …
SCHADENSCODES:
WA 24 584
MG 58 348
OC 32 111
…

Immer neue Zahlencodes liefen über den Bildschirm. Dutzende. Hunderte.

Ich starrte sie an.

»Jane«, flüsterte ich beinahe unhörbar.

Ihre Lippen bewegten sich nicht, doch sie sprach. Aber es war nicht ihre Stimme.

»Sie dürften nicht hier sein.«

16

Ich rannte davon.

Ich stolperte zurück durch den Korridor, versuchte das Gleichgewicht zu wahren, während mein Bein immer wieder einzuknicken drohte. Ich hatte schreckliche Angst, dass die Tür sich für mich nicht mehr öffnen würde, doch der Knauf ließ sich geräuschlos drehen. Ich stieß die Tür auf und stürzte hinaus. Auf dem Rasen neben dem Weg ließ ich mich fallen.

Ich rollte mich zusammen, die Schmerzen in der Brust, im Bein und im Arm waren jetzt unerträglich. Aber das Schlimmste war mein Herz – es fühlte sich an, als hätte es mir jemand aus der Brust gerissen und durch den Schredder gedreht.

Modell: Jane 117C.

Jane hatte eine Modellnummer. Sie war ein … Ich hatte keine Ahnung.

Ein Androide? Ein Roboter? Ich hatte das Gefühl, mich übergeben zu müssen.

Nein. Sie konnte kein Roboter sein. Jane hatte Gefühle und Gedanken und eine Persönlichkeit.

Ich hatte sie geküsst. Sie hatte mich geküsst.

Ich versuchte, sie mir vorzustellen, die Jane von vorher – die glückliche, wunderschöne, lebendige Jane. Doch stattdessen sah ich immer wieder vor mir, wie sie den blau beleuchteten Korridor entlanghumpelte, sich das Ohr abriss und sich an den Computer anschloss.

Im Schulgebäude war jetzt nirgends mehr Licht. Alles war still, und niemand wusste davon. Niemand wusste davon, und wie sollte ich es ihnen erklären? Wie konnte ich ihnen etwas erklären, was ich selbst nicht verstand? Ich musste sie in diesen Raum bekommen und es ihnen zeigen, aber ich konnte mir nicht vorstellen, noch einmal dorthin zurückzukehren. Ich ertrug es nicht, sie noch einmal anzusehen, nicht so.

Sie war ein Computerprogramm. Ich hatte mich in ein Computerprogramm verliebt. Wenn sie gelächelt hatte, dann weil irgendein Algorithmus es ihr befohlen hatte. Wenn sie mich geküsst hatte, dann weil eine komplexe Serie von Einsen und Nullen sie dazu veranlasst hatte. Sie war nicht echt, und sie war es nie gewesen.

Aber das war unmöglich. Computer konnten nicht denken, und sie konnten nicht so handeln, wie Jane es getan hatte. Maschinen konnten nicht so schauen, wie Jane geschaut hatte. Ihre Haut hatte sich echt angefühlt. In ihren Augen war Leben gewesen.

Eine Welle heftigen Schmerzes lief durch meine Brust, und ich schloss die Augen. Ich brauchte einen Arzt, aber die Krankenstation wurde von Dylan geführt. Und selbst wenn er nicht derjenige gewesen wäre, der auf mich eingeschlagen hatte, was konnte er schon tun? Er war ja nur ein Teenager, genau wie ich.

Oder etwa nicht?

Jane hatte eine Modellnummer. Und ihre Nummer war 117C. Wo waren die anderen hundertsechzehn? Es waren nicht einmal so viele Schüler in der Schule. Andererseits: Leute kamen und gingen, vielleicht waren es ja einmal hundertsechzehn gewesen. Vielleicht waren die anderen gestorben, so wie Jane.

Jane war tot.

Nein – sie hatte nie gelebt.

Waren alle anderen außer mir Roboter? Vielleicht beobachteten sie mich gerade, stellten mich auf die Probe. Wie wird Benson Fisher reagieren, wenn er in einen Kampf verwickelt wird? Wird er versuchen zu fliehen? Wird er Freundschaften schließen? Wird er sich verlieben?

Das Atmen tat weh. Auf dem Boden zu liegen tat auch weh, aber zu etwas anderem war ich im Augenblick nicht in der Lage.

Jane konnte die Einzige gewesen sein. Sie war schon länger auf dieser Schule als jeder andere. Vielleicht stimmten ihre Geschichten über die anderen fünfzehn, die verschwunden waren, gar nicht. Sie war die Erste, und sie war hier, um alle anderen zu beobachten.

Plötzlich wurde mir klar, dass alles andere ebenfalls gelogen sein musste. Sie stammte nicht aus Baltimore. Sie war nicht obdachlos gewesen. Sie wollte nicht Ärztin werden. Ihre Sommersprossen waren aufgemalt, ihre Haare gefärbt.

Ich brüllte, es war ein Wutschrei aus tiefster Seele. Jane hatte mich glauben machen wollen, dass ich an dieser Schule überleben konnte, dass ich nicht riskieren sollte, bei einem kopflosen Fluchtversuch ums Leben zu kommen. Dass es in diesem Leben auch Gutes gab. Aber es war alles nicht echt gewesen.

Vielleicht war sie deshalb überhaupt erst meine Freundin geworden. Ich war bereit abzuhauen, und ihre Programmierer wollten, dass ich blieb. Sie mussten mir einen Grund geben, hierzubleiben, also aktivierten sie irgendeinen Flirtbefehl in Janes Schaltkreisläufen.

Aber sie konnte nicht die Einzige sein. Es musste noch andere geben – in diesem Augenblick, hier in diesem Gebäude. Warum sollten die Leute sich sonst an diese bescheuerten Vorschriften halten? Isaiah musste einer sein, er leitete die Society und gab die Befehle, um die anderen auf Spur zu halten. Aber gab es noch mehr? Was war mit Carrie und Curtis? Vielleicht war einer von ihnen in der gleichen Situation wie ich – wollte abhauen und brauchte einen Grund, um zu bleiben.

Was war mit Mason? Jemand, der ein Auge auf mich hatte, weil ich der Neue war?

Laura und Dylan garantiert. Sie waren viel zu erpicht darauf, die Vorschriften durchzusetzen, viel zu loyal gegenüber der Schule. Aber warum hatten sie dann Jane angegriffen? Das ergab keinen Sinn. Warum sollte ein Roboter einen anderen Roboter töten?

Mir war übel.

Becky – bei der war ich mir nicht sicher. Am Anfang hätte ich gedacht, ja, auf jeden Fall. Sie war unecht. Zu fröhlich, zu gehorsam. Aber in ihren Augen lag Traurigkeit, und Verlust. Angst.

Nein. Auch Jane hatte Gefühle gehabt. Beckys Traurigkeit war nicht aussagekräftiger als Janes Glück oder ihre Schalkhaftigkeit oder ihre rebellische Art.

Ich rollte mich auf den Rücken und betrachtete die Schule. Jeder von ihnen konnte wie Jane sein. Sie konnten alle wie Jane sein.

Ich musste fliehen. Ich hatte nun nicht mehr die Möglichkeit, jemanden mitzunehmen, zu versuchen, eine Massenflucht in Gang zu setzen und auf die zahlenmäßige Stärke zu setzen. Ich konnte niemandem mehr vertrauen.

Ich kämpfte mich auf die Füße, kämpfte gegen die Schmerzen an, aber gegen die Hoffnungslosigkeit kam ich nicht an. Jane war meine beste Freundin geworden, und nun war sie fort. Aber es war schlimmer, als wenn sie gestorben wäre – sie hatte nie gelebt. Ich war kein Freund, der um seine verlorene Liebe trauerte; ich war ein Trottel, der seine eigene Blindheit beklagte.

Ich humpelte über den Weg auf die Bäume zu. Meine Hüfte brannte bei jedem Schritt, und ich bekam nicht genug Luft. Trotzdem, ich würde irgendeinen Weg über die Mauer finden. Am Flaggenmast auf dem Paintballspielfeld waren mindestens sechs Meter Seil – das konnte ich abschneiden und für irgendetwas verwenden. Oder ich konnte einen Baum fällen. Oder Holz von einem der Bunker verwenden. Es musste einen Weg geben.

Mir war schwindelig, und jetzt schwankte ich bei jedem hinkenden Schritt. Ich hustete, und es tat so weh, dass ich beinahe in die Knie gegangen wäre. Dann hustete ich noch einmal und konnte mich nicht mehr aufrecht halten. Blut tropfte mir aus dem Mund.

Ich muss in Bewegung bleiben. Ich biss die Zähne zusammen und stand wieder auf. Ich hatte den Waldrand beinahe erreicht. Durch den Wald zu laufen würde noch anstrengender sein, aber mir blieb keine andere Wahl. Ich musste noch in dieser Nacht fort.

Mir schoss der Gedanke durch den Kopf, dass womöglich schon jemand hinter mir her war. Ich hatte gesehen, was Jane war. Das musste Konsequenzen haben. Wer auch immer dieses Geheimnis hütete, würde wissen, was ich gesehen hatte. Sie wussten, dass ich ihnen alles ruinieren konnte.

Ich bewegte mich unendlich langsam, musste mich zu jedem Schritt zwingen.

Aber die Schule irrte sich. Ich konnte nicht alles ruinieren, auch wenn ich Jane und das Metall unter ihrem Ohr gesehen hatte. Ich konnte es niemandem sagen, denn ich konnte niemandem trauen. Und ich hatte keine Beweise.

Und morgen würden Laura und Dylan sowieso einfach zu Ende bringen, was sie begonnen hatten.

Der Wald um mich herum drehte sich. Es war so kalt. Ich stolperte, und dann stürzte ich.

17

»Ich will die Leute nicht dabei erwischen, wie sie es in einem Bunker treiben.«

Mein linkes Auge öffnete sich so langsam, als müsste es gegen ein schweres Gewicht ankämpfen. Ich sah nur Erde und Steine.

»Benson und Jane kann ich ja noch verstehen«, sagte jemand anderes, »aber Dylan und Laura? Die Society wird das nicht hinnehmen – sie werden rausfliegen.«

»Die bekommen sowieso alle vier Arrest. Wessen bescheuerte Idee war das überhaupt, die Türen zu öffnen? Habt ihr gesehen, wie Benson und Jane mit glasigen Augen nach draußen sind? Ich hätte am liebsten gekotzt.«

Die Stimmen wurden leiser, und ich schloss die Augen wieder.

Ich wusste, dass ich atmete, weil mir dabei alles weh tat, aber ich war völlig benommen, und mein Kopf funktionierte nur schwerfällig. Meine Muskeln reagierten nicht.

Es war kalt.

Zwei Quads waren draußen im Wald, eines weit

weg und eines ganz in der Nähe. Ich konnte die Motoren hören.

Schritte irgendwo in der Nähe. Jemand rannte.

»Hey, Leute!«, schrie jemand. »Ich glaube, sie haben versucht zu fliehen.«

»Wie kommst du darauf?« Das war Curtis.

»Da ist Blut, jede Menge. Vorne am Schulgebäude. Die Society hat es gerade entdeckt.«

»Ich wusste es. Benson ist abgehauen.«

»Aber Jane?«

Curtis' Stimme klang unbarmherzig und wütend. »Er hat sie dazu angestiftet.«

Wieder knirschten Schritte über die losen Steine, und die Stimmen verklangen.

Ich öffnete erneut ein Auge und fand die Kraft, den Kopf ein Stück zu drehen. Ich war im Wald, aber ich wusste nicht, wie tief drinnen. Wenige Zentimeter vor mir sah ich einen Flecken mit trockenem Gras und nackte Erde. Zwischen Kieseln lag ein einzelner intakter Paintball.

Meine linke Hand lag in meinem Blickfeld. Sie war geschwollen, blutverkrustet und violett angelaufen.

Ich hörte wieder Stimmen – nicht deutlich genug, um zu verstehen, was sie sagten, aber ich wusste, dass jede Menge Leute draußen waren. Vermutlich sämtliche Schüler.

Dylan, Laura, Jane und ich wurden vermisst. Sie suchten nach uns, genauso, wie sie nach Lily gesucht hatten. Aber diesmal waren die von der Society offenbar in der Lage gewesen, die Türen zu öffnen, um auch draußen suchen zu können.

Was würden sie über Jane verkünden? Von einem Auto überfahren?

Ächzend bewegte ich den rechten Arm unter mir und begann, mich vom Boden hochzustemmen. Es erschien mir beinahe unmöglich, so als hätte man mir zusätzliche hundert Pfund an den Körper gebunden.

Ich hustete und wäre beinahe ohnmächtig geworden.

Jetzt konnte ich zwischen den Bäumen die Schüler sehen. Ich war nur wenige Meter in den Wald gelangt. So konnte ich auch erkennen, dass sie sich über das Gelände verteilt hatten, manche in Gruppen und manche allein. Die meisten waren drüben beim Schulgebäude, und weitere Schüler strebten zur Vorderseite, dorthin, wo man das Blut entdeckt hatte. Janes Blut.

Wozu brauchte ein Android Blut?

Ich hob die rechte Hand und hoffte, jemandem ein Zeichen geben zu können, doch ich konnte sie nicht oben halten. Sie war zu schwer.

»Hey«, krächzte ich, konnte mich aber selbst kaum hören.

Ich beobachtete sie bei der Suche. Sie war nicht organisiert, nicht so, wie Curtis die Dinge gestern Morgen organisiert hatte – *war das wirklich erst gestern gewesen?*

Es würde eine anstrengende Suche werden. Falls sie davon ausgingen, dass wir irgendwo im Wald waren, müssten sie ein riesiges Gebiet durchkämmen. Andererseits: Sobald sie nicht mehr auf das Blut vor dem Gebäude glotzten, würde es nicht schwer sein, mich zu finden.

Wollte ich überhaupt, dass sie mich fanden?

Erneut hob ich die Hand, und diesmal gelang es mir, schwach zu winken, ehe ich sie wieder fallen lassen musste. Immer noch sah niemand in meine Richtung. Ich trug den roten Uniformpullover. Der musste doch auffallen.

Innerlich war ich mittlerweile völlig betäubt. Ich war nicht wütend, ich war nicht traurig. Ich fühlte nichts. Ich würde in dieser Schule sterben, heute oder in einem Jahr.

Hinter mir hörte ich Schritte, aber ich brachte nicht die Energie auf, mich umzudrehen.

»Hey«, sagte jemand. »Hey, was ist das?«

Die Schritte wurden schneller und lauter, und plötzlich waren sie neben mir.

»Benson? Oh, wow.«

Ein Mädchen trat vor mich und rannte dann zurück zum Weg. Ich versuchte, sie zu erkennen. Mein Verstand arbeitete so langsam. Ich kannte sie. Gabby – eine von den Vs. Sie schrie den anderen zu, sie sollten kommen, sprang auf und ab und winkte.

»Ach Bense«, sagte ein anderes Mädchen neben mir, und ich spürte, wie sie mich in die Arme nahm. »Halt durch, okay?«

Ich nickte.

»Weißt du, wo Jane ist?«, fragte sie.

Langsam und zittrig drehte ich den Kopf zu ihr um. Braune Haare, gewellt. Becky. Ich starrte sie an, unsicher, was ich antworten sollte.

»Jane«, wiederholte Becky. »Weißt du, was passiert ist?« Ihr Blick wanderte über meinen verletzten Körper, von meiner Hand zu meinem Gesicht und den Blutflecken auf meiner Kleidung. Nicht alles Blut war meines.

»Es war Dylan«, sagte ich schließlich. »Mit Laura.«

Becky biss die Zähne zusammen und sah kurz zu Boden; Tränen stiegen ihr in die Augen. Dann fragte sie: »Weißt du, wo sie Jane hingebracht haben?«

Ich starrte sie an. War Becky mit Jane befreundet? Ich wusste es nicht. Was würde Becky denken, wenn sie die Wahrheit kennen würde? Vielleicht kannte sie sie ja. *Vielleicht ist sie eine von ihnen.*

»Nein.«

Becky biss sich auf die Unterlippe und nickte. »Du kommst wieder in Ordnung, Bense«, sagte sie schließlich, und ihre Stimme zitterte, doch ihr Lächeln kehrte zurück. »Die Krankenstation ist großartig. Du kommst in Ordnung.«

Andere hatten uns beinahe erreicht, doch Gabby kam zuerst zurück. Sie fragte ebenfalls nach Jane, und Becky antwortete für mich. Kurz darauf traf Isaiah ein, zwei jüngere Society-Kids im Schlepptau.

»Was ist passiert?«, fragte er vorwurfsvoll.

Becky stand da und starrte ihn an, dann ging sie fort.

»Das waren deine dämlichen Gorillas«, sagte Gabby leise. »Laura und Dylan haben das getan.«

Die beiden Jüngeren zuckten zusammen und traten vor, als wollten sie sie zum Schweigen bringen. In dem Augenblick tauchte Curtis auf und sprang vor sie.

War das real? Waren das Menschen? Oder sah ich hier ein ausgeklügeltes Theaterstück, das mich glauben machen sollte, dass sie nicht alle unter einer Decke steckten?

Curtis drehte sich zu Isaiah um, bohrte ihm den Zeigefinger in die Brust und knurrte leise: »Es ist mir egal, was deiner Meinung nach hier passiert ist, aber ihr habt den medizinischen Vertrag, also holst du besser sofort jemanden her.«

Isaiah öffnete den Mund, doch Curtis packte ihn am Pullover. »Und wenn ich rausfinde, dass Dylan das auf deinen Befehl getan hat, breche ich dir jeden einzelnen Knochen im Leib. Einen nach dem anderen. Ganz langsam.« Beim letzten Wort stieß er Isaiah zurück.

Einer von Isaiahs Begleitern wollte Curtis boxen, doch der wich mühelos aus und schickte den Jungen zu Boden. Isaiah blaffte einen schroffen Befehl, und der Kampf war so rasch vorüber, wie er begonnen hatte.

Mittlerweile hatten sich eine ganze Menge Leute um uns versammelt, und fast alle Vs waren hier. Mason stand mit gleichmütiger Miene still am Rand der Menge. Er hatte recht behalten. Ich hätte mich nicht mit Jane einlassen sollen. Bedeutete das, dass er keiner von ihnen war? Er hatte versucht, mich davon abzuhalten, dass ich mich in Jane verliebte – er arbeitete gegen sie.

Oder war das alles nur Theater?

Carrie, Janes Zimmergenossin, kniete weinend neben mir und wollte wissen, wo Jane sei. Ich sagte ihr, ich wisse es nicht.

»Wart ihr zusammen?«, fragte Curtis. Sie dachten, sie sei immer noch irgendwo da draußen. Vielleicht würden sie sie finden, wie sie auch mich gefunden hatten.

Ich versuchte zu nicken, doch sogar das tat weh.

»Ja«, sagte ich. »Wir haben den Ball zusammen verlassen. Wir sind vorne ums Gebäude spaziert ...« Alle hingen an meinen Lippen, während ich sprach, sogar die von der Society. Oakland und Mouse standen am Rand des Kreises und hörten aufmerksam zu. »Es waren Laura und Dylan. Er hatte ein Rohr.«

Gemurmel ertönte, dann wurden die Stimmen lauter, und die Leute begannen, einander zu schubsen. Curtis blaffte sie an, sie sollten still sein.

»Und dann?«, fragte Carrie mit gerötetem Gesicht.

Genau so sah Janes Gesicht auch aus, wenn sie weinte. Andererseits sah dann jeder so aus.

»Sie sind über uns hergefallen. Dylan hat mich in den Fensterschacht gestoßen.« Ich hielt inne und überlegte, was ich sagen sollte. Wie sollte ich erklären, wie ich hierher gekommen war?

Carrie berührte mich an der Hand. »Und Jane?«

Ich schüttelte den Kopf. Schmerzen. »Ich weiß es nicht.«

Ich sollte weinen, dachte ich. *Ich sollte heulen. Warum kann ich das nicht?*

Gleich darauf drängelte Isaiah sich wieder durch die Menge, dicht gefolgt von Anna. Entsetzt kniete sie sich neben mich.

Alle verstummten. Anna hantierte mit ihrem Erste-Hilfe-Koffer herum, öffnete ihn unsicher, sah mich an, dann wieder in den Koffer. Sie zog eine Mullbinde heraus und riss mit zitternden Fingern die Verpackung ab. Dann hielt sie inne und starrte die verschiedenen Artikel im Koffer an. Sie holte ein Fläschchen heraus, dann legte sie es zurück und wählte ein anderes aus.

»Kommt schon!«, unterbrach Curtis sie ungeduldig und winkte Mason und Joel zu sich. »Bringen wir ihn runter auf die Krankenstation. Ihr anderen zieht los und sucht Jane. Sie könnte wer weiß wo sein.«

18

Fünf Tage lang lag ich auf der Krankenstation. Die Behandlung meiner Verletzungen überstieg Annas Kenntnisse. Sie konnte Röntgenaufnahmen machen, aber die Ergebnisse bekam sie nicht zu sehen. Sie legte die unentwickelten Filme in einen Spind – einen Aufzug genau wie der Schrank in meinem Zimmer –, und bekam dann eine Liste mit Anweisungen zurück. Am Ende erfuhr ich zu meiner Überraschung, dass meine einzige schwere Verletzung eine Gehirnerschütterung war. Ich hatte Prellungen und Quetschungen vom Kopf bis zu den Zehen, einen hässlichen Schnitt am Unterarm (Anna sagte, normalerweise hätte man den nähen müssen, aber es hatte zu lange gedauert, bis sie mich gefunden hatten), und zwei ausgerenkte Finger. Meine Arme und Hände waren so schwer verbunden, dass sie wie die einer Mumie aussahen, an beiden Handgelenken trug ich Bandagen, und ich bekam starke Schmerzmittel, doch das war alles. Anna sagte, ich fühlte mich vermutlich schlechter, als es mir ging. Ich fühlte mich grässlich.

An manchen Tagen war ich allein auf der Krankenstation, dann wieder war die ganze Bande bei mir. Wie ich hörte, hatte die Lage sich verändert – alles war aus dem Gleichgewicht geraten. Eine Zeitlang machte Curtis sich Sorgen, ein neuer Bandenkrieg könne ausbrechen, wie vor dem Waffenstillstand, aber das war vorübergegangen. Am Ende hatten vier Leute die Society verlassen. Drei waren zu Havoc gegangen, und Anna war zu den Vs gekommen. Da Dylan fort und Anna bei den Vs war, war der medizinische Vertrag automatisch an uns übergegangen, was Isaiah zur Weißglut getrieben hatte.

Die seltsamste Neuigkeit jedoch war Icemans Erklärung der Ereignisse. Jane war tot, doch wir erhielten keine Informationen zu Zeitpunkt und Ort. Dylan und Laura hingegen hatten Arrest bekommen. Curtis hatte Isaiah danach gefragt, aber Isaiah hatte beteuert, er habe nichts damit zu tun gehabt. Jemand anderes musste sie abgeholt haben.

Am fünften Tag stand ich auf und sah mich auf der Krankenstation um, denn ich wusste, ich würde heute entlassen werden. Ich fand die Vorstellung, wieder in mein Zimmer und zur täglichen Routine zurückzukehren, unerträglich. Ich musste einen Weg hier heraus finden. Ich brauchte Fluchtpläne und Waffen und Werkzeug.

Ich untersuchte den Aufzug, mit dem Anna den Röntgenfilm weggeschickt und ihre Anweisungen erhalten hatte. Er war niedrig und in die Kellermauer eingebaut. Ich hätte ihn einfach für einen Schrank gehalten, wenn ich es nicht besser gewusst hätte. Knöpfe oder andere Steuervorrichtungen gab es nicht.

Die übrigen Schränke beherbergten das, was zu erwarten war: Mullbinden, Zungenspatel und Latexhandschuhe. Es gab auch Spritzen, aber ohne Nadeln. Nichts, was nach Waffe aussah.

Ich nahm eine Flasche mit Franzbranntwein an mich, weil ich mich vage an eine Krimisendung erinnerte, in der er als Waffe eingesetzt worden war. Zumindest, dachte ich, war er entzündlich. Und ich hoffte, wer auch immer die Kameraaufzeichnungen verfolgte, würde annehmen, der Grund für meinen Diebstahl sei die gefährlich schwachsinnige Absicht, mich zu betrinken.

»Hi, Bense.« Ich fuhr herum und sah Becky an der Tür stehen. Ich tat unschuldig und stellte das Fläschchen mit dem Alkohol unauffällig auf die Theke.

»Hi.«

Sie hielt ein Klemmbrett an die Brust gedrückt und hatte die Arme davor verschränkt. »Ich muss dir bloß ein paar Fragen stellen, bevor du entlassen wirst.

Muss diese blöden Formulare ausfüllen.« Sie verzog gespielt genervt das Gesicht und lachte.

Ich nickte und kletterte wieder auf das zu hohe Krankenhausbett. In meinem weißen Flanellschlafanzug, den Anna aus einem der Schränke geholt hatte, kam ich mir dabei vor wie ein kleines Kind.

»An dieser Schule gibt es Papierkram?«

»Mein Vertrag besteht zu neunzig Prozent daraus.«

Ich lehnte mich zurück auf die Kopfkissen. Der Kopf tat mir immer noch weh, aber der Schmerz war jetzt dumpfer.

»Schieß los«, sagte ich und blickte an die Decke. Ich wollte sie nicht ansehen. Es gab eine Menge Leute an dieser Schule, die ich stark im Verdacht hatte, Roboter zu sein. Becky stand auch auf der Liste. Alle von der Society standen darauf.

Sie drückte die Mine ihres Kugelschreibers heraus. »Erstens: Wie bewertest du die Pflege, die du hier auf der Krankenstation erhalten hast?«

Ich drehte den Kopf und sah sie an. Sie lächelte.

»Du machst Witze.«

Becky blickte aufs Klemmbrett. »Auf einer Skala von eins bis fünf, wobei eins sehr gut und fünf überhaupt nicht gut ist.«

Ich sah wieder an die Decke und schloss die Augen. »Diese Schule, in der wir Gefangene sind und

Leute sterben, ist daran interessiert, wie gut der Service ist?«

»Wir wissen nicht, ob sie tot ...« Becky brach ab.

Schweigen.

Ich öffnete ein Auge. Sie wischte sich über die Wange.

»Tut mir leid.« Ihre Stimme bebte.

»Schon okay.«

Wir saßen noch ein paar Sekunden so da – Becky starrte auf ihr Papier und ich an die weiße Betondecke.

Es würde niemals normal sein hier. Ich hatte mir etwas vorgemacht, als ich gedacht hatte, ich könnte das alles genießen. Ich hatte den Paintball gemocht und das gute Essen und die Leute in meiner Bande und ... Jane. Aber es war alles eine Lüge.

Becky hielt das Klemmbrett hoch. Das Blatt war leer.

»Es gibt keinen Papierkram.« Sie wischte sich erneut übers Auge. »Ich wollte nur nach dir sehen.«

»Mir geht's gut.«

An diesem Nachmittag kehrte ich auf mein Zimmer zurück. Ein paar Leute hatten mir Genesungskarten gebastelt, und einige Mädchen hatten in den Gärten Pflanzen gesammelt und in einer Vase auf meinen Schreibtisch gestellt. Ich dankte ihnen allen, aber ich konnte nicht einfach zur Tagesordnung übergehen.

Das Fläschchen Franzbranntwein versteckte ich in meinem Kopfkissenbezug. Ehe ich daraus eine Waffe basteln konnte, brauchte ich weitere Zutaten, aber das hatte Zeit. In den fünf Tagen, die ich im Bett verbracht hatte, hatte ich eine Theorie entwickelt.

Meine Argumentation ging folgendermaßen: Erstens waren wir aus einem bestimmten Grund an dieser Schule, entweder um irgendwelchen Versuchen unterworfen oder um ausgebildet zu werden. Was von beidem, war mir nicht klar, denn nichts davon ergab wirklich Sinn. Falls wir Versuchskaninchen waren, dann war der Versuch ausgesprochen breit und abstrakt angelegt. Falls wir ausgebildet wurden, sollte man doch meinen, dass der Schwerpunkt mehr auf dem liegen würde, was wir lernten – dass der Unterricht besser, die Tests strenger und die Erwartungen höher wären. Sogar die Schüler, die des Paintballs wegen glaubten, wir würden zu Soldaten ausgebildet, hatten keine Antwort auf die Frage, warum man uns nichts über Taktik beibrachte. Wir dachten uns doch alles selbst aus.

Wie auch immer, wenn ich davon ausging, dass wir aus einem bestimmten Grund an dieser Schule waren, dann musste ich auch davon ausgehen, dass Jane und die anderen Androiden – ich fand es noch immer furchtbar, sie so zu nennen – bei der Ausbildung oder bei der Versuchsdurchführung helfen sollten.

Falls also die Androiden ein wesentliches Element des Experiments oder der Ausbildung darstellten, dann wäre es auch logisch, dass sie seit Beginn des Experiments hier waren. Jane war der perfekte Beweis – sie war die Erste von uns allen.

Ich beschloss, alle Schüler – die achtundsechzig, die noch übrig waren – in einer Tabelle zu erfassen und herauszufinden, wer zuerst hier gewesen war. Falls meine Argumentation richtig war, würden das die Androiden sein.

Es sei denn, alle waren Androiden.

Und natürlich hatte ich keine Ahnung, wo ich die Grenze ziehen sollte. Gab es fünf von ihnen? Zehn? Dreißig?

Ich zeichnete eine Tabelle in ein Notizbuch und ging dann mit Masons Hilfe durch die Korridore des Wohnbereichs und fragte die Leute, wie lange sie schon hier waren. Ich erklärte Mason nicht, warum ich das tat, und er mag gedacht haben, ich hätte nicht mehr alle Tassen im Schrank. Vielleicht lag er damit gar nicht so falsch.

Die Vs rückten ohne weiteres mit den Informationen heraus, und die meisten anderen ebenfalls. Als ich zu Oaklands Zimmer kam, öffnete Skiver mir die Tür. Oakland saß auf seinem Stuhl, hatte die Füße auf den Schreibtisch gelegt und sah sich irgendetwas auf seinem Minicomputer an. Er blickte auf, sah, wer ich war, und wandte sich wieder dem Bildschirm zu.

»Hey, Jungs«, sagte ich. »Ich hab ein paar Fragen an euch.«

Skiver wollte mir schon die Tür vor der Nase zuschlagen, aber ich stellte den Fuß in den Spalt.

Er schaute finster und plusterte sich auf. »Was hast du für ein Problem?«

»Ich habe nur eine Frage. Tut mir doch den Gefallen. Ich will die ganze Schule in einer Tabelle erfassen, um zu sehen, wer am längsten hier ist.«

»Was interessiert dich das?«

»Ich bin neugierig.«

Er knirschte mit den Zähnen und kniff die Augen zusammen, was vermutlich bedrohlich wirken sollte. »Dafür hast du mich aus dem Bett geholt?« Skiver tat immer tougher, als seine Körpergröße rechtfertigte, doch seit dem Kampf an meinem ersten Tag verhöhnte er mich, als hätte er mich beim Finale des Ultimate Fighting Championship besiegt.

»Es ist ja auch ein weiter Weg vom Bett bis zur Tür«, spöttelte ich. »Dafür entschuldige ich mich.«

Er fixierte mich mit unvermindert halb bedrohlicher Miene.

Ich deutete auf den Stuhl. »Setz dich doch, damit du wieder zu Atem kommst.«

Skiver öffnete den Mund, doch da mischte Oakland sich ein: »Wie lautet die Frage?«

»Wie lange seid ihr schon hier?«

»Was interessiert's dich?«, fuhr Skiver mich an.

»Hast du schon mal gefragt«, erwiderte ich ruhig und beobachtete Oakland.

Der sah mich seinerseits an und dachte nach. Es schien Skiver zu verwirren, dass er mich nicht einfach umnietete.

Ich beschloss, die Lage zu entschärfen. »Ich versuche, etwas über diese bescheuerte Schule in Erfahrung zu bringen. Aber dafür muss ich mit den Leuten reden, die am längsten hier sind.«

Oakland sah mich noch immer an. Schließlich sagte er: »Jane war am längsten hier, oder?« Es klang nicht mitfühlend, aber auch nicht nach dem Ekelpaket, das Oakland normalerweise war. Es war eine schlichte Aussage.

Ich nickte. »Ja.«

»Etwa ein Jahr und neun Monate«, sagte Oakland. »Glaube ich. Bin nicht ganz sicher. Skiver weniger als ein Jahr.«

Skiver war verdutzt darüber, dass Oakland mir geholfen hatte, und glotzte, während ich die Daten in meinem Notizbuch notierte.

»Danke, Jungs.«

Als ich mich zum Gehen wandte, sagte Skiver: »Hast du gut hinbekommen, dein Mädchen zu schützen, Fisher.«

Ich blieb stehen, Wut stieg in mir auf. Ich atmete tief durch und warf einen Blick zurück zu Oakland. Ich schaute ihn so lange an, dass Skiver sich fragen musste, was hier vorging, und sich ebenfalls umdrehte. In diesem Moment versetzte ich Skiver ohne Vorwarnung einen Kinnhaken. Er ging sofort zu Boden. Oakland begegnete kurz meinem Blick, zögerte und wandte sich wieder seinem Computer zu.

Am späten Abend hatte ich von den meisten Jungen Antworten. Zwei Typen von der Society hatten sich geweigert, mir zu antworten, und gesagt, sie müssten erst Isaiah fragen, ehe sie mir halfen. Die hätte ich am liebsten ebenfalls umgehauen.

Auch Isaiah antwortete mir nicht, aber es gelang mir, von mehreren anderen etwas über ihn in Erfahrung zu bringen. Wenig überraschend war er einer derjenigen, die am längsten hier waren. Ich hatte es gewusst. Er musste ein Android sein.

Im Verlauf der nächsten beiden Tage sammelte ich dieselben Daten auch über die Mädchen – im Unterricht und in der Kantine. Am Ende hatte ich in Erfahrung gebracht, dass fünf Schüler zusammen an der Schule angekommen waren, darunter auch Isaiah. Alle behaupteten, sie seien etwas länger als zwei Jahre an der Schule, und erinnerten sich, gemeinsam in einem Transporter hier angekommen zu sein. Neben Isaiah waren das ein weiterer Junge von der Society – Raymond – und zwei Mädchen von Havoc: Mouse und Tiny. Außerdem Rosa, eine von den Vs.

Ich kannte Rosa nicht besonders gut. Sie war eines der ältesten Mädchen. Sie hatte den besten Paintballmarkierer. Sie hatte Asthma. Sie war nicht gerade gesellig.

Ich würde ein Auge auf sie haben.

Selbstverständlich war diese Liste reine Mutmaßung. Sie basierte auf der Annahme, dass die Androiden zuerst hier gewesen waren. Und sie basierte auf der noch weniger gestützten Annahme, dass es mehr Androiden gab als nur Jane.

Als ich an diesem Abend im Bett lag, wollte ich Mason davon erzählen. Meiner Tabelle nach war er einer der neueren Schüler. Was hoffentlich bedeutete, dass er nicht dazugehörte zu … dieser ganzen rätselhaften Geschichte.

Es war dunkel, ich hörte ihn über mir im Bett leise auf der Computertastatur tippen.

»Hey«, sagte ich.

Er gähnte. »Was ist?«

Ich zögerte. Von seinem Bildschirm strahlte mattes Licht ab und spiegelte sich auf der glatten Linse der Überwachungskamera in der Ecke.

»Ach, nichts«, sagte ich.

»Okay.«

Ich musste warten, bis wir draußen waren, außer Reichweite der Mikrophone.

Ich war hellwach, deshalb stand ich wieder auf und nahm meinen Computer aus dem Schrank. Demnächst stand wieder die Erneuerung der Verträge an, und ich war neugierig auf den medizinischen Vertrag. Ich hatte Gerüchte gehört, dass die Society versuchen wollte, ihn uns wieder abzunehmen. Die Banden sollten sich demnächst zusammensetzen und darüber diskutieren. Es kam mir albern vor, sich deswegen zu streiten, aber ich hatte gehört, dass die Vertragsstreitigkeiten früher häufig gewalttätig geworden waren – deshalb war es ja zu diesem Waffenstillstand gekommen.

Ich las die medizinischen Anforderungen, fand jedoch nichts besonders Interessantes. Die Bezahlung war relativ niedrig, verglichen mit den großen Verträgen wie Gärtnerarbeiten und Kantine – den beiden Verträgen, die Havoc innehatte.

Gelangweilt surfte ich zum Katalog und sah mir an, welche neuen Artikel im Angebot waren. Das war nicht viel – ein paar neue Snacks, ein paar neue Kleidungsstücke (alle für Mädchen) und ein neues Computerspiel.

Das Paintballzeug war verlockend – Seite auf Seite mit Tarnkleidung und acht verschiedenen Ghillie-Anzügen. Sogar ein weiß-grauer war dabei, für Spiele im Schnee. Ich wollte von allem etwas – nicht etwa, weil ich mich im Paintball hervortun wollte, sondern weil die Flucht in voller Tarnkleidung viel einfacher sein würde.

Aber es würde eine Weile dauern, bis ich mir etwas Gutes leisten konnte. Meine Verstöße gegen die Vorschriften hatten sich bestimmt nicht gerade günstig auf meinen Punktestand ausgewirkt, und ich würde auch nur Punkte für einen Teil des Monats bekommen. Ich klicke mich durch ein paar Menüleisten, weil ich meinen Kontostand überprüfen wollte – ich hatte mich noch nicht groß damit beschäftigt –, und benötigte ein paar Minuten, bis ich ihn fand.

Das kann nicht sein ...

»Hey, Mason«, sagte ich verwirrt. »Wie viele Punkte hast du?« Ich wusste, dass er seit mehreren

Monaten auf einen Ghillie-Anzug sparte und nur für wenige Artikel, wie die Farbgranaten, Geld ausgab.

»Warte mal«, sagte er schläfrig. Ich hörte ihn auf der Tastatur tippen. »Offenbar ... tausendachthundertdreißig.«

Das war gut – damit konnte er beinahe alles im Katalog kaufen bis auf die teuersten Artikel.

»Ich brauche nur noch fünfundvierzig mehr«, sagte er. »Hey, hast du gesehen, sie haben endlich auch Wintertarnung im Angebot ...«

Ich hörte ihm nicht mehr zu. Da stimmte etwas nicht.

Meine Punktzahl betrug fünf Millionen.

Die Schule versuchte, mich zu kaufen.

19

Ich wollte nicht, dass die anderen von meinen Punkten erfuhren, und wenn ich nach wenigen Wochen schon einen Ghillie-Anzug bestellt hätte, wäre die Society misstrauisch geworden. Aber ich kaufte eine Cargohose und füllte die überdimensionierten Taschen mit diversen teuren Einkäufen: Farbgranaten, Fernglas, Taschenlampe und – am teuersten – zwei Walkie-Talkies.

Außerdem begann ich, mir einen Nahrungsmittelvorrat anzulegen: Müsliriegel, Cracker, Dörrfleisch. Ich hoffte, die Schule würde glauben, dass ihre Bestechung funktionierte, aber vielleicht war ihnen auch klar, was ich in Wirklichkeit tat: mich auf die Flucht vorzubereiten. So oder so, die Leute hinter den Kameras mussten die Mauer um die Schule für ziemlich unüberwindlich halten – die Ausrüstung, die sie da verkauften, stiftete mich geradezu zur Flucht an.

Der Unterricht war mir mittlerweile regelrecht zuwider. Ich hasste es, Tag für Tag dort zu sitzen und auf die beiden leeren Plätze vor Mason und mir zu starren. Lily war tot. Jane war fort. Jeden Tag saß ich dort an meinem Schreibtisch und erinnerte mich an ihre Haare – erinnerte mich daran, wie sie auf dem Tisch im Keller gesessen hatte.

Mir fiel auf, dass es Becky ebenso zu ergehen schien. Sie saß nun allein an ihrem Tisch in der vordersten Reihe. Früher hatte Laura neben ihr gesessen, aber Laura war fort. Zum Glück.

Nach mehreren Tagen Monotonie verkündete Iceman, wir sollten wieder einmal Paintball spielen. Während ich mich umkleidete und meine Ausrüstung zusammensuchte, versuchte ich, mir meine Aufregung nicht anmerken zu lassen. Ich war nicht wegen des Paintballspiels an sich aufgeregt, sondern wollte die Zeit im Wald nutzen, um – abseits der Kameras – etwas vorzubereiten.

Mason war vor mir fertig. Ich kleidete mich bewusst langsam um, und sobald die Tür hinter ihm zufiel, ging ich zu meinem Bett und holte das Fläschchen Franzbranntwein hervor.

Ich schüttelte es und betrachtete die Farbe. Die Flüssigkeit war jetzt rotbraun. Am Vorabend hatte ich eine ganze Dose Cayennepfeffer hineingeschüttet. Ich hatte einen der Havoc-Typen überredet, ihn für mich in der Küche mitgehen zu lassen. Ich hatte ihm erzählt, er sei für einen Streich bestimmt, den ich Isaiah spielen wollte, und ihm dafür eine Goldkette im Wert von dreihundert Punkten gegeben.

Als ich heute Morgen bei Anna auf der Krankenstation meine tägliche Dosis Schmerzmittel abgeholt hatte, hatte ich außerdem eine Spritze und Mullkissen gestohlen.

Nun würde ich herausfinden, ob das alles funktionierte. Ich hatte im Fernsehen gesehen, wie es gemacht wurde, aber das wollte nichts heißen.

Ich steckte das Fläschchen in eine der Taschen meiner Cargohose und machte mich auf den Weg.

Schwer beladen mit meiner zusätzlichen Ausrüstung, die mir gegen die Beine schlug, eilte ich die Treppe hinab. Ich wusste nicht, wer – falls überhaupt jemand – das zweite Walkie-Talkie bekommen sollte. Von allen Schülern, die noch übrig waren, war Mason derjenige, dem ich am meisten vertraute, doch er war nicht sonderlich begierig darauf, zu fliehen. Vielleicht würde niemand mit mir kommen.

Aber heute spielte das keine Rolle. Im Augenblick experimentierte ich nur.

Curtis traf mich, als ich gerade den Weg überquerte. »Gibt vielleicht Schnee«, sagte er und sah zu den Wolken hoch.

Ich zuckte die Achseln. »So sieht es schon die ganze Woche aus.«

Bei Curtis war ich mir nicht sicher. Er war sechs Monate nach Isaiah angekommen, aber er gehörte trotzdem zu den zehn Schülern, die am längsten hier waren. Unwillkürlich fragte ich mich, ob wohl alle Banden von Androiden geführt wurden: Oakland und Mouse, Isaiah und Curtis. Die Einzige, die mir da nicht hineinzupassen schien, war Carrie, die erst seit einem Jahr auf der Schule war. Sie schien zwar nicht Mitanführerin zu sein wie Mouse, aber sie war zu einer Art Stellvertreterin von Curtis geworden.

Ich fragte mich, ob sie ein Mensch war, der sich in einen Androiden verliebt hatte. *Genau wie ich.*

»Bist du so fit, dass du heute spielen kannst?«, fragte Curtis, während wir gemeinsam weitergingen.

»Denke schon. Mein Kopf fühlt sich besser an, und mit diesen Bandagen kann ich fast alles tun, kein Problem.«

»Und deine Rippen?«

»Tun sauweh«, erwiderte ich lachend.

»Tja, wir versuchen, dafür zu sorgen, dass du möglichst an einer Stelle bleiben kannst. Vielleicht kannst du was verteidigen. Mit etwas Glück sind wir heute Schiedsrichter, dann kannst du das Spiel aussitzen.«

Das Paintballspielfeld, auf das wir zusteuerten, war eines der größten, hatte man mir gesagt, mit Dutzenden von kleinen Sperrholzhütten, die wie eine Stadt angeordnet waren.

Wie üblich stand Isaiah an der Spitze der Schülerschar.

Die Leute waren ein wenig stiller als üblich, und die Stimmung war gedämpft. Dies war das erste Paintballspiel seit den jüngsten Vorfällen – die Teams hatten sich geändert, entscheidende Spieler fehlten.

»Das heutige Spiel ist ›Bodyguard‹«, verkündete Isaiah über Megaphon. »Die Society greift an, die Vs verteidigen.«

Curtis klopfte mir auf den Rücken und lächelte mir zu. Ich würde irgendetwas verteidigen können, ohne viel herumlaufen zu müssen. So hatte ich mir das zwar nicht vorgestellt, aber ich nickte ihm zu.

»Die Society bestimmt einen Spieler zum VIP«, fuhr Isaiah fort. »Dieser Spieler muss die Flagge in der Mitte des zentralen Platzes der Stadt berühren. Die Angreifer haben außerdem fünf Spieler mehr als die Verteidiger. Beide Teams haben einen Sanitäter, aber der VIP kann nicht geheilt werden.«

Ich wandte mich zu den Vs um, die hinter Curtis beisammenstanden. Sie wirkten zögerlich, so als wollte niemand Janes Platz einnehmen. Ich sah sie ganz deutlich vor mir, wie sie hier bei uns stand und fröhlich die Hand hob.

Sie hatte gesagt, sie sei gerne allein. Jemand hatte sie wohl so programmiert.

Zaghaft meldete sich Carrie: »Ich mache es.«

Ein paar von uns nickten zustimmend, aber keiner sah allzu begeistert aus.

In mancher Hinsicht kam es mir vor, als käme ich schneller über Jane hinweg als die anderen. Sie hatten nicht gesehen, was ich gesehen hatte. Für sie war sie immer noch ihre gute Freundin, die brutal ermordet worden war. Für mich – tja, ich wusste nicht, was sie für mich war. Aber jedes Mal, wenn mir eine schöne Erinnerung an sie durch den Kopf schoss, folgte eine daran, wie sie auf jenem Tisch gesessen, das abgerissene Ohr in der Hand gehalten und mit einer Stimme gesprochen hatte, die nicht ihre war.

Die Sanitäterin der Society war Vivian, die ich kaum kannte, aber Becky war zur VIP bestimmt worden.

Isaiah sorgte dafür, dass die beiden Sanitäterinnen ihre Armbänder erhielten. Dann starrte er einen Augenblick lang auf den Bildschirm und zog eine Augenbraue hoch, ehe er Belohnung und Strafe vorlas. Offensichtlich gefiel ihm nicht, was er verkünden musste. »Das Team, das heute gewinnt, erhält in dieser Woche mildere Strafen für alle Verstöße gegen die Vorschriften, das Team, das verliert, erhält schwerere Strafen.«

Gemurmel erhob sich, besonders bei den Vs. »So

ein Scheiß«, sagte Mason. »Bei diesem Spiel verlieren die Verteidiger immer.«

Isaiah sah auf die Uhr und verkündete, wir hätten eine Viertelstunde Zeit, um unsere Positionen einzunehmen, bevor das Spiel begann. Ich hob das Band an und ließ die anderen darunter hindurchgehen.

»Okay«, sagte Curtis, als wir gemeinsam loszogen. »Wir haben nicht mehr alle Leute, die wir beim letzten Mal hatten. Mason und Benson, ihr nehmt Verteidigungsstellungen in der Stadt ein. Joel, ihr nehmt die vordere Randposition, und Hector, ihr nehmt die hintere. John, ihr trennt euch und arbeitet am Bachbett einzeln als Scharfschützen. Anna, du gehst mit ihnen. Sucht euch eine Deckung und wartet auf den Gegner. Carrie, du bleibst in der Stadt und heilst die Verteidiger, wenn sie getroffen werden. Die anderen sind mehr als wir, und sie werden wahrscheinlich von allen Seiten über uns herfallen.«

Er klatschte in die Hände, wünschte uns viel Glück, und dann trennten wir uns. Mason und ich gingen Richtung Stadt; um meinetwillen gingen wir langsamer als die anderen. Mir tat der Brustkorb weh.

Als die Gebäude der Stadt in Sicht kamen, mussten wir in das tiefe, ausgetrocknete Bachbett, von dem Curtis gesprochen hatte, hinabklettern und am anderen Ufer wieder hinaus.

Die Stadt war größer, als ich erwartet hatte – es gab dort dreißig bis vierzig kleine Sperrholzgebäude. Ein Drittel war zweistöckig, und eines war ein schmaler dreigeschossiger Turm. Alle standen dicht beisammen und waren mit alten Farbklecksen bespritzt.

»Was für ein Mist«, sagte Mason. »Bei diesem Spiel geben sie den Angreifern immer mehr Spieler. Die werden uns abschlachten.«

»Was machen sie denn, wenn die Vs die Angreifer sind? Das andere Team könnte dann nur zehn oder zwölf Leute haben.«

»Wir sind dabei *nie* die Angreifer. Immer Verteidiger. Wir verlieren immer. Was dann wohl bedeutet, dass wir diese Woche lieber gegen keine Vorschriften verstoßen. Ich möchte nicht hungern.«

Mason platzierte mich an einer guten Verteidigungsposition im Obergeschoss eines Sperrholzgebäudes mit zwei Fenstern – eines ging auf den Wald hinaus und das andere auf einen der Haupteingänge in die Stadt.

»Viel Glück, Mann.« Er deutete auf die mit mehreren Schichten Farbspritzern überzogenen Wände. »Lange wirst du nicht durchhalten.«

Damit drehte er sich um und eilte weiter in die Stadt hinein.

Sobald er fort war, leerte ich meine Taschen und

stellte den Inhalt vor mich auf den Boden: das Fläschchen mit dem rot gefärbten Alkohol, die Spritze, einen Haufen Mullkissen und eine Flasche Wasser.

Zuletzt holte ich drei Farbgranaten hervor. Ich hatte sie noch nie benutzt, doch sie kamen mir ziemlich simpel vor: eine Patrone mit Farbe und eine mit Pressluft. Ich zog den Sicherheitsstift an der ersten und warf sie die Treppe hinab, dann verfuhr ich mit den anderen beiden genauso.

Lautes Zischen ertönte, dann Knallen und Kratzen: Die unter Druck stehenden Granaten wirbelten durch den Raum und sprühten da unten alles voll. Als es wieder still war, lief ich die Treppe hinab. Das Erdgeschoss war nun neongrün, weiß und gelb gestreift und gesprenkelt.

Ich sammelte die Granaten ein und rannte wieder ins Obergeschoss.

Dort schraubte ich den Deckel von der Wasserflasche und goss das Wasser aus. Dann legte ich zwei Mullkissen über den Flaschenhals und filterte vorsichtig den Alkohol durch den Mull in die Flasche.

Der Gestank war bereits jetzt überwältigend, und meine Augen begannen zu tränen.

Der Alkohol musste nun mit dem Capsaicin, dem Stoff aus dem Cayennepfeffer, durchzogen sein – so hatte ich es jedenfalls im Fernsehen gesehen. Während die Wasserflasche sich allmählich mit dem rotgefärbten Franzbranntwein füllte, blieben die Pfefferteilchen auf dem Mull zurück, und in der Flüssigkeit schwamm kaum Pfeffer.

Irgendwo in der Ferne ertönten ein paar Schüsse.

Ich tauchte die Spritze in den Alkohol und zog sie auf.

Das laute Prasseln, mit dem Paintballs auf die äußeren Gebäude der Stadt prallten, kam von zwei Seiten und hallte in den Straßen wider. Ich spähte aus einem der Fenster, sah aber niemanden.

Vorsichtig füllte ich den Inhalt der Kanüle in die erste Farbpatrone. Ein wenig spritzte auf meine Hand, und es brannte in meiner eingerissenen Nagelhaut an Daumen und Zeigefinger.

Behutsam steckte ich den Sicherheitsstift wieder in die Granate und nahm mir hastig die anderen beiden vor.

Ich hörte Schreie, Leute riefen nach der Sanitäterin. Sie waren ziemlich nahe.

Ich befestigte neue Pressluftpatronen an den Granaten.

Fertig. Nun hatte ich drei Pfefferspraygranaten.

Sie waren keine tödlichen Waffen, aber ich fühlte mich nicht mehr so ohnmächtig. Immerhin hatte ich jetzt Waffen. Einen Androiden würden sie nicht aufhalten, aber irgend so einen Idioten von der Society schon.

Ich hätte sie gerne sofort ausprobiert, indem ich eine aus dem Fenster schleuderte, wenn ich jemanden kommen hörte, doch dabei wäre ich auf jeden Fall aufgefallen. Es war besser zu wissen, dass ich die Granaten hatte – dass sie *vielleicht* funktionierten –, als zu riskieren, dass sie mich damit erwischten.

Hier draußen waren keine Kameras. Die Schule hatte keine Ahnung.

Behutsam verstaute ich die Granaten wieder in den Hosentaschen, nahm meine Waffe in die Hand und sah aus dem Fenster.

Das zufriedene Grinsen konnte ich mir nicht verkneifen.

Ich stand auf, bezog Stellung am Fenster und versuchte, mich wieder auf das Spiel zu konzentrieren. Ich konnte niemanden sehen, aber dem Getöse nach zu urteilen, waren unsere vorderen Verteidiger – die Leute am Bachbett – nicht allzu erfolgreich gewesen.

Plötzlich kam mir eine Idee: Dieses Bachbett verlief mitten durch das Paintballspielfeld. Es war ausgeschlossen, dass die Quelle des Bachs innerhalb der Schulmauern lag; das Bachbett musste die Mauer irgendwo kreuzen.

Da hörte ich Geräusche im Erdgeschoss – gedämpfte Stimmen – und drehte mich instinktiv zur Treppe um. Im nächsten Augenblick schlitterte eine Granate über den Boden, wirbelte zischend umher und versprühte blauen Nebel im Raum und auf meine Maske.

Ich rief: »Getroffen!«, stand auf und wischte meine Maske frei. Durchs Fenster erblickte ich Becky, die, von fünf anderen beschützt, in die Stadt kam.

Es war unmöglich gewesen, vor dieser Granate in Deckung zu gehen. Ich malte mir aus, wie es wäre, eine in Isaiahs Zimmer zu werfen.

Als ich aus dem Gebäude trat, musste ich immer noch lachen.

Die Waffe zum Himmel gerichtet, um zu zeigen, dass ich ausgeschieden war, verließ ich das Spielfeld. Ein paar Schiedsrichter waren noch im Wald, doch die meisten zog es in die Sperrholzgebäude, wo die Action spielte.

Als ich das Bachbett erreichte, folgte ich ihm bergauf. Ich ging ganz lässig und versuchte gar nicht erst, mich zu verstecken. Ich war erst ein- oder zweihundert Meter weit gekommen, da tauchte Mason neben mir auf. Er hatte mindestens sieben neongrüne Treffer auf den Armen und der Brust.

»Du läufst doch jetzt nicht weg, oder?«, fragte er.
Ich sah ihn nicht an. »Wie kommst du darauf?«
»Du gehst in die falsche Richtung.«
»Ich will nur wissen, wohin dieses Bachbett führt.«
Er nickte und ging eine Weile schweigend neben mir her. Während wir das trockene Bachbett entlangstapften, fragte ich mich, ob es jemals Wasser führte. Vielleicht war es ausgetrocknet, weil die Mauer es blockierte.

Jetzt, wo die Aufregung und der Adrenalinschub nachgelassen hatten, schnitt mir die Kälte in die Finger.

»Haben wir schon Dezember?«, fragte ich.
»Keine Ahnung. Ich zähle nicht mit.«
In der Nähe der Mauer verschwand das Bachbett in einem Abzugskanal, der etwa siebzig Zentimeter breit war. Davor hatten die Quads tiefe Spurrillen hinterlassen. Wir gingen näher heran, und ich bückte mich, um in das Rohr zu sehen.

»Es ist bis zum anderen Ende offen«, sagte ich verwirrt. »Man könnte einfach durchkrabbeln und wäre in einer Minute auf der anderen Seite.«

»Nein«, erwiderte Mason. Er deutete nach oben, und ich trat zurück. Zwei Überwachungskameras flankierten das Rohr links und rechts, jeweils etwa zwölf Meter entfernt. Beide waren auf uns gerichtet.

»Oh.« Ich winkte in die Kameras. »Tja, das war dann wohl das.«

In Wirklichkeit schreckte mich das nicht ab. Falls ich fliehen wollte, würde ich sowieso schnell sein müssen. Und vielleicht waren diese Kameras ja wie die in dem Krankenhaus, in dem ich gearbeitet hatte, und wurden gar nicht ständig überwacht. Vielleicht zeichneten sie ja wirklich nur auf für den Fall, dass man später etwas überprüfen wollte.

»Was meinst du, was ist wohl auf der anderen Seite?«, fragte ich.

Er zuckte die Achseln. »Wachen.«

»Dann würde man doch etwas hören. Diese Quads sind laut – würden Wachen auf der anderen Seite nicht auch so etwas haben?«

»Sie haben Lagerfeuer. Du hast doch den Rauch gesehen.«

»Oder vielleicht sind das ja auch wirklich Leute, die zelten. Vielleicht ist es ein Campingplatz.«

Mason schnaubte. »Tja, falls ich jemals hier rauskomme, versuche ich mein Glück lieber im Wald, als direkt in eine Gruppe Wachen zu laufen.«

Ich nickte, sagte aber nichts dazu. Ein Mädchen von der Society, das einen hellblauen Fleck am Kopf hatte und ausgeschieden war, ging durch den Wald und beobachtete uns. Mason klopfte mir auf die Schulter und bedeutete mir, wir sollten zurückgehen.

Als die Schule in Sicht kam, deutete ich auf die andere Seite des Weges.

»Weißt du, was hinter dieser Tür ist?«, fragte ich so beiläufig wie möglich. »Die da am Müllverbrennungsofen.«

»Keine Ahnung.«

»Die Gärtner können sie nicht öffnen, und wir auch nicht. Vielleicht ist es was für die Security?«

»Kann sein. Ich meine, ich hätte Rosa mal da reingehen sehen.« Mason klang sachlich und unbeteiligt, als würde er nur plaudern. Ich bemühte mich um den gleichen Ton.

»Echt? Vor kurzem?«

»Nein. Vor einem Jahr, mindestens. Rosa.« Er sah mich an. »Ist sie nicht eine von denen, die am längsten hier sind?«

»Eine von den Fünfen, ja.«

»Das war vor den Banden. Da war sie noch nicht bei den Vs.«

Ich nickte, doch mein Herz schlug wie wild. Rosa. Sie war von Anfang an hier gewesen. Sie musste eine von ihnen sein.

20 Während der nächsten Tage hielt ich gezielt Ausschau nach Rosa, doch was ich sah, verwirrte mich nur zusätzlich. Falls sie wirklich ein Androide war – und sie musste einer sein, denn sie war in jenem Raum gewesen –, warum war sie dann immer so still? Sie beeinflusste niemanden, versuchte nicht wie Jane, mich vom Fliehen abzuhalten. Sie war einfach da, schüchtern und im Hintergrund. Man sollte doch meinen, wenn jemand sich die Mühe machte, einen Androiden zu bauen, würde er ihm auch etwas zu tun geben.

Nach dem Unterricht ging ich zu Beckys Büro und klingelte. Diesmal dauerte es ein wenig länger, bis sie kam, sie lächelte so sonnig wie immer.

»Hey, Bense, was gibt's?«

»Ich habe ein paar Fragen.« Sie öffnete die Tür und ließ mich in ihr Büro. Ich setzte mich aufs Sofa, und sie lehnte sich an den Schreibtisch.

»Schieß los.«

»Okay. Du hast doch die Unterlagen über alle Schüler, richtig?«

»Welche Unterlagen meinst du?« Sie verschränkte die Arme. »Es gibt ja keine Noten.«

»Ich meine den Brief, den du hast – jenen, den Ms Vaughn mir für dich gegeben hatte.«

»Oh.« Plötzlich errötete Becky. »Du willst sehen, was da über dich steht?« Sie ging zum Aktenschrank. Ich stand auf und sah ihr über die Schulter, weil ich hoffte, einen Blick in den Schrank werfen zu können. Da waren nicht viele Unterlagen, aber über jeden von uns gab es eine dünne Akte.

Becky zog die Mappe mit meinem Namen heraus, schlug sie auf und entnahm ihr einen Briefumschlag.

»Sieh selbst.« Halb lachend reichte sie ihn mir.

Er war sehr ordentlich mit einem Messer geöffnet worden. Becky schien überhaupt ein sehr ordentlicher Typ zu sein.

Der Briefumschlag enthielt ein einzelnes gefaltetes Blatt Papier. Ich zog es heraus. Es war leer.

Ich sah Becky an.

»Im Ernst?«

Becky nickte und grinste dümmlich. »Ich glaube, das machen sie, damit du zu mir kommen musst und nicht auf Abwege gerätst. Aber in keinem der Briefe steht etwas. Es sind immer nur leere Blätter.«

»Wenn ich also etwas über jemanden herausfinden wollte – woher die Leute kommen oder wie alt sie sind –, dann hast du darüber keine Informationen?«

»Genau. Nicht in den Akten. Aber ich bin schon eine Weile hier, und ich glaube, ich kenne alle. Was willst du denn wissen?«

Beinahe hätte ich ihr alles erzählt. Wie sie so da stand – mit ihrem Lächeln, ihrem Haar, ihrer Haut –, kam sie mir so echt vor. Und ich wusste ein wenig über ihre Vergangenheit. Ich wusste, dass ihr das Herz gebrochen worden war.

Aber alles, was ich über Becky sagen konnte, hätte ich auch über Jane sagen können. Ich hatte mit Jane viel mehr geredet als mit Becky. Auch Jane hatte Gefühle gehabt, sie war traurig gewesen. Ich hatte sie geküsst, verdammt! Wenn ich daran nicht gemerkt hatte, dass sie nicht echt war, dann wusste ich nicht, woran ich es merken sollte.

»Kennst du Rosa?«, fragte ich schließlich.

Becky blickte verdutzt und ein wenig enttäuscht. »Ja. Denke schon.«

»Es ist für etwas, was Mason und ich machen«, log ich. »Weißt du noch? Ich habe doch diese Tabelle angelegt, in der ich notiere, wann die Leute jeweils hier angekommen sind.«

»Ach ja.« Ihre Miene hellte sich ein wenig auf. »Kannst du sie nicht einfach danach fragen?«

»Sie hat es mir gesagt. Aber du weißt ja, wie sie ist – so still. Jetzt versuche ich, mehr herauszufinden. Wo sie herkommt.«

Ich hatte mir das ganz leicht und schnell vorgestellt. Ich hatte gedacht, Becky würde einfach in den Akten nachsehen, mir herunterrattern, was ich wissen wollte, und fertig. Aber jetzt hatte ich aus irgendeinem Grund das Gefühl, dass ich Becky beschwichtigen musste.

Sie setzte sich auf die Schreibtischkante und schlug die Beine übereinander. »Ich glaube, sie kommt irgendwo aus dem Süden. Ich meine, Georgia, aber sicher bin ich mir nicht. Wieso willst du das alles überhaupt wissen?«

»Reine Neugier. Aus Langeweile hauptsächlich. Und ich finde, irgendjemand sollte Aufzeichnungen über diese Schule führen für den Fall, dass wir hier irgendwann mal rauskommen.«

Becky nickte. »Ich führe Tagebuch. Jeden Abend.«

»Echt?« Ich setzte mich wieder aufs Sofa.

»Ja. Hab ich vorher schon getan. Ich wünschte, die Tagebücher von damals hätte ich noch.«

Ich musterte sie. Sie schien tief in Gedanken versunken zu sein.

»Wo bist du her?«

Das schien sie aus ihren Gedanken zu reißen. Sie

setzte sich aufrechter hin und sah mich wieder an. »Nicht weit von hier. Arizona. Flagstaff.«

»Echt? Wie weit ist das von hier aus?«

»Fünf oder sechs Stunden.«

»Und du hast da keine Freunde mehr? Jemanden, mit dem du Verbindung aufnehmen könntest?«

Sie lachte leise und schüttelte den Kopf. »Ich habe bei meiner Oma auf einer alten Ranch gelebt. Sie hat mich selbst unterrichtet. Sie starb, als ich fünfzehn war.«

»Tut mir leid.«

»Schon gut.« Sie blickte hinab auf ihren Rock und strich ihn glatt. »Ich finde es gut, dass du diese Infos sammelst. Wenn du damit fertig bist, würde ich das Ergebnis gerne sehen. Vielleicht haben wir dann hier endlich mal vernünftige Unterlagen.«

Ich nickte und lächelte. »Klar.« Da war so viel, was ich ihr gerne gesagt hätte. Ich wollte ihr vertrauen. Ich wünschte, ich könnte es.

Übrigens, Jane war ein Android.

Ich stand auf, ging aber noch nicht zur Tür.

Becky sah mich erwartungsvoll an – oder wollte sie mir etwas sagen? Ich wusste es nicht. Ihr Blick war eindringlich, aber distanziert.

»Ich muss gehen«, sagte ich schließlich.

Sie sah mir in die Augen. »Okay.«

Ich wandte mich ab und hatte schon fast die Hand auf dem Türknauf, da sagte sie: »Es tut mir leid. Wegen Jane. Nicht alle bei uns sind wie Laura und Dylan.«

Sofort stieg Wut in mir auf, doch ich versuchte, sie zu unterdrücken. Ohne mich umzudrehen, nickte ich.

»Versuch nicht ...«, setzte Becky an, brach aber wieder ab. Ich wartete und umklammerte den Türknauf so fest, dass meine Knöchel sich weiß abzeichneten. Sie war immer noch eine von ihnen. Anna war eine V geworden. Andere waren zu Havoc gegangen. Aber Becky war immer noch bei der Society.

Sie stammelte: »Ich will doch nur ... ich ... ich will doch nur, dass alle in Sicherheit sind.«

»Schon gut.« Ich öffnete die Tür und ging.

In den nächsten Tagen suchte ich nach einer Möglichkeit, mich mit Rosa zu unterhalten, doch es ergab sich nichts. Mittlerweile aßen wir nicht mehr auf den Tribünen – es war zu kalt –, und viele der Mädchen zogen sich zum Essen auf ihre Zimmer zurück, anstatt in der Kantine zu essen.

Ich war einsam.

Mit jedem Tag wurde es schlimmer. Ich hatte mein ganzes Leben lang niemanden zum Reden gehabt – es war normal gewesen für mich. Fast immer war ich in Pflegefamilien gewesen, zusammen mit sechs oder sieben anderen Kindern, die alle genauso verkorkst waren wie ich, und ich war nie länger als ein paar Monate geblieben. Mit zwölf oder dreizehn Jahren hatte ich aufgehört, meine Tasche überhaupt noch auszupacken. Ich hatte nie zu einer Sportmannschaft gehört, war nie in einer Lerngruppe oder einer Clique gewesen. Immer war ich der Neue gewesen.

Aber auf der Maxfield hatte ich Freunde gehabt. Ich hatte Leute gehabt, mit denen ich reden konnte. Das mit Jane war ein bisschen merkwürdig gewesen – sie war nicht richtig meine feste Freundin gewesen, und ich hatte sie erst wenige Wochen gekannt, aber wir waren eindeutig befreundet gewesen. Wir hatten so viel miteinander geredet. Und jetzt war sie fort.

Sie war nie echt. Ich weiß nicht, warum es mir so schwerfiel, das im Hinterkopf zu behalten.

Meine anderen Freundschaften schienen auch zu verkümmern. Das gleiche Misstrauen, das die Beziehung zu Mason ruinierte, zerstörte auch meine Freundschaften zu den anderen Vs. Ich war einfach nur da, im Hintergrund.

Ich vermisste die Leute. Ich vermisste Jane. Ich vermisste Mason und Lily. Ich vermisste es, in einer Gruppe zu sitzen und zu denken, dass diese Leute meine Freunde waren. Wenn ich jetzt im Klassenraum oder im Wohnbereich oder in der Kantine war, betrachtete ich die Gesichter um mich her und fragte mich: *War das jetzt eine mechanische Beinbewegung? Blinzelten Menschen wirklich so? Atmeten sie?*

Mein ganzes Leben lang war ich allein gewesen, aber so einsam wie jetzt hatte ich mich noch nie gefühlt.

Schließlich kam meine Gelegenheit, mit Rosa zu sprechen. Als wir nacheinander den Klassenraum verließen, meldete der Bildschirm auf dem Korridor, da die Verträge abends erneuert würden, hätten alle den Nachmittag frei, um ihre jeweiligen Aufgaben zu Ende zu bringen. Als die Vs sich versammelten, bekam ich wieder den Mülldienst, aber ich hörte weiter zu, während Curtis die übrigen Aufgaben verteilte. Rosa wurde in den zweiten Stock geschickt, um einen defekten Heizkörper zu reparieren.

Ich hielt mich an den gewohnten Ablauf, begann mit den Schlafzimmern im dritten Stock und wollte mich dann in den zweiten Stock vorarbeiten bis zu dem Klassenraum, in dem Rosa arbeitete. Es sollte ganz natürlich aussehen und nicht etwa so, als würde ich ihr nachstellen. Während ich die Mülltüten einsammelte, dachte ich darüber nach, was ich zu ihr sagen wollte.

Unglücklicherweise war auch Isaiah im Wohnbereich, und als ich an seiner Tür vorbeikam, kam er heraus.

»Benson«, sagte er. »Frage.«

»Was?« Ich drehte mich nicht um, sondern fuhr mit der Arbeit fort, öffnete eine Tür nach der anderen und holte den Müll.

»Ich habe gehört, dass ihr an der Mauer wart, du und Mason.«

»Stimmt.« Ich entleerte einen Papierkorb in meine große Tonne.

»Das ist gegen die Vorschriften.«

Ich warf ihm einen kurzen Blick zu und machte dann mit der Arbeit weiter. »Tatsächlich ist es nicht gegen die Vorschriften. Ausgerechnet du solltest die Vorschriften doch kennen.«

»Stimmt«, erwiderte er. »Zur Mauer zu gehen ist nicht gegen die Vorschriften. Ein Fluchtversuch hingegen schon. Und wie du weißt, haben die Vs das letzte Paintballspiel verloren und bekommen schwerere Strafen.«

Ich tat unschuldig. »Habe ich denn versucht zu fliehen?«

»Ich glaube, dass du das genau jetzt tust. Die Planung gehört mit zum Fluchtversuch.«

Ich schob die Tonne ein Stück weiter zu einer anderen Tür. »Dann müsstest du eigentlich die halbe

Schule einsperren.« Das Gemeine war, dass das nicht stimmte. Isaiah wusste so gut wie ich, dass kaum jemand ernsthaft versuchte, hier wegzukommen.

»Du gibst es also zu?«

Ich öffnete die nächste Tür und ging hinein. Isaiah musste ein Roboter sein. Er war viel zu streng, viel zu gehorsam. Gab es solche Leute wirklich?

Als ich wieder aus dem Zimmer kam, sah ich ihn an, und er erwiderte den Blick. »Was, wenn ich dir erzählen würde«, sagte ich und leerte den Papierkorb in die Mülltonne, »dass Jane ein Android war?«

Ohne eine Antwort abzuwarten, ging ich zurück ins Zimmer und stellte den Papierkorb wieder ab. Ich hatte keine Angst. Wenn er ein Android, ein Teil des Schulexperiments war, dann wusste er bereits, dass ich über Jane Bescheid wusste. Falls er keiner war, würde er mir sowieso nicht glauben.

»Was?«, fragte er, als ich wieder auf den Korridor kam.

»Sie war ein Android. Ein Roboter. C-3PO.«

Er starrte mich an. Ich holte einen weiteren Papierkorb, und dann noch einen.

»Man kann sich hier nicht auf verminderte Zurechnungsfähigkeit berufen«, sagte er schließlich. »Wenn du ein Kleid anziehst, wirst du deswegen nicht als verrückt nach Hause geschickt.«

»Okay. Aber wenn du doch mal drüber reden möchtest, kannst du jederzeit zu mir kommen.«

Ich öffnete eine weitere Tür und ging hinein, um den Müll zu holen.

»Ich glaube, dir ist nicht klar, womit du es hier zu tun hast.« Isaiah war neben der großen Mülltonne auf dem Korridor stehen geblieben.

Ich kam wieder aus dem Zimmer und bohrte ihm den Finger in die Brust. »Ich bin der Einzige in dieser verdammten Schule, der weiß, womit er es zu tun hat.« Ich warf den Müll in die Tonne und zerrte sie weiter zur nächsten Tür. Das Letzte, was ich jetzt brauchen konnte, war eine Auseinandersetzung mit Isaiah und seiner selbstgerechten Society. Es ging ihm nicht darum, dafür zu sorgen, dass alle in Sicherheit waren – es ging ihm darum, dass er selbst in Sicherheit war. Er tat, was die Schule von ihm verlangte, damit es ihm gutging, nicht den anderen. Ich hob einige zusammengeknüllte Papiere vom Boden auf und stopfte sie in den Papierkorb, ehe ich zurück auf den Korridor ging.

Jetzt waren zwei weitere Jungen bei Isaiah. Rasch entleerte ich den Papierkorb in die große Tonne, brachte ihn zurück ins Zimmer und überlegte dabei fieberhaft, was ich tun sollte, wie ich an ihnen vorbeikommen oder mich herausreden konnte. Doch es war zu spät. Sie waren mir ins Zimmer gefolgt.

»In Wirklichkeit geht es euch doch nur darum, oder?«, sagte ich, als die beiden Schläger auf mich zukamen.

Ich holte zu einem Haken aus, schlug daneben und versuchte dann, an ihnen vorbeizulaufen. Aber ich hatte keine Chance. Im Handumdrehen lag ich auf dem Boden. Mein unversehrter Arm wurde mir nach hinten gedreht, und jemand drückte mir das Knie in den Rücken. Je mehr ich mich wehrte, desto mehr tat es weh.

Gelassen kniete Isaiah sich neben mich. Ich versuchte ihn mit meinem verletzten Arm zu schlagen, doch der Winkel war ungünstig, und ich brachte nur einen schwachen Klaps zustande.

»Falls du fliehen willst«, flüsterte er, die Lippen dicht an meinem Ohr, »dann tu's und stirb endlich. Ich erhalte diese Schule gesund, und du bist ein Krebsgeschwür. Jane war auch ein Krebsgeschwür. Und Lily. Zwei sind tot, fehlt noch einer.«

Ich schlug mit dem Kopf nach seinem Kopf, aber es war nicht genügend Kraft dahinter, um ihn zu verletzen, und meine eigenen Kopfschmerzen flammten wieder auf. Ich versuchte, die beiden anderen abzuschütteln, doch es war zwecklos.

Isaiah richtete sich auf und befahl seinen beiden Schlägern, ebenfalls aufzustehen. »Lasst ihn los.«

»Die Kameras haben das alles gesehen.« Ich versuchte, mir nicht anmerken zu lassen, wie stark meine Schmerzen waren. »Ihr werdet bestraft.«

Er grinste hämisch und trat zu mir, so dass sein Gesicht ganz dicht vor meinem war. Dann flüsterte er so leise, dass seine Wachen nicht mithören konnten: »Diese Schule hat vier Vorschriften und eine Strafe – Arrest. Alle anderen Vorschriften und alle anderen Strafen werden von der Society aufgestellt und verteilt. Die Schule weiß aus Erfahrung, dass sie uns vertrauen kann.«

»Was?«

»Du kannst versuchen, das weiterzuerzählen«, fuhr er fort, »aber sie werden dir nicht glauben. Selbst bei uns weiß das kaum einer.«

Ich war wie betäubt. Als ich endlich die Sprache wiederfand, murmelte ich: »Ich wette, die Schule hat dich ins Herz geschlossen.« Ich sah seine Wachen an. »Wusstet ihr Jungs, dass er sich die Strafen ausdenkt?«

Seine Gorillas zuckten nicht mit der Wimper.

Isaiah ging zur Tür.

»Die Schule kann auch dich immer noch ins Herz schließen. Oder auch nicht.«

Dann war er fort.

Den restlichen Müll im dritten Stock ignorierte ich und ging stattdessen direkt hinunter in den zweiten. Ich wusste nicht, was ich Rosa fragen wollte oder ob ich sie überhaupt etwas fragen sollte. Vielleicht sollte ich den Versuch, herauszufinden, wer alles ein Android war, einfach aufgeben. Es würde mir sowieso niemand glauben. Außer mir schien sowieso niemand von hier abhauen zu wollen. Alle wirkten so widerlich gleichmütig. Zugegeben, sie waren schon viel länger hier als ich, aber wenn ich sie in einem ganzen Monat nicht hatte aufrütteln können, dann bezweifelte ich, dass sich daran etwas ändern würde, wenn ich es noch länger versuchte.

Ich betrat einen Klassenraum und sah Rosa am Heizkörper knien, die Hände voller schwarzer Schmiere. Sie sah zu mir hoch.

»Hi, Benson«, sagte sie leise und konzentrierte sich wieder auf den Heizkörper.

»Hi.« Ich holte den Müllbeutel aus dem kleinen Papierkorb. »Wo hast du das gelernt?«

»Hier.«

»Oh.« Ich überlegte, wie ich das Gespräch in Gang halten konnte. »Hat dir das jemand beigebracht?«

»Nein. Mit dem Vertrag kamen ein paar Anleitungen.«

»Aber du bist zumindest handwerklich begabt.« Ich warf den Müllbeutel in die Tonne.

»Glaub schon.«

Das führte zu nichts. Zeit, ein bisschen direkter zu werden.

»Also, wenn du Instandhaltung machst, hast du dann auch schon mal am Verbrennungsofen gearbeitet?«

Sie wandte den Blick nicht vom Heizkörper ab und hantierte mit einem Schraubenschlüssel. »Warum? Ist er kaputt?«

»Nein. Ich hab mich nur gefragt, ob du irgendwas über diese Tür da …«

Ehe ich den Satz zu Ende gesprochen hatte, sah sie mich an.

»Du weißt etwas darüber?«, fragte ich.

»Oh«, sagte sie und erstarrte kurz. »Ich … nein. Keine Ahnung. Vielleicht ist die für die Gärtner?« Sie sah wieder auf den Heizkörper.

Was war das? Das war eindeutig eine Reaktion gewesen. Nervosität? Angst? Überraschung?

»Du warst also nie da drin?«

»Nein.« Sie beugte sich tiefer, um sich das Rohr genauer anzusehen – oder um es so aussehen zu lassen, als hätte sie keine Zeit für eine Unterhaltung.

»Du bist eine der Ältesten hier, oder?«, versuchte ich, das Gespräch in die Länge zu ziehen. Langsam faltete ich einen neuen Müllbeutel auseinander und platzierte ihn im Papierkorb.

»Ähm, ja. Glaub schon. Ich bin achtzehn.«

»Dann warst du bei deiner Ankunft hier – wie alt? Sechzehn?«

»Ja.« Rosa drehte mir den Kopf zu, sah mich aber nicht direkt an. »Hör zu, ich muss das hier fertigmachen, und dann ist da noch ein kaputter Lichtschalter im Mädchenwohnbereich. Ich muss mich konzentrieren.«

»Und du bist sicher, dass du noch nie in dem Raum da warst? Vielleicht ist es ja schon länger her.«

»Ganz sicher.«

»Okay. War nett, mit dir zu reden.«

»Ja.«

Ich schob die große Mülltonne hinaus auf den Korridor und steuerte auf den nächsten Raum zu.

Ich musste die Dinge forcieren.

21

Ich aß allein. Das tat ich mittlerweile fast immer.

Ich nahm das Plastiktablett mit meinem Essen und ging damit in den dritten Stock, in den Gemeinschaftsraum, den niemand nutzte. Draußen war es bereits dunkel – die Sonne ging jetzt jeden Tag früher unter. Ein paar Leute gingen an der offenen Tür vorüber. Drei Mädchen von der Society waren irgendwo auf dem Korridor, unterhielten sich und lachten über etwas, was am Vormittag im Unterricht passiert war. Es war mir immer noch schleierhaft, wie sie nur so gelassen sein konnten? Wie konnten sie nur *lachen*?

Eins hatte ich mir noch nicht überlegt: Wo sollte ich hingehen, wenn ich schließlich ausbrach? Natürlich würde ich zuerst zur Polizei gehen, und falls die nicht half, würde ich mich an die Zeitungen wenden. Aber danach wusste ich nicht weiter. Bis jetzt hatte ich irgendwie angenommen, die Flucht würde das Happy End sein – es würde so viel besser sein als auf der Maxfield Academy, dass es eigentlich keine Rolle spielte.

Doch es war noch nicht so lange her, dass ich meine

letzte Pflegefamilie verlassen hatte, und ich hatte das Leben bei den Coles gehasst. Ich wollte nicht dorthin zurückverfrachtet werden. Ich wollte überhaupt nicht nach Pittsburgh zurück – ich wollte etwas Besseres. Ich wünschte, ich wäre wirklich auf einer Privatschule, wie es in der Stipendienausschreibung geheißen hatte. Mit richtigen Lehrern, richtigem Lernen – richtigen *Menschen*. Mit einem richtigen Leben.

Ich verließ den Gemeinschaftsraum und ging an die breiten Fenster im Gang, die auf das Gelände vor der Schule hinausgingen. Hier hatte ich am Ballabend auf Jane gewartet.

Ich wölbte die Hände um die Augen, ging mit dem Gesicht ganz dicht an die Glasscheibe und versuchte, etwas im Dunkeln zu erkennen. In der Ferne hing Nebel über den Bäumen. Konnte der Rauch von einem Wachlager sein? Eigentlich schien es mir hier nicht feucht genug für Nebel zu sein.

Hinter mir näherten sich leise Schritte.

»Hey, Bense.« Becky.

»Hi.« Ich sah weiter aus dem Fenster.

»Was guckst du dir da an?«

Sie stellte sich neben mich und spähte ebenfalls hinaus.

»Nur den Wald. Hast du da draußen schon mal Rauch von Lagerfeuern gesehen?«

Sie trat vom Fenster zurück, ich ebenfalls. Sie trug einen dicken grünen Flanellschlafanzug und Flipflops, aber Make-up und Frisur waren tadellos wie immer.

»Ja«, sagte sie. »Aber nicht sehr oft. Es ist nicht weit von hier.«

Ich sah ihr lange in die Augen. War sie echt? Und falls ja, war sie eine innerhalb der Society, die Strafen verteilte? Hatte sie mich angelogen?

Ich drehte mich wieder zum Fenster um.

»Was glaubst du, was das ist?«

»Ich stelle mir gern vor, dass es eine Stadt ist. Aber dafür ist es wahrscheinlich zu nahe. Ein paar Leute sagen, das seien Wachen.«

Wolken verhüllten die Sterne beinahe vollständig, doch an einer Stelle war eine dunkle Lücke, in der einige helle Lichter blinkten. Ich wünschte, ich könnte jetzt hinaus und sie im Freien betrachten.

»Du hast gesagt, du machst keine Security, richtig?«

»Richtig.«

»Aber ihr habt den Vertrag, also kann deine Halskette die Türen öffnen, oder?«

»Klar.«

Ich drehte mich wieder zu ihr um und sah sie an – starrte sie regelrecht an. Ich sah ihr in die Augen, musterte die Iris und die Farbe und die Wimpern. Aus nächster Nähe waren ihre Augen blauer als sonst, und um die Iris herum war ein rötlich-brauner Rand. Alles an ihnen – die zarten Blutgefäße, die Farbstreifen in der Iris, das Rosa des Tränenkanals – wirkte so echt. So *menschlich*.

Verlegen lächelte Becky mich an. »Was ist?«

»Komm mit«, sagte ich und ging Richtung Treppe.

Sie rührte sich nicht vom Fleck, daher machte ich kehrt und nahm ihre Hand. »Komm.«

Wir liefen die menschenleere Treppe hinunter bis ins Erdgeschoss und in das große offene Foyer. Ich führte sie zur Schultür.

»Können wir nach draußen gehen und den Himmel betrachten?«

Besorgnis huschte über ihr Gesicht, doch sie verbarg sie rasch. »Warum?«

»Ich bin gerne abends draußen. Ich verspreche dir, wir bleiben hier vorn auf den Stufen.«

Mit geschürzten Lippen sah sie mich an und überlegte.

»Hör zu«, sagte ich. »Zu Hause war ich immer abends draußen. Das mache ich, wenn ich nachdenken will. Und hier kann ich das nicht.«

Becky atmete tief durch. Plötzlich wurde ihr Blick sehr ernst und eindringlich. »Du versprichst es? Lüg mich nicht an.«

»Versprochen. Ich will einfach nur da draußen stehen. Wir bleiben gleich an der Tür.«

Sie trat zur Tür. Es summte und klickte, dann stieß Becky sie auf.

Wir gingen nach draußen, stellten uns nebeneinander und sahen zum Himmel hoch.

Es war kälter, als ich gedacht hatte. Becky verschränkte die Arme fest vor der Brust und zog die Schultern hoch, um sich warm zu halten.

Es roch gut hier draußen. Völlig anders als im Schulgebäude, aber auch anders als an kalten Abenden zu Hause. Frisch und erdig. Flüchtig meinte ich, ganz schwach Rauch zu riechen, aber ich war mir nicht sicher.

Freiheit. Ich fühlte mich frei.

»Ich muss dich was fragen«, sagte ich.

Sie stellte sich so dicht neben mich, dass unsere Arme sich berührten. »Okay.«

»Wer entscheidet über die Strafen?«

Ein Schweigen trat ein. Sie schien etwas anderes erwartet zu haben.

»Die Schule«, sagte sie schließlich, als wäre das offensichtlich.

»Hat Isaiah etwas damit zu tun?«

Aus dem Augenwinkel sah ich, dass sie den Kopf schüttelte. »Nein. Jeden Morgen bekommen wir eine

Liste mit Strafen, und die Lehrer lesen sie dann in den Klassen vor.«

»Die kommen auf euren Computern an?«

»Na ja, nein. Sie kommen auf Isaiahs Computer an. Dann habe ich das falsch erklärt. Er verteilt die Liste an die Lehrer, die sie verkünden. So war das zumindest bei Laura, als sie noch ...«

Ihre Stimme erstarb.

Ich wollte ihr gern glauben. Aber sie würde mir niemals glauben.

»Was, wenn ...« Ich brach ab. Was sollte ich sagen?

Becky wandte sich mir zu. Sie zitterte jetzt, doch sie ging nicht zurück zur Tür.

»Was, wenn«, fuhr ich fort, »die Dinge hier nicht das sind, wofür wir sie halten?«

Sie lächelte, doch sie wirkte traurig. »Was sind sie denn?«

»Ich weiß es nicht.«

Ich sah auf sie hinab, im schwachen Licht wirkte ihr Gesicht bleich. Ich hätte am liebsten den Arm um sie gelegt.

»Wir können wieder reingehen«, sagte ich schließlich.

Doch Becky blickte mich nur an, ihr Lächeln war verschwunden. Ganz kurz sah sie zum Wald, dann wieder zu mir.

»Wie spät ist es?«, fragte sie schließlich.

Ich sah auf die Uhr. »Halb acht.«

»Fühlt sich später an.« Sie warf erneut einen Blick zum kalten, dunklen Wald.

»Wir können wieder reingehen. Deine Füße sind doch bestimmt schon halb abgefroren.«

Geistesabwesend nickte sie, dann stieß sie langsam den Atem aus und erzeugte ein graues Wölkchen in der kalten Luft.

»Ich möchte dir etwas zeigen.« Sie winkte mir, ihr zu folgen. Ehe ich etwas erwidern konnte, war sie bereits die Treppe hinabgestiegen und ging quer über den Rasen. Ich rannte ihr hinterher.

»Wohin gehen wir?«

»Ich möchte dir etwas zeigen«, wiederholte Becky. Wir gingen um die Vorderseite der Schule herum, vorbei an den tiefen Fensterschächten. Als ich zum letzten Mal im Dunkeln draußen gewesen war, war ich genau hier gewesen, mit einem Mädchen – ich sah alles lebhaft vor mir, immer wieder lief es vor meinem geistigen Auge ab.

Ich versuchte, die Bilder zu verdrängen, mich auf etwas anderes zu konzentrieren. Das Brummen eines Quads in der Ferne. Das Knirschen des überfrorenen Grases unter meinen Schuhen. Die Atemwölkchen vor Beckys Mund.

Sie führte mich um die Ecke des Gebäudes herum. Direkt über uns befand sich der Wohnbereich der Jungen, aber es konnte uns niemand gesehen haben. Wir schritten zu dicht am Gebäude.

Sie ging in den Garten und hockte sich hin. Ich sah nichts Besonderes. Nur ein Fundament: Ziegelsteine und Beton, und davor Erde. Es war zu dunkel, um mehr zu erkennen.

»Ich hatte mal den Gärtnervertrag«, sagte sie, und ihre Stimme bebte ein wenig. »Vor langer Zeit, vor den Banden. Ein paar von den Mädchen haben zusammen darauf geboten – Laura und Carrie und ich und … ein paar andere, die du nicht kennst.«

Sie nahm meine Hand und drückte sie aufs Fundament. Ich spürte etwas Eiskaltes. Metall.

»Tut mir leid«, sagte sie. »Es ist zu dunkel, um es lesen zu können, aber kannst du die Zahlen mit den Fingern ertasten?«

Da kam eine Röhre aus dem Beton, und ich spürte irgendwelche Höcker darauf, aber sie waren rau und uneben vor Rost und Alter. Ich konnte die Zahlen nicht erraten.

»Was steht da?«, fragte ich.

»Achtzehnhundertdreiundneunzig. An der Unterseite der Röhre steht *Steffen Metalworks*, aber man muss sich auf den Boden legen, um das zu lesen.«

»Was bedeutet das?«

Becky stand auf, sie zitterte. »Lass uns wieder reingehen.«

Ich folgte ihr. »Heißt das, dieses Gebäude ist von 1893?«

»Das Rohr ist jedenfalls von 1893.«

»Was war 1893 in New Mexico?«

»Keine Ahnung.« Sie rieb sich die Arme, um warm zu bleiben. »Aber viel war da nicht. Zumindest in Arizona gab es 1893 nicht viel – Bergwerksstädte, katholische Missionsstationen und Ureinwohner. Hier war es wahrscheinlich genauso.«

»Vielleicht haben sie bloß ein altes Rohr verwendet, als sie das Gebäude gebaut haben.«

Wir stiegen die Treppe zur Schule hinauf, und die Tür öffnete sich für sie. Wärme drang aus dem Foyer, als wir eintraten.

»Vielleicht.« Sie wandte sich mir zu und sah mich an. Ihre Wangen waren von der Kälte gerötet. Obwohl niemand zu sehen war, senkte sie die Stimme. »Aber so oder so, dieses Gebäude ist richtig alt, und es scheint für die Maxfield Academy gebaut zu sein. Sogar die Aufzüge wirken nicht, als wären sie erst vor kurzem eingebaut worden.«

»Was willst du damit sagen?«

»Hier leben schon sehr lange Leute. Richtig lange.«

Ich schüttelte den Kopf. »Das ergibt doch keinen Sinn.«

Beckys Markenzeichen, ihr Lächeln, tauchte wieder auf. »Seit wann ergibt hier irgendetwas einen Sinn?«

Da hätte ich ihr beinahe alles erzählt. Wäre beinahe einfach damit herausgeplatzt.

Aber es bestand ein Unterschied zwischen der Überzeugung, dass das Gebäude richtig alt war, und dem Glauben daran, dass eine Freundin ein Roboter gewesen war.

Ich musste es ihr zeigen. Ich musste eine Möglichkeit finden.

An diesem Abend lag ich lange wach und starrte auf Masons Bett über mir. Mit Worten würde ich niemanden überzeugen können. Das wusste ich. Und ich würde nicht alles herausfinden können, indem ich einfach nur beobachtete.

Ich sah auf die Uhr. 23.56 Uhr.

Ich sprang aus dem Bett, lief zum Schrank und holte mein Notebook heraus. Abgabetermin für die Angebote war um Mitternacht.

Ich hatte noch nie auf etwas geboten. Das machte immer Curtis für die ganze Bande. Aber wir hatten alle Zugang dazu. Ich klickte auf Gärtnerarbeiten und gab ein Gebot in Höhe von einem Punkt ein. Dann klickte ich auf Security und tat das Gleiche noch einmal. Ich wartete bis 23.59 Uhr und drückte auf »Speichern«.

Morgen würde der Teufel los sein.

22

Ich wurde unsanft geweckt. Curtis und Carrie standen über mich gebeugt.

»Was hast du getan?«, flüsterte Curtis wütend.

Ich sah zum Fenster. Draußen war es noch völlig dunkel. Ich war benommen, weil ich zu wenig geschlafen hatte.

»Was ist los?«, fragte ich.

»Benson, ist dir klar, was du getan hast?« Carrie hatte die Arme vor der Brust verschränkt. Sie trug noch ihren Schlafanzug, Curtis nur ein T-Shirt und Shorts.

»Die Verträge.« Allmählich wurde ich wach.

»Ja, die Verträge.« Curtis sah zur Tür.

»Ich habe auf ein paar Verträge geboten.«

Ich hörte, wie Mason sich im Bett über mir regte und die Füße über die Bettkante schwang. »Du hast *was*? Auf welche?«

»Security«, sagte Carrie, »und Gärtnerarbeiten.«

Mason pfiff. »Bitte sagt mir, dass sein Gebot nicht gewonnen hat. Fish, du bist ein Idiot.«

»Natürlich hat er gewonnen.« Carrie atmete tief durch. »Er hat je einen Punkt geboten.«

»Sag, dass es ein Versehen war.« Aber Curtis war anzuhören, dass er wusste, so war es nicht. »Sag mir, du hast das Falsche angeklickt oder hast rumgesponnen und aus Versehen auf ›Speichern‹ geklickt.«

Ich stand auf und ging zum Schrank. Gestern Abend hatte ich weitere Vorräte bestellt, weil ich mir gedacht hatte, dass es meine letzte Gelegenheit sein würde. Sie waren nicht gekommen. *Mist*.

»Also?«, fragte Carrie.

Ich sah sie an und schüttelte den Kopf. »Nein. Kein Versehen. Wie seid ihr hier reingekommen?«

Curtis trat auf mich zu. »Benson, du begreifst nicht, was du angerichtet hast. Hat dir denn niemand von dem Waffenstillstand mit den anderen Banden erzählt? Haben sie dir nicht erzählt, warum wir den gebraucht haben?«

»Ich musste es tun. Sie können die Verträge später zurückhaben. O Mann, ich habe jede Menge Punkte. Ich kaufe ihnen, was sie brauchen.«

»Nein«, sagte Curtis. »Der Waffenstillstand war nicht einfach ein Fall von: Wir setzen uns nett beim Essen zusammen und werfen eine Münze. Es gab Kämpfe. Massenschlägereien. Du hast doch den Friedhof gesehen.«

»Leute sind gestorben«, warf Carrie ein. Sie wandte sich ab und ging zum Fenster.

Ich sah zu Mason hoch, aber der hatte die Lippen geschürzt und schüttelte bloß den Kopf.

»Wir müssen die anderen Vs wecken.« Curtis deutete auf Mason. »Geh rum, aber sei leise. Ich will gar nicht daran denken, was passiert wäre, wenn jemand von Havoc oder von der Society die Gebote vor Carrie überprüft hätte.«

Mason nickte und rieb sich das Gesicht. »Wo treffen wir uns?«

Curtis sah zu Carrie, doch die starrte noch immer aus dem Fenster.

»Unten«, erwiderte er schließlich. »Erdgeschoss, Hausmeisterraum.«

Mason las etwas aus Curtis' Worten heraus, das mir verborgen blieb – er riss die Augen auf und zögerte, überlegte, ehe er vom Bett sprang.

Während Mason Socken anzog, sagte Curtis: »Sorg dafür, dass alle angezogen sind. Jeans oder so was, keine Uniformen. Und feste Schuhe.« Mason nickte.

»Was könnte denn passieren?«, fragte ich. Ich hätte ihnen gern erzählt, was ich vorhatte, aber es war zu früh – ich hatte nur diese eine Chance, und die wollte ich nicht vertun. Ich musste warten, bis die Eingangstür entriegelt wurde, bis ich sie öffnen konnte. Ich hatte ja jetzt die entsprechenden Verträge.

Carrie wandte sich zu mir um, ihre Augen funkelten, aber sie schwieg.

»Wir holen die Mädchen«, sagte Curtis. »Du gehst zum Hausmeisterraum, Benson. Wir müssen das irgendwie wieder in Ordnung bringen.«

Die beiden gingen zur Tür, aber er wandte sich nochmals um und sah mir in die Augen. »Wenn jemand von den Vs deswegen verletzt wird, geht das auf deine Kappe. Kapiert?«

Ich nickte.

Rasch zog ich mich an, mein Steelers-Sweatshirt und die Cargohose. In die Tasche und meinen Rucksack stopfte ich so viel, wie hineinpasste: die Walkie-Talkies, ein paar Nahrungsmittel, das Fernglas. Die drei Pfeffersspraygranaten. Ich wünschte, ich hätte mehr davon. Leise ging ich hinaus auf den Korridor, während einige andere Vs gerade schlaftrunken aus den Betten krabbelten. Als ich an Hectors Tür vorbeiging, begegnete er meinem Blick, wirkte aber nicht besorgt. Mason hatte ihm offenbar nichts gesagt.

Ehrlich, damit hatte ich nicht gerechnet. Ich wusste, dass die anderen Banden stinkwütend sein würden, und ich hatte gedacht, dass ich vermutlich

Prügel dafür beziehen würde, aber ich hatte nicht mit einem Bandenkrieg gerechnet.

Die Tür am Ende des Korridors wurde mit einem Buch offen gehalten, daher konnte ich den Wohnbereich geräuschlos verlassen.

Nirgends war Licht, nur der schwache Schein des Mondes fiel durch die Fenster. So rasch ich konnte, lief ich durch die Dunkelheit zur Eingangstür. Sie war noch verriegelt, sogar jetzt, wo ich die Verträge besaß, die mich hinauslassen würden. Ich hielt die Uhr ans Fenster, um sie ablesen zu können. Es war fast fünf Uhr. Mouse hatte ich manchmal schon um sechs draußen joggen sehen.

Über mir hörte ich Schritte – die Vs kamen nach unten. Ich lief zum Hausmeisterraum. Vermutlich wollte Curtis, dass wir uns dort trafen, weil nur die Vs Zugang dazu hatten. Dort würden wir sicher sein, aber auch keinen Notausgang haben.

Ich war als Erster dort. Die Tür summte und klickte, ich ging hinein und schaltete das Licht ein. Der Raum war größtenteils leer, nur ein paar Klappstühle standen auf dem weitläufigen Betonboden. An einer Wand hingen Dutzende von Werkzeugen – Schraubenschlüssel, Hämmer und Sägen in allen möglichen Formen –, und die andere Wand wurde von drei großen Spinden voller Farbe, Reinigungsmittel und Klebstoffen eingenommen. In der Nähe der Tür stand ein großer Werkzeugkasten aus rotem Metall. Ich stellte meine Tasche und den Rucksack dahinter.

Die Jungen kamen als Erste, angekleidet, aber mit verquollenen Augen. Joel trug Sandalen, und ich fragte mich, ob er das später bereuen würde.

Hector setzte sich an die Wand. »Weißt du, was los ist?«

Ich sah hinüber zu Mason. Mit ausdrucksloser Miene starrte er zurück.

»Ich erzähle es euch«, sagte ich schließlich. »Aber lasst uns auf die Mädchen warten.«

»Ich laufe nicht weg«, erklärte Joel. »Nicht jetzt. Nicht ohne Plan.«

»Darum geht es hier nicht«, sagte ich, was nur die halbe Wahrheit war. Falls alles gutging, würden wir vielleicht doch fliehen, aber bis dahin dauerte es noch. Zuerst musste ich meine Bande überreden, mich nicht den Wölfen zum Fraß vorzuwerfen, und dann hoffen, dass wir bis sechs Uhr überleben würden.

»Sind wir wieder im Krieg?«, fragte Hector.

Ich antwortete nicht, sondern ging an die Tür und sah hinaus, aber Mason bejahte. Hector fluchte, griff über sich und nahm einen Klauenhammer von der Wand. Er hielt ihn fest umklammert und sah zu Boden.

Ein paar Minuten später tauchten die Mädchen am anderen Ende des Korridors auf. Sie trugen Rucksäcke, also hatte Curtis ihnen wohl genauere Anweisungen gegeben als Mason den Jungen. Ich trat von der Tür fort, um sie hineinzulassen, aber an den Blicken, die sie mir zuwarfen, als sie an mir vorbeigingen, erkannte ich, dass sie über die Verträge Bescheid wussten. Ein paar weigerten sich sogar, mich anzusehen. Als alle im Raum waren, warf Curtis einen letzten prüfenden Blick in den Korridor, lauschte kurz und schloss dann die Tür.

Er sah Mason an. »Wissen alle Bescheid?« Mason schüttelte den Kopf.

»Tja.« Curtis atmete tief durch und musterte die nervösen, müden Gesichter um sich herum. Fast alle waren stehen geblieben und warteten auf eine Erklärung. »Ich denke, wir fangen mit dem an, was wir wissen, und überlegen dann, was wir tun können.« Er sah zu mir, dann wieder zu den anderen. »Heute Nacht hat Benson Ein-Punkt-Gebote auf Gärtnern und Security abgegeben.«

Sofort begannen die Jungen, die das noch nicht gehört hatten, zu reden. Curtis unterbrach sie.

»Ich gebe ihm Gelegenheit, sich zu verteidigen, aber zuerst sollten wir wissen, was auf uns zukommt. Er hat beiden Banden ans Bein gepinkelt. Wahrscheinlich werden sie nicht zusammenarbeiten, aber sie werden sich beide auf uns stürzen.«

»Auf ihn«, sagte Hector und deutete auf mich. »Warum sollten sie sich auf uns andere stürzen?«

Curtis nickte mit schmalem Mund. »Tja, das müssen wir eben herausfinden. Die Vs kümmern sich um ihre Leute.« Er sah mich an. »Wir geben dir die Chance, es zu erklären.« Er wandte sich wieder an die Gruppe. »Aber zuerst einmal: Wie viele von euch waren vor dem Waffenstillstand schon hier?«

Bis auf fünf hoben alle die Hände. Anna war eine der fünf, und sie sah völlig verängstigt aus. Bestimmt wünschte sie jetzt, sie hätte nicht die Seiten gewechselt.

»Für die unter euch, die noch nicht hier waren«, sagte Curtis und warf mir einen Blick zu. »Es war schlimm. Wir haben den Waffenstillstand geschlossen, um die Kämpfe zu beenden, und wir wussten alle, was passiert, wenn der Waffenstillstand gebrochen wird.«

Zaghaft hob Anna die Hand. »Wie schlimm ist schlimm?«

Mason antwortete: »Ihr habt alle den Friedhof gesehen. Leute sind gestorben.«

Curtis' Miene war eisig. »Vier sind gestorben. Drei bei Kämpfen, und einer wurde im Schlaf erstochen.

Zwölf andere wurden zum Arrest abgeholt. Über zwei Leute weiß man gar nichts. Einfach verschwunden.«

Anna ließ den Kopf hängen und brach in Tränen aus.

Curtis wandte sich an mich. »Leg los.«

Ich betrachtete die Gesichter meiner Mit-Vs. Manche wirkten verängstigt, andere wütend. Carrie starrte zu Boden.

»Gestern Nacht habe ich auf die Verträge geboten«, begann ich mit klopfendem Herzen. Ich hatte gedacht, ich würde mir vorkommen, als stünde ich vor einem Erschießungskommando, doch in Wirklichkeit fühlte es sich an, als wäre es andersherum, als hielte ich *ihr* Leben in der Hand.

»Ich habe auf diese Verträge geboten, weil es die sind, mit denen man Zugang nach draußen hat.« Ich hielt inne und musterte erneut ihre Gesichter. Garantiert dachten manche von ihnen, dass ich mich aus dem Staub machen und die Society drinnen einschließen wollte. Dazu mochte es ja auch kommen.

Aber als ich sie so beobachtete, fing ich Rosas Blick auf, und plötzlich bekam ich Angst. Jeder der Leute vor mir konnte ein Android sein. Was würden die tun? Mich aufhalten? Mich umbringen? Mich in den Arrest schicken?

»Jedenfalls«, fuhr ich fort, atmete tief durch und versuchte, mich zu sammeln, »ich weiß, seit ich hier angekommen bin, war ich eine echte Nervensäge. Ich weiß, dass eine Menge Leute mich für alles Mögliche verantwortlich machen. Ich mache das selbst auch.«

Mein Blick wanderte von einem Gesicht zum anderen in der Hoffnung, irgendwo Verständnis zu finden, aber vergeblich. Ich sah Mason an. Seine Miene war düster und eisig.

»Ich erwarte nicht, dass ihr mir vertraut, weil ich nicht glaube, dass ich mir euer Vertrauen verdient habe. Ich war stur und habe mich dumm benommen.« Ich sah zu Hector und dann zu Curtis. »Und ich weiß, ihr glaubt alle, dass ich das immer noch tue.«

Schließlich unterbrach mich Carrie: »Sag uns einfach endlich, warum.«

Ich drehte mich zu ihr um. Ihre Haare waren zerzaust, und unter den Augen hatte sie dunkle Ringe. Ich hatte mit Wut gerechnet, aber ich sah nur Angst.

»Nein«, erwiderte ich, und sofort begann die ganze Gruppe zu murren. »Aber«, rief ich, um sie zu übertönen, »alles, was ich will, ist eine Stunde Zeit. Helft mir einfach, bis die Außentür entriegelt wird. Ich verspreche euch, ich haue nicht ab. Falls ihr hinterher nicht mit mir übereinstimmt, dann verlasse ich die Vs. Dann können die anderen Banden ihren Krieg gegen mich allein führen statt gegen euch.«

»Sie werden dich töten«, sagte Gabby. »Jeder braucht eine Bande.«

Ich schüttelte den Kopf. »Wenn ich hierbei versage, dann bekomme ich sowieso Arrest.« Ich sah Curtis an. »Aber ich verspreche – ich verspreche euch, dass es in zwei Stunden niemand mehr auf die Vs abgesehen haben wird.«

Er starrte mich an, seine Miene war noch immer angespannt und ernst. Er war so etwas wie der Vater der Gruppe und musste hin- und hergerissen sein zwischen unterschiedlichen Gefühlen: Angst um die anderen, Wut auf mich, vielleicht sogar Sehnsucht danach, selbst frei zu sein.

»Wir stimmen darüber ab«, sagte er. »Ich will das für niemanden entscheiden.« Er sah die Gruppe an und dann auf die Uhr. »Geben wir ihm zwei Stunden, oder liefern wir ihn jetzt aus? Wer ist dafür, ihm die Zeit zu geben?«

Ich hielt den Atem an. Mir war schwindelig und übel. Und einen Augenblick lang rührte sich niemand. Schließlich hob Carrie die Hand. Sie sah mich immer noch nicht an, aber sie fragte: »Was ist mit euch los, Leute? Ihr wisst, was sonst mit ihm passiert.«

Hector fragte laut: »Aber was ist mit uns?«

Diesmal antwortete Curtis, er sprach sehr bedächtig. »Ich denke, wir können zwei Stunden herausschinden. So lange können wir mit den anderen reden.«

Es wurde still im Raum, und ich atmete wieder ein wenig leichter, auch wenn meine Muskeln noch angespannt waren.

»Du hast gesagt, in zwei Stunden liefern wir dich entweder aus oder stimmen mit dir überein. Was passiert, wenn wir mit dir übereinstimmen?«, wollte Carrie wissen.

Ich zögerte. »Ich weiß nicht. Das werden wir dann sehen. Aber wenn ihr mit mir übereinstimmen könnt, dann hoffentlich auch alle anderen.«

Jemand hämmerte an die Tür, und alle fuhren zusammen.

Curtis deutete auf die Wand mit dem Werkzeug. »Nehmt euch irgendwas, Leute. Aber brecht nicht gleich was vom Zaun. Mal sehen, ob wir die Lage ruhighalten können.« Er ging zu dem großen Werkzeugkasten und schob ihn vor die Tür, so dass sie sich nur einen schmalen Spalt öffnen lassen würde.

Er legte die Hand auf den Türknauf und sah mich an. »Du musst nach draußen, richtig?«

»Ja.«

»Okay.« Er winkte die Vs auf die andere Seite des Raums, fort von der Tür. Die meisten waren jetzt bewaffnet, manche mit Hämmern, andere mit Schraubenschlüsseln. Ich hatte mir ein Stemmeisen von der Wand genommen.

Curtis drehte den Türknauf gerade so weit, dass die Tür aufgeklinkt war, und sofort krachte sie gegen den Werkzeugkasten. Der Kasten hielt stand, doch drei der Jungen stemmten sich vorsichtshalber mit ihrem ganzen Gewicht dagegen. Nun stand die Tür etwa eine Handbreit offen.

»Was zum Teufel tut ihr da?« Das war Oakland.

Ich sah auf die Uhr: 5.40 Uhr.

Curtis stemmte sich ebenfalls gegen den Werkzeugkasten und stand dabei so, dass niemand ihn durch den Spalt hindurch schlagen konnte. »Oakland? Hier ist Curtis.«

»Wir hatten einen Waffenstillstand«, sagte Oakland. Hinter ihm schrien und fluchten die restlichen Havocs.

»Ich weiß, dass wir einen Waffenstillstand hatten«, erwiderte Curtis. »Gib uns einen Moment Zeit, um herauszufinden, was da passiert ist.«

»Ist er bei euch?«

»Wer?«

Ich sah Curtis an und schüttelte den Kopf. »Ich bin hier.«

Oakland fluchte ausgiebig und hämmerte gegen die

Tür. »Das ist unser Vertrag, Fisher. Du hast ihn gestohlen.«

»Wir klären das«, warf Curtis ein. »Aber ihr müsst uns ein bisschen Zeit geben.«

»Da gibt's nichts zu klären«, brüllte Oakland. »Ihr habt den Waffenstillstand gebrochen. Dafür werdet ihr bezahlen.«

»Gebt uns eine Stunde.«

»Was soll sich denn in einer Stunde tun? Die Vs sind die kleinste Bande. Die Society ist auch stinksauer auf euch.«

»Treffen wir uns«, schlug Curtis vor. »Du, Isaiah und ich.«

Ohne Vorwarnung stürmten sie von draußen erneut gegen die Tür an, und der Werkzeugkasten rutschte zwei Zentimeter nach hinten. Fünf weitere Vs sprangen hinzu, um zu helfen. Die anderen standen sprungbereit da, hielten nervös ihre Waffen gepackt und hofften, dass die Tür gehalten werden konnte.

»Wartet«, schrie Curtis. »Ist Isaiah da draußen? Holt ihn.«

Irgendetwas flog durch den Türspalt und prallte krachend gegen das Werkzeugbrett. Eine Handsäge und eine Reißschiene fielen klirrend zu Boden.

»Curtis«, sagte nun eine andere Stimme.

»Isaiah.« Curtis klang gelassen, doch in seinem

Blick lag Verzweiflung. »Treffen wir uns. Du, Oakland und ich.«

»Und ich«, sagte ein Mädchen wütend: Mouse.

»Ja, natürlich. Lasst uns reden und das klären.«

Isaiahs Gesicht war dicht am Türspalt, vermutlich damit er nicht schreien musste. »Was gibt es da zu reden? Ihr habt den Waffenstillstand gebrochen.«

»Das ist also alles, Isaiah? Was ist mit dem Kampfverbot? Ist dir das egal, kümmert dich nur der Waffenstillstand?«

»Der Waffenstillstand ist das, was die Ordnung hier aufrechterhält. Willst du wieder zurück zu den früheren Zuständen?«

»Ich weiß«, erwiderte Curtis. Er bedeutete mir, seinen Platz am Werkzeugkasten einzunehmen. Dann ging er vorsichtig auf die andere Seite, damit er durch den Türspalt sehen konnte. »Ich will den Waffenstillstand einhalten, und ich will die Ordnung aufrechterhalten. Lasst uns darüber reden und sehen, was wir tun können.«

Das Geschrei auf der anderen Seite der Tür ebbte nicht ab, aber Isaiah, Oakland und Mouse schwiegen eine Weile. Ich beobachtete die Tür. Ich wollte niemanden ansehen; ich wollte nicht, dass mich jemand ansah. Ich hatte nicht damit gerechnet, dass es so schlimm werden würde.

»Du kommst raus«, sagte Oakland schließlich.

Curtis warf einen Blick zurück zu den Vs. »Okay. Aber unter einer Bedingung: Ihr verzieht euch von der Tür. Die Vs sind sicher, bis wir fertig geredet haben. Kapiert?«

Der Tumult wurde leiser, während die Banden sich berieten. »Okay, aber jetzt kommt *unsere* Bedingung: Carrie kommt mit.«

»Nein!« Entsetzt sah Curtis zu Carrie, der die Tränen übers Gesicht liefen.

»Doch«, erwiderte Oakland. »Ich weiß nicht, was für einen Scheiß du hier abziehen willst, aber ich will nicht, dass du den Märtyrer spielst, während alle anderen abhauen. Carrie kommt auch mit, und wenn deine Bande irgendwas Dummes versucht …« Er sprach nicht zu Ende, aber das brauchte er auch nicht. Jetzt sah Curtis mich wutentbrannt an, und ich fragte mich, ob er mich doch einfach vor die Tür setzen würde. Schließlich trat Carrie vor.

»Ich komme mit.«

Curtis packte mich am Sweatshirt. Seine Stimme war ein leises, raubtierhaftes Knurren. »Ich lasse nicht zu, dass ihr irgendwas passiert, klar?«

Ich nickte.

Er starrte mich durchdringend an, die Zähne zusammengebissen. Carrie nahm seine Hand.

»Okay«, rief Curtis über die Schulter, ohne den Blick von mir abzuwenden. »Wir kommen.« Dann drehte er sich zu den anderen um und ließ den Blick von einem Gesicht zum anderen wandern. »Hector, du hast das Kommando. Pass auf die Leute auf.«

Hector nickte feierlich. Mit beiden Händen hielt er seinen Klauenhammer umklammert. Auf mich wirkte er, als wollte er mich lieber angreifen, statt mich zu verteidigen.

Curtis trat dicht zur Tür. »Wir kommen jetzt alle raus. Alle Vs. Die Banden halten sich voneinander fern, und wir treffen uns im Eingangsbereich. Okay?«

Zögern. »Okay.«

»Gut. Dann alle Mann zurücktreten.«

Angespannt beobachteten wir anderen Curtis und Carrie, die an der Tür warteten. Das konnte ein Trick sein – sie konnten über uns herfallen, sobald wir hinausgingen –, und alle wussten wir das. Curtis und Carrie hielten sich fest an den Händen, ihre Knöchel waren weiß.

Curtis winkte uns zu, und wir schoben den Werkzeugkasten von der Tür fort. Hector stellte sich direkt hinter unsere unbewaffneten Anführer, und wir anderen folgten ihm, während sie langsam die Tür öffneten. Der Korridor vor uns war frei. Sie gingen hinaus.

Ich ließ den Blick durch den Korridor bis zur Außentür schweifen. Niemand stand davor.

»Wir kommen«, sagte Curtis. »Ihr habt mich und Carrie als Sicherheit. Die Vs warten draußen.« Er winkte Hector, und der führte uns eilig durch den Korridor zur Schultür.

Sofort wurde es hinter uns laut, und Curtis schrie, um den Lärm zu übertönen: »Sie hauen nicht ab. Sie gehen nur irgendwohin, wo ihr nicht an sie rankommt, solange wir reden.«

Wir rannten zur Tür. Ich sah auf die Uhr: 5.51 Uhr.

Mason war als Erster an der großen Schultür; er hielt eine Rohrzange in der Hand. Es summte und klickte, und er stieß sie auf.

23

Hector wartete, bis alle Vs draußen waren. Ich kam als Letzter, und als ich bei ihm war, blieb ich stehen.

»Also?«, fragte er und sah mich finster an. »Beeil dich lieber mit dem, was du vorhast.«

»Okay.« Ich wog das Stemmeisen in der Hand und rannte dann auf den Müllverbrennungsofen und die Tür in seiner Nähe zu. Seit das alles geschehen war, war ich nicht mehr dort gewesen – ich hatte nicht daran rühren, es nicht nochmals durchleben wollen. Auch so hatte ich das alles noch häufig genug vor Augen.

Vor der Tür blieb ich stehen, der Ofen befand sich nun zu meiner Rechten. Die Tür sah nach nichts Besonderem aus. Sie bestand aus Metall und war in einem warmen Braunton angestrichen, so dass sie zu den Ziegeln des Gebäudes passte. Der Knauf war silberfarben, rund und glatt, und über dem Türpfosten war ein Sensor angebracht.

Dahinter lag ein Schauplatz, den ich eigentlich nicht wiedersehen wollte, aber ich wusste, mir blieb nichts anderes übrig. Es war die einzige Möglichkeit, die anderen davon zu überzeugen, dass sie fliehen mussten – die einzige Möglichkeit, sie dazu zu bringen, dass sie mir glaubten. Sie mussten erfahren, was hier vorging. Sie mussten richtig Angst bekommen.

»Also, was tun wir?« Hector stand jetzt neben mir, bei jedem Ausatmen erzeugte er Wölkchen.

»Ich breche da ein.«

»Wie kann ich dir helfen?«

Überrascht sah ich ihn an. »Hector …«

Er deutete auf die Eingangstür der Schule und fiel mir ins Wort: »Sag mir einfach, was ich tun soll. Wir haben nur eine Stunde Zeit.«

Ich nickte. Er wollte nicht mir helfen, sondern Curtis und Carrie.

Ich trat dicht vor die Tür, die sich eng an den Rahmen schmiegte; es gab so gut wie keinen Zwischenraum. Ich versuchte, die flache Spitze des Stemmeisens in die schmale Ritze zu schieben, kam jedoch nicht weit.

»Hier.« Hector hob seinen Hammer.

Ich hielt das Stemmeisen fest, und er schlug mit dem Hammer darauf, um das Eisen tiefer in die Ritze zu treiben. Aber wir erreichten nicht viel. Nach einem Dutzend Schlägen schüttelte er den Kopf. »Das funktioniert nicht.«

Ich klopfte an die Türplatte, und es klang hohl. Die Tür war hohl. Das war immerhin etwas. Ich hatte mich gesorgt, dass es womöglich keine normale Tür war, dass der Kellerraum so etwas wie ein besonders verstärkter Tresorraum war. Aber es schien eine einfache Tür zu sein.

»Zurück«, sagte ich. Er gehorchte.

Ich hieb mit dem Stemmeisen auf den Knauf. Es schepperte metallisch, und das Stemmeisen prallte ab. Die Erschütterungen, die durch meinen verletzten Arm liefen, schmerzten höllisch, doch ich versuchte, das zu ignorieren. Ich untersuchte den Knauf. Da war eine kleine Delle, mehr nicht.

»Versuch es weiter«, sagte jemand. Ich sah nicht nach, wer.

Ich schlug erneut zu, und dann wieder, hieb auf den Metallknauf ein, bis er verbogen und zerkratzt war.

Ich musste da rein. Es ging mir nicht einmal mehr darum, was passieren würde, wenn wir zurückgehen und uns den anderen Banden stellen mussten – ich musste ihnen das hier einfach zeigen.

»Mason«, rief Hector. »Komm mal her.«

Ich ruhte kurz aus. Mittlerweile schwitzte ich, mir war viel zu warm in meinem Sweatshirt, obwohl es hier draußen eisig kalt war. Als ich Mason entgegensah, fiel mein Blick auch auf die anderen. Alle Vs standen hinter uns.

Hector schickte Mason an die Tür. »Du machst weiter.«

Mason wirkte überrascht, aber er hätte nicht geschockter sein können als ich.

»Du kommst nicht in Schwierigkeiten«, versicherte Hector Mason. »Sie werden glauben, Benson hat das getan.«

Er deutete auf das Gebäude. »Siehst du die da?«

Im Stockwerk über uns drückten sich zahllose Leute die Nasen an den Fenstern platt und versuchten zu erkennen, was wir hier unten taten.

»Tu's einfach«, sagte Hector und wandte sich wieder der Tür zu.

Ein feines Lächeln erschien auf Masons Gesicht. Er hob seine schwere Rohrzange und hieb damit auf den Knauf ein. Sein erster Schlag glitt ab, der Hammer schrammte über die Metalltür und hinterließ einen silberfarbenen Kratzer im Anstrich. Ich beobachtete ihn. Immer wieder schlug er zu: hob die Arme, atmete ein und ließ dann den Hammer niederfahren.

Und plötzlich sah ich Dylan vor mir, der mit dem Rohr unablässig auf Jane einschlug. Ich krümmte mich, dann sackte ich zu Boden und hätte mich beinahe übergeben.

Gabby kam angerannt und sagte zu Hector: »Sie versuchen, eine Außentür aufzubrechen. Sie kommen raus.«

»Wer?«

Gabby hatte die Augen weit aufgerissen, und ihr Kinn bebte. »Die anderen Banden. Ich weiß nicht, wer genau. Aber ich kann sie hören.«

Hector wandte sich an die anderen. »Tapti, du und Gabby, ihr beobachtet die Tür. Wenn sie sie aufgebrochen bekommen, kommt ihr so schnell wie möglich zurück.« Zwei andere Vs schickte er zur entgegengesetzten Ecke des Gebäudes, wo sie Wache halten sollten, ob jemand von dort käme, und zwei weitere stellten sich fünfzig Meter hinter uns, um die Fenster zu beobachten. »Benson ist wieder dran.«

Ich nahm Mason die Rohrzange ab – sie war schwerer als mein Stemmeisen, er hatte damit mehr bewirkt – und begann wieder, auf den Knauf einzuschlagen. Mason hatte eine Menge Schaden angerichtet, der Knauf war jetzt in einem Fünfundvierziggradwinkel umgebogen. Ich schlug noch dreimal zu, dann ließ ich mir das Stemmeisen zurückgeben. Mir war aufgefallen, dass der Knauf sich auch ein Stück von der Tür gelöst hatte, und da war nun eine Lücke von rund einem Zentimeter.

Mason half mir, das Stemmeisen anzusetzen und in

die Lücke zu rammen, und dann stemmten wir uns beide mit aller Kraft dagegen. Ich hatte das Gefühl, wir hatten es fast geschafft.

Hector kam dazu und rief dann nach Joel.

Irgendwo hörte ich einen Schrei, und einen Augenblick lang hielten wir alle inne und blickten uns um, aber wir sahen nichts.

Ich griff in die Tasche und holte die Granaten hervor.

»Hier.« Ich schob sie Hector in die Hände. »Die sind mit Pfefferspray gefüllt.«

Flüchtig huschte ein Lächeln über sein Gesicht, doch dann deutete er auf die Tür. »Beeil dich lieber.«

Er rannte davon.

»Na los.« Ich wandte mich wieder dem Türknauf zu und lehnte mich gegen das Stemmeisen. Ich hatte heftige Schmerzen in Brust und Rippen, aber ich machte trotzdem weiter. Vielleicht bildete ich es mir nur ein, aber es fühlte sich an, als bewegte sich da etwas kaum merklich.

»Sie kommen«, sagte jemand hinter mir. Ich spürte, wie der Druck auf das Stemmeisen nachließ, als Joel sich umdrehte.

»Noch mal«, drängte ich. »Los.«

Ich hörte Gebrüll aus Dutzenden von Kehlen, und

plötzlich wurde mir bewusst, dass die Vs uns ganz dicht umringten. Uns schützten.

Ich drückte mit aller Kraft gegen das Stemmeisen, bis mir Arme und Beine zitterten. Joel stellte der Hebelkraft wegen einen Fuß auf die Tür, und Mason stöhnte.

Mit einem Knall brach der Türknauf ab und flog durch die Luft, und wir stürzten alle drei zu Boden.

Die Tür war noch immer geschlossen, doch an der Stelle, wo der Türknauf gewesen war, klaffte nun ein Loch. Unglücklicherweise war innen eine Eisenstange horizontal vor dem Loch angebracht – die Tür war noch immer verriegelt.

Ich hörte Skivers Stimme ganz in der Nähe. Aber es klang nicht so, als würde schon jemand kämpfen.

Ich nahm das Stemmeisen und sah Mason und Joel an. Sie wussten auch nicht weiter.

Als ich gerade das Stemmeisen hob, um es ins Loch zu rammen, hörte ich jemanden sagen: »Benson. Warte!« Ich ließ das Eisen sinken und sah mich um.

Rosa stand hinter mir. Ich versteifte mich und packte das Stemmeisen fester.

»Wenn du da draufschlägst, verbiegst du den Schließmechanismus, und dann bekommst du sie niemals auf«, sagte sie. Sie drängte an mir vorbei, ging in die Knie und spähte durchs Loch. Dann holte sie ein

Taschenmesser hervor und klappte den Schraubenzieher aus.

Ich betrachtete die dazugekommenen Leute um uns herum. Sie waren hauptsächlich von Havoc, aber es waren auch ein paar Society-Kids darunter. Bisher kämpfte noch niemand – keiner der Anführer war hier –, aber sie brüllten einander an.

Nach einer halben Minute hörte ich Rosa sagen: »Fertig.«

Sie stand auf und zog mit zwei Fingern an der Tür. Sie schwang auf.

Ich starrte sie an. Sollte sie mich nicht aufhalten? War sie ein Androide, der uns eine Falle stellte, oder hatte ich mich in ihr geirrt?

Als die Tür aufschwang, flüsterte die Meute nur noch leise. Sogar die Vs, die sich auf einen Kampf vorbereitet hatten, drehten sich jetzt so weit um, dass sie sehen konnten, was hinter der Tür lag.

Unvermittelt fühlte ich mich völlig überfordert. Ich konnte da nicht allein hineingehen.

»Mason.« Ich winkte ihn zu mir.

Er stellte sich vor mich und spähte vorsichtig durch die halboffene Tür. Dann flüsterte er mit bebender Stimme: »Was ist da drin, Fish?«

Ich starrte in den Korridor. Es war völlig still.

Ich sah ihn an. »Gibst du mir eine Sekunde?«

Er atmete tief durch. »Ja. Aber viel länger nicht. Die werden nicht lange stillhalten.«

»Okay.«

Ich ging um die Tür herum – ich wollte sie fast nicht berühren. Der Korridor lag genau wie beim letzten Mal im trüben bläulichen Licht der alten Leuchtstofflampen. Aber die Betonwände schienen jetzt weiter auseinanderzustehen, und die Decke kam mir höher vor.

Es war beängstigend.

Zögerlich ging ich hinein, und das Gemurmel hinter mir wurde immer leiser. Ich wappnete mich für das, was ich womöglich vorfinden würde. Ich brauchte irgendein Anzeichen dessen, was hier geschehen war, aber ich wusste, ich konnte höchstens hoffen, dass der Computer noch da war. Wir hatten ja Computercracks an der Schule; auch wenn die nur Informationen über MODELL: JANE 117C fänden, würde ich sie damit vielleicht überzeugen können.

Doch ein Teil von mir wollte lieber nichts finden. Mit angehaltenem Atem ging ich durch den Korridor, und die Erinnerungen an jene Nacht überfluteten mich. Janes unbeholfenes Humpeln auf offensichtlich gebrochenen Beinen, ihre toten Augen, die Stimme, die nicht ihre gewesen war …

Der Korridor endete, und ich blieb stehen. Ich wollte diesen Raum nicht betreten.

Aber die Vs konnten die anderen nicht ewig in Schach halten. Ich musste dort hinein. Ich hatte versprochen, dass niemand verletzt würde.

Also trat ich ein.

»Jane«, stieß ich hervor.

Sie war noch immer dort, genau da, wo ich sie zurückgelassen hatte. Wie lange war das her? Zwei Wochen? Drei? Länger?

Ich war nicht imstande, zu ihr zu gehen. Meine Beine wollten mich einfach nicht dorthin tragen.

Plötzlich liefen mir die Tränen übers Gesicht.

Hinter mir hörte ich Schlurfen, dann spürte ich eine Hand auf dem Arm.

»Benson.« Das war Hector, doch er stand hinter mir im Korridor und konnte ihren Körper noch nicht gesehen haben. Mason betrat den Raum als Erster.

Er schnappte nach Luft. Als er die Sprache wiederfand, war sein Flüstern kaum zu hören. »Was zum Teufel …?«

Ich hörte, wie noch mehr Leute den Korridor betraten, und verspürte den Drang, vor ihnen zu Jane zu gelangen, daher ging ich durch den Raum zum Tisch.

Jane lag auf dem Rücken. Sie trug noch immer dasselbe zerrissene, blutbefleckte Kleid. Abgesehen von dem bläulichen Licht, das ihre Haut totenbleich erscheinen ließ, sah sie aus, als schliefe sie.

Ich meinte, ganz schwach ihr Parfüm zu riechen – Vanille und Rosen –, und musste mich abwenden.

Die anderen Vs traten gerade hinter uns in den Raum, und auf dem Korridor wurde es laut. Mason fluchte. Er hatte das Ohr entdeckt. Vielleicht war das Kabel noch eingesteckt. Ich mochte nicht nachsehen.

Alle glotzten und waren still, und jeder, der neu in den Raum kam, erstarrte ebenfalls.

»Das ist Jane«, sagte ich, und weinte noch immer. »Laura und Dylan haben sie getötet, wie ich euch gesagt habe. Aber trotzdem ist sie in jener Nacht noch hierher gekommen.« Meine Brust fühlte sich eng an, und ich bekam kaum genug Luft, um zu sprechen. Ich biss die Zähne zusammen und starrte auf den Betonboden, weil ich das Grauen in den Blicken der anderen nicht sehen wollte.

»Ist sie tot?«, fragte jemand. Ich wusste, was er meinte, aber ich konnte mich nicht dazu überwinden, ihm zu antworten. Ich sagte mir, es sei ganz einfach, ich könne ganz rational darüber nachdenken, völlig unbeteiligt, doch ich konnte es eben nicht.

»Ja«, flüsterte ich. »Und nein.« Ich hob die Hand und winkte sie herüber, und langsam näherte sich die ganze Gruppe – mittlerweile wohl vierzig Schüler – dem Tisch.

Ich zwang mich hinzusehen.

Es war jemand hier gewesen. Die Hälfte der Kopfhaut mitsamt Haaren war zurückgeklappt worden, so dass der Stahlschädel offen zutage lag. Ein halbes Dutzend Kabel verliefen nun zwischen ihr und dem Computer, und ein Tablett mit Werkzeugen – Skalpelle, Pinzetten, winzige Schraubenzieher und andere Gerätschaften, die ich nicht kannte – lag neben ihrem Kopf auf dem Tisch.

Ich stand reglos da, während die anderen an mir vorbeigingen. Einen nach dem anderen hörte ich sie nach Luft schnappen und leise aufschreien, wenn sie das nackte Metall von Janes Androidenschädel erblickten. Getuschel lief durch die Gruppe: Die vorn Stehenden erzählten denen weiter hinten die Neuigkeit, und die hinten weigerten sich, es zu glauben.

Eines der Mädchen drängte sich an mir vorbei und rannte hinaus. Ich wäre ihr gerne gefolgt – ich wollte nur abhauen und nie wieder an diese Schule denken –, aber stattdessen ging ich auf die andere Seite des Raums, hockte mich auf den Boden und lehnte mich an die Wand. Ab jetzt würde alles anders sein.

24

Immer neue Schüler kamen herein, aber viele waren auch bereits wieder gegangen. Gabby rannte zur Tür, doch sie schaffte es nicht bis hinaus auf den Korridor, ehe sie sich übergab. Die meisten Vs waren noch da und standen in abwehrender Haltung um Janes Körper herum, als müssten sie sie vor den Schaulustigen beschützen. Als wäre sie noch immer eine von uns.

Sie war nie eine von uns.

Ich schloss die Augen und vergrub das Gesicht in den Händen. Jetzt konnte niemand mehr behaupten, es wäre doch eigentlich ganz okay hier und wir sollten das Beste daraus machen. Das Ganze war eine einzige Lüge. Wir konnten einander nicht vertrauen. Niemand konnte Freunde haben. Niemand konnte sich verlieben.

Jemand berührte mich an der Schulter. Ich sah hoch. Gabby deutete zur Tür: Die Bandenführer waren da.

Die fünf – Curtis, Carrie, Oakland, Mouse und Isaiah – standen zusammen und sahen sich vorsichtig im Raum um.

Ich stand auf und ging zum Tisch. »Hey, Leute, macht mal einen Moment Platz.«

Langsam und wie benommen gingen die noch Versammelten zur Tür. Einige konnten den Blick nicht recht von Jane lösen, andere starrten einfach zu Boden. Mason ging an die andere Seite des Raums und lehnte sich neben den hohen Schränken an die Wand.

Isaiah regte sich als Erster, ließ die anderen vier stehen und schlenderte zu Janes Körper. »Und was ist daran jetzt so aufregend? Wir wussten doch, dass sie tot ist.«

Ich packte ihn am Arm – brutaler als nötig, doch ich wollte es ihn spüren lassen – und zerrte ihn zur anderen Tischseite. Dann legte ich ihm die Hand in den Nacken und drückte seinen Kopf dicht an Janes abgerissenes Ohr.

Ich konnte zwar sein Gesicht nicht sehen, aber mit einem Mal spürte ich keinen Widerstand mehr bei ihm.

Das Metall glänzte noch genauso wie in jener Nacht, aber die kleinen Lichter, die ich an den Ports gesehen hatte, waren erloschen.

Ich schob Isaiah beiseite und winkte die anderen vier zu mir. Curtis und Carrie hielten sich fest an den Händen. Sie gingen voran, Oakland und Mouse folgten ihnen. Ich trat zur Seite, damit die vier freie Sicht hatten.

Oakland fluchte beinahe unhörbar. Mouses Blick zuckte von Janes Körper zu mir und wieder zurück. Carrie streckte zaghaft die Hand aus und berührte mit den Fingerspitzen Janes Arm.

Curtis sah zu mir. »Wie lange weißt du das schon?«

»Seit jener Nacht.«

»Warum hast du niemandem etwas gesagt?«

Ich öffnete den Mund, aber meine Stimme brach. »Es war doch Jane«, brachte ich hervor. »Wer hätte mir das geglaubt?«

»Du hättest etwas sagen müssen«, fauchte Mouse. »Wir hatten ein Recht darauf, das zu erfahren.«

Ich atmete tief durch. »Ihr hättet mir ausnahmsweise vertraut?«

»Was soll das heißen?«, fauchte sie, aber es klang ziemlich schlapp.

Oakland war mit den Fingern den Kabeln an Janes Kopf zum Computer neben ihr gefolgt. Der Monitor war dunkel.

Ich trat näher an den Tisch heran. Mir war danach, Janes Hand zu berühren, doch ich konnte mich nicht dazu überwinden. »Das soll heißen, wenn Jane mich getäuscht hat – und ich habe *nichts* gemerkt –, dann stellt sich die Frage, wer an dieser Schule vielleicht noch ein ... Genauso wie sie ist?«

Oakland sah mir in die Augen, er war bleich. Niemand sagte etwas, doch Oaklands verstohlener Blick zu Mouse entging mir nicht.

Um das Schweigen zu brechen, redete ich drauflos. Ich erzählte ihnen die ganze Geschichte – wie Laura und Dylan nach draußen gekommen waren, um uns zu suchen, wie sie über uns hergefallen waren, wie ich versucht hatte, Jane wiederzubeleben, und schließlich von dem unbeholfenen, entsetzlichen Weg hier herunter in diesen Raum.

»Was hat der Computer gemeldet?«, fragte Oakland. »Als sie angeschlossen war.«

»Es war eine Art Schadensbericht. Er hat einen Haufen Zahlencodes aufgelistet – ich weiß nicht, was die zu bedeuten hatten.«

Oakland drückte eine Taste. Der Monitor flackerte und leuchtete auf, als wäre er nur im Stand-by-Modus gewesen.

Ich trat näher und blickte Mouse über die Schulter, weil ich sehen wollte, ob da noch etwas anderes stand. Alle fünf Anführer drängten sich jetzt um den Bildschirm. Hinter uns wollte Hector wissen, was wir sahen.

»Nur Zahlen«, erwiderte Curtis. »Eine Liste mit Codes.«

Der gesamte Bildschirm war voll mit Codes wie denen, die ich in jener Nacht gesehen hatte, als Jane sich erstmalig selbst angeschlossen hatte – bis auf die letzte Zeile. »Ganz unten«, las ich laut für Hector vor, »steht: ›Empfohlene Vorgehensweise: Abtransport und dauerhafte Deaktivierung infolge teurer und irreparabler Schäden.‹«

Carrie stöhnte leise und herzergreifend und bedeckte die Augen.

Plötzlich stieß Mason hervor: »Heilige Sch... Leute, seht euch das an!«

Wir drehten uns alle um.

Er stand vor einem der hohen Schränke und starrte hinein.

Mouse war als Erste bei ihm. »Was ist?«

Er riss die Schranktür weiter auf. »Seht selbst.«

Es war dunkel im Schrank, aber die Gestalt darin war unverwechselbar. Es war ein Mensch.

Dylan. Er war an ein Brett gefesselt, beinahe aufrecht, dicke Nylongurte an den Knien, um die Taille und um die Brust hielten ihn fest. Seine Augen standen offen, doch sie waren ebenso leblos wie Janes. Auch aus seinem Ohr kam ein Kabel und war an eine kleine digitale Schalttafel an der Seite des Schranks angeschlossen. Sein Ohr sah allerdings im Gegensatz zu Janes aus, als wäre es sorgfältig abgeschnitten worden.

Oakland fluchte erneut, doch Isaiah schien das alles am meisten zu verstören. Er trat vor, musterte Dylans

Gesicht aus nächster Nähe und untersuchte das Loch in seinem Kopf.

Mason schien plötzlich wieder aus seiner Benommenheit zu erwachen und riss weitere Schranktüren auf. In zwei Schränken gab es ebensolche Bretter mit Gurten, mit denen man jemanden – einen Androiden – festbinden konnte. Die anderen beiden Schränke waren abgeschlossen.

»Aber was ist mit Laura?«, fragte Isaiah irritiert. Sein Mund stand ein Stück offen, und seine Augen waren weit aufgerissen und blickten uns erwartungsvoll an.

»Vielleicht war sie keine von ihnen«, sagte ich. Dass Dylan auch hier war, machte meine Theorie zunichte. Dylan war vergleichsweise neu an der Schule. Ich würde in meiner Tabelle nachsehen müssen, aber ich war ziemlich sicher, dass er erst acht oder neun Monate hier war. »Nicht jeder ist einer, glaube ich.«

Mouse verzog angewidert die Lippen. »Tja, ich jedenfalls nicht.« Sie knallte die Tür des Schranks mit Dylan zu und fuhr zu den anderen Anführern herum. »Was ist mit euch?«

Sie begannen zu protestieren, aber ich übertönte sie: »Das lässt sich nicht sagen. Ich denke seit Wochen darüber nach. Jane hat geblutet. Ich meine, ich habe sie geküsst und hatte keine Ahnung, dass sie ... so war. Wir können ja schlecht allen ein Ohr abschneiden, um nachzusehen.«

Schweigend standen wir da. Ich meinte zu sehen, wie Carries Blick nervös zu Curtis zuckte, aber dann starrte sie einfach auf den Schrank.

»Weiß jemand, wie man einen Metalldetektor baut?«, fragte Mason.

Niemand antwortete.

»Im Keller sind diese ganzen alten Lehrbücher«, schlug ich vor. »Vielleicht ist eines über Elektronik dabei.«

»Was ist mit dem Röntgenapparat?«, fragte Curtis.

Ich schüttelte den Kopf. »Wir müssen den Film zum Entwickeln einschicken. Die Schule macht das.«

Isaiah nickte geistesabwesend, er war tief in Gedanken versunken. Mouse schaute grimmig, sie hatte die Zähne zusammengebissen. Oakland sah einfach nur stinkwütend aus, als wollte er irgendetwas zertrümmern. Carrie wirkte wie tot, ohne jede Gefühlsregung, und Curtis' Gesicht war ganz verzerrt, er schien völlig verstört. Während ich ihn betrachtete, sah er mir in die Augen. Schließlich sagte er: »Wir müssen mit allen reden.«

Isaiah blickte auf. »Aber was erzählen wir ihnen?«

»Die Wahrheit«, entgegnete Curtis.

Isaiah nahm die Brille ab und rieb sich die Augen. »Jetzt wird niemand mehr einem anderen vertrauen.«

Oakland schnaubte. »Als ob die Leute das je wirklich getan hätten.«

Curtis begegnete meinem Blick. »Die Vs vertrauen einander«, sagte er. Ich nickte, wenn auch mehr aus Hoffnung als aus Überzeugung. Isaiah hatte recht. Niemand konnte noch jemandem vertrauen.

Ich ging zurück nach draußen. Allmählich ging die Sonne auf. Die meisten Leute hatten den Schatten des Gebäudes verlassen und standen auf dem Weg im warmen Sonnenschein.

Wir gingen schweigend und bis auf Curtis und Carrie jeder für sich allein. Aber sogar diese beiden schienen einander jetzt ferner zu sein, obwohl sie Händchen hielten.

Becky kam auf uns zu und flüsterte in verletztem Ton: »Die Schule ist verriegelt. Nicht einmal die Vs können hinein.« Sie sah mich an, ihre Augen waren verschwollen und gerötet. Sie wollte etwas sagen. Ich wollte etwas sagen, aber ich wusste nicht, was.

Ich wandte mich ab und sah zurück zu der Tür, die wir aufgebrochen hatten. Der braune Anstrich war nun von langen weißen Kratzern und Dellen durchzogen. Die Tür schwang sachte im Wind hin und her; es gab ja nichts mehr, womit man sie schließen konnte.

Langsam trat Mouse durch die Tür und betrachtete die wartenden Schüler einen Augenblick lang. Dann kam sie zu uns herüber.

»Oakland arbeitet an dem Computer«, sagte sie ausdruckslos, an niemand Bestimmtes gerichtet.

Isaiah schien auf irgendetwas zu warten, doch als niemand sprach, wandte er sich an die anderen Schüler.

»Zunächst einmal«, begann er, »gibt es keinen Grund zur Panik. Was wir da gesehen haben, ist seltsam und anders als alles, was wir kennen, aber das ...« Er wurde von höhnischem Geschrei unterbrochen.

»Halt's Maul, Isaiah! Wahrscheinlich bist du auch einer von denen!«

Mouse und Curtis wechselten einen Blick, dann deutete Curtis auf mich. »Mach du lieber weiter.«

Ich runzelte die Stirn, doch Mouse schien nichts dagegen zu haben. Isaiah war sichtlich verärgert.

Ich trat vor. »Wir wissen nicht viel über das, was hier vorgeht. Als ich das mit Jane herausgefunden habe, dachte ich, sie wäre vielleicht die Einzige. Aber gerade eben hat Mason Dylan gefunden. Er war auch einer.«

Erschrockenes Keuchen war zu hören, und ein paar Leute begannen, darüber zu diskutieren. Aber die Gespräche wirkten zaghaft und versiegten so rasch, als fragten sie sich, ob sie eigentlich mit Freunden oder Feinden redeten.

»Wir haben keine Möglichkeit herauszufinden, ob noch weitere Androiden unter uns sind«, fuhr ich fort. Bei dem Wort »Androiden« zuckten mehrere Schüler sichtlich zusammen. »Es weiß nicht zufällig jemand, wie man einen Metalldetektor baut?«

Ich suchte die Menge ab, aber niemand hob die Hand.

»Wir können es also nicht beurteilen und herausfinden, aber ich denke, davon dürfen wir uns nicht aufhalten lassen. Ich denke, es ist Zeit, dass wir endgültig von hier abhauen. Ich habe immer geglaubt, dass wir es schaffen können, wenn wir zusammenarbeiten. Gehen wir alle, heute, jetzt sofort! Über die Mauer kommen wir relativ leicht – durch den Abflusskanal oder indem wir ein paar Bäume fällen.« Ich sah hinüber zu Isaiah. »Ich habe im Augenblick den Security-Vertrag und ich verspreche euch, er wird nicht angewendet.«

Bei diesem Vorschlag kam zwar keine Begeisterung auf, aber es widersprach auch niemand, daher fuhr ich fort: »Der Highway ist etwa fünfzig Meilen entfernt, und wenn wir keine großen Pausen machen, schaffen wir das in ein paar Tagen. Dort können wir bestimmt jemanden anhalten.«

Skiver rief: »Jeder von euch könnte ein Roboter

sein! Wer garantiert uns, dass wir bei der Flucht nicht getötet werden?«

Joel war der Nächste. »Was ist mit Wasser? Fünfzig Meilen ohne Wasser – das ist Selbstmord!«

Auch andere brüllten Einwände, aber ich wedelte mit den Armen, um sie zum Schweigen zu bringen. »Die einzige Alternative ist die, wieder ins Schulgebäude zu gehen – falls sie uns lassen. Kapiert ihr denn nicht? Egal, weswegen wir hier sind, die Sache ist gescheitert! Wir haben immer angenommen, dass sie uns entweder ausbilden oder Experimente mit uns anstellen. Jetzt wissen wir über die Androiden Bescheid, und damit ist jedes Experiment, das sie mit uns anstellen wollten, vermasselt. Glaubt ihr, die lassen uns einfach wieder zur Tagesordnung übergehen?«

Isaiah drehte sich um. »Aber was ist, wenn ihr erst über die Mauer seid? Die töten die Leute da draußen. Sie haben Lily getötet, nicht wahr? Sie haben jeden getötet, der es je über die Mauer geschafft hat.«

»Aber nicht, wenn wir alle zusammen gehen, alle achtundsechzig«, beharrte ich. »Wir müssen zusammen gehen, alle zugleich.«

Isaiah wurde lauter. »Du bist noch nicht lange genug hier, um es zu wissen, aber es sind schon mal fünfzehn Leute auf einmal gegangen. Sie wurden alle getötet.«

»Waren das die fünfzehn, die schon hier waren, als

Jane ankam?«, fragte ich. »Das wissen wir nur von Jane. Sie war diejenige, die uns von ihnen erzählt hat, und das könnte eine Lüge gewesen sein. Außerdem: Das waren fünfzehn, und wir sind fast siebzig!«

Ich ließ das erst einmal so stehen und beobachtete die Mienen der Leute, während sie über meine Worte nachdachten. Alle ihre Ängste waren berechtigt – ich wusste, dass wir Wasser benötigten, und ich wusste, dass da draußen irgendetwas sein musste. Aber wir konnten nicht einfach zurück ins Schulgebäude gehen und so tun, als wäre alles normal.

»Wartet mal.« Mason runzelte verwirrt die Stirn. »Warum hat Dylan Jane angegriffen? Warum sollte ein Android einen anderen töten?«

Darauf hatte ich keine gute Antwort, aber ich mutmaßte: »Vielleicht gehört das alles zum Drehbuch – für das, was sie vorhatten. Vielleicht wollten sie sehen, was passiert, wenn Jane getötet wird.«

Er schüttelte den Kopf, offensichtlich überzeugte ihn diese Erklärung nicht. »Das ist verrückt.«

Hector sagte: »Das ist egal. Ich bin dafür, dass wir ausbrechen.«

»Nein«, sagte Isaiah und streckte beschwörend beide Arme nach vorn. »Hört zu. Egal, weswegen wir hier sind, es gibt einen Grund dafür. Die Schule braucht uns für irgendetwas. Jetzt kennen wir das kleine Geheimnis der Schule, und vielleicht können wir das als Druckmittel einsetzen.«

»Du willst, dass wir verhandeln?« Ich wusste ja, dass Isaiah nicht ganz dicht war, aber das war selbst für seine Verhältnisse völlig verrückt.

»Ja«, erwiderte er. »Natürlich. Denkt darüber nach. Erstens ist es sicher. Wir können in die Schule zurückkehren, wir bekommen Essen und Wasser, wir können uns immer noch selbst schützen. Zweitens: Meint ihr, es ist leicht für die Schule, uns alle für ihr Experiment hierher zu bringen? Vielleicht ist ihr Vorhaben gar nicht gescheitert, und sie können uns immer noch brauchen … Aber jetzt können wir ein paar Forderungen stellen.«

»Hat die Schule je einem von uns geantwortet?«, fragte ich. »Hat jemand schon einmal eine Frage gestellt und eine Antwort bekommen?«

»Jetzt müssen sie antworten!«, entgegnete Isaiah stur.

Ich wandte mich an alle. »Lasst uns abstimmen. Wer möchte jetzt weggehen?«

Beinahe alle Vs hoben die Hände, dazu eine Handvoll Havoc-Leute. Von der Society rührte sich niemand. Insgesamt waren nur zweiundzwanzig dafür.

Ich konnte es nicht fassen. Nach allem, was ich ihnen gezeigt hatte, wollten sie es immer noch nicht wagen. »Wir können hier rauskommen, wenn wir es zusammen tun! Wenn die Hälfte geht und die Hälfte bleibt, dann sind wir alle tot. Ihr meint, ihr bleibt in Sicherheit, aber ihr haltet nur uns andere im Gefängnis fest.«

Ich drehte mich auf dem Absatz um und stürmte davon. Sie waren schon so lange an dieser Schule, dass sie Angst hatten fortzugehen, Angst davor, etwas zu riskieren. Und jetzt verurteilten sie mich zum selben Schicksal.

Am Waldrand blieb ich stehen und starrte auf die ausgedehnte Baumfläche. Ich hörte Vögel zwitschern, die sich in der frühen Morgensonne wärmten. Für sie war dieser Wald kein Gefängnis, sondern ihr Zuhause.

Ich verließ den Rasen und trat ins Unterholz. Ich hatte versucht, alles richtig zu machen. Ich hatte versucht, allen zu helfen, aber keiner wollte meine Hilfe. Sie hatten alle zu viel Angst.

Ohne mich bewusst dafür zu entscheiden, stapfte ich langsam tiefer in den Wald hinein, fort von der Schule.

Wie wollten die denn verhandeln? Die Idee war derart beknackt, dass ich Isaiah dafür hätte erschlagen können. Wir konnten keine Forderungen an die Schule stellen. Die mussten doch bloß die Nahrungsmittelzufuhr einstellen. Wie viele ausgefallene Mahlzeiten würde es dauern, bis alle einknickten? Oder wie lange würde es dauern, bis die Schule entschied, dass wir nutzlos für sie waren und sie uns loswerden musste, damit sie von vorn anfangen konnte? Wie würde man uns töten? Das Essen vergiften? Die Luft? Uns im Schlaf von ein paar Androiden die Kehle durchschneiden lassen?

Ich lief über eines der Paintballspielfelder und kam an farbbespritzten Bäumen und Bunkern vorbei. Auf diesem Feld hatte ich zum ersten Mal gespielt, an meinem zweiten Tag hier.

Wir waren Spielzeug. Irgendwo machten die sich Notizen, während sie beobachteten, wie wir jeden ihrer Befehle befolgten. *Benson Fisher reagiert unter Stress gewalttätig – greift seine Klassenkameraden körperlich an, beschädigt Schuleigentum. Wie wird er reagieren, wenn wir die Türen verriegeln? Wenn wir die Nahrungsmittellieferungen einstellen? Wenn wir seine Freunde töten?*

Ich schlüpfte unter dem Band am hinteren Spielfeldende hindurch. Hier war der Boden steiniger und stieg steil an. Ich musste fast rennen, weil ich auf den losen Steinen bei jedem Schritt ein Stück zurückrutschte, aber nach einer Minute erreichte ich keuchend und erschöpft die Mauer, die hier genauso unüberwindlich wirkte wie überall: mehr als doppelt so hoch wie ich und davor eine Schneise, auf der sämtliche Bäume gerodet worden waren, so dass niemand von einem Baum aus hinüber klettern konnte. Ich berührte die Ziegel. Sie fühlten sich kalt an.

Ich setzte mich auf einen Stein und starrte die Mauer an. Ohne Vorräte oder Hilfe gab es keinen Weg hinüber. Ich konnte versuchen, noch einen Baum zu fällen, aber ich wusste, die anderen hatten recht mit dem, was mich dahinter erwartete. Ich würde bloß so enden wie Lily.

Hinter mir hörte ich Steine klappern. Noch jemand kämpfte sich den Hang hinauf. Ich lauschte, ohne mich umzudrehen.

»Hi.« Es war Becky.

»Hi.«

Sie kam zu mir und setzte sich neben mich auf den Stein. Ihr Atem ging schnell und flach.

»Du läufst nicht weg«, stellte sie fest.

Ich starrte auf die Mauer und schüttelte den Kopf.

Sie sagte nichts, saß einfach neben mir. Die Sonne erreichte uns hier noch nicht, sie war noch hinter Bäumen verborgen, und die Luft war kalt. Ich war froh über mein Sweatshirt. Ich hoffte, die Schule würde nicht beschließen, uns zu bestrafen, indem sie die Tür den ganzen Tag und die ganze Nacht verriegelt ließ.

Allerdings könnten wir in dem Fall einfach zurück in den Raum mit Jane gehen. Den konnten sie jetzt ja nicht mehr verriegeln. Zumindest wären wir dann im Warmen.

»Tut mir leid«, sagte Becky schließlich. »Ich wünschte, du hättest es mir erzählt, aber …«

»Nein«, unterbrach ich sie. »Ist schon gut. Ich hätte mir auch nicht geglaubt. Da taucht irgendein neuer Typ auf und erzählt einem verrücktes Zeug über jemanden, den man seit über einem Jahr kennt. Schon gut.«

Lange saß sie schweigend neben mir. Manchmal holte sie Luft, als wollte sie etwas sagen, aber sie bremste sich immer wieder.

Ich starrte die Mauer an. Ich würde abhauen. Ich musste nur noch herausfinden, wie.

»Niemand kann mehr jemand anderem vertrauen«, sagte Becky. Sie rieb die Hände aneinander, um sie warm zu halten. »Für dich ist es wahrscheinlich schon seit einer Weile so.«

»Ja.« *Und es kotzt mich an.*

»Deshalb hast du auch diese Tabelle gemacht«, sagte sie.

Ich atmete tief durch und rieb mir das Gesicht. »Ja. Ich dachte, die Androiden müssten von Anfang an hier gewesen sein. Wie Jane.«

Sie nickte.

»Aber jetzt haben wir Dylan gefunden«, fuhr ich fort. »Das ändert alles.«

»Stimmt.«

Ich sah auf die Uhr. Es war noch nicht einmal acht. Es würde ein langer kalter Tag werden.

Becky setzte sich so hin, dass sie mir zugewandt war. Ich wandte den Blick von der Mauer ab und sah sie an. Sie war nicht so perfekt zurechtgemacht wie üblich – ihre braunen Haare waren noch zerzaust und flach gedrückt vom Schlafen.

»Ich weiß, dass du mir nicht trauen kannst, Bense«, sagte sie, dann hielt sie inne und sah hinab auf ihre Hände. »Ich möchte nur, dass du weißt, ich vertraue dir.«

»Heißt das, du verlässt die Society? Du kommst wieder zu den Vs?«

Sie seufzte und sah mir in die Augen. »Ich bin, was immer du auch bist.«

Schweigend saßen wir da und sahen einander an – minutenlang, so kam es mir jedenfalls vor. Plötzlich brach Becky zusammen, sie schluchzte, dass ihr ganzer Körper bebte. Sie ließ sich gegen mich fallen, und ich hielt sie fest. »Es tut mir leid«, schluchzte sie untröstlich. »Ich habe wirklich gedacht, ich helfe den Leuten.«

»Ist schon gut«, murmelte ich. »Ist schon gut.«

25

Während die Sonne am kalten Morgenhimmel allmählich höher stieg, begruben wir Jane. Becky, Mason und ich holten Schaufeln aus den Geräteschuppen, die sich zum Glück immer noch öffnen ließen. Die übrigen Vs und sogar ein paar Leute von den anderen Banden gesellten sich zu uns. Wir hoben ein neues Grab auf dem Friedhof aus, und dann ließen Curtis und ich Janes Körper hinab.

Die meisten Blumen auf dem Gelände waren schon vor Wochen verblüht, doch Becky sammelte ein paar Kiefernzweige. Und anstelle eines Grabsteins häuften wir Steine am Kopfende des Grabes auf – jeder Trauernde fügte einen hinzu.

Ja, Jane war kein echter Mensch gewesen. Aber sie war doch so real erschienen, dass wir sie alle gern gehabt hatten.

In der winterlichen Stille kam Oakland zu mir. Ich saß auf dem Friedhof im Gras, die Schaufel quer überm Schoß. Becky und ein paar Vs waren noch bei mir, aber seit einiger Zeit hatte keiner mehr ein Wort gesagt.

»Hatte Jane Probleme mit der Popkultur?« Oakland hatte die Lippen fest aufeinander gepresst und sah beim Sprechen nachdenklich zu Boden. »Weißt schon, Musik und Fernsehen und so was.«

Gabby kam mir mit ihrer Antwort zuvor. Ihre Stimme bebte. »Ich habe mich deswegen immer über sie lustig gemacht. Sie kannte keine der Bands, die ich früher mochte.«

Ich wollte hinzufügen, dass sie auch nie irgendwelche Filme gekannt hatte, aber Oakland sprach zuerst.

»Ich konnte nicht viel aus diesem Computer herausholen. Ich glaube auch nicht, dass er an ein Netzwerk angeschlossen ist. Aber ich konnte ein bisschen Systeminfo aus … äh, aus Jane herausbekommen. Das meiste habe ich nicht verstanden – ging um Mechanik. Aber da waren auch ein paar Speicherupgrades. Irgendein Programmierer hat eine Notiz über das Hochladen eines Patchs hinterlassen, der das Popkulturproblem beheben sollte.«

Das war es also. Wenn ich ihr von Filmen erzählt hatte, hatte sie nichts darüber gewusst, weil sie nicht entsprechend programmiert gewesen war.

»Das Popkulturproblem«, wiederholte Curtis und starrte auf das frische Grab.

»Sie haben versucht, sie nachzurüsten, damit wir

nichts merken«, sagte ich und wünschte sofort, ich hätte es nicht gesagt. Es klang so gemein.

Für eine Weile schwiegen alle, dann fragte Joel: »Also, wer kann alle *Harry-Potter*-Titel nennen?«

»Halt den Mund«, fuhr Curtis ihn an. »Das ist das Letzte, was wir jetzt brauchen.«

»Da stand, sie hätten es in Ordnung gebracht«, fügte Oakland hinzu.

Die Sonne stand noch immer nicht im Zenit, als jemand uns von der Treppe zur Schultür etwas zurief. Die Tür war entriegelt, und gleich sollte eine Versammlung beginnen.

Alle Schüler saßen im Kreis in der Haupteingangshalle, die meisten auf dem Boden oder auf der Treppe. Die Leute von Havoc hatten ein paar Kartons mit Essen aus der Kantine geholt. Ohne klare Vorstellung von dem, was jetzt geschehen würde, sahen sie keinen Grund, ihre Verträge zu erfüllen, daher hatten sie die Lebensmittel einfach hier abgestellt – manche waren noch gefroren –, und wir mussten uns selbst versorgen. Aber ich kann mich nicht erinnern, dass sich jemand beschwert hätte.

Die Versammlung war von Isaiah einberufen worden, der auf einer steinernen Bank an der Eingangstür saß und ein Notizbuch in der Hand hielt. Wir sollten über die Verhandlungen mit der Schule diskutieren. Es war still im Raum, jeder wollte alles genau mitbekommen.

Als Isaiah sah, dass Becky und ich nebeneinander auf dem Boden saßen, hob er eine Augenbraue. Sie wich seinem Blick aus.

»Also, was ist das Wichtigste, was wir erreichen wollen?«, fragte er. Ich sah, dass er eine Überschrift in sein Notizbuch schrieb und sie unterstrich.

»Wir wollen hier raus«, sagte Curtis. »Alle.«

Isaiah malte ein Aufzählungszeichen, schrieb jedoch nichts dahinter. »Das können wir ihnen nicht einfach so sagen. Wir wollen doch verhandeln. Wenn wir alle fortgehen, hat die Schule nichts davon.«

»Was?!« Carrie beugte sich vor. »Da können wir keinen Kompromiss schließen. Wir können doch nicht sagen: Lasst die Hälfte von uns gehen.«

Isaiah schüttelte den Kopf. »Aber das wäre eine Forderung und keine Verhandlung. Und nenn mich ruhig verrückt, aber ich glaube nicht, dass es klug wäre, an eine Schule Forderungen zu stellen, deretwegen Leute getötet werden.«

Eines der Society-Mädchen hob die Hand: »Und wenn wir mit etwas Einfachem anfangen, sie zum Beispiel fragen, warum wir hier sind?«

Isaiah nickte begeistert. »Ja. Das ist besser.«

»Ich würde sagen, es ist offensichtlich, warum wir hier sind«, warf Oakland ein. Er lümmelte auf einem Stuhl und trug statt der Uniform ein Kapuzensweatshirt. »Wir werden erforscht. Das ist irgendein gigantisches, bescheuertes psychologisches Experiment.«

Isaiah hob eine Augenbraue. »Das ist also offensichtlich?«

»Klar. Was glaubst du denn, warum all dieses verrückte Zeug passiert? Warum verriegeln sie die Tür und sperren uns aus? Das geschieht doch alles nur, um zu sehen, was wir dann tun. Und diese Roboter gehören dazu.« Er deutete auf mich. »Vielleicht wollten sie sehen, was er tut, wenn er eine feste Freundin hätte; also haben sie Jane so programmiert, dass sie ihn mag; und dann wollten sie sehen, was passiert, wenn diese Freundin stirbt, also haben sie Dylan losgeschickt.«

Keiner sagte etwas, aber Isaiah wirkte nicht überzeugt.

»Ich meine das ernst«, sagte Oakland. »Warum sonst sollte ein Roboter einen anderen zu Schrott schlagen? Die Dinger sind bestimmt nicht billig.«

Mason ergriff das Wort; er sprach leise. »Falls sie sehen wollten, was passiert, wenn die Freundin von jemandem stirbt – oder der Freund –, dann hätten sie dafür keine Roboter gebraucht.«

Ich sah Becky nicht an. Sie war absolut reglos.

»Was ist mit der Theorie, dass wir ausgebildet werden sollen?«, fragte Hector. »Warum sonst wollen sie, dass wir Paintball spielen? In den Wäldern gibt es keine Kameras, das kann also nicht zu einem Experiment gehören.«

»Ich denke, wir können davon ausgehen, dass überall dort, wo Androiden sind, auch Kameras sind«, wandte Curtis ein.

»Eben«, stimmte Oakland zu. »Und noch was. Falls wir zu irgendwas ausgebildet würden, dann wozu? Keiner kommt hier jemals weg, und keiner verbessert sich in irgendwas. Falls das ein Ausbildungsprogramm ist, dann das teuerste und nutzloseste, von dem ich je gehört habe.«

Mouse nickte. »Und falls sie einfach bloß einen Haufen Supersoldaten heranzüchten wollten, warum dann nicht die Androiden darauf programmieren, dass sie uns ausbilden?«

Isaiah ging lautstark dazwischen, ehe alle anderen auch noch ihren Senf dazugeben konnten. »Ich denke, genau deshalb müssen wir sie fragen, warum wir hier sind. Fragen wir sie einfach.«

Rosa erhob sich. Sie trug ein abgewetztes Notizbuch und einen kleinen Beutel bei sich. Isaiah wollte fortfahren, doch Rosa unterbrach ihn.

»Kann ich etwas sagen?« Ihre Hände zitterten.

Ein paar Leute nickten.

»Ich muss etwas erklären«, begann sie. Unsere Blicke trafen sich kurz, dann sah sie zu Boden. Jetzt liefen ihr Tränen übers Gesicht. Carrie stand auf, doch Rosa winkte ab.

Sie schlug ihr Notizbuch auf. Mit bebender Stimme sagte sie: »Ich war schon einmal in dem Raum.«

Getuschel erhob sich, und Rosa hob den Blick, in dem nun Angst und Schuldbewusstsein lagen. »Ich schwöre, ich wusste nicht, dass jemand ein … Roboter war. Ich wusste es nicht, das schwöre ich.« Sie sah wieder in ihr Notizbuch. »Es war vor über einem Jahr, und ich war mit Wartungsarbeiten beschäftigt. Ich war in der Bibliothek, allein, und ich hatte alle Werkzeuge bei mir. Da kam ich auf die Idee, einen Belüftungsschacht zu öffnen und nachzusehen, wo er hinführte. Ich dachte, vielleicht führt er da hin, wo die Schrankaufzüge enden.«

Alle waren mucksmäuschenstill und hingen an Rosas Lippen. Doch ihre Angst schien immer stärker zu werden.

»Ich kam in dem Raum da raus. Damals war dort niemand, nur alles mögliche Zeug. Jede Menge Computer. Ich habe mich umgesehen, aber dann habe ich ein Geräusch gehört, so als würde jemand kommen. Ich habe Angst bekommen und bin abgehauen.«

Mason sagte: »Ich hab dich da rauskommen sehen.«

Rosa blickte nicht auf. »Ich hatte keine Zeit, mir die Computer anzusehen, aber bevor ich rausgerannt bin, habe ich mir etwas geschnappt, was da rumlag. Einen Zettel. Ich habe ihn in mein Notizbuch abgeschrieben.«

Sie hob das Notizbuch und las vor: »Ich verstehe Ihre Besorgnis hinsichtlich der Langsamkeit des Prozesses. Es liegt jedoch nicht im Interesse des Experiments, sie in Taktik zu unterrichten. Unser Ziel ist es, sie eigene Strategien entwickeln zu lassen, nicht aber, zu beobachten, wie gut sie lernen, bereits vorhandene Strategien anzuwenden. Die Tatsache, dass sie auf dem Sportplatz schlecht abschneiden, sollte nicht als Scheitern des Experiments gewertet werden, sondern als wertvolle Information, die näher untersucht werden muss.«

Rosa war zum Ende gekommen und sah hoch. Es war mucksmäuschenstill in der Eingangshalle. Schließlich bat Curtis sie, den Text nochmals vorzulesen.

Ich wusste nicht, was ich davon halten sollte. Es war also wirklich ein Experiment, wie so viele schon vermutet hatten. Und wir spielten Paintball, damit wir uns eigene Strategien ausdachten. Aber der Rest ergab immer noch keinen Sinn. Der Zettel erklärte nur den

Paintball, und der nahm nur einen kleinen Teil unserer Zeit hier ein.

»Was ist aus dem Zettel geworden?«, fragte Isaiah.

Rosa senkte wieder den Blick. »Die Schule wollte ihn zurückhaben.«

Wir waren alle wie betäubt, dann sprang Isaiah auf. »Was? Die Schule hat wirklich Kontakt zu dir aufgenommen?«

Sie nickte.

»Was haben sie gesagt?«

»Sie wollten ihn einfach zurückhaben – es war eine Nachricht auf meinem Computer –, und sie haben mir gesagt, ich würde keinen Arrest bekommen. Ich habe den Zettel zurückgegeben, aber ich habe ihn vorher auswendig gelernt. Später habe ich den Text in mein Notizbuch geschrieben.«

Schließlich stand Carrie auf und ging zu Rosa. »Wir lassen nicht zu, dass sie dich jetzt noch zum Arrest schicken.«

Mouse war nicht so mitfühlend. »Warum hast du niemandem davon erzählt?«

Mit dem Handrücken wischte Rosa sich die Tränen ab. Sie sah zu den Überwachungskameras hoch. »Sie haben mich bezahlt«, gestand sie, mittlerweile völlig außer Fassung. »Mit Millionen von Punkten. Ich konnte alles haben, was ich wollte.« Sie öffnete ihren Beutel und schüttete den Inhalt in ihre Hand. Heraus purzelte sämtlicher Schmuck, den ich je im Katalog gesehen hatte: Halsketten, Ringe, Armbänder, Haarspangen. Es waren mindestens hundert Schmuckstücke, sie fielen ihr aus der Hand und schlitterten klirrend über den Marmorboden.

Isaiah sprang erneut auf. »Wegen dem Zeug da hast du es für dich behalten?«

Curtis stand ebenfalls auf. »Halt's Maul, Isaiah.«

»Nein«, fauchte er. »Sie wusste, warum wir hier sind, und sie hat uns nichts gesagt, weil sie einen Haufen billiger Ketten haben wollte!«

Rosa hatte sich wieder hingesetzt. Schluchzer schüttelten ihren Körper. Carrie hatte die Arme um sie gelegt. Isaiah und Curtis standen kurz davor, übereinander herzufallen. Ich beschloss einzuschreiten.

»Wir haben immer noch kein Druckmittel. Ich finde, das Ganze hier ist lächerlich. Die Schule hat alle Macht, und das wissen die auch.« Ich deutete auf die nächste Kamera, die in etwa sechs Meter Entfernung angebracht war. »Die hören alles, was wir hier sagen. Sie kontrollieren alles. Sie können uns einfach die Essenszufuhr abschneiden, wenn wir uns nicht an ihre Vorschriften halten.«

Isaiah fuhr zu mir herum und bohrte mir den Finger in die Brust. »Deshalb stellen wir ja auch nur eine Frage.

Sie wissen, dass wir von ihren Androiden Kenntnis haben – und sie glauben, dass Rosa uns erzählt hat, was sie gesehen hat – deshalb stellen wir ihnen jetzt eine Frage.«

»Was glaubst du, was sie dann tun? Ich weiß schon seit einiger Zeit von den Androiden, aber das hat sie nicht dazu gebracht, mir irgendwas zu erzählen. Sie haben einfach versucht, mich zum Schweigen zu bringen – mich wollten sie nämlich auch bestechen.«

Jetzt sahen mich alle an, sogar Rosa.

»Sie haben mir fünf Millionen Punkte gegeben«, sagte ich. »Seitdem versuche ich, in meinem Zimmer Vorräte anzulegen. Viel habe ich noch nicht zusammen. Heute habe ich noch nicht nachgesehen, aber worum möchtest du wetten, dass mein Kontostand jetzt auf null ist?«

Eine Minute lang herrschte Schweigen.

»Aber beweist es das nicht?«, fragte Isaiah. »Sie waren bereit, dir und Rosa eine Sonderbehandlung zukommen zu lassen, weil ihr die Wahrheit über sie kanntet.«

»Du bist ein Idiot«, mischte sich Oakland ein und verdrehte die Augen. »Sie *waren* bereit, ihnen eine Sonderbehandlung zu geben, aber jetzt doch nicht mehr. Sie wollten nicht, dass sie uns davon erzählen.«

»Genau.« Ausnahmsweise war ich einmal froh, dass

Oakland hier war. »Ich hatte ein Druckmittel, weil sie nicht wollten, dass ihr rausfindet, was ich wusste. Aber das ist jetzt kein Druckmittel mehr.«

»Es sei denn, sie wüssten, dass es uns ernst ist mit dem Abhauen«, sagte Oakland. Er deutete mit dem Finger auf Isaiah. »Aber sie wissen ja genau, dass es uns damit nicht ernst ist, weil ihre Kameras uns immer beobachten, und da sehen sie nur die Society: ein Haufen verweichlichter Pfadfinder-Mädchen, die viel zu viel Angst haben, irgendwas zu unternehmen.«

Isaiahs Miene war verkniffen. »Solches Gerede ist nicht hilfreich. Wollen wir ihnen eine Botschaft schicken oder nicht?«

Oakland stand auf. »Du kannst ihnen in den Arsch kriechen, so viel du willst. Aber wenn du mich hier festhältst, weil du zu feige bist, denen die Stirn zu bieten, dann wird es nicht die Schule sein, die dich tötet.« Er fegte Isaiah das Notizbuch aus der Hand, und es fiel zu Boden. Einen Augenblick starrten Isaiah und Oakland einander an, dann ging Oakland.

Mouse stand auf, dann Curtis und Carrie. Mason, Becky und ich waren die nächsten, und schließlich standen die meisten Schüler.

Isaiah blieb sitzen. »Ich will doch nur, dass alle am Leben bleiben.«

Wir gingen die Treppe hinauf zu den Wohnbereichen. Als wir im ersten Stock waren, saß nur noch eine Handvoll Society-Kids unten bei Isaiah.

Oakland war schon fort, und Mouse marschierte zu ihrem Wohnbereich; ihre Schuhe klapperten über den Holzboden.

Die Vs verstreuten sich. Wir waren besiegt, misstrauten einander und waren einer Lösung kein Stück näher, als bevor ich ihnen Jane gezeigt hatte.

Curtis ging langsam auf den Jungenwohnbereich zu. Soweit ich mich erinnerte, war es das erste Mal, dass er sich ohne Kuss oder Umarmung von Carrie trennte. Unten hatten sie nebeneinandergesessen, doch ich hatte sie nicht Händchen halten gesehen.

Carrie blickte ihm nach und wandte sich dann dem Mädchenwohnbereich zu. Sie streckte die Hand nach Rosa aus, und die ging mit ihr.

Nun waren nur noch wir drei übrig: Becky, Mason und ich.

Becky sah mich an. Sie wirkte nervös. »Was jetzt?«

Ich sah zum Fenster. Es war früher Nachmittag.

Ich zog den Reißverschluss einer der Taschen an meiner Cargohose auf, holte eines der Walkie-Talkies heraus und reichte es ihr.

»Behalt das bei dir für den Fall, dass irgendwas passiert.«

»Was soll denn passieren?«

»Keine Ahnung. Aber auf der anderen Seite der Mauer ist etwas, was Lily getötet hat. Und irgendwas hat Laura zum Arrest gebracht.«

Becky fummelte an dem Gerät herum und drehte an der Frequenzskala. Sie schien es nicht eilig zu haben, irgendwohin zu gehen.

Mir fiel auf, dass Mason und Becky bisher nicht mehr als drei Worte gewechselt hatten. Ich hatte gedacht – naiv vielleicht –, dass wir einander ein wenig mehr vertrauen konnten. Ich vertraute ihnen beiden. Das dachte ich jedenfalls. Ich wollte es gerne.

Mason wandte sich ab. »Ich gehe noch mal ins Bett.« Er seufzte entmutigt.

Ich sah wieder zu Becky. Sie lächelte – wieder dieses Reiseführerlächeln, nur diesmal mit roten, verquollenen Augen.

»Und wenn wir einfach eine Weile zusammenbleiben?«

Es schien ihr beinahe peinlich zu sein, diese Frage zu stellen, doch ich nickte und setzte ein zuversichtliches Lächeln auf.

»Klar. Aber uns wird schon nichts passieren.«

Becky lachte, schüttelte den Kopf und wandte sich ab. »Ich weiß, dass *mir* nichts passieren wird«, witzelte sie. »Um dich mache ich mir Sorgen. Du scheinst Schwierigkeiten magnetisch anzuziehen.«

Wir mussten nirgendwohin. Zu lernen hatte keinen Sinn, und die Havocs würden auch nicht kochen. Also setzten wir uns in den Gemeinschaftsraum und unterhielten uns.

Becky war echt. Sie musste einfach echt sein.

26

Becky lehnte sich in dem dick gepolsterten Sessel zurück und kicherte leise.

»Meine Grandma war toll«, sagte sie. »Und sie hätte dich *unerträglich* gefunden.«

Ich hob die Hände und tat ganz unschuldig. »Was stimmt denn nicht mit mir?«

»Ich habe dir doch erzählt, dass ich auf einer Ranch mitten in der Pampa aufgewachsen bin. Städtern hat sie nicht über den Weg getraut. Ihr seid nämlich alle Lügner und Kriminelle. Sie hatte ein Gewehr neben der Haustür stehen für den Fall, dass einer von euch vorbeikäme.«

»Ach, ja?« Ich lachte. »Tja, in Pittsburgh halten wir Leute, die auf einer Ranch leben, für Hinterwäldler.«

Becky streckte mir die Zunge heraus.

»Warte mal.« Sie steckte die Hand in eine der hinteren Taschen ihrer Jeans. »Da pingt mich jemand an.«

»Du hast deinen Pager zum Bandenkrieg mitgebracht?«, fragte ich, während sie das Notebook aus der Tasche zog und aufklappte.

»Reine Gewohnheit.« Sie lächelte verlegen. »Ich bin

immer im Dienst.« Sie verstummte und las die Nachricht, die auf ihrem Computer angekommen war.

»Deiner ist ans Netzwerk angeschlossen?«

»Muss er ja, damit man mich anpingen kann«, murmelte sie. »Eine Menge ...«

Sie wurde kreidebleich. Entsetzt sah sie mich an, und dann wieder auf den Monitor.

Ich sprang auf und blickte ihr über die Schulter.

»Sie haben Isaiah den Security-Vertrag zurückgegeben«, flüsterte sie kaum hörbar. »Er soll dich und Rosa zum Arrest abholen und die Schule schließen. Kriegsrecht.«

Sie begegnete meinem Blick.

»Das ist die Antwort der Schule?«

»Er wird es nicht tun«, sagte Becky, doch ihre Augen verrieten sie. Sie wusste, er würde es tun.

Ich richtete mich auf. »Was wird er zuerst tun? Er muss alle zusammenrufen, richtig?«

Sie wirkte panisch. »Ja, er wird sie zusammenrufen.« Sie packte mich am Arm. »Aber er weiß, dass ich den ganzen Tag mit dir zusammen war. Er wird keine Zeit verlieren.«

»Wir müssen alle rausbringen. Sofort. Wir müssen jetzt sofort fliehen.«

Becky nickte und schluckte. Sie zitterte. »Ich ... ich gehe zum Mädchenwohnbereich und warne Rosa. Sie wissen noch nicht, dass ich nicht mehr bei der Society bin.«

»Und wenn doch?«

»Dann beeile ich mich.« Sie tat einen Schritt auf die Tür zu, dann drehte sie sich nochmals um. »Was machst du?«

»Ich muss Curtis holen. Und Oakland.«

»Du kannst da nicht reingehen. Selbst wenn sie sich noch nicht organisiert haben.«

»Ich beeile mich auch.«

Einen Augenblick sahen wir einander an. *Wir haben keine Zeit.*

»Du hast das Funkgerät«, sagte ich, dann rannte ich los.

Ich preschte mitten in ein Hornissennest, aber daran konnte ich nichts ändern. Die Maxfield Academy hatte mir den Krieg erklärt, und ich würde mich wehren.

Ich öffnete die Tür zum Jungenwohnbereich einen Spaltbreit und spähte hinein. Ich sah niemanden, aber die Leute waren garantiert da. Ich hörte die Geräusche eines Videospiels und roch Mikrowellenpopcorn.

Ich trat ein und hielt den Türknauf fest, um die Tür möglichst ohne Lärm zu schließen. Dann schlich ich leise durch den Korridor, möglichst dicht an der Wand, damit der Boden nicht knarrte. Ich weiß nicht, warum es funktionierte, aber ich hatte das jahrelang so gemacht, wenn ich mich aus den Wohnungen meiner Pflegefamilien geschlichen hatte.

Ich bewegte mich schnell und hatte im Nu die Kreuzung erreicht, an der die Korridore von Havoc und Society abzweigten. Aus beiden drang Lärm. Zum ersten Mal, seit ich auf diese Schule gekommen war, wünschte ich, ich hätte die Uniform angezogen. Mein schwarz-gelbes Sweatshirt musste mittlerweile jeder in der Schule kennen.

Ich blieb stehen und drückte mich an die Wand. Ich wusste, wenn ich entdeckt würde, konnten sie mich zum Arrest schleppen. Oder mich einfach an Ort und Stelle töten. Das würde niemanden überraschen.

Aber es hatte keinen Sinn, länger zu warten. Ich wusste eben einfach nicht, was hinter der nächsten Ecke vorging.

Meinen Herzschlag hörten sie garantiert sowieso.

Das letzte Stück bis zu Curtis' Tür rannte ich. Sie war geschlossen, und ich klopfte so leise wie möglich. Vermutlich schlief er.

Ich warf einen Blick zurück. Bisher war mir niemand gefolgt.

Ich klopfte erneut, diesmal ein wenig lauter.

»Was?«, schrie Curtis von drinnen. Gleich darauf öffnete er die Tür.

Ich legte den Finger an die Lippen.

»Isaiah kommt«, flüsterte ich. »Ich war mit Becky zusammen, und sie hat die Nachricht auf ...«

Curtis' Blick zuckte zu irgendetwas hinter mir auf dem Korridor, und ich drehte mich um. Einer von Isaiahs Schlägern beobachtete uns. Sobald unsere Blicke sich trafen, verschwand er.

»Verdammt.« Ich drehte mich zu Curtis um. »Die Schule hat ihm wieder die Führung übertragen. Sie sollen Rosa und mich zum Arrest abholen. Becky hat es ›Kriegsrecht‹ genannt.«

Curtis reagierte schneller als erwartet, er griff nach seinen Schuhen und zog sie an. »Du holst die Vs, ich suche Oakland.«

»Okay.«

»Und Benson«, fügte er hinzu. »Sie sind viel mehr als wir. Hau hier so schnell wie möglich ab.«

Ich öffnete die Tür zu meinem Zimmer und rief Mason zu, er solle aufstehen, dann rannte ich zurück auf den Korridor und klopfte an sämtliche Türen der Variant-Jungen. Auf den anderen Korridoren war es jetzt lauter, und wir befanden uns in einer Sackgasse. Obendrein verfügte die Society über ihre gesamte Security-Ausrüstung.

Einige der Jungen folgten uns sofort, aber nicht alle. Ein paar glaubten mir nicht, und niemand schien es für so ernst zu halten wie ich. Aber sie sollten ja auch keinen Arrest bekommen.

Das Funkgerät meldete sich – es war auf laut gestellt, und ich riss es aus der Tasche und stellte es hastig leiser.

»Benson.« Beckys Stimme klang blechern und wurde von statischen Geräuschen gestört. »Sie haben sie schon abgeholt.«

»Was?«

»Rosa ist weg, und alle Mädchen von der Society ebenfalls. Sie waren schon weg, als ich hier ankam.«

»Wie konnte das passieren?«

Ich drehte mich zu den übrigen Vs um. Sie lauschten angestrengt, um zu hören, was Becky sagte.

»Ich weiß nicht«, erwiderte sie. »Sie müssen die Nachricht vor mir bekommen haben.«

Mir rutschte das Herz in die Hose. Natürlich. Sie beobachteten uns doch über die Kameras. Sie hatten gewusst, das Becky bei mir gewesen war – dass sie für die Society verloren war. Sie hatten das getan, um uns zu trennen. Wir saßen in der Falle.

»Hau von da ab«, brüllte ich ins Funkgerät. »Sofort.«

Isaiah bog um die Ecke, hinter ihm ein Dutzend Typen. »Sie wird nicht weit kommen. Die Türen sind alle gesichert.«

Es waren nur sieben Vs hier – wir fünf auf dem Korridor, und zwei, die noch in ihren Zimmern waren. Curtis war drüben bei Havoc. Vielleicht fand er dort Hilfe, aber einstweilen saßen wir in der Falle. Isaiah hatte leere Hände, aber die übrigen Jungen waren bewaffnet. Drei von ihnen hielten lange Metallstangen in der Hand wie die, die Laura damals im Wald gehabt hatte, andere hatten Messer und Schlagstöcke.

»Was ist mit euch los?«, schrie ich. »Habt ihr nicht gesehen, was wir anderen gesehen haben?«

»Jane und Dylan sind Androiden«, erwiderte Isaiah. »Na und? Ist die Schule deswegen schlechter geworden? Die Schule hat uns also angelogen – wann hat sie uns je die Wahrheit gesagt? Töten die Androiden uns? Nein. Sie sind einfach normale Schüler.«

Mason trat vor. »Was ist mit Dylan?«

Isaiahs Miene war selbstgefällig und siegessicher. »Dylan hat einen anderen Androiden getötet, keinen Menschen. Keinen von uns. Die Schule versucht nicht, jemanden zu töten. Ihr seid das Problem.«

Ich stellte mich vor die anderen Vs. »Dann geht aus dem Weg, und wir werden kein Problem mehr sein.«

»Das kann ich nicht. Jetzt hört zu. Benson muss zum Arrest. Jeder, der versucht, das zu verhindern, bekommt ebenfalls Arrest. Entscheidet euch jetzt.«

Etwas schlitterte über den Boden, an meinen Füßen vorbei auf die Society-Kids zu.

Eine meiner Pfefferspraygranaten.

Höhnisch sah Isaiah mich an. »Im Ernst?«

Ich wandte mich gerade noch rechtzeitig ab, ehe die Pressluft zu zischen begann.

Im Nu erfüllte der Gestank nach scharfem Pfeffer und Alkohol die Luft im schmalen Korridor, und unter den Society-Jungs brach das Chaos los. Paintballs flogen über meinen Kopf, und Leute schrien – Hector und Joel waren aus ihren Zimmern gesprungen und feuerten mit ihren Markierern Paintballs auf die ungeschützten Gesichter unserer Angreifer ab.

»Rennt«, schrie ich, und wir sieben hielten uns die Hand vor Nase und Mund und stürmten an unseren Angreifern vorbei, die orientierungslos umhertorkelten.

Als wir am Korridor der Society vorbeikamen, warf Hector eine weitere meiner Pfefferspraygranaten hinein. Gleich darauf schloss Curtis sich uns an, gefolgt von einer Handvoll Havoc-Jungen. Oakland war bei ihnen.

»Wo sind die anderen?«, rief ich.

»Kommen nicht.«

Wir erreichten die Außentür des Wohnbereichs, aber sie war verriegelt und ließ sich mit unseren Chips nicht öffnen.

»Zurück!« Curtis trat gegen die Tür. Sie hielt stand.

Er trat erneut dagegen, direkt neben den Türknauf, und ich hörte etwas splittern.

»Komm, Hector«, sagte Curtis. »Ein, zwei, drei …«

Sie traten beide zu, und mit einem lauten Knall flog die Tür auf.

Zu dreizehnt – acht Vs und fünf von Havoc – rannten wir die Treppe hinab. Wir waren zahlen- und waffenmäßig deutlich unterlegen. Die Türen waren verriegelt, und wir hatten keine Nahrungsmittelvorräte für die Wanderung, falls wir überhaupt über die Mauer gelangten.

Im Laufen meldete ich mich über das Funkgerät bei Becky. »Wo bist du?«

Es kam keine Antwort.

»Becky!«, schrie ich. »Wo bist du?«

»Keller«, stieß Curtis schwer atmend hervor. »Wenn sie versuchen, Rosa zu retten, sind sie im Keller.«

Wir kamen ins Erdgeschoss. Ein paar Mädchen von Havoc lehnten im Foyer an der Wand und sahen uns entgegen, und Oakland blaffte sie an, sie sollten mit uns kommen. Der polierte Marmorboden war glatt, und als ich um eine Ecke bog, glitt ich aus. Ich fing mich wieder und rannte auf die Kellertreppe zu.

»Es gibt drei verschiedene Wege runter«, sagte Curtis. »Wir werden also nicht in der Falle sitzen.«

Das war allerdings optimistisch gedacht. Die anderen würden das Erdgeschoss kontrollieren, und ob sie nun mit Markierern oder Pfefferspray oder bloß mit Schlagstöcken bewaffnet waren, es würde ein Albtraum werden, nach draußen zu gelangen.

Wir schlitterten um eine weitere Ecke, bereit, die Treppe hinunterzustürmen, aber die Mädchen standen bereits am oberen Treppenabsatz.

Becky schäumte vor Wut, ihre Augen waren gerötet, aber trocken. »Sie ist weg. Wir sind zu spät gekommen.«

»Was?«

Carrie lief zu uns und legte die Arme um Curtis.

»Was können wir tun?«, fragte ich. Wir hatten versagt.

»Nichts«, erwiderte Becky. »Da ist kein Knopf wie bei einem normalen Aufzug. Man steckt sie einfach da rein, und die Schule holt sie. Der Raum ist leer.«

Entsetzt standen wir da und schwiegen. Erst das ferne Getrampel unserer Verfolger rüttelte uns wieder auf.

»Wo sind Isaiahs Mädchen?«, fragte Oakland.

»Immer noch da unten«, erwiderte Gabby. Ein paar Mädchen von Havoc hatten sich uns angeschlossen, aber Mouse war nicht dabei. Sie war wohl nicht mitgekommen.

»Wir müssen gehen«, drängte Curtis. »Jetzt sofort.«

419

»Wo gehen wir hin?«, fragte Anna sichtlich verängstigt.

»Über die Mauer. Und wenn du nicht mitkommen möchtest, dann geh jetzt. Wir haben keine Zeit, darüber zu diskutieren.«

Curtis lief los, und wir folgten ihm. Die Türen waren verriegelt, das wussten wir ja, daher mussten wir die finden, die am leichtesten aufzubrechen war. Curtis schien die gleiche Idee zu haben wie ich. Er rannte zur Rückseite des Gebäudes, zu der Tür, die heute Morgen aufgebrochen worden war.

Isaiah war vor uns dort, seine Schlägertruppe hatte sich zu beiden Seiten der Tür aufgestellt. Alle hatten jede Menge Farbflecken auf der Brust und im Gesicht, und einem tropfte Blut aus einem zugeschwollenen Auge.

Jetzt war nichts Selbstgefälliges mehr an Isaiah, der einen gewaltigen Striemen an der Halsseite hatte. Sein Gesicht war rot und fleckig, seine Augen tränten noch vom Pfefferspray.

»Lasst uns raus«, sagte ich. »Was schadet euch das?«

»Was es uns schadet?«, brüllte er uns an, außer sich vor Wut. »Wie war es hier, bevor Benson aufgetaucht ist? Wir hatten Partys und Bälle und sind zum Unterricht gegangen. Diese Roboter haben daran nichts geändert. Das war Benson!«

Ich spürte, wie jemand meine Hand nahm. Becky.

»Wir können wieder zu dem Zustand zurückkehren«, brüllte Isaiah, »oder ihr könnt sterben. Das sind die einzigen Alternativen. Denn täuscht euch bloß nicht: Wenn ihr über die Mauer klettert, seid ihr tot. Und das hat nichts mit mir zu tun.«

Oakland trat vor, und erst jetzt fiel mir auf, dass er ein langes Messer in der Hand hielt – mindestens dreißig Zentimeter lang. Es sah aus wie eine Machete, aber es musste aus der Küche stammen.

Isaiah bekam einen zunehmend irren Blick. »Euch geht es nur um Kosten und Nutzen, was?«, schrie er. »Ihr wisst, dass ein paar von euch sterben werden, aber das ist es euch wert, weil ja ein paar von euch überleben. Das ist eine dämliche, egoistische Ansicht. Ihr wollt nämlich alle die sein, die überleben. Ihr macht es euch einfach, die anderen abzuschreiben, weil ihr euch sagt, dass es nicht euch trifft.«

»Du könntest mit uns kommen«, sagte Curtis, der versuchte, die Ruhe zu bewahren.

»Oder ich könnte einfach hierbleiben und weiterleben!«

Ich warf einen Blick hinter uns. Die Mädchen der Society waren jetzt auch da, und sie waren ebenfalls bewaffnet.

»Oder ...« – Isaiahs Stimme überschlug sich fast –

»… vielleicht ist eine Kosten-Nutzen-Rechnung ja doch der richtige Weg.« Er riss eine Pistole hinten aus seiner Hose.

Eine Halbautomatik, Kaliber .38.

»Wie viele von euch muss ich erschießen, um euch von der Flucht abzuhalten? Es werden weniger sein, als draußen sterben würden.«

Jetzt herrschte Totenstille im Raum. Schließlich sagte Curtis: »Wo hast du die Pistole her, Isaiah?«

Isaiah richtete die Waffe auf Curtis. »Wie viele Vs sind tot, Curtis? Offenbar kommt das bei euch jede Woche vor.« Nun zielte er auf Oakland. »Wie viele sind es bei Havoc?«

Oakland knurrte: »Du machst mir keine Angst.«

»Das ist genau das Problem!«, schrie Isaiah. »Ihr starrt in eine Pistolenmündung und habt keine Angst! Darum sterbt ihr Idioten ja auch. Wir von der Society bekommen keinen Arrest. Und wir sterben nicht im Wald.«

Curtis trat einen Schritt vor. »Gib mir die Waffe, Isaiah.«

Isaiah starrte ihn an. Schweiß lief ihm übers Gesicht.

»Nein.« Er drückte ab.

Wie in Zeitlupe hallte der Schuss von den Wänden wider, auf dem Marmorkorridor klang es wie Donner.

Curtis griff sich an die Hüfte, fiel auf ein Knie und sackte dann ganz zu Boden.

Carrie stieß einen Schrei aus und sprang vor, und dann schrien alle durcheinander.

Isaiah stand bloß da, den Arm noch ausgestreckt, und starrte auf die Blutlache, die sich um Curtis bildete und immer größer wurde. Er rührte sich nicht, als die Schläger hinter ihm langsam von ihm abrückten. Und er wehrte sich auch nicht, als Oakland vortrat und ihm die Pistole aus der Hand nahm.

27 Langsam und in düsterer Stimmung wagten wir uns nach draußen und überquerten beinahe schweigend den Rasen – wir waren jetzt über fünfzig. Der Himmel wurde bereits dunkel, und über unseren Köpfen stiegen Atemwölkchen auf.

Am Waldrand stand ein Reh.

Isaiah ließen wir an einen Heizkörper gefesselt zurück, aber die rund zwölf loyalen Society-Mitglieder, die bei ihm geblieben waren, banden ihn sicherlich bereits los.

Wir waren auch nicht alle bewaffnet, allerdings eher aufgrund der Eile denn aus Mangel an Vertrauen. Wir verfügten nur über eine begrenzte Anzahl Werkzeuge aus den Hausmeister- und Gärtnervorräten. Ich hatte meinen Markierer und eine Harke mit drei Zinken mitgenommen, Becky eine Heckenschere.

Curtis war nahezu bewusstlos, er hatte die Arme um zwei Jungen gelegt und humpelte auf seinem unverletzten Bein dahin. Die Kugel hatte seinen Oberschenkel durchschlagen – es sah wie ein glatter Durchschuss aus, aber er hatte viel Blut verloren. Carrie ging direkt hinter ihm. Wir wollten Curtis auf einem Quad befördern, doch wir konnten bei keinem der Quads den Motor anlassen. Einer der ehemaligen Wachleute der Society sagte, nur bestimmte Schüler könnten sie anlassen – Schüler, die Isaiah bestimmt hatte.

Trotz seines Zustands hatte Curtis die Pistole. Die Wunde bewies allen, die ihm zu helfen versuchten, eines nur allzu deutlich: Er war ein Mensch. Sie hatten durchblutete Muskulatur und ein Stück von seinem weißen Oberschenkelknochen gesehen. Er war der Einzige von uns, der beweisen konnte, dass er kein Roboter war.

Ich machte mir Sorgen, dass er es nicht schaffen würde. Wir hatten kaum Medikamente und verfügten auch nicht über die Fachkenntnisse, um sie einzusetzen. Wir hatten Curtis' Wunde verbunden und ihm Schmerzmittel gegeben, aber das war alles. Wir hatten nicht einmal Antibiotika. Ich hatte gehört, Anna hätte Handdesinfizierer in seine Wunde gerieben.

Unablässig beobachteten wir den Wald um uns herum und hielten Ausschau nach Anzeichen für Probleme. In der Dunkelheit des Waldes konnte die Gefahr von überallher kommen, sogar aus unserer Mitte, falls noch jemand sich als Roboter herausstellte. Würde derjenige eine Pistole haben wie Isaiah?

Becky hatte ein kleines batteriebetriebenes Leselicht, doch es beleuchtete nur den Boden unmittelbar vor uns.

»Was wirst du machen?«, fragte Becky. »Ich meine, wenn wir es schaffen?«

Sie klang zaghaft und nervös. Ich vermisste doch tatsächlich ihre Reiseführerzuversichtlichkeit.

»Ich weiß nicht. College. Meinst du, die Noten von hier werden uns anerkannt?« Ich grinste sie an, und sie lächelte zurück.

»Ich denke, ich schreibe vielleicht ein Buch über diese Schule«, sagte sie.

»Ich wusste gar nicht, dass du Schriftstellerin bist.«

»Bin ich eigentlich auch nicht. Nur Tagebuch. Ich habe es mitgenommen, weißt du? Damit wir den Leuten erzählen können, was hier passiert ist.«

»Tja, vielleicht kommen wir alle zu *Oprah*«, witzelte ich.

Sie lachte leise und verdrehte die Augen. »Davon habe ich schon immer geträumt.«

Oakland und Mouse, die nach dem Schuss zu uns gestoßen war, führten die Gruppe an. Ich wusste nicht genau, warum sie sich für die Richtung entschieden hatten, die wir nun einschlugen, doch vermutlich hatten sie mehr oder weniger geraten. Nach einigem Hin und Her hatten wir beschlossen, nicht zum Abzugskanal oder zum Eingangstor zu gehen – beide waren viel zu offenkundige Fluchtwege, und wir wollten unser Glück dann doch nicht überstrapazieren.

Wir steuerten eine Stelle an der Mauer an, die zwar nicht direkt gegenüber der Stelle mit den Lagerfeuern, aber doch relativ weit davon entfernt lag.

»Bei dir ist es noch nicht so lange her, dass du auf der anderen Seite der Mauer warst«, sagte Mason und trat neben mich. Er benutzte die Hacke, die er trug, als Gehstock. »Wie weit ist es von der Mauer bis zum Zaun?«

»Ich weiß nicht. Vielleicht eine halbe Meile? Dazwischen liegt nur noch mehr Wald.«

»Da würde ich an ihrer Stelle warten. Würde warten, bis wir über die Mauer sind, und uns dann verfolgen. Wir werden in der Falle sitzen.«

»Da ist noch genug Platz zum Ausweichen.« Ich versuchte, optimistisch zu sein.

Becky drückte die Heckenschere an ihrer Seite, doch sie wirkte unbehaglich damit, anders als Mason, der die schwere Rohrzange fest gepackt hielt und sich den Markierer über die Schulter gehängt hatte. Er schien begierig zu kämpfen.

Wir waren jetzt tief im Wald und kamen an dem Paintballspielfeld vorbei, auf dem mich das Havoc-

Team aus dem Hinterhalt überfallen hatte. Es fühlte sich komisch an, Oaklands Führung zu folgen.

Ich sah mich nach Curtis um. Er ging ganz hinten, doch er schien einigermaßen mithalten zu können.

Becky packte mich sanft am Arm.

»Schau«, flüsterte sie.

Ich drehte mich um, folgte ihrem Zeigefinger und erblickte wieder das Reh. Es lief in knapp dreißig Metern Entfernung neben uns her.

»Es folgt uns schon seit ein paar Minuten«, sagte sie. »Es ist unglaublich zahm.«

Ich bückte mich, hob einen Stein auf und warf ihn nach dem Reh. Der Stein prallte nur wenige Zentimeter neben dem Tier von einem Baum ab, doch es reagierte nicht.

»Warum hast du das getan?«, fragte Mason.

Becky runzelte die Stirn, hob ihrerseits einen Stein auf und warf ihn nach dem Reh. Im Dunkeln verloren wir den Stein sofort aus den Augen, doch er klapperte laut auf etwas Hartem.

Das Reh zuckte nicht einmal.

Becky begegnete meinem Blick. »Das gefällt mir nicht.«

»Wir haben es geschafft!«, schrie jemand weiter vorn.

Sie hatten die Mauer erreicht, eine breite schwarze

Linie, die durch den düsteren grauen Wald schnitt. Soweit ich sehen konnte, waren nirgends Überwachungskameras in der Nähe. Es sei denn, das Reh wäre eine. Ich hatte jede Menge Tiere im Wald gesehen.

Oakland rief Mason nach vorn, und sie holten die Verlängerungskabel aus seinem Rucksack. Es waren drei große, fünfzehn Meter lange orangefarbene aus dem Hausmeisterraum sowie ein halbes Dutzend kurze, dreieinhalb Meter lange Kabel, die wir von diversen Lampen im Schulgebäude abgezogen hatten.

Hector kletterte mit einem der langen Kabel über der Schulter auf eine hohe dünne Kiefer. Der Baum sah kränklich aus, die Nadeln waren rostfarben und trocken. Als er etwa neun Meter hoch geklettert war, band er das Kabel um den Baum und kletterte wieder herunter.

»Okay«, brüllte Oakland. »Den hier holen wir zuerst runter.« Er deutete auf mehrere der älteren, kräftigeren Schüler, darunter auch mich, und wir packten das Kabel. Ich würde keine große Hilfe sein – seitdem ich heute Morgen die Tür aufgebrochen hatte, hatte ich wieder heftig stechende Schmerzen im verletzten Arm. Dennoch nahm ich meinen Platz am Kabel ein.

»Wir lassen ihn vor- und zurückschaukeln. Wenn er anfängt durchzubrechen, geht aus dem Weg.«

Auf Oaklands Kommando zogen wir am Kabel, so dass der Baum ein Stück auf uns zukam, und ließen ihn dann wieder zurückschwingen.

»Zieht«, schrie Oakland, als der Baum von allein wieder in unsere Richtung schwang. Diesmal zogen wir fester und weiter, so dass der Baum mehr Schwung bekam, als wir ihn zurück Richtung Wald, fort von der Mauer, federn ließen.

Während wir dies beharrlich wiederholten, musste ich unwillkürlich an meinen ersten Tag auf der Schule denken, als ich das Gleiche versucht hatte, nur dass ich dabei idiotischerweise auf dem Baum gehockt hatte. Drei Mitglieder der Society waren an jenem Abend auch dort gewesen. Zwei von ihnen waren jetzt tot. Na ja, eine war tot, und einer war abgeschaltet und in die Wand eingestöpselt. Der dritte, ein Junge, den ich kaum kannte, stand jetzt hinter mir und zog mit uns am Kabel.

Die Kiefer schwang jetzt heftig vor und zurück. Mit jeder Schwingung Richtung Mauer zogen wir fester am Kabel, bis der Baum schließlich mit einem donnernden Krachen abbrach. Wir stoben nach allen Seiten auseinander, und der Baum stürzte um und krachte gegen die Mauer.

Als der Staub sich gelegt hatte, sahen wir, dass der Stamm auf der Mauer lehnte und eine recht anständige, wenn auch wackelige Brücke bildete, über die man auf die Mauerkrone klettern konnte. Wir wollten noch einen Baum daneben fällen und die beiden aneinanderbinden.

»Hey«, sagte Mason und ging auf den umgestürzten Baum zu. »Die Mauer hat eine Delle.«

Und tatsächlich konnte man sehen, dass die hellen Linien des Mörtels nicht mehr gerade verliefen, sondern sich dort, wo die Kiefer auf die Mauer geprallt war, durchgebogen hatten.

Noch etwas Komisches fiel mir auf – ein dicker Waschbär hockte fünfzehn Meter von uns entfernt auf der Mauer. Wäre der echt gewesen, dann hätte er davonlaufen müssen, als der Baum auf die Mauer geprallt war.

Oaklands Stimme riss mich aus meinen Gedanken. »Los, holen wir den nächsten!«

Ich nickte, beobachtete den Waschbären aber noch einen Augenblick. Außerdem hatte ich ihn schon einmal gesehen.

Auch Becky betrachtete das Tier. Dann begegneten sich unsere Blicke. In meinem Bauch regte sich ein erster Anflug von Panik, aber ich zwang mich wieder den Bäumen zuzuwenden. Es gab zu viel zu tun.

Wir wiederholten das Verfahren, versetzten einen zweiten Baum in Schwingung – dieser war ein wenig dicker und hatte mehr Äste –, bis auch er abbrach und umstürzte. Wir dachten schon, wir würden die Mauer zum Einsturz bringen, aber unser Jubel war nur von kurzer Dauer: Der Stamm traf zwar die Ziegel und bog die Mauer weiter durch, doch sie stürzte nicht ein.

»Wir könnten einen dritten Baum fällen«, schlug jemand vor.

Ich sah auf die Uhr. Wir arbeiteten bereits seit einer halben Stunde an den Bäumen. Mittlerweile war es völlig dunkel, und das Leuchten der tiefhängenden kalten Wolken stellte die einzige Lichtquelle dar.

Oakland musterte die übrigen Bäume, die dafür in Frage kamen, darunter einen großen, der die Mauer mit Leichtigkeit würde einstürzen lassen – falls wir ihn mit unseren Kabeln überhaupt umstürzen konnten, ohne dass sie rissen. Er war dicker als die beiden, die wir bereits gefällt hatten.

»Nein«, sagte er dann. »Wir machen das Ganze stabil, und dann gehen wir rüber.«

Wir rollten den zweiten Baum an der Mauer entlang zum ersten. Die Entfernung betrug nur etwa zweieinhalb Meter, aber es war unglaublich anstrengend, und ich mit meinem verletzten Arm war dabei überhaupt nicht zu gebrauchen. Wenn ich mit den flachen Händen schob, tat es schlimmer weh, als an den Kabeln zu ziehen. Es dauerte mindestens zehn Minuten, bis wir den Baum in Position hatten, und als wir die beiden Bäume endlich zusammengebunden hatten, schien es nochmals um zehn Grad kälter geworden zu sein.

Hector kletterte als Erster auf die Mauer und nahm das dritte große Verlängerungskabel mit. Oben hielt er inne und wandte sich dann mit besorgter Miene zu uns um.

»Da drüben sind überall Tiere«, sagte er verwirrt und nervös.

Oakland fragte ihn, was er damit meinte, doch ich kletterte sofort die Baumstämme hinauf, um selbst nachzusehen. Schulter an Schulter standen Hector und ich oben auf der Mauer. Unter uns sahen wir ein Dutzend Tiere – Waschbären, Rehe, einen Hirsch und ein Sammelsurium weiterer Tierarten: Füchse, Murmeltiere, Hasen und ein Stachelschwein. Stumm und reglos warteten sie an der Mauer.

Hinter ihnen war noch mehr Wald.

»Was zum Teufel hat das zu bedeuten?«, flüsterte Hector.

Ich nahm den Markierer von der Schulter und feuerte rasch hintereinander drei Farbkugeln auf das Gesicht des Hasen ab, die ihn in einem unbeholfenen Satz nach hinten schleuderten. Doch er rannte nicht weg. Im schwachen Licht konnte ich nicht erkennen, welchen Schaden ich ihm zugefügt hatte, doch er starrte uns schon wieder an.

Hinter uns schrien die Leute und wollten wissen, was da los sei, und Hector erzählte es ihnen, während ich auf den Hirsch schoss. Ich zielte auf die Augen, um vielleicht etwaige Kameras zu zerstören, doch er bewegte sich kaum.

»Sehen sie aus, als würden sie angreifen?«, fragte Oakland hörbar wütend.

»Ich weiß es nicht«, rief ich über die Schulter. »Was kann ein Murmeltier schon groß tun?«

Ich behielt die Tiere im Auge, während ich dem Gemurmel der anderen lauschte. Bis auf den Umstand, dass sie völlig reglos dastanden, sahen diese Roboter aus wie echte Tiere.

»Okay«, rief Oakland der Gruppe zu. »Gehen wir da rüber. Springt, wenn ihr könnt – das ist schneller –, aber seid nicht so dämlich, euch den Knöchel zu brechen. Wir tragen euch nicht.«

»Was ist mit den Robotern?«, schrie jemand.

»Schlagt sie, wenn sie zu nahe kommen«, erwiderte Oakland. »Darum seid ihr ja bewaffnet.«

Hector band das Kabel an einen dicken Ast des umgestürzten Baumes, dann atmete er tief durch und seilte sich ab. Ich zielte weiterhin mit dem Gewehr auf die Roboter, aber keiner machte Anstalten anzugreifen. Allerdings hätte meine Waffe sie ohnehin nicht aufgehalten.

Als Nächste schickte Oakland ein paar der größeren Jungen über die Mauer, und sobald zehn unten waren, schlug einer der Havoc-Jungen mit der Schaufel nach einem Waschbären. Er sprang erstaunlich schnell aus dem Weg, griff aber seinerseits nicht an.

Ich blieb oben auf der Mauer und beobachtete, wie zuerst der Rest der Havocs und dann die Society-Leute hinüberkletterten. Zuletzt kamen die Vs die Baumbrücke hinauf. Becky stand jetzt oben auf der Mauer, und ich kletterte zurück, um Carrie und Anna zu helfen, Curtis die Baumstämme hinaufzuschaffen. Seine Finger krampften sich in meine Schulter, jeder seiner Atemzüge war ein qualvolles Keuchen, und er sah aus, als versuchte er nicht vor Schmerz zu schreien.

Als er oben ankam, hielt er inne, um wieder zu Atem zu kommen.

Die Schüler unten auf der anderen Seite standen nervös auf einem Haufen und blickten auf das endlose Kiefernmeer, das vor uns lag. Die Tiere waren zurückgewichen, aber sie umgaben uns noch immer in einem lockeren Halbkreis.

Wir banden Curtis das Kabel unter den Armen um die Brust. Es war keine besonders gute Befestigung, und Carrie beobachtete gequält, wie Anna, Becky und ich ihn hinabließen. Wir konnten nichts dagegen tun, dass die Bewegung ruckhaft war – Curtis war schwer –, und als er endlich auf dem Boden aufkam, schrie er vor Schmerzen.

Carrie sprang als Nächste hinunter, dann Anna und Becky.

Oben auf der Mauer drehte ich mich ein letztes Mal um und sah zurück. Das Schulgebäude lag hinter den Bäumen verborgen, und ich fragte mich, ob ich es je persönlich wiedersehen würde. Lieber hätte ich es auf der Titelseite einer Tageszeitung gesehen, mit einer Schlagzeile, die von Folter und Gefangenschaft sprach, und einem Foto von Ms Vaughn in einem orangefarbenen Gefangenenoverall, wenn sie für Dutzende von Morden verurteilt wurde.

Unter mir führte Oakland die Gruppe bereits in den Wald hinein. Jungen, die Waffen mit langen Stielen – Harken, Schaufeln und Heckensicheln – hatten, gingen voran und versuchten, die Robotertiere zu verscheuchen. Carrie half Curtis, sich aufrecht zu halten, und Becky stand am Fuß der Mauer und wartete auf mich.

Ich sprang. Der Boden war härter, als ich erwartet hatte, und meine Schienbeine schmerzten beim Aufprall, doch zugleich war ich in Hochstimmung. Ich wusste zwar nicht, was vor uns lag, doch das erste Hindernis hatten wir überwunden.

Hier standen die Bäume weiter auseinander, dafür war das Unterholz dichter. Wir mussten jetzt langsamer gehen und uns durch dichtes trockenes Gebüsch und hohes Gras kämpfen. Becky und ich gingen mit Mason hinten, Curtis humpelte vor uns. Ich fühlte mich isoliert und verletzlich.

»Das ist nicht gut«, flüsterte Becky. Wir mussten nach unten sehen und auf den Boden achten, daher konnten wir den Wald nicht richtig im Auge behalten.

Jemand schrie, und sofort redeten alle durcheinander. Ich konnte nicht sehen, was los war, nur dass die Leute alle losrannten. Becky, Mason und ich liefen hinterher, wurden aber von Curtis gebremst, der vor uns dahinstolperte, so schnell er konnte.

»Was ist passiert?«, fragte ich und sah nach vorn.

»Vielleicht haben sie sich nur erschreckt«, meinte Mason.

»Ich hab die Pistole«, schnaufte Curtis.

Ich nickte, ohne die Augen von den Leuten vor uns abzuwenden. »Vielleicht brauchen wir die.«

Oakland war nicht weit weg, ich hörte, wie er den anderen befahl, zusammenzubleiben und weiterzugehen.

»Wir schaffen das«, sagte ich beinahe mechanisch. Ich wusste nicht, ob ich mich selbst oder die anderen beruhigen wollte.

Wieder schrien vorne Leute. Ich versteifte mich, doch dann merkte ich, dass es Freudenschreie waren. Als wir uns den anderen näherten, sahen wir den Zaun; auf dem glänzenden Draht spiegelte sich der Mondschein. Wir waren am Zaun, und damit war das Schlimmste vielleicht vorbei. Auch die Tiere waren hier, aber wir ignorierten sie.

Hector und Joel standen bereits mit Bügelsäge und Schaufel vorne am Zaun und versuchten, den robusten Maschendraht zu durchtrennen. Becky lief ebenfalls zum Zaun und kniete sich davor. Sie setzte die Gartenschere an den Draht und versuchte, den dünnen Stahl durchzuschneiden. Sie schaffte es nicht, daher packte ich mit an. Mit vereinten Kräften versuchten wir, die beiden Schneiden zusammenzudrücken.

Ich stöhnte, und Becky stieß vor Anstrengung einen Schrei aus, und dann zersprang der Draht.

Hinter uns wurde gejubelt, und wir setzten die Schere erneut an.

Meine Arme brannten, und trotz der eisigen Temperaturen lief mir der Schweiß den Rücken hinab. Beckys Stirn war mit Schweißtröpfchen bedeckt, und sie schob vor Anstrengung den Kiefer vor, so dass die

Haut in ihrem Gesicht sich spannte. Wir schnitten ein weiteres Stück Draht durch. Und dann noch eines. Als wir den Draht an zehn Stellen durchtrennt hatten, waren wir von Schülern umringt, und bei jedem Teilerfolg gab es Applaus. Schließlich forderte Hector, der es aufgegeben hatte, den Draht mit der Bügelsäge durchzusägen, uns auf beiseite zu gehen und begann, die Stahlmaschen auseinanderzubiegen. Nach wenigen Minuten war das Loch im Zaun groß genug, um hindurchzuklettern.

Stolz hielt er es auf und winkte Becky zu, hindurchzuklettern. Sie grinste, ihre Augen strahlten, und gleich darauf befand sie sich zum ersten Mal seit beinahe eineinhalb Jahren außerhalb des Zauns. Ich folgte ihr, und es war, als würde ich aus einem dunklen Schrank klettern. Auch wenn wir noch immer im selben endlosen Wald waren, schien es sich jetzt leichter zu atmen, als wäre mir ein schweres Gewicht von der Brust genommen.

Nun kletterten auch die anderen durch das Loch im Zaun: Gabby, Hector, ein paar unbewaffnete Society-Kids, Oakland und Mouse. Alle wirkten zuversichtlich und zugleich überrascht; ich glaube, niemand hatte ernsthaft damit gerechnet, dass wir so weit kommen würden.

»Das genügt. Sehr gut.«

Mir rutschte das Herz in die Hose.

Alle blieben wie angewurzelt stehen. Ms Vaughn hielt einen Taser in der Hand, ein weiterer hing an ihrem Gürtel. Abgesehen davon, war sie unbewaffnet und allein.

Sie hob einen Finger. »Ich würde da nicht durchgehen«, sagte sie ruhig. Ich drehte mich. Ihr Finger war auf Mash gerichtet, der am Zaunloch stand.

»Warum nicht?«, wollte er wissen und machte Anstalten hindurchzuklettern. Doch sobald seine Hand den Maschendraht berührte, erstarrte er und begann zu zucken. Entsetzt sahen wir zu, bis einer der Society-Schüler Mason die Füße unterm Leib wegtrat, so dass er stürzte und den nun unter Strom stehenden Zaun losließ.

»Schalten Sie das aus«, rief ich. »Lassen Sie sie durch.«

Sie schüttelte den Kopf. »Ich denke nicht.« Erneut deutete sie auf den Zaun. »Sie haben gegen die Vorschriften verstoßen, und zwar recht schwerwiegend, und Sie kennen alle die Strafe.«

Irgendwo auf der anderen Seite des Zauns ertönten Schüsse. Ich fuhr herum und sah, dass eines der Society-Mädchen auf die anderen Schüler schoss. Einige schossen zurück, doch die Farbe, die den anderen auf der Haut brannte und ihre Augen verletzte, machte ihr nichts aus. Gelassen senkte sie den Markierer und hob ein Fleischermesser.

»Sehen Sie?«, sagte Ms Vaughn. »Ich bin nicht allein.«

Ich fuhr herum, hob die Waffe und zielte auf Ms Vaughn.

Joel stand vor mir, und ehe ich reagieren konnte, traf seine Faust mein Kinn. Ich sah Sternchen und sackte zusammen. Die wenigen Schüler auf der anderen Seite des Zauns begannen zu kämpfen. Die Androiden in der Gruppe wechselten die Seiten.

Ich packte Joels Bein und versuchte, ihn zu Fall zu bringen, doch er blieb stehen und ließ seine Waffe auf meinen verletzten Arm niederfahren. Mit einem dumpfen Aufprall ging ich erneut zu Boden und schüttelte benommen den Kopf.

Überall um mich herum hörte ich Schreie und Kreischen und das Zischen der Paintballs. Jetzt erkannte ich, wie dumm es gewesen war, die Markierer mitzunehmen. Den Robotern machte die Farbe nichts aus – nur den Menschen. Und sämtliche Androiden waren mit Markierern bewaffnet.

Ein paar Meter entfernt sah ich die Heckenschere liegen und fragte mich, wo Becky war, doch mir blieb keine Zeit, mich nach ihr umzusehen. Joel packte mich an den Schultern und hob mich hoch – er war viel stärker als jeder Mensch. Aber ich wand mich aus seinem Griff, so dass er nur einen Fetzen meines Sweatshirts in Händen hielt.

Ich streckte die Hand nach der Heckenschere aus – mit den Fingerspitzen berührte ich sie so gerade eben, bekam sie aber nicht richtig zu fassen. Joel warf mich erneut zu Boden, und dann trat er auf mein bandagiertes Handgelenk. Ich schrie vor Schmerzen, und er trat mich in die Rippen.

Ich konnte mich nicht bewegen. Mein Arm pochte und brannte, und meine Lunge schien den Betrieb eingestellt zu haben.

Joel ließ mich liegen und ging langsam auf die unbewaffneten Society-Leute zu. Becky stand mit ausgebreiteten Armen vor ihnen – ein sinnloser Versuch, die anderen zu schützen. Joel schlug mit seinen schweren Armen nach ihr und verfehlte sie nur knapp.

Verzweifelt schnappte ich nach Luft und stemmte mich hoch; meine Rippen schienen in Flammen zu stehen.

Jetzt ließ Joel die Faust auf Beckys Schulter niederfahren, und sie ging zu Boden.

Ich packte die Heckenschere. Halsbrecherisch hechtete ich nach Joel, warf ihn zu Boden und rammte ihm das scharfe Werkzeug in die Rippen.

Er rollte sich unter mir herum, doch ich ließ ihn

nicht los. Ich zerrte die Schere wieder heraus – sie war blutig, doch ich wusste, das Blut war nur in seiner Haut; in seinem Androidenkörper war kein Blut – und rammte sie ihm erneut in den Leib, diesmal gleich unterhalb des Halses. Er fuhr herum und versuchte, mich abzuwerfen, schlug mit den Fäusten auf mich ein, doch er konnte nicht weit genug ausholen, um mir richtig weh zu tun.

Ich spürte, dass jemand von hinten auf Joels Körper sprang und seine um sich tretenden Beine packte. Jemand anderes – Becky – stürzte sich ebenfalls auf Joel und legte ihm die Arme um den Hals.

Sie schrie: »Töte es!«

Ich spürte einen Adrenalinschub und trieb die Schere immer wieder in Joels sich windenden Körper. Mit einem Mal verfingen sich die Schneiden irgendwo, und ich schnitt immer wieder zu, um die Kabel oder Drähte zu durchtrennen, in denen die Schere sich verheddert hatte. Und plötzlich erstarrten Joels Glieder und sein Mund, und er lag still.

Ich hob den Kopf. Zu meiner Überraschung regte sich in unserer Nähe niemand mehr.

Mason stand ohne Waffe da und hatte die Hände auf den blutüberströmten Kopf gelegt. Ein Stück entfernt lag Gabby am Boden und stöhnte vor Schmerzen; ihr T-Shirt und ihre Arme waren voller Blut.

Mouse lag ebenfalls am Boden, Oaklands Machete steckte in ihrer Brust. Flüchtig fragte ich mich, was das zu bedeuten hatte – ich konnte nicht einmal sagen, wer auf meiner Seite war –, doch dann sah ich Oakland neben Ms Vaughn stehen und ihr ein anderes Messer an die Kehle halten.

»Ab jetzt sind wir nicht mehr Ihre Versuchskaninchen«, brüllte Curtis Ms Vaughn an. Er stand immer noch auf der anderen Seite des elektrischen Zauns. Viele auf seiner Seite lagen am Boden, weinten vor Schmerzen oder kauerten sich angstvoll zusammen, aber ich glaubte nicht, dass dort noch weitere Androiden waren.

Curtis' Gesicht war aschgrau. Carrie versuchte, ihn zu stützen. »Sie können keine Experimente mehr mit uns anstellen«, schrie er. Er hielt die Pistole in der Hand und zielte auf Ms Vaughn. Falls Oakland sie nicht erledigte, würde Curtis es tun.

Ms Vaughn starrte ihn an, und sogar im schwachen Licht konnte ich ihr belustigtes Lächeln sehen.

»Wie ausgesprochen egozentrisch.« Ihre Stimme klang kalt und grausam. »Wir haben nicht Sie getestet. Wir haben *sie* getestet.« Sie deutete auf die Körper von Joel und Mouse.

Die Androiden? Jane?

»Wir müssen die Programme irgendwo in einer

kontrollierten Umgebung erproben«, erklärte sie verächtlich. »Hier ging es nie um Sie.«

»In den Tests ging es gar nicht um uns«, sagte Carrie, und es klang beinahe wie ein Wimmern.

»Nun«, entgegnete Ms Vaughn und grinste Carrie an. »Das stimmt nicht ganz.«

Und im nächsten Augenblick lag Curtis' Pistole in Carries Hand. Während er zu Boden stürzte – Carrie ließ ihn einfach fallen –, schoss sie Oakland dreimal in die Brust.

Schreie ertönten, und Carrie strauchelte. Vielleicht hatte Curtis sie gezogen, ich konnte es nicht erkennen.

Mit der Schere in der Hand sprang ich auf und stürzte mich auf Ms Vaughn. Ich stieß sie rücklings zu Boden, hockte mich über sie und hielt ihr die Schere gefährlich dicht an die Kehle.

»Pfeifen Sie sie zurück«, schrie ich ihr ins Gesicht und drückte ihr die Schere fester an den Hals.

Sie lachte nur.

»Pfeifen Sie sie zurück!« Ich drückte ihr die Schere in die Haut, und sie begann zu bluten.

»Sie können mich nicht verletzen«, sagte Ms Vaughn gelassen. »Ich bin im Hauptrechner gespeichert.«

Ich riss die Augen auf.

Jemand schrie: »Rennt!«

»Sie sind gescheitert, Mr Fisher«, sagte Ms Vaughn. »Niemand kann von hier fliehen. Niemandem gelingt das jemals.«

Becky war neben mir und zog an meinem Arm. »Komm schon!«

Ich sah zurück zu den anderen. Tapti hatte sich nun auch gegen uns gewandt, ebenso ein Junge von Havoc.

Ich sah Curtis ins Gesicht. »Rennt!«, brüllte er. »Los! Holt Hilfe!«

Mason sprang auf Tapti zu und schlug sie zu Boden. Dann schnappte er sich einen Schraubenschlüssel, den jemand fallen gelassen hatte.

Ich sprang auf und rannte Becky hinterher. Am Waldrand blieben wir stehen und sahen uns noch einmal um. Becky atmete stockend vor Angst. »Kommt schon!«, schrie ich den anderen zu, die am Zaun kauerten, aber sie rührten sich nicht.

»Haut ab!«, schrie Curtis erneut. »Los!« In seiner Stimme lag Verzweiflung.

Carrie war wieder aufgestanden, doch die Pistole lag nicht mehr in ihrer Hand.

»Rennt!« Nun flehten uns auch Gabby und Skiver an zu fliehen, nicht mehr nur Curtis.

»Wir können ihnen jetzt nicht helfen«, sagte Becky keuchend, packte mein Sweatshirt und zog mich weiter. Mason kam nur wenige Meter hinter uns.

Ich warf einen letzten Blick auf den grausigen Schauplatz am Zaun, dann wandte ich mich zum Wald um und rannte neben Becky her. Wir liefen, so schnell wir konnten. Es würde nicht lange dauern, bis sie uns jemanden hinterherschickten.

28

Wir rannten mindestens zehn Minuten lang, Becky inzwischen ein paar Schritte vor mir und Mason irgendwo hinter uns.

Vierundfünfzig Schüler hatten versucht zu fliehen, und nur drei hatten es geschafft. Und wer wusste schon, ob wir jemals aus dem Wald herauskommen würden – wir mussten noch viele Meilen hinter uns bringen, bis wir auch nur anfangen konnten, nach Hilfe zu suchen.

Zum Highway konnten wir nicht. Dort würden sie auf uns warten. Wir mussten querfeldein fliehen, uns für irgendeine Richtung entscheiden und hoffen, dass wir Hilfe fanden.

Ich dachte an Curtis und Gabby, die beide schwer verletzt waren. Andere ebenfalls. Wenn wir nicht schnell waren, würden sie sterben.

Vielleicht starben sie so oder so.

Und wenn die Schule sich alle anderen vom Hals schaffte? Sie alle tötete? Ich betrachtete Beckys kleinen Rucksack und musste an das Tagebuch darin denken. Nun erschien es mir noch wertvoller.

Wir erklommen einen kleinen Hügel, und Becky blieb an einem umgefallenen toten Baum stehen. Sie keuchte. Erst jetzt bemerkte ich, dass sie am Nacken getroffen war – ein Paintball hatte dort die Haut aufplatzen lassen und eine kugelrunde Wunde hinterlassen. Der Bereich um die Wunde war angeschwollen und leuchtend rot.

Um den Mond herum war die Wolkendecke aufgerissen, und zudem standen hier nicht so viele Bäume, die das Mondlicht abschirmten. In diesem Licht sah ich schemenhaft ein ausgedehntes Waldgebiet und sanfte Hügel, die sich Richtung Westen erstreckten. Nach der langen Zeit an einem Ort, war es ungewohnt, eine neue Sicht zu haben.

»Schau.« Becky streckte den Arm aus und deutete auf irgendetwas in der Ferne, das ich nicht sehen konnte. »Ist das Rauch?«

Ich kniff die Augen zusammen. Das war ungefähr die Richtung, in der wir das Lager vermuteten, aber im schwachen Mondlicht konnte ich es nicht sehen.

Mason schloss zu uns auf.

Und plötzlich brach Becky zusammen und stürzte mit voller Wucht auf den umgefallenen Baum. Sie schrie vor Schmerzen, aber gleich darauf verwandelte der Schrei sich in ein Stöhnen.

Ich tat einen Schritt auf sie zu. Sie musste gestolpert sein. Sie musste …

Mason stand über ihr, und nun wandte er mir das Gesicht zu. In der Hand hielt er den Schraubenschlüssel.

Er hatte sie niedergeschlagen.

Nein. Er konnte keiner von ihnen sein. Alle Androiden hatten sich vorhin bei Ms Vaughn verraten. Ich starrte ihn an, zu benommen, um etwas hervorzubringen. Seine Augen waren tot.

Ich hob die Hände, doch es war zu spät, um ihn abzuwehren. Er ließ den Schraubenschlüssel auf mein bandagiertes Handgelenk niederfahren, und ich ging in die Knie. Ich versuchte mich wegzudrehen, aber da traf er mich auch schon in die Rippen.

Er hielt inne und sah auf mich hinab. Er würde uns beide töten. Ich warf einen Blick zu Becky. Sie regte sich schwach und schnappte leise nach Luft.

»Mason«, sagte ich und schmeckte Blut im Mund. »Du bist … wie sie?«

Seine Lippen bewegten sich nicht, und es war auch nicht seine Stimme, die sagte: »Bitte kehren Sie zur Schule zurück.«

Sie hatten ihn übernommen. Alles, was ich von Mason kannte, war fort, genau wie bei Jane. Jetzt wurde er von jemand anderem gesteuert.

»Wer bist du?«, schrie ich. Er hatte den Schraubenschlüssel wieder erhoben. »Komm schon, Mason. Tu das nicht. Du musst doch irgendwo da drin sein.«

Sein Körper spannte sich an, und dann schlug er zu.

Doch ehe er mich treffen konnte, hörte ich einen leisen Knall und ein Surren – irgendetwas schoss auf Mason zu. Er erstarrte und fiel dann nach vorn, so steif und tot, als wäre er aus Stein.

Ich sah zu Becky. Eine Seite ihres Körpers war voller Blut, und sie war noch blasser als üblich. Sie hielt einen Taser in der Hand.

»Hab ich Ms Vaughn gestohlen«, brachte sie hervor.

Ich stand zu sehr unter Schock, um zu antworten. Becky blutete. Ich hatte höllische Schmerzen. Mason war tot – ein Kurzschluss vielleicht. *Mein eigener Zimmergenosse …*

Becky hatte begonnen, an ihrem Ärmel zu ziehen, und ich sah ihr benommen zu. Sie hatte einen Schnitt am Kopf, wo Mason sie getroffen hatte, und ihr Oberarm war blutüberströmt; in der Dunkelheit sah das Blut schwarz aus. Ich starrte sie an, wie sie versuchte, ihre Jacke auszuziehen. Es sah umständlich aus. Sie benutzte nur einen Arm.

Ich schüttelte den Kopf, um die Benommenheit loszuwerden, stemmte mich hoch und ging zu ihr. Behutsam half ich ihr, den Arm aus dem Ärmel zu ziehen.

»Ich bin auf den Baumstamm gefallen«, sagte sie mit zusammengebissenen Zähnen und nickte in Richtung des Gewirrs aus abgebrochenen, scharfen Ästen. Einer davon hatte ihren Bizeps aufgespießt wie ein Speer.

Sie lehnte sich zurück und zuckte vor Schmerzen zusammen. Ich versuchte, die Wunde von Stofffetzen zu reinigen. Sie war nicht groß, aber tief. Ich sah den Knochen weiß aufschimmern.

Ich riss ein loses Stück Stoff von ihrer Jacke, knüllte es zusammen und drückte es in die Wunde. Becky presste die Lippen aufeinander und unterdrückte ein Stöhnen.

»Halt das mal fest«, sagte ich. Sie gehorchte, und ich zog den Gürtel aus meiner Hose und band ihn als behelfsmäßigen Druckverband fest um ihren Arm.

Dann kniete ich mich neben sie, die Hände voll mit ihrem Blut.

»Wir müssen weiter«, sagte sie matt.

»Ich weiß.«

Sie beugte sich vor und versuchte aufzustehen. Sie war zäher, als ich gedacht hatte.

Wackelig rappelte ich mich hoch, packte ihre unverletzte Hand und half ihr auf.

Ich sah ihr in die Augen und lächelte. Ich spürte, wie mir die Tränen in die Augen traten, doch ich blinzelte sie fort.

»Was?« Sie legte den Kopf schief und grinste matt.

»Du bist echt«, sagte ich. »Ich habe den Knochen gesehen.« Ehe sie darauf etwas erwidern konnte, schlang ich die Arme um sie und zog sie an mich. Sie erwiderte die Umarmung mit dem unverletzten Arm, der andere hing schlaff herab.

»Wir müssen los«, sagte sie, ohne sich von mir zu lösen.

»Ich weiß.«

Ich sah ihr über die Schulter und suchte den Wald unter uns ab. Nichts bewegte sich. Das würde nicht lange so bleiben. Sobald ihnen klar wurde, dass Mason versagt hatte, würden sie jemand anderen hinter uns herschicken.

Ich wölbte die Hand um ihren Hinterkopf, hielt sie an mich gedrückt und vergrub das Gesicht in ihren Haaren. Ich konnte nichts dagegen tun, ich weinte.

»Ich wollte so sehr, dass du echt bist.«

Sie drückte mich fester an sich, und ich spürte ihre schnellen, unregelmäßigen Atemzüge.

Wir hatten nichts. Keinerlei Vorräte. Zum Durchtrennen des Zauns hatte ich meinen Rucksack abgenommen. Becky blutete, und meine Rippen waren so mitgenommen wie eh und je.

Aber wir waren frei. Sie würden uns jagen, doch im Augenblick waren wir frei.

»Wir gehen bergab«, sagte ich, die Augen fest auf die dunstigen Hügel im Westen gerichtet. Ich überlegte bereits, welchen Weg wir nehmen würden.

Becky drehte den Kopf so, dass sie auf den Wald hinuntersehen konnte, doch sie ließ mich nicht los.

»Das sagen sie doch immer«, erklärte ich. Mir war etwas eingefallen, das ich im Fernsehen gesehen hatte. »Geh bergab, bis du auf einen Wasserlauf stößt, dem folgst du zu einem Fluss und dem wiederum folgst du, bis du auf Leute triffst.«

Ich spürte, wie sie nickte, und dann reckte sie den Hals, um mir ins Gesicht zu sehen. Sie brachte ein schwaches, halbes Lächeln zustande. »Nur nicht aufgeben.«

Ich atmete tief durch. »Dann mal los.«

29

Nun war der Schnee doch noch gekommen.

Becky saß zitternd und bleich neben mir. Ich hatte den Arm um sie gelegt und sie eng an mich gezogen, um sie ein wenig mit meinem Körper zu wärmen, während wir im Wald kauerten.

Ich hatte alles versucht, was ich im Fernsehen an Survivaltechniken gesehen hatte. Als Becky nicht mehr weitergekonnt hatte, hatte ich ein Versteck in einem Grüppchen Wacholdersträucher gesucht und zur Isolierung Kiefernzweige unter uns auf den Boden gelegt. Ich hatte uns mit Laub zudecken wollen, doch davon gab es nicht so viel, daher musste ich mich mit weiteren Kiefernzweigen begnügen. Nachdem wir einige Stunden frierend dort gesessen hatten, fragte ich mich, ob das überhaupt etwas nutzte. Ein Feuer zu machen, wagte ich nicht.

Sie schlief nicht. Ihr Atem ging mühsam und unregelmäßig, und sie zuckte häufig zusammen und ballte vor Schmerzen die Fäuste.

Wir waren über die Mauer und an den Androiden

vorbeigelangt. Wir waren draußen im Wald – wir waren entkommen. Und vielleicht würde sie dennoch sterben.

Als der Himmel allmählich wieder hell wurde, untersuchte ich ihre Wunde genauer. Überall war getrocknetes Blut, aber immer noch sickerte frisches Blut aus der Wunde. Ihre Haut war so weiß wie die Schneeflocken.

»Wie sieht's aus?«, fragte sie mit zusammengebissenen Zähnen.

»Ach, dir geht's bestens«, versuchte ich zu scherzen. »Ich weiß gar nicht, warum wir so einen Aufstand machen.«

Sie lächelte. Wenn Betty in den letzten eineinhalb Jahren eines gelernt hatte, dann, wie man ein Lächeln aufsetzte.

»Es tut weh.« Ihre Worte klangen beinahe wie Keuchen.

»Das wird wieder.«

Es war eine Lüge. Das wussten wir beide. Sie hatte zu viel Blut verloren, zu viele Verletzungen erlitten.

»Kannst du gehen?«, fragte ich. Bei Tageslicht würden sie garantiert weiter nach uns suchen. Bisher war es uns offenbar gelungen, den Wachen aus dem Weg zu gehen, aber ich bezweifelte, dass wir das noch viel länger schaffen würden.

»Muss ja«, entgegnete sie. Sie hatte die Augen geschlossen, als wollte sie sich auf etwas konzentrieren.

Ich setzte mich auf, aber ganz behutsam, um Becky nicht etwa anzustoßen oder abzudecken. »Ich bin gleich wieder da.«

Sie nickte und biss sich auf die Lippe.

Ich stieg den Hang hinauf, bemüht, mich geräuschlos zu bewegen. Auch von hier oben sah ich nicht viel mehr als den endlosen Wald, aber die Berge am Horizont kannte ich – ich hatte sie wochenlang durch die Schulfenster gesehen – und konnte mich an ihnen orientieren. Wahrscheinlich waren wir nur wenige Meilen weit gekommen – vielleicht drei oder vier –, ehe wir angehalten hatten.

Wir würden es niemals bis zum Highway schaffen.

Ich drehte mich nach Süden. In dieser Richtung sah ich auch nicht mehr, doch ich wusste, dass dort etwas war. Das Lager der Wachen oder was das auch sein mochte. Es musste ganz in der Nähe sein.

Ich kletterte den Hang wieder hinunter, und als ich bei Becky ankam, waren ihre Augen noch immer geschlossen. Sie sah tot aus. Das einzige Lebenszeichen war ihr mühsamer Atem.

»Wir müssen weiter«, sagte ich.

Sie nickte kaum merklich.

Das Gehen auf dem unebenen Terrain fiel Becky schwer, doch sie blieb in Bewegung und setzte tapfer immer einen Fuß vor den anderen.

Sie fragte nicht, wohin ich uns führte, und ich sagte es ihr nicht. Sie wäre nicht einverstanden gewesen.

Ich hielt ihre Hand, doch die wurde auch nach einer halben Stunde Gehen nicht wärmer. Und jetzt, wo der Himmel heller war, sah ich auch, dass sie nicht bleich, sondern grau im Gesicht war. Ich fragte mich, ob die Wunde sich bereits entzündet hatte. Oder war es dafür noch zu früh?

Und dann nahm ich etwas wahr – ein Geruch lag in der Luft.

Er fiel auch Becky auf, und sie drehte rasch den Kopf, mit einem Male wieder wachsam. »Was ist das?«

»Holzrauch.«

»Ist das die Schule?« Sie sah zum Himmel hoch und suchte nach Rauch.

»Ich glaube nicht. Wir sind ganz in der Nähe von diesem … was auch immer. Von der Stelle, die man von den Wohnbereichen aus sehen konnte.«

In ihrem Blick lag Angst. »Wir können uns nicht stellen. Tu das nicht.«

»Das will ich ja gar nicht. Ich will bloß sehen, ob ich irgendwelche Vorräte beschaffen kann. Verbandsmaterial, Medikamente oder so was. Ich schätze, die sind alle unterwegs und suchen nach uns. Es wird gar keiner da sein.«

Becky sah aus, als wollte sie mir widersprechen, doch sie war zu erschöpft dazu. Stattdessen stand sie einfach da und starrte in den Wald.

»Okay.« Ihre Stimme war kaum zu hören.

Wir gingen noch etwa eine Meile. Da wir uns langsam bewegten und nicht in gerader Linie, war es schwer, die Entfernung zu schätzen. Schließlich konnte Becky nicht mehr weiter. Ich half ihr, sich in eine sandige Senke zu setzen, und häufte Laub und Geröll um sie auf, um sie warm zu halten. Es würde nicht viel nützen.

Sie nahm meine Hand. »Bleib nicht lange weg.«

»Nein.« Halb hatte ich damit gerechnet, dass sie weinen würde, doch zu meiner Überraschung stiegen mir selbst die Tränen in die Augen.

Ehe ich ging, küsste ich sie.

Dann machte ich mich auf den Weg. Ich rannte beinahe, versuchte dabei zwar immer noch, möglichst geräuschlos zu laufen, aber ich wusste, wenn ich mir zu viel Zeit ließ, würde Becky unter Umständen allein sterben.

Der Wald lichtete sich, die dichtbewachsenen Hügel und Täler wichen einem ebenen lichten Waldgebiet. Ich sah weder Trampelpfade noch Reifenspuren. Auch keine Tiere. Ich war allein.

Hier roch es stärker nach Rauch, und nun sah ich auch Dunst zwischen den Bäumen. Offenbar war ich ziemlich nahe dran.

Dann hörte der Wald auf, und vor mir lag eine Ansiedlung. Kleine Farmen und ein paar Dutzend Gebäude. Aus vier oder fünf Schornsteinen stieg Rauch auf.

Das war kein Wachlager.

Ich lief zu einem Garten, in dem die Pflanzen für den Winter zurückgeschnitten worden waren, dann weiter zum am nächsten gelegenen Gebäude. Es sah aus wie eine Scheune.

Ich wollte um Hilfe schreien, nach der Polizei brüllen, aber die Monate in der Schule hatten mich paranoid gemacht. Vielleicht wussten die Leute hier über die Schule Bescheid. Vielleicht betreiben sie die Schule.

Ich spähte durchs Fenster in die Scheune, sah aber niemanden. Aber da waren einige Planen. Die konnte ich brauchen.

Vorsichtig öffnete ich die Tür. Drinnen war es wärmer. Nun sah ich auch, warum. In der Scheune standen Tiere – ein halbes Dutzend Kühe.

Ich ignorierte sie und ging zu den Planen. Sie waren

groß und aus robustem Segeltuch. Sie sahen nicht weich, aber wasserdicht aus. An der hinteren Wand stand ein Schrank, und ich rannte hin.

»Wer sind Sie?«

Mir blieb das Herz stehen.

Doch das war nicht die Stimme eines Wachmanns. Es war eine Stimme, die ich kannte. Eine weibliche Stimme.

Ich drehte mich um.

Sie stand bei den Kühen. Sie hatte sie gerade gemolken.

Sie sah nicht genauso aus, aber ich kannte sie. Ihre helle Haut war dunkler und voller Sommersprossen – und sie war größer. Älter. Aber ich kannte sie.

»Jane?«

Sie strich sich eine rote Haarsträhne aus dem Gesicht.

»Wir hätten nicht gedacht, dass jemand überlebt hat«, sagte sie zögerlich und besorgt. »Sie werden nach Ihnen suchen.«

Ich stand da wie angewurzelt, unfähig, mich zu rühren, unfähig zu sprechen.

Jane trat zwischen den Kühen hervor. Ihre Kleidung war alt und abgetragen. Sie starrte mich ebenfalls an.

»Ich kenne Sie.« Sie sprach so leise, dass ich sie

kaum verstehen konnte. Plötzlich riss sie die Augen auf. »Ich dachte, du wärst gestorben. Ich dachte, wir wären beide gestorben.«

Danksagung

Dieses Buch wäre nicht geschrieben worden, wenn mein Bruder Dan Wells mir nicht eine unmögliche Herausforderung gestellt hätte. Es wäre ebenso wenig geschrieben worden, wenn er mich nicht vor zehn Jahren in seine Schreibgruppe eingeladen hätte und mich langsam und mühevoll zu schreiben gelehrt hätte. Jeden Erfolg, den ich mit meinen Texten habe, verdanke ich größtenteils Dan, und ich stehe in seiner Schuld.

Auch meinen Schriftstellerfreunden schulde ich viel, die mein Manuskript gelesen, redigiert und kritisiert haben. Aber vor allem bin ich dankbar für ihre unermüdliche Unterstützung und Freundschaft. So viele müssten hier erwähnt werden, dass ich es wohl gar nicht erst versuchen sollte, aber ich möchte vor allem meiner tollen Schreibgruppe danken: Annette Lyon, J. Scott Savage, Sarah Eden, Heather Moore, LuAnn Staheli und Michele Holmes. Außerdem danke ich meinen Beta-Lesern: Patty Wells, Ally Condie, Micah Bruner, Krista Jensen, Sheila Staley, Shauna Black, Stephanie Black, Bryan Hickman, Autumn Bruner, Christina Pettit, Joel Hiller und

Cameron Ruesch. (Und falls ich dich vergessen habe, dann nur, weil ich deinen Beitrag viel zu sehr schätze, um ihn durch eine einfache Danksagung zu trivialisieren. Oder so.)

Ich danke meiner wunderbaren, unermüdlichen Agentin Sara Crowe, die mich durch drei größere Überarbeitungen geführt hat.

Überdies kann ich meiner Lektorin Erica Sussman und den tollen Leuten bei HarperTeen gar nicht genug danken. Dieses Buch ist eindeutig eine Teamleistung, und ich staune immer wieder über die Wunder, die sie vollbringen.